mtb

Zum Buch:

Das Töwerland – Merle fühlte sich wirklich jedes Mal wie im Zauberland, wenn sie auf der Nordseeinsel Juist war. Als Kind hatte sie oft die Ferien hier bei ihrer Oma Enna verbracht. Sand zwischen den Zehen, der Duft des Meeres, der glänzende Bernstein und vor allem der Geschmack der Apfelrosentorte, nach einem streng gehüteten uralten Familienrezept gebacken. Doch jetzt erfährt Merle, dass noch jemand das Rezept zu kennen scheint, der nicht zur Familie gehört. Sie muss auf die Insel zurück, um herauszufinden, ob die Töwerlandtorte wirklich so geheim ist, wie sie immer geglaubt hatte, oder ob nicht noch viel größere Geheimnisse auf der Insel verborgen liegen.

Zur Autorin:

Anne Barns ist ein Pseudonym der Autorin Andrea Russo. Sie hat vor einigen Jahren ihren Beruf als Lehrerin aufgegeben, um sich ganz auf ihre Bücher konzentrieren zu können. Sie liebt Lesen, Kuchen und das Meer. Zum Schreiben zieht sie sich am liebsten auf eine Insel zurück, wenn möglich in die Nähe einer guten Bäckerei.

Anne Barns

Apfelkuchen am Meer

Roman

MIRA® TASCHENBUCH
Band 26018

*Für meine wundervolle Tochter,
mit der ich zauberhafte Tage auf Juist verbracht habe.*

3. Auflage Juni 2017

Deutsche Originalausgabe

Dieses Werk wurde vermittelt durch die
Literarische Agentur Thomas Schlück GmbH, 30827 Garbsen

Umschlaggestaltung: bürosüd, München
Umschlagabbildung: www.buerosued.de; plainpicture/
Image Source, Ryan Benyi Photography
Redaktion: Christiane Branscheid
Satz: GGP Media GmbH, Pößneck
Printed in Germany
Dieses Buch wurde auf FSC®-zertifiziertem Papier gedruckt.
ISBN 978-3-95649-710-0

www.mira-taschenbuch.de

New Haven, 1982

Liebste Freundin,

du weißt, wie sehr ich die Insel geliebt habe. Besonders in der letzten Zeit denke ich oft an die schönen Tage zurück, die wir damals dort gemeinsam verbracht haben. Dann fühle ich die warmen Backsteine, über die wir barfuß gerannt sind, wenn wir Kinder mal wieder die Zeit vergessen hatten und uns sputen mussten, um rechtzeitig zum Mittagessen zu Hause zu sein. Die Ritzen zwischen den Steinen steckten voller Sand. Er war überall. Manchmal kam mir die Insel vor wie ein einziger großer Sandhaufen. Ein Sandhaufen, über dem ein Zauber lag. Mein Glück war perfekt, wenn ich schon aus der Ferne erahnen konnte, dass meine Mutter einen Apfelkuchen in den Ofen geschoben hatte. Der süße Duft strömte durch die weit geöffneten Fenster und vermischte sich mit dem salzigen des Meeres, das hinter uns lag. Ich weiß nicht, wie oft ich den Kuchen schon nachgebacken habe, aber er hat nie wieder so geschmeckt wie damals. Fast kommt es mir so vor, als würde eine wichtige Zutat fehlen. Ob es die Äpfel sind, die meine Mutter direkt vom Baum hinter dem Haus pflückte? War die Butter eine andere? Das frisch gemahlene Mehl? Oder ist es der abhandengekommene Geschmack der Kindheit, an die ich nach all den Jahren wieder schöne Erinnerungen habe? Das verdanke ich allein dir. Die Insel und du, ihr wart eins. Es ist ein wunderschönes Gefühl, dich noch immer dort zu wissen. Weißt du noch, wie herrlich die frisch zubereitete Apfelbutter geschmeckt hat, wenn wir sie noch warm auf einer Scheibe Stuten gegessen haben? Du mochtest sie am liebsten, wenn die Masse schon fast einen Ticken zu lang vor sich hin geschmort hatte und anfing zu karamellisieren.

Ich werde jetzt zum Supermarkt fahren und Äpfel kaufen. Wenn ich Glück habe, finde ich eine Sorte, die nicht allzu wässrig schmeckt. Und dann werde ich den Kochlöffel schwingen, um den Duft meiner Kindheit in mein Haus zu zaubern …

Deine liebste Freundin Marie

1. Kapitel

„Bin da!“ Ich halte die Nase in die Luft und schnuppere. Der unverkennbare Duft von Plätzchen zieht durch das Haus. Mein Vater hat sich seine eigene kleine Backstube im Dachgeschoss eingerichtet, wo er jeden Tag ungestört werkeln kann. Wahrscheinlich Spritzgebäck, denke ich, ziehe meine Schuhe aus und gehe den Flur entlang in die Küche.

Meine Mutter steht vor dem Herd. Sie öffnet den Deckel eines Topfes und schüttet eine Packung Fadennudeln hinein.

„Mama …“, sage ich leise, damit sie nicht erschrickt.

Sie dreht sich um. „Merle, da bist du ja.“ Ein Lächeln huscht über ihr Gesicht. „Es gibt Gemüsesuppe, mit frischen Zutaten aus dem Garten. In zehn Minuten können wir essen.“

„Lecker, ich habe einen Bärenhunger!“ Ich gehe zu ihr, um sie zu drücken. Dabei fällt mir wieder einmal auf, wie dünn sie geworden ist. Seit Papas Bäckerei bankrottgegangen ist, hat sie etliche Kilo abgenommen. Der Stress der letzten Jahre ist ihr an die Substanz gegangen. Ich zeige nach oben. „Plätzchen?“

„Ja! Ich weiß schon gar nicht mehr, wohin mit dem ganzen Zeug – mitten im Sommer! In die Schule nehme ich nichts mehr mit. Meine Kollegen sehen es mittlerweile als Selbstverständlichkeit an. Letzens hat einer der Lehrer mich quer über den Konferenztisch gefragt: *Wie? Heute keine Sommerplätzchen? Wie wäre es mal mit Florentinern?* Er kam sich unheimlich komisch vor.“

Meine Mutter arbeitet als Erzieherin in der Ganztagsbetreuung einer Schule. Sie liebt ihren Beruf. Wenn sie mal schimpft, dann über die Lehrer, nie über die Kinder.

„Ich nehme welche mit zur Uni. Am Montag ist nach der Klausur gemütliches Beisammensitzen und Kaffeetrinken angesagt."

„Mach das." Sie seufzt. „Er steht schon den ganzen Tag am Backofen."

„So schlimm?"

„Na ja, wie man's nimmt. Immer noch besser, als hier unten mit Grabesmiene rumzusitzen und sich selbst zu bemitleiden. Er hat heute erfahren, dass eine große Bäckereikette seinen Laden übernehmen wird."

„Ist vielleicht das Beste. Die können sich die hohen Mieten wenigstens leisten."

„Stimmt. Und den meisten Kunden ist es sowieso egal, ob die Brötchen mit der Hand geformt werden oder vom Band kommen."

„Ja, leider."

Der Standort unserer Bäckerei am Rande der stadtnahen Au hier in München war gut, wir hatten viele Stammkunden. Mein Vater kam auf die Idee zu expandieren. Er eröffnete ein weiteres Geschäft. Und dann kam eins zum anderen. Er verhob sich und erlitt einen Bandscheibenvorfall. Die viel zu hohe Miete für den neuen Laden fraß alle Einnahmen auf. Dazu kam der Kredit für die neue Einrichtung. Das alles hat letztendlich dazu geführt, dass er beide Läden verloren hat.

Seit einem halben Jahr ist er zu Hause. Mit knapp sechzig findet man nicht so leicht einen Job. Ich glaube auch nicht, dass mein Vater noch mal als Angestellter arbeiten könnte. Dafür war er zu lange selbstständig. Zum Glück haben meine Eltern recht gut vorgesorgt. Das Haus ist fast abgezahlt, und meine Mutter hat ihre Halbtagsstelle auf eine Dreiviertelstelle erweitern können. Finanziell geht es ihnen also recht gut.

„Wie kommst du mit deiner Prüfungsvorbereitung klar? Hast du ordentlich was geschafft?", fragt meine Mutter.

„Ja, das passt schon. Am Wochenende werde ich noch mal alles wiederholen, dann dürfte eigentlich nichts schiefgehen." Dass ich nach meiner Ausbildung zur Konditorin studieren würde, hätte ich nie für möglich gehalten. Für mich stand immer fest, dass ich mal die Bäckerei meines Vaters übernehmen werde. Als er mit seinen Expansionsplänen um die Ecke kam, beschloss ich, mir das nötige Fachwissen durch ein BWL-Studium an der Fachhochschule anzueignen. Am Montag schreibe ich meine letzte Klausur. Dann fehlt nur noch die Abschlussarbeit, und ich habe meinen Bachelor in der Tasche. Da die Bäckerei meines Vaters nicht mehr existiert, brauche ich nun einen Plan B. Aber momentan habe ich noch keine Ahnung, wie der aussehen soll. Allerdings weiß ich seit einer guten Stunde, was ich in den nächsten sechs Wochen machen werde.

„Ich habe übrigens heute die Zusage für einen Ferienjob in einem Café bekommen", erzähle ich.

„Das ist ja schön. Wo denn? Hier in München?"

„Nein, auf Juist", erwidere ich gut gelaunt. „Da staunst du, was?"

Meine Mutter fährt sich durch ihr kurzes braunes Haar. Seit ein paar Monaten tönt sie es nicht mehr, sodass viele feine graue Strähnen sichtbar werden. Aber ich finde, sie sieht immer noch sehr jung aus. Ihre dreiundfünfzig Jahre merkt man ihr nicht an. Sie geht zum Tisch und lässt sich dort auf einen Stuhl sinken.

„Mama, ist alles in Ordnung?"

„Ja, ich war nur … etwas überrascht." Sie lächelt. Aber ich

kenne sie gut genug, um ihr anzusehen, dass es nicht echt ist. Sie wirkt angespannt.

Ich setze mich zu ihr. „Was ist denn los? Du siehst ganz blass aus. Wenn du dir Sorgen deswegen machst, bleibe ich hier. Ich finde bestimmt auch etwas anderes."

Meine Mutter schüttelt den Kopf. „Das ist es nicht. Mir ist nur gerade eingefallen, dass heute Undines Geburtstag ist. Bisher habe ich ihn noch nie vergessen. Sie wäre heute siebenundfünfzig geworden."

„Hast du doch heute auch nicht. Eben hast du dich daran erinnert." Undine war die große Schwester meiner Mutter. Sie kam gemeinsam mit dem Vater bei einem Badeunglück ums Leben. Damals war meine Mutter vierzehn. Es ist jetzt also vierzig Jahre her.

„Ich habe keine Torte gebacken."

„Das können wir doch gleich noch machen."

Meine Mutter backt, seit ich denken kann, an jedem unserer Geburtstage eine Apfelrosentorte nach einem alten Familienrezept. Sie gibt einen Mürbeteig in die Form und bestreicht ihn dick mit hausgemachter Apfelbutter, bevor sie ihn mit einer leckeren Quarkcreme füllt. Vor dem Backen legt sie, dicht nebeneinander, eine Apfelrose nach der anderen auf die Füllung. Aber zwei Stellen irgendwo mittendrin lässt sie frei. An jeder Geburtstagsfeier wird dadurch an die geliebten Verstorbenen erinnert. Es war Undines Lieblingskuchen. Deswegen hat meine Mutter ihn immer auch an ihrem Geburtstag gebacken.

„Nein, vielleicht ist es gut so." Sie strafft ihre Schultern und steht auf. „Ich muss die Suppe noch nachwürzen. Dein Vater kommt gleich runter. Ich habe ihm gesagt, dass wir pünktlich um halb zwei essen."

Damit hat sie geschickt vom Thema abgelenkt. Ich schaue

zu, wie sie zum Herd geht, eine Vorratsdose aus dem Schrank holt und eine ordentliche Portion Salz daraus in den Topf schüttet. Und kurz darauf noch eine.

Wenn das mal nicht zu viel war, denke ich. Sie wirkt auf einmal wie ein Gespenst. Meine Mutter spricht sehr selten über das, was damals passiert ist. Und wenn, wirkt sie normalerweise sehr gefasst.

So mitgenommen habe ich sie noch nie erlebt. Ob da vielleicht doch mehr dahintersteckt?

„Es tut mir leid, Mama. Ich wollte dich nicht aufwühlen." Ich stehe auf und stelle mich direkt neben sie. „Du sagst mir doch ehrlich, wenn du nicht möchtest, dass ich den Job annehme, ja? Hast du Angst um mich, wenn ich nach Juist fahre?"

Ich bin zwar eine sehr gute Schwimmerin, da ich schon von klein auf in einem Schwimmverein angemeldet war, aber vor Wasser in Verbindung mit Wellen hat meine Mutter mich immer gewarnt. Sie hat mir nie verboten, im Meer baden zu gehen. Aber sie hat immer sehr gut auf mich aufgepasst.

Sie schüttelt den Kopf. „Ach, ich weiß auch nicht, was heute mit mir los ist. Es ist jetzt so lange her … Ich habe fast vergessen, dass es überhaupt passiert ist. Das ist wohl der Lauf der Dinge. Und das ist auch gut so. Ab und an denke ich daran. Meistens, wenn ich mit Oma Enna telefoniere, besonders, seitdem sie wieder auf Juist lebt. Aber bestimmte Ereignisse holen einen eben doch immer mal wieder ein."

„Das wollte ich nicht."

„Ach, Quatsch. Alles gut."

Das ist es nicht. Ich erkenne meine Mutter kaum wieder. Sie wirkt unruhig, fast fahrig.

„Hm", mache ich.

„Ich war nur mit meinen Gedanken gerade ganz woanders.

Es hat mich einfach überrascht", erklärt meine Mutter. „Weiß Oma Enna es schon?"

„Nein. Ich wollte erst mit dir sprechen. Meinst du, sie wäre sehr sauer, wenn ich nicht bei ihr wohne, während ich dort arbeite? Ich habe ein Zimmer in der Pension angeboten bekommen, die zum Café gehört. Dort übernachten noch andere Saisonkräfte etwa in meinem Alter. Das ist bestimmt lustiger."

„Ich glaube nicht, dass sie deswegen sauer sein wird. Davon mal ganz abgesehen, würdest du auf der Couch im Wohnzimmer schlafen müssen. Die beiden Ferienwohnungen hat Oma vermietet. Es ist Hochsaison auf Juist. Und ich habe auch wirklich keine Probleme damit, dass du dort arbeiten wirst. Ich weiß ja, dass du immer gut auf dich aufpasst."

„Das mach ich. Ganz sicher. Versprochen!"

„Stell dich auf einen harten Job ein. Die Insel ist um diese Jahreszeit ausgebucht."

„Ich weiß. Hoffentlich sind die Gäste in Spendierlaune. Neun Euro die Stunde ist nicht gerade viel, aber mit Trinkgeld soll man angeblich bis auf fünfzehn kommen."

„Und die Unterkunft ist frei?"

Ich nicke.

„Das klingt gut." Meine Mutter hat sich wieder gefangen. „Und jetzt lass uns zusehen, dass das Essen auf den Tisch kommt."

„Soll ich dir was helfen?", frage ich.

„Du kannst die Nudeln abschütten."

„Okay."

Genau in dem Moment, als ich die Schüssel mit den Nudeln auf den Tisch stelle, geht die Tür auf.

„Es riecht nach Mittagessen." Mein Vater kommt mit einem großen Plastikeimer in die Küche. Er trägt seine grau-weiß karierte Hose und darüber seine weiße Bäckerjacke. Sie spannt etwas über dem Bauch. Er hat bestimmt sechs bis sieben Kilo zugenommen seit der Schließung der beiden Läden. Und er war vorher schon nicht gerade schlank. Gut ist das nicht. Er hat Bluthochdruck, und sein Herz macht ihm zu schaffen. Er müsste abnehmen und jeden Tag an der frischen Luft spazieren gehen, anstatt den ganzen Tag in der Backstube zu verbringen. „Ich habe dich gar nicht kommen hören. Hallo, mein Schatz."

„Hallo, Papa."

Er hält mir den Eimer unter die Nase.

„Vanillekipferl, lecker!"

„Ich habe mit Spritzgebäck angefangen, aber dann ging mir der blöde Vorsatz für den Fleischwolf an der Küchenmaschine kaputt. Momentan ist wirklich der Wurm drin. Das eine zieht das andere nach. Letzte Woche hat mein Mixer den Geist aufgegeben. Na ja, wofür hat man Hände?" Er hält mir ein Kipferl hin. „Probier mal, die sind gar nicht schlecht – dafür, dass sie in einem stinknormalen Ofen gebacken wurden."

„Nichts da!", ruft meine Mutter. „Erst mal wird zu Mittag gegessen."

„Zum Espresso danach", schlage ich vor. „Das sind ganz schön viele. Meinst du, ich könnte ein paar mit zur Uni nehmen?"

„Der Eimer ist für dich", sagt mein Vater stolz. „Oben steht noch einer."

„Danke, Papa. Vanillekipferl im Sommer. Damit bin ich am Montag der Renner." Ich drücke ihm einen Kuss auf die Wange. „Du könntest dich mal wieder rasieren. Du bist ganz schön kratzig."

„Ja, ja. Hat deine Mutter dich auf mich angesetzt?"

Ich sehe, dass sie mit den Augen rollt, und muss schmunzeln.

„Nein, wie kommst du denn darauf?"

„Ach, ich kenne euch doch." Er lächelt, als er das sagt. Das habe ich viel zu selten gesehen in der letzten Zeit. Seine Wangen sind leicht gerötet, seine Stirn und die Halbglatze, über die er immer ein paar dünne Haarsträhnen legt, glänzen. Unter seinen Fingernägeln kleben Mehlreste. Er sieht aus wie ein Bäcker aus dem Bilderbuch.

„Du bist ganz verschwitzt", stelle ich fest.

„Es ist verdammt warm da oben. Eigentlich müsste ich eine Klimaanlage installieren. Die Hitze steht ja geradezu unter dem Dach."

„Das kann ich mir vorstellen."

Es ist extrem heiß draußen. Wir haben Mitte Juli, und das Thermometer ist die letzten Tage ständig über dreißig Grad geklettert. Aus den Augenwinkeln beobachte ich, wie meine Mutter zwei Tassen Wasser in den Topf schüttet. Die Suppe ist also tatsächlich versalzen. Sie schüttelt verärgert den Kopf und schmeckt noch einmal ab.

„Egal", sagt mein Vater. „Ist ja immerhin Sommer, da darf es auch mal heiß sein. Ich bin ja froh, dass ich da oben in Ruhe backen kann." Er zeigt auf den Eimer. „Sie sind noch lauwarm."

Ich schiebe mir schnell einen Kipferl in den Mund, bevor meine Mutter an den Tisch kommt, und lasse die süße Plätzchenmasse auf meiner Zunge zergehen. Mein Vater beobachtet mich. Seinem gespannten Gesichtsausdruck kann ich entnehmen, dass er irgendeine besondere Zutat in den Teig gemischt hat, die ich herausschmecken soll. Ein kleiner Wettkampf zwischen uns. Schon früh in meiner Kindheit hat mein Vater dadurch meinen Geschmackssinn geschult. Ich war noch nicht in der Schule, da konnte ich Gewürze wie Vanille, Zimt, Nelke, Kardamom und ... Anis aus Gebäckstücken herausschmecken.

„Ein Hauch Anis“, flüstere ich.

Mein Vater schüttelt den Kopf und beugt sich etwas zu mir rüber. „Fenchelsamen.“

„Das ist gemein. Das Aroma ist fast gleich.“

Er schmunzelt. „Nahezu identisch.“

Meine Mutter stellt den Topf mit der Suppe auf den Untersetzer. „Was ist los?“, fragt sie und sieht uns nacheinander an.

„Nichts“, flunkere ich.

„Aha“, sagt sie. „Du hast allerdings Puderzucker im Mundwinkel kleben.“

„Echt?“ Ich lecke mit der Zunge den süßen Staub weg und wende mich an meinen Vater. „Erwischt.“

„Deine Mutter kann man so schnell nicht austricksen“, sagt er.

Es macht mir Spaß, ihn aufzumuntern. Ich weiß, wie sehr ihm seine Bäckerei fehlt. Er war immer sehr stolz darauf, sein eigener Chef zu sein, und er freute sich darüber, dass ich in seine Fußstapfen getreten war, um später den Laden übernehmen zu können. Letztendlich sind es die Selbstvorwürfe, die ihn zermürben. Er kann sich nicht verzeihen, dass er sich so verkalkuliert hat.

„Mama hat früher auch immer sofort bemerkt, wenn ich irgendetwas ausgefressen hatte“, sage ich. „Sie behauptete immer, sie könnte es mir an der Nasenspitze ansehen.“

„Das liegt an meinem Beruf. Außerdem ist es heute noch so. Da hast du was mit Papa gemeinsam.“ Meine Mutter gibt lächelnd eine Kelle Suppe in den Teller meines Vaters. „Nicht nur, wenn du etwas angestellt hast. Deine Gefühle stehen dir generell ins Gesicht geschrieben.“

Nicht nur mir, denke ich. Das hat meine Mutter heute eindeutig bewiesen.

„Musst du gleich wieder los, oder hast du Lust, mir noch in der Backstube zu helfen?“, fragt mein Vater mich. „Oben warten haufenweise frische Himbeeren aus dem Garten. Ich wollte irgendwas Frisches, vielleicht mit Minze, versuchen.“

„Himbeer-Minz-Torte? Klingt lecker. Ich bin dabei!“ Und ich habe auch noch eine andere Idee. Ich schiele zum Obstkorb, in dem ich einige rotwangige Äpfel entdecke. Und es stehen bestimmt noch ein paar Gläser Apfelbutter im Vorratsschrank.

Mein Vater strahlt. „Schön.“

„Merle wird übrigens in den Semesterferien für ein paar Wochen auf Juist arbeiten“, sagt meine Mutter in diesem Moment. „Als Bedienung in einem Café.“

„Ach was.“ Mein Vater zieht eine Augenbraue hoch. „Was sagt denn Oma Enna dazu? Weiß sie es schon?“

„Nein, ich möchte sie überraschen“, antworte ich spontan.

„Sie freut sich bestimmt, wenn du kommst“, sagt meine Mutter. „Warte mal ab.“

„Na, da bin ich ja mal gespannt.“

„Apropos kommen …“, wirft mein Vater ein. „Was ist mit Sonntag? Wir haben überlegt zu grillen. Willst du nicht deinen Freund fragen, ob er ein großes T-Bone-Steak mit mir essen möchte?“

„War das eine offizielle Einladung?“, frage ich. „Frederik sagt bestimmt nicht Nein. Er liebt Fleisch, das weißt du doch.“

„Ein echter Kerl eben.“ Mein Vater grinst. „Dann fahre ich morgen in die Metro.“

Meine Mutter sieht ihn streng an. „Aber nicht wieder an der Backzutatenabteilung stehen bleiben. Bring stattdessen eine gute Flasche Sekt mit, damit wir auf Merles Ferienjob anstoßen können." Sie wirkt wieder ganz ruhig, als sie zu mir sagt: „Ich freue mich für dich. Du wirst dort bestimmt eine gute Zeit haben. Wann geht es denn los?"

„Nächsten Freitag", antworte ich. „Sonntag habe ich schon meinen ersten Arbeitstag. Den Samstag für mich – und Oma."

Ich habe Oma Enna vor einem halben Jahr das letzte Mal gesehen. Es war ein trauriger Anlass. Opa Friedrich, Omas Mann, wurde beigesetzt. Ich bin dafür mit meiner Mutter nach New York geflogen, wo Oma Enna und Opa Friedrich gemeinsam gelebt hatten. Vor einem Monat ist Oma nach Juist zurückgezogen. Bisher habe ich es nicht geschafft, sie dort zu besuchen, da ich mit meinen Prüfungen beschäftigt war. Die Strecke von München bis nach Norddeich fährt man nicht mal eben so. Mit dem Auto ist man gut neun Stunden unterwegs. Dazu kommt noch das Übersetzen mit der Fähre.

Aber jetzt ist es endlich so weit, nächsten Freitag geht es schon los … Sechs Wochen Juist, ich finde, das hört sich verlockend an, auch wenn ich dort zum Arbeiten hinfahre und nicht, um Urlaub zu machen. Meine Mutter hat recht. Ganz sicher werde ich dort eine gute Zeit haben. Jetzt muss ich die Sache nur noch Frederik beibringen. Er wird nicht gerade begeistert sein, wenn er erfährt, dass ich bald etwa tausend Kilometer von ihm weg bin.

2. Kapitel

„Frederik?“

Mein Freund ist so konzentriert auf sein Spiel, dass er mich nicht hat kommen hören. Er sitzt in meinem Arbeitszimmer vor dem PC-Bildschirm, auf dem kleine dicke Krieger auf rosa Schweinen reitend eine Festung angreifen.

„Hallo …“, sage ich leise.

„Clan War!“

„Okay.“

Es hat wenig Sinn, Frederik jetzt zu stören. Er kann komplett in die virtuelle Welt abtauchen und bekommt um sich herum dann nichts mit. Ich gehe also in die Küche. Dort mache ich die Kaffeemaschine an und packe einige Kipferl aus dem Eimer in eine Schale. Weihnachten im Sommer, denke ich und muss lächeln. Auch, weil mir einfällt, wie sehr meine Mutter sich über die Apfelrosentorte gefreut hat, mit der wir sie überrascht haben. So wurde es doch noch ein schöner Nachmittag für sie.

Als ich mich umdrehe, steht Frederik im Türrahmen.

„Deinem verklärten Gesichtsausdruck nach zu urteilen, scheinst du ja einen schönen Tag gehabt zu haben.“ Seine Stimme klingt freundlich, fast sanft, aber ich kann einen leicht ironischen Unterton heraushören. Irgendwas stimmt hier nicht. Wenn zwischen uns beiden alles in Ordnung ist, bekomme ich zur Begrüßung einen Kuss, manchmal auch einen Klaps auf den Po und einen frechen Spruch dazu. Habe ich irgendetwas falsch gemacht? Einen wichtigen Termin vergessen vielleicht?

„Was meinst du?“, frage ich. „Nach der Uni war ich bei meinen Eltern. Ich musste nur gerade lächeln, weil mein Vater wieder Unmengen Weihnachtsplätzchen gebacken hat.“

„Aha.“ Frederik steht noch immer in der Tür. Seine Arme hält er vor der Brust verschränkt. Man muss keine Fortbildung in Sachen Körpersprache absolviert haben, um zu sehen, dass bei ihm irgendetwas quer sitzt – und dass ich wahrscheinlich der Grund dafür bin.

„Was ist los?“, frage ich.

„Nichts. Wieso?“

„Du hast doch irgendwas …“

Frederik geht an mir vorbei, holt sich ein Glas und gießt Saft hinein. „Ich habe auf dich gewartet. Ich dachte, du kommst nach der Uni sofort nach Hause.“

„Wie gesagt, ich war bei meinen Eltern. Hatten wir denn etwas vor?“

Frederik liegt mir schon seit Tagen damit in den Ohren, dass ich Termine in meinen Onlinekalender eintragen soll, damit mein Handy mich mit einem möglichst schrillen Piepton rechtzeitig daran erinnert, wenn wir etwas vorhaben. Das Problem ist nur, dass ich regelmäßig vergesse, den blöden Kalender auch zu benutzen.

„Nicht direkt, aber du weißt doch, dass ich freitags immer schon um vier Feierabend habe.“

Ich werfe einen Blick auf die große runde Uhr über der Küchentür. Wir haben gleich halb sechs. Das heißt, Frederik ist seit maximal eineinhalb Stunden hier. Während dieser Zeit hat er wahrscheinlich mit den anderen Clanmitgliedern über die besten Strategien für seinen nächsten Angriff gechattet. Gelangweilt hat er sich ohne mich also nicht. Im Gegenteil, er wird es genossen haben, ganz in Ruhe Krieg spielen zu dürfen, ohne sich von mir eine blöde Bemerkung anhören zu müssen. Hinter seinem Vorwurf steckt etwas anderes. Frederik fixiert mich mit seinen Augen, als wäre er ein Ermittlungsbeamter, der mich eines schweren Verbrechens überführen möchte.

„Dann warst du aber lange bei deinen Eltern. Dein Seminar war doch um Viertel vor zwölf zu Ende. Bist du danach sofort zu ihnen gefahren?“, fragt er.

„Ich war vorher noch in der Cafeteria. Und nach dem Mittagessen habe ich mit meinem Vater eine Torte gebacken. Wieso fragst du?“

„Dann hattest du ja einen schönen Tag.“ Frederik dreht sich um. Auf dem Weg ins Arbeitszimmer sagt er: „Ich geh wieder spielen.“

„Warte mal“, rufe ich ihm nach. „Möchtest du keinen Kaffee? Und dazu ein Stück Apfelrosentorte? Sie ist sehr lecker, nach einem alten Familienrezept gebacken. Oder vielleicht ein paar Vanillekipferl?“

Aber er antwortet nicht.

Ich atme tief durch, bevor ich Frederik nachlaufe.

Er sitzt wieder vor meinem PC und dreht sich nicht zu mir, als ich das Zimmer betrete. Er ignoriert mich einfach.

„Was ist los?“, frage ich.

„Was meinst du?“

„Deine blöde Bemerkung eben.“

„Welche blöde Bemerkung?“

„Darüber, dass du mir anscheinend nicht glaubst, dass ich mit mehreren Leuten in der Cafeteria war.“

Pling! Frederik hat eine Chatnachricht erhalten. Anstatt mit mir zu reden, fängt er an, eine Antwort zu tippen. Dabei lächelt er. Das macht er, um mir zu zeigen, dass die Nachricht von einem seiner weiblichen Clanmitstreiter ist. Eine kleine Rache dafür, dass ich nicht sofort nach Hause gekommen bin? Mein Magen verkrampft sich. Ich bin mir sicher, dass Frederik jetzt gerade mit *Skorpionin78* Nettigkeiten austauscht. Seit ich ihm erzählt habe, dass ich mit einem meiner Dozenten einen Kaffee getrunken habe, überlegt er, ob er sich auch mal mit *Skorpionin78* treffen sollte, die im wirklichen Leben Nicole heißt, achtundzwanzig ist und in Rosenheim als Programmiererin arbeitet. Ich mag Philipp, meinen Dozenten. Er ist nur ein paar Jahre älter als ich – und er isst leidenschaftlich gerne Kuchen und Torten. Wir haben uns ein paar Mal zufällig in derselben Bäckerei in Uni-Nähe getroffen und spontan einen Kaffee miteinander getrunken. Irgendwann hat er mir das Du angeboten. Außerhalb der Uni haben wir allerdings nichts miteinander zu tun. Frederiks Eifersucht ist völlig unbegründet.

Pling! Die nächste Nachricht ist eingetroffen. Frederik beachtet mich weiterhin nicht.

„Hallo! Redest du bitte mit mir? Wir waren zu viert, und wir haben uns über die bevorstehenden Prüfungen unterhalten“, erkläre ich. „Danach bin ich zu meinen Eltern gefahren.“ Ich schüttele unwillkürlich den Kopf. Warum rechtfertige ich mich eigentlich?

„Schön. Dann ist ja alles gut.“

Ist es nicht. Frederik starrt weiter auf den Bildschirm. Aber ich habe absolut keine Lust, jetzt mit ihm zu streiten. Am Montag schreibe ich die letzte Klausur. Da kann ich meine Zeit sinnvoller nutzen, als darauf zu warten, dass mein Freund sich dazu bequemt, mir zu erzählen, was plötzlich in ihn gefahren ist.

„Ich geh lernen“, sage ich.

Der Appetit auf Kipferl und Kaffee ist mir vergangen. Stattdessen brauche ich etwas zum Abkühlen. Ich hole mir ein großes Glas Eistee und gehe damit ins Wohnzimmer. Auf der Couch konnte ich schon immer am besten lernen. Männer! Mein letzter hat mich betrogen, und mein jetziger ist grundlos eifersüchtig. Erst kürzlich hatten wir eine Diskussion, weil ich eine Dreiviertelstunde später von der Uni zurückkam und nicht ans Handy gegangen bin, als Frederik während dieser Zeit versucht hat, mich zu erreichen. Ich stand schlicht im Stau und hatte das Handy noch lautlos gestellt. Davon mal ganz abgesehen, telefoniere ich nicht, wenn ich Auto fahre.

Mein Blick fällt auf das Buch über strategische Unternehmensplanung, das ich mitgenommen habe. Es bringt überhaupt nichts, jetzt darin zu lesen, denke ich verärgert. Ich kann mich sowieso nicht konzentrieren. Da piept prompt mein Handy und kündigt eine eingegangene Nachricht an, und kurz darauf noch eine. Sie sind von Dana. Vor einigen Monaten habe ich sie bei einem meiner Tortendekorationskurse kennengelernt. Wir haben viel miteinander gelacht. Besonders, als sie aus ihrem manchmal recht turbulenten Schulalltag als Lehrerin erzählt hat. Umso mehr habe ich mich gefreut, als ich sie letzte Woche wieder auf der Teilnehmerliste entdeckt habe.

Ich öffne die erste Nachricht und schaue auf ein Foto. Dana hat eine rosafarbene Torte mit vielen kleinen bunten Zuckerperlen und einem weißen Krönchen gebacken. In der nächsten Nachricht erklärt sie:

Das ist die Torte für meine Nichte. Ich habe mich für eine einfache Variante entschieden. Biskuitböden, dazwischen eine leichte Himbeercreme und zur Dekoration gefärbtes Marzipan, so wie du es mir geraten hast. Meine Nichte war total begeistert. Und die anderen kleinen Mädchen auch.

Ich klicke noch einmal zurück zum Foto und lasse das kleine süße Kunstwerk auf mich wirken. Schließlich tippe ich eine Antwort:

Deine Torte sieht zauberhaft aus! Perfekt für kleine Mädchen, die davon träumen, Prinzessinnen zu sein. Das Krönchen aus essbarer Spitze ist toll geworden. Wie hast du es hergestellt? Trockeneiweiß oder frisches?

Nur kurz darauf klingelt mein Handy.

„Frisches Eiweiß. Ich dachte, ich ruf mal besser mal an. Das ist einfacher, als in das blöde Ding zu tippen. Oder stör ich gerade?"

„Überhaupt nicht. Ich liege auf der Couch und kann mich nicht aufraffen zu lernen."

„Wir haben Freitagabend. Da hat man in der Regel ja auch was Besseres vor."

Ich seufze wehleidig. „Morgen muss ich früh raus. Ich arbeite Mittwochnachmittag und alle zwei Wochen samstags auf Minijob-Basis in einer Bäckerei. Nur mit dem BAföG und den gelegentlichen Einnahmen für die Tortenkurse komme ich nicht aus. Aber bald ist es ja vorbei. Nur noch die eine Klausur am Montag, dann die Bachelorarbeit …"

„Du Arme! Um wie viel Uhr fängst du an?"

„Um fünf klingelt der Wecker, um sechs räume ich die Theke ein. Ich backe nicht, verkaufe nur. Früher, als ich noch selbst Teig geknetet habe, musste ich teilweise um zwei Uhr nachts raus. Das hat mir komischerweise weniger ausgemacht als jetzt die Arbeitszeit um sechs. Mein Körper hat sich mittlerweile auf Ausschlafen eingestellt."

„Das macht meiner auch gerade. Nach zwei Wochen Sommerferien stellt er sich so langsam auf Tiefenentspannung ein.

Drei Wochen brauche ich mindestens, bis ich komplett abschalten kann. Schule ist echt anstrengend." Sie lacht. „Aber das ist Jammern auf hohem Niveau. Ich mag meinen Job. Was ist denn eigentlich aus deinem Thema für die Bachelorarbeit geworden? War dein Professor einverstanden?"

„Ja. *Wie kann eine neue Bäckerei in München effektiv vermarktet werden?* Alles in trockenen Tüchern. Jetzt muss ich das Ding nur noch schreiben."

„Ach, du machst das schon! Mein Angebot steht. Ich lese gerne Korrektur."

„Das wäre super! Ich revanchiere mich dafür mit einer Torte deiner Wahl." Dana unterrichtet Deutsch an einer Gesamtschule. Ihr Angebot werde ich auf jeden Fall annehmen.

„Oh ja, am liebsten irgendwas mit ganz viel Schokolade."

„Abgemacht. Ich fange Mitte September an. Stell dir vor, ich habe heute die Zusage für einen Job auf Juist bekommen, und zwar in dem Café, das zu der Pension gehört, in der du in den Osterferien gewohnt hast."

„Oh, du Glückliche. Die Insel ist traumhaft schön. Aber das weißt du ja selbst."

Ich bin früher, bevor Oma in die USA ausgewandert ist, jedes Jahr mindestens einmal mit meiner Mutter nach Juist gefahren, meistens im Sommer. Das letzte Mal war ich mit zehn dort, es ist jetzt also fast zwanzig Jahre her.

„Es war ein Zufall", erkläre ich. „Nachdem du mir erzählt hattest, dass du in dieser Pension eine Apfelrosentorte gegessen hast, bin ich neugierig geworden. Das Rezept wird von Generation zu Generation in unserer Familie weitergegeben. Ich kenne sie unter dem Namen Töwerlandtorte. Dass auch andere sie backen, wusste ich nicht. Entweder ist das Rezept doch nicht so geheim, wie alle immer behaupten, oder meine Oma hat es weitergegeben. Sie hat Freundinnen auf Juist. Auf jeden Fall habe ich ein wenig im Internet recherchiert. Und dabei ist mir die Stellenanzeige aufgefallen. Geplant war das alles nicht. Ich habe mich spontan beworben, aus dem Bauch raus. Nur eine halbe Stunde später hatte ich die Zusage, als Bedienung, sechs Wochen lang."

„Da wird deine Oma sich aber freuen. Seit wann ist sie wieder auf der Insel? Vielleicht habe ich sie mal gesehen. Es ist ja alles recht überschaubar dort."

„Nein, das kann nicht sein, sie ist erst seit Anfang Juni wieder da." Meine Oma sagt, es zieht jeden irgendwann wieder zurück auf die Insel, der dort aufgewachsen ist. Nur meine Mutter kann es sich nicht vorstellen. Sie verbindet viel zu viele schlechte Erinnerungen mit diesem Ort, hat sie mir mal erzählt. Aber die hat Oma auch, und sie lebt jetzt trotzdem wieder da.

Dana seufzt. „Eine Oma auf Juist. Du bist echt zu beneiden. Es fließt Inselblut durch deine Adern."

Ich muss lachen. „Manchmal ruft allerdings auch der Berg nach mir. Mein Vater kommt ursprünglich aus Aschau. Frag mich nicht, wie oft wir in den Sommerferien die Kampenwand hochgekraxelt sind. Oma Fine, meine Großmutter väterlicherseits, lebt noch immer dort."

„Eine Oma auf einer Insel und eine in den Bergen – hast du es gut!"

„Am Fuße des Berges wäre treffender, aber du hast natürlich recht. Sie ist fast achtzig, aber immer noch topfit. Sie sagt, das würde an der Kraft der Berge liegen. Ich sehe sie regelmäßig, mindestens alle zwei Wochen fahre ich zu ihr. Aber das sind auch nur achtzig Kilometer, keine neunhundert. Und ich muss auch nicht erst mit dem Schiff über das Meer."

„Als ich auf Juist war, bin ich mit dem Auto bis nach Norddeich gefahren und von dort aus geflogen."

„Etwa mit einem von diesen Miniflugzeugen? Ist ja gruselig. Mit großen Höhen habe ich es nicht so. Ich fliege zwar, sterbe aber tausend Tode dabei."

Dana fängt laut an zu lachen. „Sagtest du nicht eben, du seist als Kind die Kampenwand rauf?"

„Nicht nur als Kind. Das mache ich auch heute noch manchmal, wenn ich den Kopf frei bekommen möchte. Aber das ist etwas ganz anderes. Dabei habe ich die ganze Zeit festen Boden unter den Füßen. Wahrscheinlich trifft Flugangst es besser. Ich mag es nicht, wenn unter mir einfach nur ein großes Nichts ist."

„Kenn ich! Aber glaub mir, mit dem kleinen Flieger ist es anders. Da ist kein Nichts unter dir, sondern die Nordsee. Der Blick ist einmalig. Und viel teurer ist es auch nicht. Außerdem bist du viel schneller da. Der Flieger geht stündlich, und der Flug dauert nur ein paar Minuten. Die Fähre verkehrt tideabhängig. Wenn du sie verpasst, musst du bis abends oder sogar bis zum nächsten Morgen warten."

„Damit hast du allerdings recht. Ich hab schon überlegt, ob ich mit dem Zug fahre, aber da bin ich Ewigkeiten unterwegs."

„Auto und Flieger! Glaub mir, das ist die beste Möglichkeit. Soviel ich weiß, gibt es Dauerparkplätze. Die sind nicht so teuer."

„Du hast mich überzeugt. Ich schau mir das nachher auf jeden Fall mal an."

„Gut! Was machst du morgen Abend? Ich wollte nach Fürstenfeldbruck, in die *AmperOase*, zur langen Saunanacht. Ich fahre mit Sarah hin. Du kennst sie, sie war auch bei dir im Kurs. Komm doch mit. Es wird dir bestimmt guttun, mal einen Abend auszuspannen. Am Sonntag bist du dann schön erholt und kannst deine Nase noch mal in die Bücher stecken."

„Eigentlich wollte ich Samstagabend auch lernen. Auf der anderen Seite bin ich sowieso total kaputt, wenn ich ab morgens in der Bäckerei stehe. Ich kläre das gleich mal hier. Ich weiß nicht, ob Frederik irgendwas geplant hat für uns."

„Mach das. Wir fahren auf jeden Fall. Du kannst also auch ganz spontan entscheiden. So gegen vier, halb fünf wollen wir los."

„Okay. Dann widme ich mich jetzt am besten meinem schlauen Buch. Vielleicht bleibt ja doch was hängen."

„Leg es unter das Kopfkissen, wenn du schlafen gehst. Das hilft."

„Ernsthaft?"

„Ja, versuch es einfach mal."

„Das könnte aber unbequem werden. Es ist ein ganz schön dicker Wälzer."

Wir verabschieden uns. Meine gerade noch schlechte Laune wegen Frederiks eigenartigem Verhalten ist verschwunden. Ich sollte morgen auf jeden Fall mit den beiden mitfahren, denke ich, und schlage die erste Seite des Lehrbuchs auf …

Es ist neun Uhr, als Frederik ins Wohnzimmer kommt. Er setzt sich in den Sessel.

„Mit wem hast du vorhin telefoniert?", fragt er.

Ich verkneife mir die Frage, warum er das wissen möchte, weil ich absolut keine Lust auf Streit habe.

„Mit Dana. Sie hat gefragt, ob ich morgen mit in die Sauna komme. Wir haben abends doch nichts vor, oder?"

„Dana?" Frederik zieht eine Augenbraue hoch. „Den Namen habe ich noch nie gehört."

„Sie war schon zweimal bei mir im Tortenkurs. Sie ist Lehrerin und total nett. Sarah kommt auch mit. Das ist eine Kollegin von Dana. Sie war auch in einem meiner Kurse. Wenn wir nichts vorhaben, gehe ich morgen mit."

„Wenn du meinst …"

Ich klappe das Buch zu. „Du hörst dich ja nicht gerade begeistert an."

„Wieso sollte ich?"

„Vielleicht, weil du dich für mich freust? So wie ich, wenn du mit deinen Jungs zum Fußball und danach noch etwas trinken gehst."

„Das ist ja auch was ganz anderes. Du kennst meine Freunde."

Mir fehlen die Worte. Aber für Frederik scheint das Gespräch anscheinend sowieso beendet zu sein. Er greift nach der Fernbedienung, schaltet den Fernsehapparat ein und zappt in schneller Reihenfolge durch die Sender.

Ich stehe auf, gehe zum Fernsehgerät und schalte es aus.

„Spinnst du?", fragt Frederik. „Mach die Glotze wieder an." Sein Tonfall ist aggressiv.

„Nein, ich spinne nicht. Aber es wäre schön, wenn du nicht so abfällig mit mir reden würdest. Ich möchte mich gerne ganz normal mit dir unterhalten, ohne dass du gleich ausfallend wirst."

„Das kann ich nicht. Ich hab ja schließlich nicht studiert."

„Oh, Mann …"

Frederik verschränkt die Arme hinter seinem Kopf. „Geh doch mal wieder mit Conny weg, wenn du unbedingt etwas ohne mich machen möchtest."

„Und das wäre okay für dich … weil du sie kennst?"

„Ja, ich finde sie nett. Und sie passt zu dir."

Ich schnappe nach Luft. „Du denkst, ich sollte mich lieber mit einer Friseurin anstatt mit einer Lehrerin treffen?"

„So habe ich das nicht gesagt."

„Puh!“ Ich gehe zurück zum Sofa und setze mich. „Wie meinst du es denn sonst?“, frage ich.

„Na ja, du umgibst dich eben lieber mit deinen studierten Leuten. Kaffee trinken in der Cafeteria nach dem Seminar, Kuchen essen in der Bäckerei mit dem gut aussehenden Dozenten …“

„Woher weißt du, wie er aussieht?“ Ich habe mit keinem Wort Philipps Äußeres erwähnt. Er ist zweifelsohne attraktiv, aber vom Typ her viel zu elegant für mich. Ich steh nicht unbedingt auf Männer, die ständig in glatt gebügelten Hemden rumlaufen.

Frederik zuckt mit den Schultern. „Ist doch sowieso egal. Vielleicht fahre ich morgen nach Rosenheim und treffe mich mit Nicole. Das hatte ich ja sowieso schon länger mal vor.“

Ich verkneife mir den bissigen Kommentar, der mir auf der Zunge liegt, und frage stattdessen: „Woher weißt du, wie mein Dozent aussieht? Warst du an der Uni?“

„Quatsch! Wozu gibt es Internet?“, sagt Frederik, als wäre gar nichts dabei, dass er mir hinterherspioniert. Ich schaue meinen Freund an, der mir auf einmal seltsam fremd vorkommt.

Er steht auf und schaltet den Fernsehapparat wieder ein. Als er beim Umschalten auf eine Comedysendung mit Mario Barth stößt, grinst er und sagt: „Super, das passt ja wie die Faust aufs Auge. Genau das richtige Programm für diesen Abend.“

Ich fand Mario Barth noch nie besonders lustig. Außerdem empfinde ich den Klang seiner Stimme als äußerst unangenehm. Sie löst regelrecht Fluchtgedanken bei mir aus.

Aber ich bleibe auf der Couch sitzen. Frederiks Eifersucht auf Philipp ist zwar unbegründet, aber ich kann sie noch einigermaßen nachvollziehen. Ich muss zugeben, dass ich selbst schon darüber nachgedacht habe, die Chatpartnerin meines Freundes im Internet mal genauer unter die Lupe zu nehmen. Aber letztendlich konnte ich dem Drang widerstehen. Allerdings würde ich niemals Stress machen, wenn Frederik mit einem Freund weggehen würde, den ich nicht kenne, im Gegenteil …

Als Frederik lauthals anfängt zu lachen, stehe ich auf, um auf dem Balkon etwas frische Luft zu schnappen und meine Gedanken zu sortieren. Momentan bin ich zu aufgewühlt, um vernünftig mit ihm zu reden.

Ich will gerade das Wohnzimmer verlassen, da fällt mir ein, dass ich Frederik noch gar nichts von meinen Plänen für die nächste Zeit erzählt habe.

„Übrigens bin ich ab Freitag für sechs Wochen auf Juist."

Frederik schaut ziemlich dämlich aus der Wäsche, so wie Mario Barth gerade. Aber bei dem ist es Schauspiel.

„Nicht ernsthaft", sagt er, als er seine Sprache wiedergefunden hat.

„Doch, ich habe dort einen Ferienjob angenommen."

„Ohne vorher mit mir darüber zu sprechen?"

„Das hätte ich gerne vorhin, aber du hast mir keine Gelegenheit dazu gegeben."

„Da hattest du dich doch schon längst entschieden."

Da ist was dran. Aber ich hatte auch vor, ihn zu fragen, ob er für ein oder zwei Wochen zu mir auf die Insel kommt, am besten gegen Ende, damit wir den Aufenthalt eventuell verlängern und etwas Zeit für uns haben können. „Das stimmt."

„Und jetzt erwartest du, dass ich mich freue, so wie eben, als du mir gesagt hast, dass du morgen mit dieser Dana in die Sauna gehst." Frederik legt eine bedeutungsvolle Pause ein. „Obwohl du weißt, dass du ab Freitag weg bist. Und du bist nicht auf den Gedanken gekommen, die Zeit dann lieber mit mir verbringen zu wollen."

„Doch, eigentlich schon. Aber nachdem du dich heute, seit ich nach Hause gekommen bin, wie ein Stinkstiefel verhalten hast, war ich ehrlich gesagt froh, als Dana mich gefragt hat, ob ich mitkomme."

„Dann ist ja alles klar", sagt Frederik. „Ich weiß allerdings nicht, ob ich dann noch da bin. Vielleicht solltest du das bei deiner Planung noch mal bedenken."

Ich bin mir sicher, dass ich jetzt diejenige mit dem dämlichen Gesichtsausdruck bin. Habe ich Frederik gerade richtig verstanden?

3. Kapitel

Frederik hat mich tatsächlich vor die Wahl gestellt. Entweder Juist oder er. Auf dem Balkon atme ich erst einmal tief durch. Ich wollte einen Freund, auf den ich mich verlassen kann. Einen, der bodenständig und treu ist. Aber nicht einen, der grundlos eifersüchtig ist und dabei auch noch ausfallend wird. Ich habe ein flaues Gefühl im Magen. Ich mag Frederik. Aber sein Kontrollzwang, der immer mehr zum Vorschein kommt, ist ein Grund, möglichst rasch das Weite zu suchen. Die Frage ist nur, ob ich ihm jetzt sofort sage, dass ich auf jeden Fall nach Juist fahre, oder taktisch klug bis Montag nach der Klausur warte.

Als ich zwischen dem restlichen Straßenlärm in der Ferne den tiefen Bass eines Autoradios höre, das immer näher kommt, rappele ich mich aus dem Stuhl auf und gehe zum Balkongeländer. Wie nicht anders erwartet, braust meine Freundin Conny in ihrem silberfarbenen Smart um die Ecke. Die Musik hat sie immer voll aufgedreht, sodass man schon von Weitem hört, wenn sie nach Hause kommt. Sie wohnt eine Etage schräg über mir. Als ich damals mit ein paar Freunden meine Möbel hoch in meine Wohnung in den ersten Stock geschleppt habe, hat sie spontan mit angepackt. Wir haben uns auf Anhieb verstanden und hatten auch gleich ein Thema, über das wir stundenlang reden konnten. Ich trauerte meinem Exfreund nach, der mich betrogen hatte, sie ihrem Verlobten, der kurz vor der geplanten Hochzeit kalte Füße bekam und sie sitzen ließ.

Conny parkt gekonnt in einer schmalen Parklücke auf der anderen Straßenseite ein, sucht im Auto ein paar Sachen zusammen, drückt kurz darauf die Tür auf und steigt, beladen mit zwei großen lilafarbenen Umhängetaschen, aus. Als sie die Straße überquert, entdeckt sie mich und winkt mir zu. Dabei rutscht eine der Taschen von ihrer Schulter und knallt klirrend auf den Boden. So wie es aussieht, hat Conny irgendetwas aus Glas darin transportiert. Eine dunkle Flüssigkeit tropft unten aus der Tasche, als sie sie hochhebt.

„Mist!", ruft Conny. „Das war der Ramazzotti."

„Ich komm runter und bring dir eine Plastiktüte, sonst kleckerst du alles voll."

„Danke."

Conny sitzt auf dem Bürgersteig, als ich nach draußen komme.

„Deine Haare sind dunkler. Und du hast einen Pony", stelle ich fest und halte die Plastiktüte vor ihr auf. „Hast du dir die Haare selbst geschnitten und gefärbt?"

Conny lässt ihre Stofftasche hineinsinken. „Ach, hör bloß auf. Ich fühle mich wie ein kleines Mädchen. Das war meine Chefin." Sie seufzt. „Ich hätte wissen müssen, dass das schiefgeht. Aber sie ist beleidigt, wenn ich mir von jemand anderem die Haare schneiden lasse. Diesmal hat sie es echt übertrieben. Die Farbe ist ja ganz schön, aber der Schnitt geht gar nicht. Das war das letzte Mal, dass ich sie an meine Haare gelassen habe."

„Es ist wirklich sehr kurz, aber ich finde, es steht dir. Du kannst alles tragen. Du erinnerst mich ein bisschen an Audrey Tautou aus *Die fabelhafte Welt der Amélie*."

„Das hat meine Chefin auch gesagt. Ich kenn den Film noch nicht mal. Aber was soll's. Es wächst ja wieder."

Ich stelle die Tüte auf den Boden und mache es mir neben

Conny bequem. Wir sitzen auf dem Gehweg, die Beine lang nebeneinander ausgestreckt.

„Ich muss dir was erzählen", sage ich, da geht die Tür unseres Wohnhauses auf und Frederik kommt heraus.

Conny winkt ihm fröhlich zu. „Freddy hat anscheinend Sehnsucht nach dir."

„Glaub ich kaum", antworte ich.

„Wieso, was ist los?"

„Wollte ich dir gerade erzählen."

„Ich treff mich mit Jan", sagt Frederik, als er kurz bei uns stehen bleibt. „Kann spät werden."

Ich schaue ihm nach, wie er zu seinem alten Peugeot geht.

„Ups", sagt Conny, als er den Zündschüssel dreht. „Welche Laus ist dem denn über die Leber gelaufen? Warst du böse?"

„Noch nicht", sage ich – springe auf und sprinte los. Frederik hat den Wagen gerade ausgeparkt, als ich bei ihm ankomme. Ich schlage mit der flachen Hand gegen die Motorhaube, damit er nicht auf die Idee kommt, einfach so davonzubrausen. Er sieht mich einen Moment lang empört an, bevor er das Beifahrerfenster herunterlässt.

„Hast du oben die Tür zugemacht? Ich habe keinen Wohnungsschlüssel dabei", erkläre ich. Das ist nicht geflunkert. Ich habe ihn tatsächlich vergessen.

Er zieht seinen Schlüssel aus seiner Hosentasche und hält ihn mir hin. „Beeil dich. Hier steh ich ziemlich doof."

Ich greife zu.

Conny steht auf dem Gehweg. „Alles in Ordnung?", fragt sie, als ich kurz bei ihr anhalte.

„Ja, nein, ich hol nur eben meinen Schlüssel, dann erkläre ich es dir."

Ich nehme zwei Treppenstufen auf einmal und bin ganz aus der Puste, als ich oben ankomme. Mein Schlüssel liegt natürlich nicht dort, wo er sollte. Die Schale auf der Kommode ist leer.

„Mist!“ Wo bin ich vorhin zuerst hingegangen, als ich nach Hause gekommen bin? In die Küche! Aber auch da finde ich ihn nicht. Ich sollte mir doch mal einen Anhänger kaufen, der einen schrillen Piepton von sich gibt, wenn ich ihn suche. Dass das blöde Ding ausgerechnet jetzt unauffindbar ist, ist mal wieder typisch. Ich schaue im Wohnzimmer und danach im Arbeitszimmer nach. Vielleicht habe ich den Schlüssel auf das Regal neben der Tür gelegt, als ich vorhin versucht habe, mich mit Frederik zu unterhalten. Aber auch hier habe ich kein Glück. Ich bin schon fast wieder aus dem Zimmer raus, da fällt mir der Notizzettelhalter auf dem Schreibtisch auf. Ein auffälliger gelber Zettel steckt in der Klammer. Und darauf steht eine Rosenheimer Adresse …

Wut macht sich in mir breit. Ich bin mir sicher, dass Frederik die Notiz absichtlich so platziert hat, damit sie mir sofort ins Auge sticht.

„Oh Mann!“ Ich gehe strammen Schrittes durch den Flur und schiebe einen Schuh zwischen Zarge und Tür, damit sie nicht zufallen kann.

Conny steht bei Frederik am Wagen und unterhält sich mit ihm. Als sie mich kommen sieht, macht sie mir Platz.

„Soll ich warten?“, fragt sie.

Ich nicke und löse meine beiden Schlüssel von Frederiks Schlüsselbund. Es ist meine Wohnung. Frederik hatte sich gerade erst von seiner Freundin getrennt und vorübergehend bei seinen Eltern gewohnt, als wir uns kennengelernt haben. Deswegen haben wir die meiste Zeit gemeinsam bei mir verbracht. Nach drei Monaten habe ich ihm dann die Schlüssel gegeben. Genau genommen hat er seit dem Moment bei mir gewohnt.

„Es tut mir leid", sage ich, als ich seinen Schlüssel ohne meine durch das Beifahrerfenster reiche. Das ist nicht nur einfach so dahingesagt. Ich mag Frederik wirklich. Wir hatten eine schöne Zeit. Aber eine gemeinsame Zukunft kann ich mir nicht mehr vorstellen.

„Viel Spaß in Rosenheim!", füge ich dennoch etwas sarkastisch hinzu, bevor er davonbraust, ohne sich noch einmal umzudrehen.

„Weißt du, was verrückt ist?", sage ich, als Conny mich in den Arm nimmt und drückt. „Als ich heute von meinen Eltern nach Hause gefahren bin, dachte ich noch, alles sei in Ordnung, und jetzt, nur ein paar Stunden später, habe ich plötzlich die Gewissheit, dass es genau das Richtige ist, die Geschichte so schnell wie möglich zu beenden. Es war einfach plötzlich da, obwohl ich mir vorher überhaupt keine Gedanken darüber gemacht habe. Ich hätte nur gerne gewartet, bis ich die blöde Klausur hinter mir habe. Aber dann konnte ich plötzlich nicht mehr anders. Er hat mich vor die Wahl gestellt." Ich erzähle Conny, wie Frederik sich heute verhalten hat.

„Ich weiß, es ist ein abgedroschener Spruch, aber wie sagt man so schön? Lieber ein Ende mit Schrecken als ein Schrecken ohne Ende. Gut, dass du dich für Juist entschieden hast." Meine Freundin sieht mich kritisch an. „Hauptsache, dir geht es gut dabei."

„Puh." Ich atme tief durch. „Frag mich das am besten Montag noch mal. Momentan fühle ich mich einfach nur leer."

„Deine Klausur wird ein Klacks, das schaffst du mit links. Am besten vergisst du Frederik ganz schnell. Er war sowieso nicht der Richtige für dich. Wer will schon einen Typen, der dir am liebsten einen Chip einpflanzen würde, damit er die ganze Zeit über deinen Aufenthaltsort informiert wird?"

Bei der Vorstellung muss ich lachen. „So schlimm war er nun auch nicht."

„Sicher wäre ich mir da nicht. Aber darüber musst du dir zum Glück ja keine Gedanken mehr machen. Oder meinst du, du könntest eventuell rückfällig werden?"

Ich schüttele vehement den Kopf.

„Gut. Und falls doch, ruf mich vorher an. Dann rede ich es dir wieder aus."

„Okay." Wir stehen immer noch unten auf der Straße. „Meine Tür ist oben noch auf. Lass uns lieber hochgehen."

„Schlafe ich bei dir oder du bei mir?", fragt Conny.

Es ist ein schönes Gefühl, meine Freundin gleich in der Nähe zu wissen, aber ich brauche etwas Zeit für mich. „Sei mir nicht böse, ich glaube, ich wäre jetzt lieber alleine. Außerdem muss ich morgen ganz früh raus."

„Gut. Aber wenn was ist, ruf an. Oder komm einfach hoch. Du weißt, dass du mich zu jeder Uhrzeit wach klingeln kannst. Mein Handy lass ich an. Sehen wir uns morgen?"

„Unbedingt. Hast du Lust auf Sauna? Ein Mädelsabend zu viert?"

„Klar."

„Super, dann fahren wir morgen mit Dana und Sarah in die *AmperOase*. Ich kenne die beiden aus einem meiner Tortenkurse. Du wirst sie mögen, sie sind sehr nett."

Wir gehen nebeneinander zum Haus und die Treppen hoch. Vor meiner Eingangstür bleiben wir noch einen Moment stehen. Ich überlege kurz, ob ich Conny doch noch mit reinbitte, aber dann wird es sicher ein langer Abend. Die Vernunft siegt. Sie drückt mich noch einmal, dann bin ich alleine.

In der Wohnung ist es seltsam still. Ich habe die Momente genossen, wenn Frederik unterwegs war und ich Zeit für mich hatte. Aber jetzt fühlt es sich anders an, besser. Ich lege die Schlüssel, die ich von Frederiks Bund gelöst habe, dorthin, wo sie hingehören, und mache mich auf die Suche nach meinen.

Sie liegen auf dem Bistrotisch neben meinem Handy, das ich mit auf den Balkon genommen habe. Wie sie da gelandet sind, weiß ich nicht. Zumindest kann ich mich nicht daran erinnern, sie mit dorthin genommen zu haben. Aber das heißt bei mir nichts. Mit Schlüsseln stand ich schon immer auf Kriegsfuß, schon mehrmals habe ich mich ausgesperrt. Deswegen habe ich sowohl bei meinen Eltern als auch bei Conny Ersatz deponiert.

Ich schenke mir eine Weinschorle ein, nehme mein Handy, setze mich auf den Liegestuhl und lege die Beine hoch. Die Ruhe fühlt sich gut an. Ich horche tief in mich hinein. Gerade eben habe ich spontan meine Beziehung beendet, einfach aus dem Bauch heraus. Habe ich da vorschnell gehandelt? Hätte ich in Ruhe mit Frederik darüber reden sollen? Nein, immerhin habe ich ein paar Mal versucht, ein Gespräch mit ihm zu führen. Aber das war ja nicht möglich. Trotzdem möchte ich das gerne nachholen. Ein sauberer Abschluss wäre mir wichtig. Also schreibe ich ihm:

Ich würde unheimlich gerne noch mal mit dir reden und dir meine Entscheidung erklären. Wann können wir uns sehen?

Als ich im Bett liege, bin ich auf einmal doch traurig und kann lange Zeit nicht einschlafen. Zwischendurch wache ich immer mal wieder auf und schaue auf das Handy. Conny hat mir geschrieben und Dana auch. Frederik hat meine Nachricht zwar gelesen, antwortet allerdings nicht. Damit bleibt er sich immerhin treu. Aber irgendwann wird er sich melden, spätestens dann, wenn ihm einfällt, dass er noch jede Menge Klamotten bei mir hat.

Früh am Morgen fühle ich mich wie gerädert. Ich schäle mich aus dem Bett, strecke mich und springe schnell unter die Dusche. Die Bäckerei ist nur zehn Minuten mit dem Auto von hier entfernt. Aber ich möchte vorher in Ruhe einen Kaffee trinken. Morgens brauche ich immer eine Weile, bevor ich in die Gänge komme. Wenn ich auf meinen Biorhythmus hören würde, dürfte ich nicht mehr als Bäckerin arbeiten. Ohne Wecker schlafe ich gerne mal bis um neun. Ab zehn bin ich dann ansprechbar. Frederik hat sich oft lustig über mich gemacht, wenn ich morgens noch im Sparmodus funktioniert habe, wie er immer so schön sagte. Aber das ist nun vorbei. Ich kann wach werden, ohne mir einen dummen Morgenmuffel-Spruch anhören zu müssen.

Um Viertel vor sechs gehe ich aus dem Haus. Um sechs räume ich die ersten Brötchen ein. Der Laden ist ab acht Uhr durchgehend voll. Hier hätte mein Vater eine Filiale eröffnen sollen. Genügend Kundschaft für zwei Bäckereien wäre auf jeden Fall vorhanden. Er hat einfach die falsche Entscheidung getroffen, denke ich, als ich Brötchen für Brötchen in die Papiertüten fülle. Als um kurz vor zwei Frau Baumann, meine Ablösung, den Laden betritt, atme ich erleichtert auf. Die Nacht steckt mir in den Knochen. Um zehn nach zwei verlasse ich den Laden und schaue auf mein Handy. Dana und Conny haben mir wieder geschrieben. Sie freuen sich auf heute. Und Frederik hat sich auch endlich gemeldet.

Was gibt es denn da noch zu erklären? Ich komme gegen drei, um meine Sachen abzuholen, wenn es dir recht ist.

Du kannst sie ja schon zusammenpacken. Ich möchte schnell wieder weg. Reden möchte ich nicht. Bitte akzeptiere das.

Schade, tippe ich, lösche es aber sofort wieder und schicke ein schlichtes *Okay*.

Zu Hause mache ich mich sofort an die Arbeit. Ich brauche genau fünfundzwanzig Minuten, bis ich Frederiks Kleidung und Schuhe in zwei Wäschekörbe und vier große Einkaufstaschen gepackt habe. Auch an Zahnbürste und Co. habe ich gedacht. Die Möbel gehören alle mir. Die Tageslichtlampe im Wohnzimmer hat Frederik mir mitgebracht, damit ich gutes Licht zum Lernen habe. Ob ich sie ihm zurückgeben soll? Er hat nicht explizit gesagt, dass sie ein Geschenk ist. Ich stelle sie neben die Wäschekörbe in den Flur und gehe alle Räume noch einmal durch. Meine Wohnung ist nicht sehr groß, aber sehr schön geschnitten. Die drei Räume verteilen sich auf etwas über sechzig Quadratmeter. Im Arbeitszimmer stoße ich auf den Notizzettelhalter samt Adresse. Dabei fällt mir ein, dass ich unbedingt Frederiks Berechtigung zum Zugriff auf meinen Onlinekalender löschen sollte. Ich starte den PC. Auf dem Desktop springt mir sofort das Icon für Frederiks Strategiespiel in die Augen. Es juckt mir in den Fingern, es zu öffnen und mal durch seinen Chatverlauf zu scrollen. Aber die Versuchung ist nur kurz, und stattdessen deinstalliere ich es. Auch die Änderung der Zugriffsberechtigung in meinem Kalender habe ich schnell erledigt. Insgesamt habe ich also vierzig Minuten gebraucht, um ein halbes Jahr Beziehung zu löschen.

Dass ich so nüchtern darüber denke, erschreckt mich. Und es zeigt mir auch, dass ich immer noch nicht über die Enttäuschung mit Marc hinweg bin. Als ich durch eine fehlgeleitete

Nachricht herausgefunden hatte, dass er mich mit seiner Exfreundin betrogen hat, war eine Welt für mich zusammengebrochen. Es sei eine einmalige Sache gewesen, hat er damals beteuert und von Vergangenheitsbewältigung gesprochen. Er liebe nur mich, und wie leid ihm es ihm täte. Ich habe ihm geglaubt und uns noch eine Chance gegeben, weil ich um unsere Liebe kämpfen wollte. Jeder macht schließlich mal Fehler. Das Verzeihen fiel mir leicht, aber vergessen konnte ich seinen Fehltritt nicht. Ich bin misstrauisch geworden, habe damit gerechnet, dass es wieder passieren würde. Wenn Marc alleine unterwegs war, habe ich mich schlecht gefühlt. Es ist mir zwar schwergefallen, aber ich habe ihm nie hinterhertelefoniert oder ihn verhört, so wie Frederik das mit mir gemacht hat. Doch ich habe mich innerlich von Marc entfernt, weil ich ihm nicht mehr vertraut habe. Ein halbes Jahr später hat er sich wieder mit seiner Exfreundin getroffen, diesmal ganz bewusst. Er hat mir die Schuld dafür gegeben, durch meine unterkühlte Art hätte ich ihn sozusagen zurück in ihre Arme getrieben. Wir waren insgesamt dreieinhalb Jahre lang ein Paar. Damals habe ich mir vorgenommen, mir nie wieder von einem Mann so wehtun zu lassen wie von ihm. Mir sollte dieser Fehler ganz bestimmt nicht ein zweites Mal passieren. Liebe macht verletzbar. Wer hoch fliegt, fällt tief. Mit Marc schwebte ich auf Wolke sieben, mit Frederik bin ich immer auf dem Boden der Tatsachen geblieben.

Pünktlich um drei klingelt es. Frederik hat sich Verstärkung mitgebracht. Jan steht neben ihm und grinst mich schief an, als ich die Tür öffne.

„Hi“, sagt Jan.

„Hallo, kommt rein.“

Frederik wirkt nicht traurig, sondern eher sauer, als er kommentarlos an mir vorbeigeht und nach einem der Körbe greift. Es fällt mir schwer, ihn nicht auf das anzusprechen, was zwischen uns passiert ist. Ich würde ihm gerne auch noch etwas Nettes mit auf den Weg gegeben und ihm sagen, wie leid mir das alles tut. Aber das würde ihn wahrscheinlich sowieso nicht interessieren. Er ignoriert mich weitestgehend, genau wie gestern, aber heute kann ich es sogar verstehen. Auch wenn er sich meiner Meinung nach verhalten hat wie ein Idiot.

Fünf Minuten später sind sie wieder weg. Erleichtert atme ich auf. Da trifft prompt eine Nachricht von Conny bei mir ein. Ich hatte ihr gesagt, dass Frederik sich für drei Uhr angekündigt hat.

Wie war es? Alles so weit gutgegangen?

Bestimmt hat sie von ihrem Balkon aus Frederiks Abgang beobachtet.

Ja, antworte ich und setze ein Smiley dahinter. *Bin endgültig wieder Single. Sehen uns gleich!*

4. Kapitel

Genau um vier holt Conny mich ab.

„Damensauna“, sagt sie.

„Prima!“

Unten warten Dana und Sarah im Auto. Wir verstauen unsere Taschen im Kofferraum und machen es uns auf der Rückbank bequem.

„Toll, dass es geklappt hat“, sagt Dana. „Und schön, dass du auch dabei bist. Ich bin Dana“, stellt sie sich vor und lächelt Conny an.

Nach einer kurzen Begrüßungsrunde geht es los. Die Stimmung ist gut. Alle lachen. Ich höre zu, wie Sarah Späße über ihre Schüler macht und Conny von ihrer missglückten Ponyfrisur erzählt.

„Was ist los mit dir, Merle?“, fragt Sarah plötzlich. „Du bist so still.“

„Ich habe mich von Frederik getrennt“, erkläre ich. „Er hat gerade seine Sachen abgeholt.“

„Oh, das tut mir leid. Schlimm?“, fragt Dana.

„Nein, es geht schon.“ Ich lasse mich tief in den Autositz sinken. „Er war einfach nicht der Richtige.“

„Möchtest du darüber reden oder sollen wir dich lieber ablenken?“

„Ablenken“, antworte ich wie aus der Pistole geschossen, woraufhin alle lachen müssen.

„Okay“, fährt Dana schließlich fort. „Gab es *Domäne Bill* damals schon auf Juist? Wenn nicht, solltest du dort unbedingt vorbeischauen. Bestell eine Scheibe Stuten mit Butter. Beim Reinbeißen denk an mich.“ Sie seufzt genussvoll. „Ich habe noch keinen besseren gegessen. Er kommt frisch aus dem Ofen, dick aufgeschnitten und lauwarm auf den Teller.“

„Ich weiß, er ist legendär, und das war vor zwanzig Jahren auch schon so. Ich schicke dir ein Foto, wenn ich die Butter draufgeschmiert habe und sie langsam anfängt zu zerlaufen.“

„Hmmm ...“, macht Conny. „Mir läuft das Wasser im Mund zusammen. Am liebsten würde ich mitkommen.“

„Es ist wunderschön dort, nicht umsonst wird Juist auch Töwerland – Zauberland genannt“, erklärt Dana.

„Das stimmt“, pflichte ich ihr bei. „Und wisst ihr, was das Verrückte an der Sache ist? Ich hatte ursprünglich vorgehabt, mir einen Job am Chiemsee zu suchen. Da werden in den Sommerferien auch massenhaft Aushilfen gebraucht. Und da erzählt Dana mir plötzlich von einem Stück Apfeltorte, das sie auf Juist in einer Pension serviert bekommen hat. Es klingt ganz danach, als sei sie nach unserem alten Familienrezept gebacken worden. Ich habe ein bisschen gegoogelt, und ein halbe Stunde später hatte ich einen Job auf der Insel, auf der meine Mutter aufgewachsen ist und auch schon meine Oma und Urgroßmutter. So ein Zufall, oder?“

Conny sieht mich von der Seite an. „Du weißt aber schon, dass es keine Zufälle gibt, oder? Irgendjemand – oder irgendetwas – wollte, dass du nach Juist fährst.“

Ich muss schmunzeln. Conny hat einen Hang zu Esoterik. Ihre spirituelle Ader sieht man ihr auf den ersten Blick nicht an, aber sie glaubt fest daran, dass Kräfte und Einflüsse außerhalb der naturwissenschaftlichen Weltanschauung existieren.

„Und das heißt?“, hake ich nach.

Conny zuckt mit den Schultern. „Das weiß ich doch nicht. Aber du wirst es schon noch rausfinden.“

„Da ist was dran", sagt Dana und lächelt mir aus dem Rückspiegel zu. „Immerhin bringt dich das Familienrezept zurück auf die Insel. Davon mal ganz abgesehen ist Juist immer eine Reise wert. Vielleicht komme ich dich besuchen. Natürlich nur, wenn du nichts dagegen hast. Ich habe ja jetzt Ferien."

„Oh ja, da wäre ich auch dabei." Conny klatscht in die Hände. „Eine Woche könnte ich mir freischaufeln, ich habe noch Resturlaub. Und du, Sarah?"

„Ich leider nicht, ich fliege mit Achim nach Teneriffa. Und vorher wollen wir unsere Wohnung renovieren."

Conny sieht mich erwartungsvoll an. „Was ist, Merle, was hältst du von der Idee? Ich war schon Ewigkeiten nicht mehr am Meer. Auf Juist war ich überhaupt noch nie."

„Ich würde mich natürlich total freuen, wenn ihr kommt. Es ist nur um diese Zeit hoffnungslos ausgebucht. Ich würde vorschlagen, ihr sucht nach einem Termin und ich schaue vor Ort, ob ich eine Unterkunft finde."

„Klingt gut", sagt Dana von vorne. Und zu Conny gewandt: „Lass uns gleich mal unsere Handynummern austauschen."

Ich sitze schräg hinter Dana und betrachte ihre feinen Gesichtszüge, die durch den kurzen Haarschnitt gut zur Geltung kommen.

„Du siehst ein bisschen aus wie Sharon Stone in jungen Jahren, Dana", sage ich.

Sie lacht. „Die ist bestimmt zehn Zentimeter größer und dafür fünfzehn Kilo leichter als ich."

„Nein, Merle hat recht", pflichtet Conny mir bei. „Du bist bildschön. Was ist eigentlich mit dir? Bist du verheiratet, verlobt, verliebt?"

„Na ja ..." Sie strahlt über das ganze Gesicht. Im nächsten Moment wirft sie mir einen entschuldigenden Blick zu.

„Gregor hat mir letzte Woche einen Heiratsantrag gemacht. Ich habe Ja gesagt."

„Was? Das wusste ich ja noch gar nicht", ruft Sarah aus. „Das ist ja toll! Erzähl!"

Die Zeit in der Sauna ist wie im Flug vergangen. Es ist halb zwei, als ich müde ins Bett falle und sofort einschlafe. Am Morgen werde ich durch das Klingeln meines Festnetztelefons geweckt. Die Sonne scheint durchs Fenster. Es ist schon Viertel nach zehn, wie mir ein schneller Blick auf den Wecker zeigt. So lange habe ich schon lange nicht mehr geschlafen. In der Regel ist es meine Mutter, die auf dem Festnetzanschluss anruft. Bestimmt möchte sie wissen, ob ich heute mit Frederik zum Grillen komme. Das hatte ich ganz vergessen. Ich warte, bis das Klingeln aufhört, und greife zu meinem Handy, das ich auf das Nachtschränkchen gelegt habe. Im Bett ist es gemütlich, ich kann auch von hier aus telefonieren.

Ich drücke die Kurzwahltaste für meine Eltern und habe nur wenige Sekunden darauf meine Mutter am Telefon.

„Merle? Gut, dass du anrufst ..."

Sie hört sich aufgewühlt an. Mein Herz fängt sofort an zu rasen. „Wieso? Was ist los?"

„Nichts Schlimmes, keine Sorge. Das Krankenhaus in Prien hat angerufen. Oma Fine ist heute beim Fensterputzen von der Leiter gefallen und hat sich dabei das linke Bein gebrochen. Sie ist aber so weit wohlauf. Ich wollte dir nur sagen, dass wir jetzt zu ihr fahren. Das Grillen fällt aus."

„Ich komme mit. Könnt ihr warten?"

„Musst du denn nicht lernen?"

Mist! „Das mach ich danach. Ich zieh mich an und fahr gleich los."

Ich schlüpfe in kurze Hosen, ein T-Shirt und binde meine

Haare zu einem Zopf. Und dann bin ich auch schon auf dem Weg. Meine Eltern wohnen eine Viertelstunde von mir entfernt. Sie haben den Wagen schon ausgeparkt und warten im Auto, sodass ich meines in der Einfahrt parken kann. Ich springe heraus, setze mich bei meinen Eltern auf die Rückbank, und wir fahren los.

Oma sieht blass aus unter ihrer von der Sonne gebräunten Haut. Sie liegt in einem weißen Krankenhausnachthemdchen auf ihrem Bett. Das Bein, dick eingegipst, liegt etwas erhöht auf einem Keil.

„Mensch, Oma", sage ich und umarme sie. Dabei steigt der Duft des Parfums in meine Nase, das ich ihr zum Geburtstag geschenkt habe. Es riecht nach Vanille und Gewürzen, so wie Papas Kipferl. „Was machst du denn für Sachen?"

Sie lächelt tapfer. „Fenster putzen."

„Das haben wir schon gehört", bollert mein Vater los, bevor er Oma umarmt. „In deinem Alter sollte man nicht mehr auf Leitern klettern. Dafür hast du eine Putzfrau."

Sie winkt ab. „Das ist ja das Problem. Ich muss jedes Mal nachputzen. Die Dame zaubert ein wahres Streifenkunstwerk auf die Glasflächen, wenn sie sie bearbeitet." Oma Fine macht ein strenges Gesicht. „Und jetzt hab dich nicht so, Jacherl, es ist ja noch mal gutgegangen."

Mein Vater heißt Joachim. Ich habe es schon immer gemocht, wenn Oma Fine ihn mit seinem Kosenamen anspricht. Sein Gesichtsausdruck wird weich. „Du hast uns einen ganz schönen Schrecken eingejagt."

Meine Mutter zieht sich einen Stuhl an Omas Bett und setzt sich zu ihr. „Hast du Schmerzen?"

„Nein", sagt Oma und zeigt auf den Tropf. „Ich bekomme etwas dagegen."

Ich bin sicher, dass sie flunkert, und meine Mutter ist anscheinend auch davon überzeugt. „Hast du Bescheid gegeben, dass Novalgin bei dir nicht so gut wirkt?“

Oma Fine schüttelt den Kopf.

„Das habe ich mir gedacht. Dann mach ich das gleich.“ Meine Mutter wendet sich an meinen Vater. „Soll ich nach einem Arzt schauen, oder machst du das?“

„Geh du, sei so lieb. Du weißt besser, was du sagen und fragen musst.“

„Na gut, dann versuch ich mein Glück.“

Ich zeige auf das leere, aber eindeutig belegte Bett neben Oma Fine. „Hast du eine nette Bettnachbarin?“

„Keine Ahnung. Als ich hier reingeschoben wurde, war sie schon im OP.“ Oma Fine lächelt schelmisch. „Ich glaube, sie ist von einem Stuhl gefallen. Ich habe wenigstens eine Leiter benutzt.“

„Je oller, je doller“, brummelt mein Vater.

„Was macht dein Studium, mein Schatz?“, fragt Oma Fine mich. „Kommst du voran?“

„Morgen habe ich meine letzte Klausur, dann ist das Gröbste erst einmal geschafft.“

„Das ist gut. Und danach? Ich habe noch das Urlaubstaschengeld für dich. Oder hast du dieses Jahr keine Zeit zu verreisen?“

„Merle hat einen Ferienjob auf Juist angenommen“, erklärt mein Vater. „Da hat sie Arbeit und Urlaub in einem.“

Oma Fine macht große Augen. In dem Moment geht die Tür auf. Meine Mutter schaut rein. „Achim, kommst du mal? Ich habe den Arzt gefunden. Er möchte mit uns beiden sprechen.“

Das hört sich nicht gut an. Ich schaue meinem Vater nach, bis er zur Tür raus ist.

„Auf Juist, bei Enna?“, fragt Oma Fine.

Ich drehe mich wieder zu ihr. „Ja, in einem Café dort. Es hat dieses Jahr neu aufgemacht. Ich bekomme auch ein Zimmer gestellt.“

Oma Fine sieht mich ernst an. „Du wirst deiner anderen Oma damit eine sehr große Freude bereiten. Es wird nicht leicht sein für sie, nach all den Jahren wieder auf ihrer kleinen Insel zu sein. Die Leute reden viel, wenn der Tag lang ist. Und sie vergessen nicht.“

„Wie meinst du das?“

„Letztendlich ist Juist ebenso ein Dorf wie Aschau. Jeder weiß über jeden Bescheid. Was sagt denn deine Mutter dazu?“

„Dass sie weiß, dass ich gut auf mich aufpasse. Aber begeistert war sie nicht davon, das konnte man ihr ansehen. Meinst du, ich sollte es lieber lassen? Oma Enna weiß noch nichts davon, ich könnte also noch absagen.“

Oma Fine greift nach meiner Hand. „Habe ich dir schon mal gesagt, dass ich sehr stolz auf dich bin? Es ist schön, dass du dir Gedanken um die Menschen machst, die dir wichtig sind. Wenn ich jung wäre, würde ich alles dafür geben, deine Freundin sein zu dürfen. Aber deine Oma zu sein ist natürlich auch nicht schlecht.“

„Danke. Das ist aber ein schönes Kompliment.“

„Der Haken kommt noch.“ Oma hält immer noch meine Hand. „Du solltest auch einfach mal an *dich* denken. Und daran, was für *dich* gut ist. Hör auf deinen Bauch.“

„Der hat Hunger und kann deswegen nicht denken“, flachse ich.

Oma Fine schüttelt den Kopf. „Er fühlt, dass er Hunger hat, er denkt nicht. Und fühlen, das solltest du auch. Freust du dich auf Juist?“

„Und wie!“

„Na also, wer sagt's denn! Ab mit dir auf die Insel." Oma Fine stützt sich im Bett auf. Dabei verzieht sie schmerzerfüllt ihr Gesicht.

„Ausgerechnet jetzt, wo du dir ein Bein gebrochen hast? Wie willst du denn alleine klarkommen? Du brauchst doch jemanden, der dir im Haus hilft. Das könnte ich doch machen. Meine Bachelorarbeit kann ich auch bei dir schreiben. Und danach immer noch nach Juist fahren."

„Kommt gar nicht in die Tüte. Du fährst!"

„Du musst gar nicht versuchen, so streng auszusehen, das gelingt dir nicht. Dafür bist du viel zu lieb."

Oma Enna kann das, und meine Mutter auch. Ich habe schon oft versucht, den strengen Blick nachzumachen, sogar mal vor dem Spiegel, aber es gelingt mir nicht. Ich habe nicht Oma Ennas stahlgraue Augen geerbt, sondern die weichen braunen von Oma Fine.

„Ach, Merle!" Oma Fine lächelt sentimental. „Ich hoffe, dass ich deine Kinder noch miterlebe. Ich würde gerne Uroma werden." Sie hält erschrocken ihre Hand vor den Mund. „Damit meine ich nicht, dass es sofort sein muss. Wie geht es denn deinem Freund? Wie hieß er noch gleich?"

„Frederik." Ich beiße mir auf die Unterlippe. Ausgerechnet jetzt, als Oma Fine den Wunsch nach Urenkeln äußert, habe ich mich von einem potenziellen Vater verabschiedet.

An der Tatsache gibt es jedoch nichts zu ändern. Es ist, wie es ist. „Ehrlich gesagt, weiß ich nicht, wie es ihm geht. Vielleicht nicht so gut. Ich habe mich nämlich gestern von ihm getrennt. Mama und Papa wissen es aber noch nicht."

Oma zwinkert mir zu. „Ich halte dicht."

Meine Eltern sehen sehr ernst aus, als sie wieder den Raum betreten.

„Du hast uns nicht erzählt, dass du fast drei Stunden auf dem Boden gelegen hast, bevor Hilfe kam“, sagt meine Mutter. Ihre Stimme klingt sanft. „Der Arzt sagt, dass eine Nachbarin um acht Uhr den Krankenwagen gerufen habe. Aber gefallen wärst du schon so gegen fünf.“

„Da lagen alle noch in den Federn“, sagt Oma. „Ich bin alt, da braucht man nicht mehr so viel Schlaf. Ich stehe immer so früh auf.“

Mein Vater zieht die Stirn kraus. „Du musst einen Tag zur Beobachtung hierbleiben. Es ist ein glatter Bruch, der nicht operiert werden muss. Der Gips bleibt erst einmal dran, bis das Bein abgeschwollen ist. So lange brauchst du absolute Ruhe. Morgen holen wir dich ab. Du kommst erst einmal mit zu uns. Nicht dass du wieder auf die Idee kommst, mit einem Kissen über den Boden zu rutschen, wie beim letzten Mal.“

Oma Fine setzt zu einer Antwort an, aber mein Vater kommt ihr zuvor. „Keine Widerrede. Wir besorgen dir einen Block und einen Stift. Du schreibst alles auf, was du brauchst. Wir packen es zusammen, dann holen wir dich ab. Deine Blumen kann die Nachbarin gießen.“

Oma Fine nickt ergeben. Und ich finde, sie sieht erleichtert dabei aus.

„Wie, du bist mit einem Kissen über den Boden gerutscht?“, frage ich, um die Stimmung etwas aufzuheitern. „Die Geschichte kenne ich noch gar nicht.“

„Da warst du auch noch nicht auf der Welt“, erklärt mein Vater schmunzelnd. „Deine Oma hatte sich bei Glatteis das Bein gebrochen. Sie bekam einen Gips und sollte das Bein möglichst hochhalten. Aber stattdessen hat sie sich ein Kissen unter den Hintern und eins unter den Gips geschoben. So hat sie sich durch die ganze Wohnung bewegt. Nur nicht durch mein Zimmer, denn da lag damals Teppich. Omas Kissenwagen funktionierte natürlich nur auf den Fliesen."

Ich muss lachen. Und auch meine Mutter stimmt mit ein. Eine leichte Röte zieht über Oma Fines Gesicht.

„Ach, Jacherl", sagt sie. „Immer diese alten Geschichten."

Wir haben beschlossen, nach der ganzen Aufregung doch noch den Grill anzuschmeißen. Mein Vater fächelt mit einer Zeitung über die Kohlen.

„Ich überlege, ob ich mir einen runden Schamottstein anfertigen lasse. Damit müsste man mit dem Kugelgrill gutes Brot backen können."

„Warum baust du dir nicht endlich einen Steinofen? Ihr habt doch genug Platz", frage ich.

„Du hast recht. Frederik hat mir im Internet schon eine Bauanleitung rausgesucht. Vielleicht kann er sie später mitbringen. Er kommt doch? Weiß er Bescheid?"

„Nein, er kommt nicht. Wir haben uns gestern getrennt."

„Ach so." Mein Vater zeigt auf die Kühlbox. „Schade für ihn, wo er saftige Steaks doch so gerne mag." Er kratzt sich am Kinn. „Na ja, dann werde ich heute einfach zwei essen."

„Wenn du es richtig durchgrillst, esse ich es."

„Nein, für dich habe ich Hähnchen mariniert." Er tätschelt mir etwas unbeholfen die Schulter. „Bist du traurig deswegen?"

„Ein bisschen. Aber es war meine Entscheidung."

„Das ist gut. Ich fand ihn zwar ganz nett, aber ehrlich gesagt, eine Nummer zu blass für dich."

„Echt?"

Meine Mutter kommt mit einer Schüssel Salat nach draußen. „Was ist eigentlich mit Frederik. Kommt er noch?", fragt auch sie.

Mein Vater schüttelt den Kopf.

„Wie?“ Meine Mutter sieht mich an.

„Ich geh mal eben die restlichen Salate holen“, sagt mein Vater und verdrückt sich ins Haus.

„Ich habe mich gestern von Frederik getrennt.“

„Ach so.“ Meine Mutter überlegt einen Moment. „Ich habe mich sowieso gewundert, dass du dich so schnell wieder verliebt hast.“

Ich habe Frederik sechs Wochen nach der Trennung von Marc kennengelernt, kurz nachdem ich in meine neue Wohnung gezogen war. Zwei Wochen später waren wir ein Paar.

„Du hast recht“, sage ich. „Ich war noch nicht so weit.“

„Ein Übergangsmann“, sagt meine Mutter. „So nannte man das zumindest in unserer Zeit. Ich war vor deinem Vater auch schon einmal schwer verliebt gewesen. Es ging schief. Danach hatte ich für kurze Zeit einen neuen Freund – und dann kam dein Papa.“ Sie lächelt mich schelmisch an. „Vielleicht kommst du in der Hinsicht ja nach mir.“

Ich seufze wehleidig. „Von Männern habe ich genug, das kannst du mir glauben.“

„Das wird schon wieder. Irgendwann kommt der Richtige. Jetzt schreibst du erst mal deine Klausur, und dann fährst du nach Juist.“

„Meinst du wirklich? Braucht ihr nicht meine Hilfe, jetzt, wo Oma Fine verletzt ist?“

„Ach was, darüber musst du dir gar keine Gedanken machen. Papa ist doch zu Hause. Oma Fine kann vorerst in deinem alten Kinderzimmer schlafen.“ Sie lächelt. „Da hat Papa endlich wieder eine Aufgabe. Es wird ihm guttun. Und ich bin ja auch spätestens um zwei zu Hause. Wir haben dieses Jahr nur achtzehn Kinder in der Ferienbetreuung, also zwei Gruppen. Da kann ich notfalls auch ein paar Überstunden abbauen.“

„Bist du sicher?“

„Ja. Du nicht mehr?“

Meine Mutter sieht mich mit ihrem durchdringenden Blick an – und wartet. „Doch, ich bin mir sicher. Ich fahre nach Juist“, sage ich entschlossen.

5. Kapitel

Meine Mutter hat mich früher oft vor der unberechenbaren Gewalt des Meeres gewarnt. Ich jedoch fühlte mich von jeher zum Wasser hingezogen. Vielleicht ist es unbewusst der Reiz des Verbotenen, der es für mich so interessant erscheinen lässt. Angst davor hatte ich nie. Das kleine, zweimotorige Flugzeug jedoch, das ich gerade skeptisch betrachte, sorgt bei mir für Magengrummeln. Dabei bin ich noch gar nicht eingestiegen. Ich stehe vor dem Maschendrahtzaun, der den Flugplatz umgrenzt, und überlege ernsthaft, ob ich nicht doch lieber mit der Fähre übersetzen soll. Die legt allerdings erst wieder in acht Stunden von Norddeich Mole ab. Wir haben halb zehn. Ich bin extra früh losgefahren, um den Flieger hier in Norddeich zu erwischen. Mir geht ein ganzer Tag verloren, wenn ich jetzt kneife.

Ich ziehe mein Handy aus der Hosentasche, mache ein Foto vom Flugzeug und schicke es an Conny und Dana. Dann stecke ich mir eins von den Reisekaugummis in den Mund, die meine Mutter mir vorsorglich mitgegeben hat. Eine Frau geht mit ihrer kleinen, blond gelockten, vielleicht vier Jahre alten Tochter an mir vorbei. So wie es aussieht, sind sie gerade gelandet. Beide ziehen einen Trolley hinter sich her. Der des Mädchens ist eine pinkfarbene Miniaturausführung.

„Ich habe Hunger", sagt die Kleine.

„Wir halten unterwegs bei einer Bäckerei an, was hältst du davon?"

„Oh ja …"

Mir ist immer noch mulmig zumute. Ich schaue den beiden nach, bis sie auf den Parkplatz verschwinden. Und auch andere Personen gehen an mir vorbei. Alle sind auf dem Heimweg. Und keiner sieht irgendwie blass oder mitgenommen aus vom Flug. Im Gegenteil, sie wirken entspannt. Aber das liegt wahrscheinlich daran, dass sie schöne Tage auf Juist verbracht haben. Und da muss ich erst einmal ankommen. Der Flug dauert fünf Minuten. Die Fähre benötigt eineinhalb Stunden, zusätzlich zur Wartezeit ... Ich greife nach meiner Reisetasche, gehe strammen Schrittes in das Gebäude und stelle mich in der Warteschlange an. Vor mir stehen vier Passagiere. Im Flugzeug haben maximal zehn Personen Platz.

„Das Gepäck bitte auf die Waage stellen. Hin- und Rückflug oder ein Verbundticket? Das bedeutet mit dem Flieger hin, mit der Fähre zurück. Haben Sie reserviert?" Der Mann hinter dem Schalter spult immer die gleichen Sätze ab.

„Reserviert, auf den Namen Krüger. Kann ich das Ticket umtauschen, wenn ich mich doch wieder umentscheide und lieber mit der Fähre zurückfahre?", frage ich. „Ich möchte erst einmal schauen, wie ich den Flug vertrage."

„Sie fliegen zum ersten Mal mit uns?"

Ich nicke.

„Keine Angst, es wird Ihnen nichts passieren." Er grinst. „Und notfalls sind ja auch Schwimmwesten an Bord."

Nicht lustig, denke ich, da sagt eine zierliche Frau mittleren Alters hinter mir: „Und du kriegst Ärger mit deiner Gattin, Klaas, wenn ich ihr erzähle, dass du hier den jungen Damen Angst machst."

Sein Grinsen verstärkt sich. „Moin, Jella! Das kann ich natürlich nicht riskieren." Er wendet sich wieder an mich: „Til ist einer der erfahrensten Piloten. Sie werden noch nicht einmal ein Schaukeln spüren, versprochen."

„Dann bleibt es beim Hin- und Rückflug, so wie ich's reserviert habe."

„Gute Wahl, Sie werden es nicht bereuen", sagt die Frau zu mir. Sie hat kurzes dunkelblondes Haar, das von ersten grauen Strähnen durchzogen ist. Ihr Gesicht ist braun gebrannt. Bestimmt lebt sie auf Juist. Ob sie meine Mutter kennt? Die beiden dürften etwa im gleichen Alter sein. Aber ich bin viel zu nervös, um sie danach zu fragen. Zehn Minuten später stehe ich im Freien. Das Gepäck wird im Flieger verstaut, der Pilot bittet die Passagiere einzusteigen.

„Eine einzelne Person kann mit mir im Cockpit sitzen", sagt er.

Die nette Frau taucht wie aus dem Nichts wieder neben mir auf. „Nur zu, vorne hat man den besten Ausblick. Und man sitzt nicht eingeengt wie hinten."

„Möchte keiner?", fragt der Pilot ein weiteres Mal. „Das ist schade."

Die anderen Gäste reisen alle zu zweit und möchten gerne neben dem jeweiligen Partner sitzen. Ich bin die Einzige, die alleine unterwegs ist.

„Ich komme nach vorne!" Meine Beine fühlen sich an wie Gummi, als ich einsteige, aber ich komme mir trotzdem ein wenig verwegen vor, weil ich den Mut habe, im Cockpit mitzufliegen.

„An den Sitzen vor Ihnen stecken die Tüten, falls Sie sich übergeben müssen", erklärt der Pilot uns. „Die Schwimmwesten finden Sie darunter. Aber brauchen werden Sie sie nicht, weil Sie nämlich sowieso keine Zeit haben, sie anzulegen, falls wir abstürzen. Wir fliegen mit einer Britten-Norman-Islander, etwa 500 Fuß hoch, das sind nur hundertfünfzig Meter."

Die Motoren dröhnen laut, als wir langsam die Startbahn entlangrollen. Kurz darauf gibt der Pilot Gas – und wir heben ab, schrauben uns immer höher in den Himmel, überqueren kurz darauf den Deich und blicken auf das Wattenmeer, das nun unter uns liegt.

„Auf der linken Seite sehen Sie den Hafen von Norddeich Mole“, erklärt der Pilot. Ich sitze rechts neben ihm und muss einen langen Hals machen, damit ich etwas sehen kann. Von dort wäre ich gestartet, wenn ich mich für die Fähre entschieden hätte. Aber das hier ist so viel besser! Ich schaue wieder nach vorne. Wasser und Sand glitzern silbern in der Morgensonne. Ein wahnsinnig schöner Ausblick.

„Alles gut?“, fragt der Pilot neben mir.

„Ja, danke.“ Das flaue Gefühl in der Magengegend hat sich schlagartig in Luft aufgelöst, sobald wir unsere Flughöhe erreicht hatten. Der Flieger ruckelt, und es ist laut, aber das stört mich nicht. Ich bin viel zu fasziniert von dem wunderschönen Anblick, um Angst zu haben.

„Seehunde“, ruft ein Passagier von hinten. Ich kneife die Augen zusammen und entdecke sie auch. Sie tummeln sich auf einer lang gezogenen Sandbank in der Sonne. Die Zeit ist im wahrsten Sinne des Wortes wie im Flug vergangen. Wir sind gerade mal fünf Minuten in der Luft. Und da liegt es nun, das Zauberland, schmal und lang, von der Natur in zwei Farben angemalt.

Die eine Hälfte ist grün, die andere beige. Wiese, Büsche, Bäume und Sand, sehr viel Sand. Ich denke an meine Mutter und daran, wie schön es wäre, könnte sie jetzt bei mir sein. Sie hat die Insel noch nie von oben gesehen.

Und dann ist die ganze Aufregung auch schon vorbei. Wir befinden uns im Landeanflug. Die Räder setzen etwas holprig auf dem Boden auf, aber auch das macht mir nichts aus. Schließlich kommen wir vor dem kleinen Flughafengebäude zum Stehen. Ich bin tatsächlich geflogen, ich bin auf Juist.

„Und?“ Der Pilot hat schöne blaue Augen und etwa mein Alter, wahrscheinlich ist er sogar etwas jünger. Das ist mir vorhin gar nicht aufgefallen. Einen erfahrenen Piloten stelle ich mir wesentlich älter vor. Also hat Klaas vorhin geflunkert. Aber ich habe mich sicher gefühlt, auch als wir über dem Meer waren.

„Das war toll! Ich freue mich jetzt schon auf den Rückflug.“

„So? Die meisten sind eher traurig, wenn sie die Insel wieder verlassen müssen. Wie lange bleibst du?“

„Sechs Wochen. Ich arbeite hier.“

„Wo denn?“

„Im *Café Strandrose*. Kennst du es?“

„Klar. Der Kuchen ist gut.“ Er steigt aus und hält die Tür auf. Ich rutsche über den Pilotensitz nach draußen. „Ich bin Til.“ Er hält mir seine Hand hin, und ich greife zu.

„Merle.“

„Sechs Wochen können lang werden. Wenn dir langweilig wird und du Lust auf Gesellschaft bekommst, kannst du mir ja eine Nachricht in den Sand schreiben. Aber groß genug, dass ich es auch lesen kann. Ich würde mich freuen.“

„Nette Idee.“ Ob er das ernst meint? Seine blauen Augen funkeln mich an. „Aber das wird wohl eher nicht geschehen. Langeweile kenne ich nicht. Aber danke für das Angebot.“

„Schade. Fährst du mit der Kutsche oder läufst du?“

„Mit zwei Koffern?“, frage ich. „Ich nehme die Kutsche.“

„Die braucht allerdings dreißig Minuten.“

„Ich weiß, ich war schon mal hier.“

„Ach so, dann kennst du dich ja aus.“

Ich nicke. „Ich nehme die Kutsche!“, wiederhole ich noch einmal. Darauf habe ich mich schon die ganze Zeit gefreut.

„Viel Spaß. Adam wartet schon." Til zeigt auf einen schmalen jungen Mann, der mit einem großen Bollerwagen am Tor steht. Ich beobachte, wie die meisten der anderen Passagiere ihre Koffer darauf abladen.

„Bis dann ... Danke noch mal." Ich verabschiede mich schnell, damit ich nicht doch noch laufen muss, und ziehe meine vollgepackten Koffer in Richtung Ausgang.

Die nette blonde Frau fährt auf einem Fahrrad an uns vorbei, als ich als letzte Passagierin in die Kutsche klettere. Und schon kurz darauf setzen wir uns in Bewegung. Die Hufe der beiden Pferde klappern auf dem Steinpflaster. Sie ziehen die große schwere Kutsche gemächlich über die Insel, entlang der grasbewachsenen Dünen, hinter denen das Meer liegt. Ich komme mir vor, als wäre ich nicht auf Juist, sondern in einem früheren Jahrhundert gelandet. Es fahren keine Autos, keine Motorräder, Busse oder Lkw. Hier gibt es nur echte Pferdestärken, keine PS unter der Motorhaube. Auf Juist geht man zu Fuß, lässt sich kutschieren, oder man tritt in die Pedale. Wir werden von zwei lachenden Frauen auf knallroten Holländrädern überholt. Die robusten Pferde lassen sich nicht davon beeindrucken, sie trotten in aller Ruhe weiter auf die ersten Häuser zu. Irgendwo über uns kreischt eine Möwe. Mir gegenüber sitzt ein Pärchen im Alter meiner Eltern. Die Frau greift nach der Hand ihres Mannes, atmet tief durch und sagt lächelnd: „Die Entschleunigung hat begonnen."

Im Zeitlupentempo rollt die Kutsche über Juist und hält schließlich im Ort vor meiner zukünftigen Arbeitsstelle für die nächsten sechs Wochen.

Strandrose – Pension & Café, lese ich.

Im Anschreiben hieß es, ich solle mich direkt an der Rezeption der Pension melden. Ich werfe einen kurzen Blick durch die große Fensterfront des Cafés, in dem reges Treiben herrscht. Ich zähle drei, vier, fünf Bedienungen. Zwei hinter der Theke, drei, die flink mit voll beladenen Tabletts von Tisch zu Tisch eilen. Auf fast jedem Teller ist ein großes Stück Torte platziert. Eine Weile lasse ich das Treiben auf mich wirken, bevor ich die schwere blaue Tür neben dem Café aufdrücke.

„Guten Tag, mein Name ist Merle Krüger. Für mich wurde hier ein Zimmer reserviert. Ich fange übermorgen an, im Café zu arbeiten."

Eine hübsche Frau steht an der Rezeption. Ihr langes braunes Haar hat sie zu einem Pferdeschwanz gebunden. Ihr Gesicht ist breit mit hohen Wangenknochen.

„Ja, hallo, guten Tag. Ich schau gleich nach Ihrem Zimmer. Die Hausdame ist leider nicht da. Ich bin das Zimmermädchen." Sie blättert in einem Buch. „Wie war Ihr Name?"

„Merle Krüger."

„Ach ja, *das Kleine,* hier habe ich Sie. Es tut mir leid." Sie schaut auf die große Standuhr, die an der Wand hinter der Rezeption steht. „Es ist elf, und die Zimmer sind erst ab dreizehn Uhr bezugsfertig."

„Das macht nix. Kann ich mein Gepäck irgendwo abstellen? Dann würde ich so lange einen Spaziergang machen."

„Natürlich." Sie geht vor mir in den Raum, der sich gleich neben der Eingangstür befindet. „Es ist unser Kaminzimmer. Hier können die Gäste nachmittags eine Tasse Kaffee oder abends noch ein Glas Wein trinken. Sie können auch gerne hier warten, bis Ihr Zimmer fertig ist."

Ich sehe mich kurz um. Der Raum ist gemütlich im Landhausstil eingerichtet. An der Wand steht ein weißes Regal, das mit Büchern vollgepackt ist. In der Ecke daneben befindet sich ein großer altertümlicher Kaminofen. Zwei große weißbeige gestreifte Ohrensessel mit passenden Hockern laden zum Schmökern in einem der Romane ein.

„Danke für das Angebot, aber ich möchte raus, zum Wasser."

„Wenn Sie aus der Tür gehen, liegt das Watt links, das Meer rechts. Sie können auch geradeaus gehen oder zurück. Auf Juist stehen Sie irgendwann immer vor Wasser oder Watt. Das Einfachste ist aber, Sie gehen rechts rum. Neben der Kirche führt ein Weg über die Dünen zum Wasser. Sie können es gar nicht verfehlen."

„Ich weiß, ich war schon mal hier. Kann ich mich hier irgendwo umziehen?" Die Idee kommt mir ganz spontan. Ich habe zwei Stunden Zeit.

Keine zehn Minuten später stehe ich vor der Tür. Unter meinem luftigen Sommerkleid trage ich meinen Bikini. In meine Umhängetasche habe ich ein Handtuch und den restlichen Reiseproviant gepackt. Ich hole mein Handy raus und werfe einen schnellen Blick auf das Display. Conny hat mir geschrieben.

Schrei! Du bist tatsächlich geflogen. Ich bin stolz auf dich. War es schlimm? Ich hab jetzt schon Pipi in der Hose bei dem Gedanken, dass ich auch in so einen kleinen Flieger einsteigen muss.

Ich widerstehe dem Impuls, meine Freundin anzurufen, weil ich sie nicht von der Arbeit abhalten will. Stattdessen schieße ich ein Foto von meinen nackten Füßen in den Sandalen und schicke es mit der Nachricht an sie:

Flug war toll! Bin auf dem Weg zum Strand. Melde mich später …

Am Montag habe ich meine letzte Klausur geschrieben. Meinem Gefühl nach ist es ganz gut gelaufen. Und jetzt bin ich hier.

Ich gehe die Straße entlang. Es ist heiß, bestimmt wird die Temperatur wieder über fünfundzwanzig Grad steigen. Vor mir her fährt eine Kutsche. Eins der Tiere lässt Pferdeäpfel und einen Schwall Urin auf das Kopfsteinpflaster plumpsen. Pferdebenzin, denke ich. Ein beißender Geruch liegt in der Luft. Besser als Abgase – ich mache einen Bogen um Pfütze und Äpfel, die bald von Wind und Sonne ausgetrocknet sein werden.

Als ich hinter der Kirche abbiege, atme ich tief ein. Der unangenehme Geruch hat sich verflüchtigt. Sand knirscht unter meinen Füßen. Jetzt ist es nicht mehr weit. Ein Kribbeln erfasst mich. Gleich bin ich da! Der Weg führt durch die Dünen nach oben. Ein paar Urlauber kommen mir entgegen.

„Moin“, sagt ein Mann zu mir, der nur eine Badehose trägt. Sein Haar ist nass.

„Moin“, antworte ich automatisch und lasse das Wort auf meiner Zunge nachklingen.

„Moin“, ertönt es kurz darauf wieder und wieder. Die Menschen grüßen einander gut gelaunt. Fast alle lächeln mich an. Etwa hundert Meter weiter merke ich, dass ich angesteckt wurde. Das Gute-Laune-Virus ist auf mich übergesprungen. Ich ziehe meine Sandalen aus und grüße noch einmal lächelnd eine Frau, die an mir vorübergeht. Barfuß gehe ich die letzten Schritte nach oben – und bleibe überwältigt stehen. Vor mir liegen der breite weiße Sandstrand und dahinter das Meer. Es rollt in sanften Wellen gleichmäßig auf das Ufer zu, um sich gleich darauf behäbig wieder zurückzuziehen. Wie magisch angezogen, gehe ich den Holzsteg nach unten, der zum Strand führt. Der Sand ist warm. Links und rechts neben mir stehen bunte Strandkörbe, in denen Urlauber ihre Seele baumeln lassen. Als der Boden unter meinen Füßen feucht und fest wird, bleibe ich stehen und grabe meine Zehen tief in den Sand ein. Ich lasse meinen Blick über das Wasser schweifen, bis zum Horizont, und lausche dabei dem Rauschen des Meeres – bis Kinderlachen zu mir durchdringt. Ganz in der Nähe kniet eine Frau mit einem kleinen Jungen im Sand. Sie bauen, bewaffnet mit Schaufeln und Eimern, eine riesige Burg.

Ich hole das Handtuch heraus, streife mein Kleid über den Kopf, stopfe es samt den Sandalen in die Tasche und gehe auf die kleine Familie zu.

„Entschuldigung", sage ich, als ich bei ihnen ankomme. „Würden Sie vielleicht für einen Moment auf meine Sachen aufpassen? Ich bin gerade erst angekommen und möchte unbedingt einmal kurz ins Meer springen."

„Springen geht nicht", antwortet der Junge und schüttet Wasser in einen Graben, der unterhalb der Burg verläuft. „Dafür ist es zu flach."

„Echt? Gut, dass du mir das gesagt hast. Aber ich passe auf und gehe vorher ein Stück rein."

Der Kleine nickt und schaufelt Sand aus dem Graben.

Seine Mutter streckt mir eine Hand entgegen: „Geben Sie her. Ich achte gerne darauf. Und lassen Sie sie sich ruhig Zeit. So schnell werden wir hier nicht fertig."

„Oh, das ist lieb. Vielen Dank!"

Schaumige Wellen kitzeln an meinen Zehen, als ich am Wasser stehen bleibe. Ich gehe weiter, sie umspülen meine Knöchel, die Waden, den Bauch. Als eine größere Welle auf mich zugerollt kommt, hebe ich die Arme, passe den richtigen Moment ab und tauche kopfüber hinein. Als ich wieder an die Oberfläche komme, zögere ich einen kurzen Moment. Aber dann schwimme ich zügig ein paar Meter auf das offene Meer hinaus. Es fühlt sich richtig an. Ich denke dabei an meine Mutter, an ihre Schwester und meinen Großvater, aber ich habe keine Angst, denn ich fühle instinktiv, dass das Meer mir heute nicht gefährlich ist.

6. Kapitel

Es ist ein schönes Gefühl, sich von den Wellen tragen zu lassen. Meine Mutter hat mir schon als kleines Kind beigebracht, wie man sich auf dem Wasser ausruhen kann.

„Auf den Rücken drehen, die Arme und Beine ausstrecken, wie ein Seestern, Merle. Entspann dich. So kannst du ganz lange auf dem Wasser schweben."

Damals wusste ich noch nicht, dass Mamas Schwester Undine und ihr Vater im Meer ertrunken waren. Für meine Mutter war es eine Überlebenstechnik, die sie mir beibrachte. Für mich war es einfach nur ein Spiel. Mir gefiel das Gefühl, auf dem Wasser schweben zu können. Ich mag es heute noch. Die Sonne kitzelt auf meinem Gesicht, das Wasser ist angenehm kühl, wenn es in Wellen über meinen Körper schwappt. So lasse ich mich treiben, behalte das Ufer jedoch ständig im Blick. Ich genieße das Bad im Salzwasser, aber leichtsinnig bin ich nicht. Mit leichten Paddelbewegungen meiner Hände korrigiere ich meine Lage, wenn ich zu weit aufs offene Meer abtreibe.

Als ich mit sechs Jahren in die Schule kam, konnte ich nicht nur schwimmen, ich hatte sogar schon das Schwimmabzeichen in Silber erhalten. Meine Mutter hat es auf meinen Badeanzug genäht, und ich war mächtig stolz darauf. Den „Seestern", den sie mir beigebracht hatte, nannte unsere Lehrerin „den toten Mann". Damals habe ich nicht verstanden, wie sich ein Toter auf dem Wasser ausruhen soll. Ich weiß noch ganz genau, wie Frau Münster rumgedruckst hat, als ich sie während des Schwimmunterrichts nach dem Grund für den komischen Namen der Übung fragte. Für mich war klar, dass man untergeht, wenn man ertrinkt. Dass das so nicht stimmt, habe ich irgendwann später selbst rausgefunden, als ich einen Film gesehen habe, in dem es um ein Bootsunglück ging. Aber da war ich schon ein paar Jahre älter. In der Grundschule damals hat unsere Lehrerin die Bezeichnung für die Wasserübung einfach kurzerhand geändert. Wir haben nie wieder den *toten Mann* gespielt, sondern sind fortan als fröhliche Seesterne auf dem Wasser getrieben.

Manche Schüler hatten damit allerdings so ihre Probleme. Sie gingen unter, wenn sie versuchten, sich auf dem Wasser auszuruhen. Zuerst sanken die Beine ab, gefolgt vom Rest. Ich habe mich fast kringelig gelacht, als ich das gesehen habe. Alle meine Tipps halfen nichts. Auch Marc, mit dem ich vor zwei Jahren auf Mallorca war, hat es nicht hinbekommen. Natürlich hat er sofort, nachdem wir wieder im Hotel waren, im Internet recherchiert und mir die Gründe für unsere unterschiedlichen Sinkeigenschaften mitgeteilt. Es sei eine Frage der Dichte, des Bindegewebes und des Körperschwerpunktes, hat er mir erklärt. Er sei zudem wesentlich muskulöser, und bekanntermaßen würde Fett oben schwimmen, womit er die Pölsterchen rund um meine Hüften meinte, die wie ein Rettungsring wirken würden.

Auf meinen Einwand, als Sechsjährige wäre ich gertenschlank gewesen, fiel ihm nicht wirklich viel ein. Ich denke, es liegt, unabhängig von irgendwelchen körperlichen Voraussetzungen, auch an der inneren Einstellung und der Fähigkeit zu entspannen.

Ich schüttele unwillkürlich den Kopf. Da schwimme ich seit zwei Jahren mal wieder im Meer, und schon denke ich an Marc. Es war ein schöner Urlaub damals. Wir hatten viel

Spaß. Warum nur musste er sich als solch ein Idiot entpuppen?

Ich drehe mich wieder auf den Bauch und kraule mit schnellen Zügen in Richtung Ufer. Im Schwimmverein hätte ich als Kind so manchen Rekord brechen können. Ich war begabt. Aber leider litt ich unter schrecklichem Lampenfieber. Immer wenn ein Wettkampf anstand, wurde ich kurz vorher krank, bekam Fieber. Im Training lief alles bestens, aber irgendwann verlor ich den Spaß daran. Es war mir peinlich, dass ich an Wettkämpfen nicht teilnehmen konnte. Und die anderen Kinder machten sich lustig über mich. Auch heute noch leide ich manchmal unter Lampenfieber. Allerdings ist es nicht meine Körpertemperatur, die mir dann zu schaffen macht. Vor Tests und Klausuren bekomme ich Bauchschmerzen, die wie von Zauberhand verschwinden, sobald die Prüfung beginnt. Aber das ist ja jetzt glücklicherweise erst einmal vorbei.

Als ich wieder am Strand ankomme, schaue ich mich überrascht um. Ich bin mehrere Meter nach rechts abgedriftet, ohne es bemerkt zu haben. Die Frau, die auf meine Tasche aufgepasst hat, winkt mir zu. „Hier sind wir."

Ich gehe durch den warmen Sand auf die beiden zu.

„Wow", sage ich, als ich bei ihnen ankomme. „Das ist ja eine richtig große Burg geworden."

Der Junge strahlt über das ganze Gesicht. Seine Arme sind mit einer dünnen Schicht Sand überzogen. „Wir bauen eine Festung. Willst du uns helfen? Wir brauchen Wasser." Er zeigt auf einen kleinen grünen Plastikeimer. „Ganz viel, damit die Mauern fest werden."

„Elias!" Seine Mutter sieht ihn streng an.

Ich lache. „Ein bisschen Zeit habe ich noch. Mein Zimmer ist erst ab eins bezugsfertig. Wenn ich mich als Wasserträgerin nützlich machen kann, gerne."

„Das ist nett von Ihnen. Ich habe schon zig Liter bis hier hochgeschleppt."

Ich schnappe mir den Eimer und mache mich an die Arbeit.

„Einfach auf die Burg schütten", erklärt Elias, als ich mit der ersten Fuhre zurückkehre. „Letztes Jahr haben wir eine Riesenburg gebaut. Und diese hier soll noch größer werden."

„Okay." Ich folge den Anweisungen und sehe zu, wie die kleinen Hände des Jungen flink den nassen Sand festklatschen.

„Elias ist ein richtiger Baumeister", sagt seine Mutter. Sie hat sich in den warmen Sand neben ihren Sohn gesetzt. Als einige Spritzer des nassen Sandes auf ihrer Wange landen, lacht sie. „He, pass auf!"

Es ist eine schöne Frau. Sie hat kurzes lockiges Haar, das kupferfarben in der Sonne leuchtet. Ihre Haut ist hell und von Sommersprossen überzogen. Ihre Gesichtszüge sind fein geschnitten. Ich schätze sie auf maximal dreißig Jahre, ihren Sohn auf sechs bis sieben. Sie ist also etwa so alt wie ich, aber schon Mutter.

„Wo sind Sie untergebracht?", fragt sie.

„In der Pension *Strandrose*. Ab morgen arbeite ich als Bedienung dort im Café."

„Oh, da könnte ich nicht arbeiten. Zumindest nicht ohne danach zehn Kilo mehr auf den Rippen zu haben. Die Torte dort schmeckt einmalig lecker. Soweit ich weiß, backt die Inhaberin sie selbst."

„Als ich vorhin einen Blick ins Café geworfen habe, war es brechend voll. Ich werde also die Torten von morgens bis abends zu den Gästen tragen und hoffentlich genügend Kalorien verbrennen."

„Es ist meistens überfüllt dort. Das ist der Nachteil, wenn man in den Sommerferien verreisen muss. Bevor Elias eingeschult wurde, war es angenehmer."

„Ich komme jetzt in die zweite Klasse“, meldet sich der Kleine stolz zu Wort.

„Dann bist du bestimmt sieben Jahre alt.“

„Jupp, vor zwei Wochen hatte ich Geburtstag. Holst du noch einen Eimer Wasser?“

„Zu Befehl!“ Ich wende mich wieder an die Mutter. „Ich heiße übrigens Merle.“

„Und ich Bente.“ Sie lächelt mich an. Dabei fährt sie sich durch das lockige Haar. Die Farbe ist einmalig. Fast bin ich versucht, sie zu fragen, in welchem Farbton sie es einfärbt, aber ich kann keinen Ansatz entdecken. Es sieht so aus, als sei Bente von Natur aus mit kupferrotem lockigem Haar gesegnet.

„Dann will ich mal arbeiten“, sage ich, „damit es eine tolle Festung wird.“

„Wenn du unterwegs Schwertmuscheln findest, kannst du sie mitbringen?“ Elias zeigt auf einen seiner Sandtürme, der mit schmalen langen Muschelschalen verziert ist.

„Mach ich.“

Ich betätige mich noch einige Male als Wasserholerin und Schwertmuschelsammlerin, bevor ich mein Handy aus der Tasche hole, um nach der Uhrzeit zu schauen. Es ist bereits halb eins, die Zeit ist geradezu verflogen.

„Das hat Spaß gemacht. Aber ich mach mich jetzt mal auf den Weg zu meiner Pension. Mein Zimmer dürfte bald bezugsfertig sein.“ Ich schlüpfe in mein Kleid. „Spätestens morgen schaue ich, wie deine Festung aussieht.“

Elias seufzt theatralisch. „Wenn sie dann noch steht. Die von gestern hat auch jemand kaputt gemacht.“

„Oh, das ist aber gemein.“

„Ja, aber wir lassen uns nicht davon abhalten, jeden Tag eine neue zu bauen.“ Bente lächelt mich an. „Wir sind eigentlich jeden Tag am Strand.“ Sie zeigt auf einen blau-weiß gestreiften Strandkorb. „Uns gehört die Nummer 388. Wenn du Lust auf Gesellschaft hast, kannst du dich gerne zu uns gesellen. Meine Mutter ist auch dabei. Sie liest gerade. Ich glaube, es ist schon das vierte Buch. Und wir sind erst am Samstag angekommen. Wenn wir sie nicht daran erinnern würden, sich ab und an mal abzukühlen, würde sie glatt in der Sonne wegschmelzen, so sehr kann sie in ihren Büchern versinken.“

„Papa kommt auch am Sonntag“, erklärt Elias. „Dann liegt Mama auch die ganze Zeit im Strandkorb.“

„Nach einer Woche Dauer-Sandburgenbauen habe ich mir das dann ja wohl redlich verdient.“ Bente sieht mich verschmitzt an. „Außerdem panscht Thomas mindestens genauso gerne im Matsch rum wie Elias. Das passt also prima.“

„Du kannst aber dann auch gerne mitbauen, wenn dir langweilig ist, Merle“, sagt Elias und greift nach dem Eimer.

Til fällt mir wieder ein. Auf eine Nachricht von mir im Sand wird er vergebens warten. Sandburgen bauen mit Elias klingt wesentlich verlockender. „Das ist lieb von dir, danke für das Angebot.“

„Ich geh Wasser holen.“ Elias sieht seine Mutter an.

Sie nickt. „Aber nicht reingehen, nur vom Rand.“

„Klar!“

Bente lässt ihren Sohn keine Sekunde aus den Augen. „Er kann ganz gut schwimmen, aber das Meer hat so seine Eigenheiten. Ich hab in all den Jahren schon von zu vielen Badeunglücken gehört. Da pass ich lieber ganz genau auf, wenn er in Richtung Wasser marschiert.“

„Kann ich gut verstehen.“

Ich schaue zu, wie Elias sich am Ufer bückt, um den Eimer zu füllen. Er winkt uns fröhlich zu, als er sich schwer beladen mit flinken Schritten auf den Rückweg macht.

„Es war schön mit euch. Danke noch mal fürs Aufpassen." Ich schultere meine Tasche.

„Haben wir gerne gemacht. Wie gesagt, Strandkorb 388 …"

Der Sand ist angenehm warm unter meinen Füßen, als ich den Strand entlang in Richtung Dünen gehe. Als ich an Strandkorb 388 vorbeikomme, lächelt mich Bentes Mutter an. Die Ähnlichkeit ist nicht zu übersehen. Der gleiche blasse Teint, das rote Haar …

Eine Viertelstunde später stehe ich wieder in der Pension. Das Zimmermädchen lächelt mich an.

„Da sind Sie ja. Ihr Zimmer ist fertig. Kommen Sie, ich zeige es Ihnen. Die Koffer sind schon oben." Ihr Akzent erinnert mich an eine meiner früheren polnischen Arbeitskolleginnen aus der Konditorei, mit der ich immer viel Spaß hatte. Sie ist die Einzige, zu der ich heute noch Kontakt habe. Ich gehe hinter dem Zimmermädchen eine steile Treppe nach oben in den ersten Stock. An den Wänden hängen viele alte Schwarz-Weiß-Fotos mit Meeresmotiven in schlichten Bilderrahmen. Ob sie alle hier auf Juist aufgenommen wurden?

Vor einem Foto, das die Rückenansicht eines Mädchens am endlos langen Strand zeigt, bleibe ich kurz stehen. Ihre Arme sind weit ausgebreitet. Das Gesicht des Mädchens ist dem Meer zugewandt. Ihr langes Haar weht im Wind. Es erinnert mich von der Stimmung her an ein Foto von Undine, das meine Mutter mir mal gezeigt hat. Aber das Mädchen hier hat blondes Haar, Undines war braun, so wie meins.

„Wer ist das?", frage ich und zeige aufs Foto.

Das Zimmermädchen stellt sich neben mich. „Ich weiß nicht. Aber sie sieht sehr hübsch aus. Zumindest von hintern."

Ich muss über ihren kleinen Versprecher lachen, aber schon im nächsten Moment bereue ich es.

„Habe ich etwas falsch gesagt?" Sie seufzt. „Das passiert mir oft. Obwohl ich schon vier Jahre hier auf der Insel bin."

„Es tut mir leid, ich wollte nicht unhöflich sein. Man sagt von hinten, nicht von hintern." Ich klopfe auf meinen Po. „Das ist der da."

„Oh." Sie kichert und schaut noch einmal auf das Bild. „Nun ja … sie hat auch einen schönen Hintern."

„Stimmt." Ich lächle sie an. „Mein Name ist Merle."

Sie wird rot, was sie nach ihrem kleinen sympathischen Versprecher noch netter erscheinen lässt. „Oje, ich habe vergessen, mich vorzustellen. Wie dumm von mir! Ich bin Agata. Heute vertrete ich die Hausdame zum ersten Mal, den ganzen Tag. Und alles geht schief. Ich habe nicht ohne Grund sofort Bauchschmerzen bekommen, als sie mir gesagt hat, dass sie verreisen muss. Ich habe den ganzen Tag noch nichts gegessen vor Aufregung."

„Das kenne ich. Bauchschmerzen hatte ich übrigens heute auch. Ich hatte nämlich wahnsinnige Angst davor, in den Flieger zu steigen."

„Oh, bist du mit Til geflogen?"

„Ja, genau!"

„Hat es sehr gewackelt?"

„Nein, überhaupt nicht."

„Puh, das ist gut." Sie seufzt erleichtert. „Er ist mein Freund."

Aha, daher der Spruch mit dem tollen Personal. Aber was sollte dann das Gerede von wegen der Sandschreiberei? „Er ist gut geflogen. Ich hatte keine Angst mehr, als wir in der Luft waren, obwohl ich vorne neben ihm gesessen habe."

„Das war sehr mutig von dir. Er hatte erst letzte Woche Prüfung." Agata schnalzt kurz mit der Zunge und schüttelt den Kopf. „Ich meinte, dass es mutig war zu fliegen, obwohl du Angst hattest. Nicht, weil Til erst seine Prüfung hatte. Das wusstest du ja nicht."

Ich lache. „Das habe ich schon richtig verstanden. Er ist wirklich gut geflogen, mach dir keine Gedanken."

„Schön!" Agata strahlt. „Darf ich ihm erzählen, dass du das gesagt hast? Es wird ihn freuen."

„Klar. Wann kommt die Inhaberin denn zurück?"

„Du meinst die Hausdame, nicht die Inhaberin. Die Hausdame ist nur angestellt. Die Pension gehört Frau Arnold, aber die lebt nicht hier. Das Café hat sie vermietet."

„Das ist mir zu hoch", sage ich.

„Es ist etwas kompliziert. Also, pass auf. Das komplette Haus, mit dem Café nebenan, gehört Frau Arnold. Das Café war früher der Speisesaal der Pension. Aber die meisten Pensionsgäste haben lieber außer Haus gegessen. Da hatte Frau Arnold die Idee, den Raum als Café weiterzuvermieten, an Lara. Die wirst du bestimmt heute noch kennenlernen. Die Pension gehört weiterhin Frau Arnold. Die Zimmer kann man aber nur noch zur Übernachtung buchen. Halbpension oder Vollpension gibt es gar nicht mehr. Das Frühstück gibt es noch extra. Das Café läuft völlig unabhängig davon."

„Ach so. Und welche Funktion hat dann die Hausdame? Ich wusste nicht, dass das eine Berufsbezeichnung ist", gebe ich zu.

„Die Hausdame wurde von Frau Arnold eingestellt. Sie ist sozusagen die Chefin vom Haus, kümmert sich um die Buchungen und das Wohlergehen der Gäste. Ich mach hier in der Regel nur sauber. Komm, ich zeig dir dein Zimmer. Es ist sehr hübsch."

Wir stehen immer noch auf der Treppe vor dem Foto, von dem ich mich auf seltsame Art angezogen fühle. Ich werfe noch einen letzten Blick darauf, bevor ich neben Agata hoch zu meinem Zimmer gehe.

„Gefällt es dir?", fragt sie und schüttelt das rote Plüschkisschen auf, das dekorativ auf dem Bett liegt.

„Es ist toll!" Klein, aber sehr gemütlich und geschmackvoll eingerichtet. Die Wand, das Bett, ein kleiner runder Bistrotisch und zwei Stühle sind weiß. Über dem Bett wurde ein breiter Streifen in einem dunklen Rotton tapeziert. Ein Teppich und andere Accessoires setzen weitere rote Akzente, ohne überladen zu wirken.

Ich öffne die Badezimmertür. Es ist bis unter die Decke weiß gefliest und blitzt geradezu vor Sauberkeit. Die Dusche ist ebenerdig. Auf einer Ablage steht eine rote Schale mit Duschgel und Shampoo in Probiergrößen, und sogar eine Minitube Zahnpasta entdecke ich.

„Perfekt!", sage ich. Hier kann ich es sechs Wochen aushalten.

„Gut! Es ist mein Lieblingszimmer." Agata öffnet den Wandschrank. „Schau mal, hier findest du einen flauschigen Bademantel und ein schönes großes Strandtuch." Sie sieht mich mit einem bedauernden Blick an. „Ich fürchte allerdings, dass du nicht oft Zeit zum Baden haben wirst. Du musst ja arbeiten."

„Das hatte ich fast vergessen." Ich grinse sie an. „Schade eigentlich."

Ein Piepen aus ihrer Hosentasche lässt Agata zusammenzucken.

„An der Rezeption ist jemand", sagt sie, und hektische Flecken breiten sich von den Wangen bis hin zum Dekolleté auf ihrer Haut aus. „Ich muss …"

Sie ist schon fast zur Tür raus. „Mach langsam", rufe ich ihr hinterher, aber sie hört mich nicht mehr.

Ich ziehe die Schuhe aus, lege mich lang aufs Bett und verschränke die Arme hinter dem Kopf. Durch das auf Kipp stehende Fenster kann man in der Ferne das gleichmäßige Hufgeklapper von Pferden hören. Irgendwo ganz in der Nähe lachen ein paar Kinder. Hier ist meine Mutter aufgewachsen, denke ich. Aber sie hat nie viel darüber erzählt, auch nicht über die Zeit vor dem Unglück.

Ich greife zum Telefon und rufe sie an.

„Es ist wunderschön hier, Mama. Ich bin mit der Kutsche gefahren. Das Zimmer ist sehr gemütlich. Und im Meer war ich auch schon."

7. Kapitel

Rums!

Erschrocken zucke ich zusammen. Ich bin eingeschlafen. Und wenn nicht irgendjemand eine Tür zugeknallt hätte, würde ich jetzt wahrscheinlich immer noch vor mich hin schlummern. Die anstrengende Fahrt steckt mir in den Knochen. Ich strecke mich und schaue auf meinem Handy nach der Uhrzeit. Es ist schon halb sieben. Ich habe über vier Stunden geschlafen. Und dabei hatte ich vorgehabt, mir ein Fahrrad auszuleihen, um damit eine Runde über die Insel zu fahren und auch Oma Enna zu besuchen. Ich setze mich auf und wippe ein paar Mal auf der Matratze hoch und runter. Sie ist wirklich bequem. Auch Kopfkissen, Bettdecke und die dazugehörigen Bezüge sind von Qualität, das kann man spüren. Für eine Saisonunterkunft habe ich es ohne Zweifel gut getroffen.

Rums! Da ist es wieder. Irgendjemand aus einem der Nachbarzimmer hat eine Tür zugeknallt. Kurz darauf höre ich Schritte, die auf den Holzdielen knarzen, dann lautes Klopfen und eine energische Frauenstimme: „Komm schon, Kai, mach auf. Lass uns reden!"

Ich muss gar nicht lauschen. Was da gerade passiert, bekommt ganz sicher jeder mit, der sich momentan auf seinem Zimmer befindet. Die Pension ist hellhörig – gut, dass ich den Rat meiner Mutter befolgt und vorsorglich Ohrenstöpsel eingepackt habe.

„Kai? Du weißt schon, dass ich einen Ersatzschlüssel habe,

oder? Wenn du mich weiter ignorierst, komme ich einfach rein."

Es bleibt weiterhin still im Zimmer nebenan. Ich muss grinsen. Es gibt eben doch Klischees, die sich bewahrheiten. Schweigen bei Konfliktsituationen gehört zu den typischen Männereigenschaften.

Es dauert nicht lange, da höre ich wieder Schritte, und kurz darauf eine weitere Frauenstimme, die ich schon kenne. Sie hat einen eindeutig polnischen Akzent.

„Und? Hat er sich wieder beruhigt?", fragt Agata.

„Nein. Und ehrlich gesagt, reicht es mir jetzt auch, und zwar endgültig." Die andere Frau klopft noch einmal an die Tür. „Das geht so nicht, Kai. Unter diesen Umständen können wir nicht weiter zusammenarbeiten."

„Dann schmeiß mich doch raus!"

„Gerne! Brauchst du die Kündigung schriftlich? Dann setze ich sie sofort auf."

Wieder höre ich Schritte, diesmal aus dem Nebenzimmer. Jemand öffnet die Tür, ich gehe davon aus, dass es Kai ist.

„Das kannst du dir sparen, weil ich nämlich kündige, und zwar mit sofortiger Wirkung." Seine Stimme klingt schrill, fast ein wenig weiblich. „Morgen bin ich nicht mehr da. Diese blöde kleine Insel hat mich von Anfang an wahnsinnig gemacht." *Rums!* Die Tür fliegt wieder zu und geht gleich wieder auf. „Dann kannst du zusehen, wie du alleine klarkommst."

Und wieder kracht die Tür zu.

„Eine Diva mit Starallüren!", sagt die Frau, die ich nicht kenne. „Die kann ich hier wirklich nicht gebrauchen."

Agata lacht. „Er war von Anfang an sehr speziell. Brauchst du noch meine Hilfe?"

„Nein, geh ruhig schon mal runter. Ich komme gleich nach."

Ich lausche Agatas Schritten nach. Da klopft es plötzlich an meiner Tür. Überrascht stehe ich auf und öffne sie. Vor mir steht eine Frau, die etwa in meinem Alter sein dürfte. Sie ist zierlich, etwas kleiner als ich, hat kurzes schwarzes Haar und wahnsinnig blaue Augen.

„Hallo", sagt sie. „Ich bin Lara, die Inhaberin des Cafés." Sie streckt mir die Hand hin, und ich greife zu. „Ist es okay, wenn wir uns duzen? Das ist bei uns so üblich. Wir sind ein sehr junges Team."

„Klar, gerne. Ich bin Merle."

Sie nickt. „Ich wollte mich nur kurz vorstellen. Und mich dabei auch gleich für den Lärm entschuldigen, den wir fabriziert haben. Normalerweise geht es hier gesitteter zu. Ich hoffe, wir haben dich nicht erschreckt."

„Nein, überhaupt nicht."

Sie lächelt. „Du kommst aus München. Eine lange Anreise für einen Ferienjob. Ich hoffe, das Zimmer gefällt dir. Die Arbeit im Café ist anstrengend. Wir haben Hochbetrieb. Da ist es wichtig, dass alle Mitarbeiter sich wohlfühlen."

„Es ist sehr schön und vor allen Dingen gemütlich. Ich habe mich so dermaßen wohlgefühlt, dass ich sofort eingeschlafen bin, als ich mich vorhin auf das Bett gelegt habe."

„Oh, haben wir dich geweckt? Das tut mir leid."

„Nicht schlimm. Ich hätte mich geärgert, wenn ich den ganzen Abend verschlafen hätte. Ich war noch gar nicht unten im Café, wollte aber wenigstens mal Hallo sagen."

„Das kannst du auch morgen noch. Wir treffen uns um halb neun zum Frühstück und einer kurzen Besprechung. Da lernst du auch die anderen kennen. Spätestens um halb zehn fangen wir an, die Torten aus der Küche rüberzutragen und die Theke einzuräumen. Ab zehn ist dann geöffnet. Morgens ist es recht übersichtlich. Wir haben einige Gäste, die zum

Frühstück schon ein Stück Torte oder eine herzhafte Quiche essen, der große Run fängt aber in der Regel nach eins an. Ab halb drei stehen die Leute dann Schlange."

„Hört sich so an, als würde dein Café gut laufen. Schön!"

„Guter Kaffee, immer frischer Kuchen und Torte, kein Schnickschnack, Qualität setzt sich durch. Wie es letztendlich gelaufen ist, sehen wir dann Ende Oktober, wenn die Saison vorbei ist." Sie seufzt. „Dreieinhalb Monate noch. Danach bin ich erst einmal platt. Aber so ist das nun mal mit dem Saisongeschäft."

Meine Bachelorarbeit schießt mir durch den Kopf. Lara wird ja sicher vor Eröffnung ein Konzept erstellt haben. Ich sollte sie unbedingt danach fragen, aber nicht so zwischen Tür und Angel. „Möchtest du nicht reinkommen?"

„Lara?" Agatas Stimme schallt von unten hoch. „Der Ofen piept. Soll ich irgendwas machen oder kommst du runter?"

„Ich komme!", ruft Lara. Sie sieht mich entschuldigend an. „Die Arbeit ruft. Bis morgen. Ich freu mich."

„Ich mich auch."

Ich ziehe die Tür zu, nachdem sie die Treppe hinuntergehastet ist. Es geht auch leise, zumindest bei mir. Im Nachbarzimmer hingegen dreht Kai die Musik auf. Den Sänger kenne ich nicht, aber er gibt seinen Song sehr leidend zum Besten.

Wenn Kai morgen doch nicht abreist, könnte das stressig werden, denke ich und beginne, meine Koffer auszupacken. Die Wetterprognose sieht gut aus. Es soll die nächsten Wochen warm bleiben. Deswegen habe ich neben zwei Jeans, einer Sweatjacke und zwei leichten Wollpullis fast nur sommerliche Bekleidung eingepackt. Ein paar kurze Hosen, etliche Shirts, Tops, zwei Kleider, einen Jeansrock. Die drei Capris habe ich mir neu zugelegt. Es stand ausdrücklich in einer kurzen Infomail, dass Hosen zum Arbeiten getragen werden sollen, schwarz und mindestens knielang. Shirts und Schürzen bekämen wir gestellt. Lara mag es also einheitlich. Wobei ich mir fast sicher bin, dass sie die Mail nicht selbst verfasst hat. Der Vorname der Absenderin war anders. Wie lautete er noch gleich? „Konstanze“, sage ich leise vor mich hin und hänge das letzte, ein etwas schickeres Kleid, in den Schrank. Das warme Olivgrün hat einen ähnlichen Farbton wie meine Augen. Der enge Schnitt betont mein Dekolleté und meine schmale Taille. Nach unten fällt das Kleid etwas weiter und kaschiert meine Hüften. Es ist das ideale Kleid für mich. Ich habe es mir damals zur Hochzeit von Marcs Schwester Melanie gekauft. Da wusste ich noch nicht, dass Marc zu diesem Zeitpunkt in Sachen Vergangenheitsbewältigung schon aktiv gewesen war. Ich habe wirklich nichts bemerkt, er hat sich benommen wie immer.

„Na, ganz toll“, sage ich laut zu mir selbst. Seit der Trennung von Frederik spukt Marc auf einmal wieder in meinem Kopf rum. Melanie dürfte mittlerweile Mutter sein. Ich habe sie Anfang des Jahres zufällig beim Einkaufen getroffen. Ihren runden Bauch hat sie stolz vor sich hergetragen. Wenigstens läuft bei ihr alles nach Plan. Sie hat erst studiert, ein paar Jahre gearbeitet, geheiratet – und mit knapp dreißig Nachwuchs bekommen. Ich bin neunundzwanzig, Aushilfsbedienung, muss noch meine Bachelorarbeit schreiben – und Single bin ich auch wieder. Ich hoffe, Oma Fine wird sehr alt, sonst wird sie wahrscheinlich niemals ihre Urenkel kennenlernen, wenn überhaupt …

Die Uhr zeigt Viertel nach sieben, als ich fertig bin. Nebenan knallt Kai wieder die Tür. Diesmal schließt er sie danach ab, von außen. Es hört sich so an, als würde er einen großen Koffer mit quietschenden Rädern den Gang entlangziehen. Ob er schon abreist? Nein, der letzte Flieger müsste vor einer Viertelstunde gestartet und bereits auf dem Festland angekommen sein. Und die Fähre ist auch schon unterwegs. Wenigstens ist es nun ruhig, denke ich und lausche einen Moment dem entfernten Hufgeklapper der Pferde, das von draußen in mein Zimmer dringt. Dazu gesellt sich noch ein anderes Geräusch, das mich darauf aufmerksam macht, dass ich seit heute Morgen nichts mehr gegessen habe. Mein Magen knurrt. Kurz entschlossen packe ich Portemonnaie und Handy in meine Tasche und mache mich auf den Weg.

Es riecht nach Kuchen! Hier scheint jemand zu backen. Ich schnuppere durch die Luft ... wahrscheinlich einen schlichten Napfkuchen. Ich fühle mich fast wie zu Hause, als ich die Treppe nach unten gehe.

An der Rezeption steht Agata, die Arme hält sie vor der Brust überkreuzt.

„Ihr werdet schon sehen, was ihr davon habt!“, sagt jemand laut.

Kai! Jetzt bekomme ich ihn doch noch zu sehen. Neugierig gehe ich auf die Theke zu. Agata lächelt mich an.

„Drehst du noch eine Runde über die Insel?“

„Ja, ich habe Hunger. Und ein wenig spazieren gehen möchte ich auch.“

Ich drehe mich zu Kai. „Hi.“

Er ist groß, hat etwas Bauch, breite Schultern, dunkles braunes Haar. Der Stimme nach hatte ich ihn mir schmächtiger vorgestellt. Vor mir steht ein Mann, der aussieht wie ein großer gemütlicher Teddybär. Ich schätze ihn etwas älter als mich, so knapp über dreißig.

„Hi“, grüßt er zurück. „Bist du die Neue?“

„Wenn du damit meinst, ob ich im Café arbeite, dann ja. Ich heiße Merle.“

„Ich bin Kai. In der Küche steht ein großer Kühlschrank. Das dritte Fach von oben ist … war … meins. Du kannst dich gerne bedienen. Die Lebensmittel brauche ich nicht mehr.“

Seine Stimme hört sich jetzt sehr nett an, etwas zu hoch für solch einen stämmigen Kerl, aber wenigstens nicht mehr so schrill.

Er betrachtet mich eingehend. „Du bist sehr hübsch“, sagt er, „schöne warme Augen, toller Mund.“

„Danke“, sage ich. Damit habe ich nicht gerechnet.

„Lass dich nicht verheizen.“ Er greift nach seinem Koffer und einer schweren Reisetasche. „Vielleicht sieht man sich noch mal. Die Insel ist klein.“

Ohne sich von Agata zu verabschieden, verlässt er die Pension.

„Schade eigentlich“, sagt Agata und seufzt. Da steht plötzlich Lara auf dem Gang, der neben der Treppe entlangführt.

„Ist er weg?“, fragt sie.

„Ja“, antwortet Agata.

„Mist, verdammter! So ein Idiot aber auch …“ Sie sieht zu mir. „Tut mir echt leid, dass du das alles mitbekommen hast. Normalerweise verstehen wir uns hier wirklich sehr gut.“

„Wie gesagt, kein Problem“, antworte ich.

„Ich helfe dir mit den Torten“, sagt Agata zu Lara. „Im Moment habe ich nichts anderes zu tun.“

„Das wäre toll.“

„Kann ich vielleicht auch irgendwie mit anpacken?“, frage ich spontan, doch Lara schüttelt vehement den Kopf. „Das ist lieb von dir, aber du bist heute erst angekommen. Dein Arbeitsverhältnis beginnt übermorgen. Genieß den schönen Abend, wir sehen uns dann morgen zur Besprechung.“

„Okay, bis dann also.“

Biskuitböden, denke ich, als ich zur Tür rausgehe, der Duft von Ei ist unverkennbar. Lara backt Biskuitböden! Hier unten in der Pension ist also die Küche.

Es herrscht reger Betrieb auf den Straßen. Die Urlauber machen entweder einen Verdauungsspaziergang, oder sie sind auf dem Weg zum Essen. Es sind viele Familien mit schulpflichtigen Kindern unterwegs. Wir waren früher meistens in den Osterferien auf der Insel. Auch zu der Zeit war es wohl immer sehr voll, wie meine Mutter erzählt hat. Ich war zehn Jahre alt, als ich das letzte Mal mit ihr hier war, um Oma zu besuchen. Konkrete Erinnerungen daran habe ich kaum. Ich weiß, dass ich immer sehr gerne nach Juist gefahren bin, dass ich nie alleine ans Meer durfte und dass Oma eine leckere Marmelade aus Kratzbeeren gekocht hat, die hier überall auf der Insel wachsen. An die vielen Restaurants und Geschäfte, an denen ich gerade vorbeispaziere, erinnere ich mich nicht. Vor einer Kunstgalerie bleibe ich stehen. Im Schaufenster stehen großformatige Bilder, auf denen der Künstler schneeweiße Dreiecke in Form von Segeln auf farbintensive Hintergründe gemalt hat. Eine einfache Idee, und sehr hübsch umgesetzt, denke ich und drücke meine Nase etwas näher an das Schaufenster heran, um die Signatur des Künstlers entziffern zu können.

Als ich wieder aufschaue, stehen Bente und Elias plötzlich neben mir.

„Ach, hallo", sage ich. „Da seid ihr ja schon wieder."

„Ja, die Insel ist klein. Hier trifft man sich zwangsläufig. Besonders, wenn man um diese Uhrzeit hier unterwegs ist."

„Wir gehen ein Eis essen", sagt Elias. Er zeigt die Hauptstraße entlang. „Da vorne gibt es Eis mit Lakritzgeschmack."

„Brrr." Ich schüttele mich. „Du hast aber einen ausgefallenen Geschmack."

„Seine Lieblingssorte ist Zimteis", erklärt Bente. „Ich weiß auch nicht, von wem er das hat. Ich bin eher für die klassischen Sorten wie Vanille und Schoko. Sein Vater steht auf die fruchtigen."

„Papa mag Zitrone am liebsten", erklärt Elias. „Kommst du mit?"

„Danke für die Einladung, aber ich bin kurz vorm Verhungern und muss erst einmal etwas Herzhaftes essen. Wisst ihr, wo ich ein leckeres Fischbrötchen bekommen kann? Oder vielleicht ein paar Krabben?"

„Im Rosengang ist ein Imbiss, relativ einfach, aber der Fisch ist gut." Bente erklärt mir den Weg. Ich schaue in die Richtung, in die sie zeigt. Dabei bleibt mein Blick an einer alten Dame hängen, die auf uns zukommt. Sie sieht aus wie Oma Enna. Die trägt ihr graues Haar auch kurz und zu ordentlichen Wellen gelegt. Und sie hat auch einen ähnlich aufrechten Gang, der immer irgendwie elegant wirkt, so als wäre sie früher eine Ballerina gewesen.

Aber es ist nicht Oma Enna, wie ich schon im nächsten Moment erleichtert feststelle. Die hat ein feiner geschnittenes Gesicht. Und größer ist sie auch.

„Was ist los?", fragt Bente. „Du siehst aus, als hättest du ein Gespenst gesehen."

„Gespenster gibt es nicht", stellt Elias fest. „Nur in Büchern."

„Da hast du wohl recht. Ich habe da gerade einfach nur jemanden verwechselt. Liegt vielleicht daran, dass ich so mächtigen Hunger habe."

„Ach so. Dann würde ich jetzt aber schnell was essen gehen." Der Kleine sieht mich ernst an. „Möhren sind gut für die Augen. Aber Fisch hilft bestimmt auch."

„Dann mach ich mich wohl mal schnell auf den Weg."

Bente greift nach der Hand ihres Sohnes. „Komm, und wir beide holen uns ein Eis."

Ich schaue ihnen nach, wie sie die Straße entlanggehen. Dabei fällt mir noch einmal die Frau auf, die ich eben für Oma gehalten habe. Gut, dass sie es nicht ist. Sie wäre bestimmt beleidigt gewesen, wenn wir uns hier rein zufällig getroffen hätten. Sie hätte mir bestimmt verziehen, dass ich ihr nicht vorher Bescheid gesagt habe, dass ich hier arbeite und sie gerne damit überraschen möchte. Aber ich bin seit heute Morgen hier. Und mein erster Weg hätte mich zu ihr führen müssen. Es ist nicht weit bis zu ihrem Haus. Zu Fuß braucht man etwa zwanzig Minuten, wenn man schnell geht. Durch das kleine Ortszentrum hindurch, immer geradeaus, die Billstraße entlang, am Seefahrerheim vorbei …

Ich könnte das Fischbrötchen auf dem Weg zu ihr essen, überlege ich. Aber vielleicht sollte ich Oma Enna doch lieber vorwarnen? Auf einmal finde ich meine Idee, sie einfach zu überraschen, doch nicht mehr so gut. Ich hole mein Handy aus der Tasche und rufe sie an.

„Ja?"

„Oma Enna", sage ich, „hier ist Merle. Ich wollte mal fragen, was du gerade so machst."

Es ist einen Moment still am anderen Ende der Leitung. „Wer ist da?", fragt Oma nach.

„Merle, deine Enkeltochter."

„Ich weiß, dass du meine Enkeltochter bist. Ich hatte nur deinen Namen nicht verstanden. Ich bin alt, du musst deutlicher sprechen."

„Okay, tut mir leid. Ich wollte dich fragen, ob ich gleich mal bei dir vorbeikommen kann. Ich bin nämlich auf Juist."

„Du bist auf der Insel?"

„Ja, ich arbeite hier, ab übermorgen."

„Wie spät ist es?“, fragt Oma Enna.

„Gleich acht. Ich hole mir noch schnell ein Fischbrötchen, dann komme ich.“

„Quatsch!“, sagt Oma Enna. „Du kommst jetzt sofort. Etwas zu essen bekommst du auch von mir.“

„Okay, es kann aber eine Weile dauern. Ich habe mir noch kein Fahrrad ausgeliehen, muss also zu Fuß kommen.“

„Du kannst mein altes Rad haben. Ich habe ein neues – mit Motor.“

„Echt? Das ist ja toll. Dann bis gleich.“

Ich werfe einen letzten sehnsüchtigen Blick in die Richtung, in der die Fischbude stehen soll, und verabschiede mich gedanklich von meinem Fischbrötchen. Oma Enna wartet auf mich.

8. Kapitel

Ich sehe Oma Enna schon von Weitem. Sie sitzt auf der niedrigen Mauer aus Backsteinen, die das Grundstück umgrenzt, und wartet auf mich. Dort habe ich als Kind auch oft neben ihr gesessen und Kratzeis gegessen, am liebsten mit Cola oder Waldmeistergeschmack. Es ist jetzt fast zwanzig Jahre her, dass ich das letzte Mal hier war. Immer wieder habe ich mir vorgenommen, noch einmal Urlaub auf Juist zu machen. Aber nachdem Oma hier weggezogen war, zog es meine Eltern eher in Richtung Süden, wenn es um unseren jährlichen Familienurlaub ging. In Österreich und Italien waren wir von München aus schneller. Als ich alt genug war, um mit Freunden oder alleine zu verreisen, erschienen mir Mallorca, Gran Canaria, Griechenland, die Türkei – und natürlich New York – spannender als die kleine Insel, die ich früher in- und auswendig kannte.

Erst jetzt merke ich, wie sehr ich Juist vermisst habe. Ich atme die salzige Luft ein. Das Meer befindet sich nur etwa dreihundert Meter von Omas Haus entfernt, gleich hinter dem Garten, an den die hohen Dünen grenzen.

Oma Enna sitzt auf der Mauer vor dem rot geklinkerten Backsteinhaus. Ein Glücksgefühl, mit dem ich so nicht gerechnet habe, überrollt mich. Ich winke ihr zu, gehe einen Schritt schneller und liege kurz darauf in ihren Armen. Sie hat Tränen in den Augen, als sie sagt: „Ach, Kind …“ Und genau so fühle ich mich auch, als wäre ich wieder zehn und käme gerade hungrig von einem Badeausflug zurück. Und auch mir laufen plötzlich die Tränen über das Gesicht.

„Hallo, Oma", schniefe ich.

„Merleken! So eine schöne Überraschung …"

Oma Enna sieht erholt aus. Die sanfte Bräune im Gesicht steht ihr gut. Das letzte Mal habe ich sie vor einem halben Jahr bei Opa Friedhelms Beerdigung in New York gesehen. Da hatte sie schlecht ausgesehen. Sie war unendlich traurig gewesen. Oma Enna hat zwei Ehemänner überlebt. Opa Heinrich, Mamas Vater, starb gemeinsam mit Undine bei dem Badeunglück, als Oma Enna sechsunddreißig war. Vierzig Jahre später, mit sechsundsiebzig, ist sie zum zweiten Mal Witwe geworden. Opa Friedhelm war Opa Heinrichs älterer Bruder. Er war schon ein paar Jahre vor Opa Heinrichs Tod gemeinsam mit meinen Urgroßeltern in die USA ausgewandert und nur selten auf Juist. Aber bei einem seiner Besuche hat er Oma dazu überredet, ihn zu heiraten und die kleine gegen eine große Insel zu tauschen. Oma hielt nichts mehr auf Juist, wie sie mir mal erzählt hat, also sagte sie Ja. Ob sie ihn geliebt hat, weiß ich nicht. Sie hat mir mal im Spaß erzählt, sie habe Opa Friedhelm nur geheiratet, weil er den gleichen schönen Nachnamen wie Opa Heinrich trug, Tamena. Aber trotzdem schienen mir die beiden recht glücklich miteinander zu sein. Zumindest machten sie den Eindruck, wenn ich bei ihnen war. Oft war das allerdings nicht. In München hat Oma uns nicht mehr besucht, nachdem sie in die USA ausgewandert war. Sie hatte Flugangst. Der Hinflug habe ihr gereicht, freiwillig würde sie nie wieder einen Fuß in einen Flieger setzen. Für ihre letzte Reise, wie sie so schön gesagt hat, habe sie ihre Angst überwunden. Letzten Monat ist Oma Enna nach Juist zurückgekehrt. Und jetzt endlich bin ich auch wieder hier!

„Du siehst gesund aus", sagt sie und kneift mir fest in die Wange.

Mist! Daran hatte ich nicht gedacht. Schon als Kind hat mir diese Begrüßungsgeste den einen oder anderen blauen Fleck eingebracht. Alle Ausweichtechniken halfen nichts. Irgendwann erwischte mich Oma Enna doch, meistens von hinten, wenn ich nichts ahnend auf einem Stuhl saß.

Sie sieht mich an. „Die Frisur steht dir gut. Hübsch siehst du aus."

„Danke." Nach der Trennung von Marc hatte ich das Bedürfnis nach einer Veränderung. Ich hatte mir spontan meine langen, mit vielen blonden Strähnchen durchzogenen Haare zu einem sehr kurzen Bob schneiden lassen, mit dem ich aber nicht zufrieden war. Also entschied ich mich dazu, mit einem frechen Pixie-Cut gleich richtig Nägel mit Köpfen zu machen. Zum Glück hatte ich zu diesem Zeitpunkt schon Conny kennengelernt. Sie überzeugte mich davon, stattdessen mein Haar dunkler zu tönen und wieder wachsen zu lassen. Nun sind sie fast wieder schulterlang, rotbraun, und ich bin sehr glücklich damit.

Oma Enna sieht mich mit ihren durchdringenden grauen Augen prüfend an. „Ganz Undine."

Das hat meine Mutter auch schon zu mir gesagt. Durch die dunklen Haare sähe ich Undine noch ähnlicher.

„Und jetzt komm mit rein", sagt Oma Enna. „Du hast doch bestimmt Hunger."

„Und wie!"

Wir gehen nebeneinander den gepflasterten Weg zum Haus hoch. Links und rechts wächst hohes Dünengras. Blumen hat Oma nie gepflanzt. Die Insel sei schön genug, war immer ihre Ansicht.

„Wie geht es deinen Eltern?", fragt Oma Enna.

„Ganz gut so weit. Papa hat keine Rückenschmerzen mehr. Er hat sich unter dem Dach eine kleine Backstube eingerichtet. Mama hat jetzt eine Dreiviertelstelle ... Aber das hat sie dir ja bestimmt erzählt. Ich soll dich lieb von ihnen grüßen, und auch von Oma Fine." Was Oma Fine noch gesagt hat, als ich sie im Krankenhaus besucht habe, behalte ich lieber für mich.

„Danke, grüß sie bitte zurück, du sprichst ja bestimmt ab und an mit ihnen. Was treibt Fine denn so? Wohnt sie noch in ihrem Häuschen am Fuße des Berges?"

„Momentan ist sie bei Mama und Papa. Sie hat sich beim Fensterputzen ein Bein gebrochen."

„Den Oberschenkel oder den Unterschenkel?", hakt Oma Enna nach.

„Das Schienbein", erkläre ich. „Kurz über dem Sprunggelenk."

„Das ist gut. Eine Freundin von mir hatte sich vor ein paar Wochen einen Oberschenkelhalsbruch zugezogen. Sie lebt nicht mehr."

„Oh, das tut mir leid."

„Sie hatte Osteoporose. Und im Krankenhaus hat sie sich einen Darmvirus eingefangen." Oma Enna bleibt vor dem Haus stehen. „Aber was rede ich da? Ich höre mich schon so an wie eine von diesen alten frustrierten Frauen, die nur noch über Krankheiten sprechen. Das ist kein Thema für eine junge Frau wie dich. Lass uns erst einmal reingehen."

Oma Enna drückt die schwere grün gestrichene Holztür auf. Es riecht nach Bratkartoffeln und Speck. Das Wasser läuft mir im Mund zusammen, und auch mein Magen meldet sich prompt wieder mit einem lauten Knurren. Im Hausflur ziehe ich meine Sandalen aus. Die Fliesen unter meinen Füßen fühlen sich kalt an. Das war früher schon so, auch wenn es draußen sehr warm war. Die kleinen grauen Bodenplatten im Eingangsbereich und in der Küche boten eine willkommene Abkühlung, wenn man den ganzen Tag barfuß auf heißem Sand oder Kopfsteinpflaster gelaufen war.

„Ich hatte noch ein paar Drillinge", sagt Oma Enna, als wir in der Küche sind. „Möchtest du ein Spiegelei oder lieber Rührei dazu?"

„Spiegelei", antworte ich automatisch und schaue mich fasziniert um. „Hier ist ja alles komplett neu." Abgesehen von den Fliesen …

Oma Enna lacht laut auf. „Was hast du denn gedacht? Dass hier noch die Möbel rumstehen, die vor zwanzig Jahren schon alt waren?"

Ich bin tatsächlich davon ausgegangen, dass es hier noch aussieht wie damals. Mit einer nagelneuen Hightechküche habe ich auf jeden Fall nicht gerechnet. Hätte ich nachgedacht, wäre mir ganz sicher eingefallen, dass Oma Enna und Opa Friedhelm in ihrem Haus in den USA auch eine schöne große Küche mit exklusiven Elektrogeräten eingerichtet hatten. Oma hat dort viel und gerne gekocht.

„Irgendwie ja", gebe ich zu und schaue mich weiter um. Oma hat sich eine moderne Küche im Landhausstil mit cremefarbenen Schränken und einer nussbaumholzfarbenen Arbeitsplatte einbauen lassen. Mein Blick bleibt am großen Ofen hängen, auf dem eine große gusseiserne Pfanne voll mit gebratenen Drillingen steht.

„Was hast du denn für einen riesigen Herd?", frage ich begeistert.

„Einen mit fünf Gaskochfeldern und zwei Öfen. Ich bin alt. Da darf man sich schon mal ein hübsches Spielzeug leisten, das einem Freude bereitet."

„Wow!" Oma Enna öffnet lächelnd eine der cremefarbenen Schranktüren. „Ich koche ab und an für den Notfall ein, falls die Insel im Winter mal wieder einschneit, obwohl ich weiß, dass das Blödsinn ist. Es macht mir eben einfach Spaß." Oma zieht ein Einmachglas heraus. „Möchtest du einen Brathering? Mein erster Versuch, aber ich finde, man kann ihn genießen." Sie drückt mir das Glas in die Hand. „Nach dem Essen zeige ich dir den Rest des Hauses. Ich habe einiges ändern lassen. Du wirst es kaum wiedererkennen. Aber jetzt lass uns erst einmal essen."

So komme ich also doch noch zu meinem Fisch. Oma Enna isst mir zuliebe noch eine kleine Portion mit. Wir sitzen gemeinsam auf bequemen Schwungstühlen an einem quadratischen Küchentisch aus Eichenholz. Damals standen hier eine Eckbank und ein wackeliger Tisch mit einem blau karierten Wachstischtuch darauf.

Draußen trappeln Pferde über das Steinpflaster. Ich schaue durch das Küchenfenster, das Oma weit geöffnet hat. Die Holzläden waren auch damals schon im gleichen Grünton gestrichen. Ein paar Möwen fliegen kreischend über die Kutsche hinweg in Richtung Watt. Oma beobachtet mich beim Essen. Sie passt auf, dass ich auch ja meinen Teller leer putze. Auch wenn im Haus nichts mehr aussieht wie früher, so bin ich doch in der eigenen Vergangenheit angekommen.

„Erzähl", sagt Oma Enna. „Was hat dich auf die Idee gebracht, dir einen Job ausgerechnet hier auf Juist zu suchen? Und warum hast du mir nicht eher Bescheid gesagt? Die beiden Wohnungen oben sind vermietet. Wenn ich gewusst hätte, dass du kommst, hätte ich dir eine freigehalten. Jetzt musst du leider mit der Couch im Wohnzimmer vorliebnehmen. Aber sie ist recht bequem. Man kann sie ausziehen."

„Ehrlich gesagt, war es Zufall", gebe ich zu. „Na ja, nicht ganz. Eine Teilnehmerin eines Tortenkurses, Dana, hat mir von einer tollen Apfelrosentorte erzählt, die sie während eines Juist-Aufenthalts gegessen hat. Sie war ganz begeistert von der hübschen Optik der zu Rosen gedrehten Äpfel. Als sie mir dann auch noch von der leckeren Apfelbutterschicht auf dem Mürbeteig erzählt hat, bin ich neugierig geworden. Es hat sich nämlich ganz nach unserem alten Familienrezept angehört."

Oma zieht eine Augenbraue hoch. „Ich wüsste nicht, dass irgendjemand außer den Tamenas auf dieser Insel die Torte je gebacken hat."

„Echt nicht? Ich habe gedacht, es ist vielleicht doch verbreiteter, als wir angenommen haben. Gute Rezepte werden oft weitergegeben."

„Nicht dieses. Von mir hat es niemand bekommen."

„Komisch. Dana war in der Pension untergebracht, in der ich jetzt auch übernachte, in der *Strandrose*. Ich wollte die Inhaberin eigentlich nach der Torte fragen, aber die wohnt gar nicht hier. Und die Hausdame ist verreist."

„Es wird sicher eine Erklärung dafür geben", sagt Oma. „Vielleicht ist es nur Zufall."

„Kann sein. Nachdem Dana mir von der Torte erzählt hatte, habe ich mir die Pension im Internet angesehen. Dabei bin ich auf die Stellenanzeige gestoßen – und jetzt bin ich hier. Ich arbeite als Bedienung im *Café Strandrose*. Immer von halb zehn bis um sieben. Einen Tag die Woche habe ich frei. Zum Job gehört ein Zimmer in der Pension. Es ist klein, aber sehr gemütlich. Ich hoffe, du bist nicht traurig, wenn ich nicht hier schlafe. Wir können uns ja trotzdem ganz oft sehen."

„Warum sollte ich traurig sein? Ich freu mich, dass du hier bist. Das hört sich doch alles sehr gut an."

„Ja, finde ich auch."

„Sie haben sehr leckere Torten dort im Café. Erst letzte Woche habe ich ein Stück Erdbeerkuchen mit Pistazien gegessen. Der Tee war auch gut. Apropos … möchtest du ein

Glas frischen Minztee oder vielleicht einen Espresso nach dem Essen? Oder einen Schnaps?"

„Einen Espresso nehme ich gerne."

Während Oma Enna sich an der Kaffeemaschine zu schaffen macht, spüle ich die Teller – mit der Hand.

„Warum hast du keine Spülmaschine?", frage ich.

„Die lohnt sich nicht für eine Person", erklärt Oma Enna. Ich schiele auf den riesigen Gasofen und danach auf die Küchenmaschine, die daneben auf der Arbeitsplatte steht. Die Rührschüssel fasst bestimmt fünf Liter, wenn nicht sogar sechs.

„Ansonsten bist du aber ausgestattet wie für eine Großfamilie." Den Kommentar kann ich mir einfach nicht verkneifen.

Oma Enna sieht sich in ihrer Küche um. „Stimmt, da hast du wohl recht." Sie lächelt. Wer weiß, wofür es gut ist. Vielleicht entscheidest du dich eines Tages dafür, hier zu leben, wenn ich mal nicht mehr bin."

Ich werfe ihr einen strengen Blick zu. „Über so etwas möchte ich aber gar nicht nachdenken. Du wirst bestimmt hundert Jahre alt."

„Das wollen wir doch hoffen", sagt Oma Enna – und flucht im nächsten Moment: „Such a crap!"

Sie hat eine Tasse umgeschmissen. Die schwarze heiße Flüssigkeit läuft an der cremefarbenen Schranktür unter der Arbeitsplatte hinunter. Ich muss schmunzeln. Wenn Oma früher geflucht hat, dann auf Friesisch. Die letzten zwanzig Jahre, die sie in den USA verbracht hat, sind nicht spurlos an ihr vorübergegangen. Jetzt fällt mir der amerikanische Akzent, den sie dort über die Jahre angenommen hat, kaum noch auf; den scheint sie innerhalb der letzten drei Monate abgelegt zu haben. Aber momentan schimpft sie wie eine

Amerikanerin, während sie mit einem feuchten Tuch den Espresso aufwischt.

Als sie merkt, dass ich sie beobachte, fragt sie: „Was siehst du so belustigt aus?"

„Ach, ich habe mich nur gerade gefragt, ob du im Grunde deines Herzens Deutsche oder Amerikanerin bist."

„Eine Ostfriesin!", antwortet Oma Enna wie aus der Pistole geschossen. „Und Insulanerin."

Wir trinken den Espresso im Stehen. Dabei denke ich an Oma Fine, die so ganz anders als Oma Enna ist. Bei Oma Fine gibt es Filterkaffee, den sie mit der Hand aufbrüht. Nur wenn mehrere Leute gleichzeitig zu Besuch sind, stellt sie die Kaffeemaschine an. Seit Jahren benutzt sie die gleiche Kaffeesorte, die sie in einer braunen Blechdose aufbewahrt. Dazu gibt es ein Plätzchen, das Papa gebacken hat, bei Oma Enna ein kleines Glas stilles Wasser. Oma Enna ist viel moderner als Oma Fine, denke ich. Ob das an ihrer Zeit in den USA liegt?

„Vermisst du dein Leben in New York?", frage ich.

„Nein. Dazu hatte ich bisher noch gar keine Zeit." Sie zwinkert mir zu. „Auf der Insel vergeht die Zeit wie im Flug, obwohl die Uhren langsamer ticken." Sie deutet mit dem Kopf zur Küchentür. „Komm, ich zeig dir den Rest des Hauses. Oben ist vermietet, das habe ich dir ja schon gesagt. Hier unten habe ich das Bad komplett sanieren lassen. Die Dusche ist nun ebenerdig. Ich werde ja auch nicht jünger."

Wir gehen von Raum zu Raum. Oma hat im Wohnzimmer und im Schlafzimmer Laminat verlegen lassen, das Badezimmer ist weiß gefliest. Die Möbel sind alle aus massivem Buchenholz. Sie wirken schlicht, aber sehr gemütlich. In Omas New Yorker Wohnhaus gab es viele Accessoires im typischen dunklen Friesenblau. Aber darauf hat Oma hier verzichtet. Die schöne große Couch im Wohnzimmer ist dunkelgrün. So wie der gemütliche Ohrensessel, der vor der großen Fensterfront mit Blick auf die Terrasse und den daran anschließenden Garten steht.

Oma hat Geschmack. Ich lasse mich in den gemütlichen Sessel sinken.

„Wann hast du denn das alles gemacht?“, frage ich. „Du bist doch erst seit einem Monat hier.“

„Nach Friedhelms Tod stand für mich fest, dass ich zurückkehren werde. Genau genommen sogar schon früher. Er war ja längere Zeit krank. Da hatte ich genügend Zeit, mir um meine Zukunft Gedanken zu machen. Die konkrete Planung ging dann recht schnell. Ich habe die Sachen im Internet ausgesucht. Wiebke hat die Arbeiten beaufsichtigt. Als ich hier ankam, war alles fertig. Es stand sogar ein Strauß Blumen auf dem Tisch.“

„Das ist ja toll.“

„Es geht nichts über eine gute Freundin. Wiebke ist mir über all die Jahre treu geblieben, obwohl wir uns so lange Zeit nicht gesehen haben. Im Grunde sind es die Verbindungen zu den Menschen, die uns wichtig sind, die dem Leben seinen Wert geben.“ Oma sieht mich nachdenklich an. „Da habe ich einiges nachzuholen.“

„Conny würde mich notfalls auch mit einer Feile aus dem Gefängnis befreien und immer zu mir halten, auch, wenn ich wegen Bankraubs einsitzen würde. Das hat sie mir letztens erst gesagt. Sie kommt wahrscheinlich nach Juist, gemeinsam mit Dana, von der ich dir gerade erzählt habe.“

Oma lacht. „Das ist schön. Dann lerne ich deine Conny endlich mal kennen. Und deine andere Freundin natürlich auch.“

„Kannst du mir helfen, eine Unterkunft für die beiden zu finden?“, frage ich. „Juist scheint komplett ausgebucht zu sein.“

„Natürlich, da finden wir schon was. Irgendjemand hat immer mal kurzfristige Stornierungen. Ich höre mich um.“ Oma öffnet die Terrassentür. „Was ist? Unternehmen wir einen kleinen Verdauungsspaziergang runter zum Meer?“

Ich springe sofort auf. „Klar!“

Gleich neben der Terrassentür steht das alte Metallgitter, auf dem wir früher unsere Schuhe abgestellt haben, damit der Sand, der an ihnen klebte, nicht im ganzen Haus verteilt wurde. Aber viel genutzt hat es nicht. Der feinkörnige weiße Sand war ständig und überall ein stiller Begleiter. Auch wenn ich vor dem Zubettgehen ausgiebig geduscht hatte, fand ich morgens eine kleine Ladung Sand in meinem Bett.

9. Kapitel

„Früher war das Wasser weiter weg", sagt Oma Enna. „Der Westwind pustet den Sand ins Meer. Im Osten der Insel wird er angeschwemmt. Dort wird der Strand immer breiter."

Oma Enna hat ihre Hosenbeine hochgekrempelt. Unsere Schuhe haben wir oben auf dem Gitter abgestellt. Wir gehen beide barfuß durch den Sand, der sich immer noch angenehm warm anfühlt, obwohl es mittlerweile schon nach neun ist.

„Dann müsste die Insel theoretisch ja wandern", überlege ich.

„Stimmt. Wie eine riesige schwerfällige Amöbe. Dass es bei starken Stürmen, besonders im Herbst, immer wieder zu Dünenabbrüchen kommt, trägt auch noch dazu bei. Deswegen werden die Dünen seit Jahren teilweise künstlich verstärkt. Es wird Sand von der einen auf die andere Seite der Insel gefahren, aufgehäuft und mit Strandhafer bepflanzt. Dünen sind der beste Schutz gegen Sturmfluten. Und Juist hat es schon ein paar Mal richtig schlimm erwischt."

„Wann war die größte Flut, die du hier erlebt hast?", frage ich.

„Im Januar 1976", antwortet Oma Enna, den Blick weit auf das Meer hinaus gerichtet. „1976 war ein schweres Jahr, in vielerlei Hinsicht."

Ich weiß, was Oma damit meint. Es war das Jahr, in dem sie ihren Mann und ihre älteste Tochter verlor, allerdings geschah es im Sommer, zwei Wochen nach Undines siebzehntem Geburtstag, also ziemlich genau vor vierzig Jahren.

„Es tut mir leid, dass du so viel Schlimmes erlebt hast", sage ich.

„Das gehört wohl leider zum Leben", sagt Oma Enna, „so wie die Sandabtragungen auf Juist. Auf der einen Seite bricht was weg, auf der anderen entsteht nach und nach wieder Neues." Sie bückt sich und hält mir ihre ausgestreckte Hand hin, als sie wieder hochkommt. „Schau mal, ein verirrtes Stück Bernstein."

„Zeig!" Sofort ist der Jagdinstinkt in mir geweckt. Wenn früher tagelang der Ostwind über die Insel geweht hat, bin ich mit Oma oft stundenlang am Strand entlanggegangen, auf der Suche nach den begehrten fossilen Harzklumpen. Einen einzigen habe ich gefunden. Er war mein ganzer Stolz. Ich bewahre ihn immer noch in einer kleinen Holzschatulle auf, die ich damals mit Muscheln beklebt habe. Aber mein Bernstein war viel kleiner als der, den Oma mir gerade zeigt. „Wow. Der ist toll!" Ich scanne mit geübtem Kennerblick den Meeressaum ab. „Es ist gar nicht der richtige Wind dafür. Da hast du aber Glück gehabt. Das restliche Strandgut passt überhaupt nicht dazu. Kein Holz und kein Seetang."

„Du hast recht, normalerweise wird Bernstein bei stürmischem Wetter angespült, wenn der Meeresboden aufgewühlt wird."

„Zeig noch mal."

Oma legt den Stein in meine Hand. Er ist leicht, ungewöhnlich dunkel mit einigen helleren Sprenkeln. Und er fühlt sich schön glatt an, genau genommen viel zu glatt.

„Der ist ja poliert!", rufe ich empört aus. „Oma! Du hast mich ausgetrickst."

Sie fängt laut an zu lachen. „Du hättest mal dein Gesicht sehen sollen, als ich ihn dir eben gezeigt habe. Köstlich!"

„Ich habe dir geglaubt.“ Ich knuffe sie liebevoll in die Seite. „Dass du so gut schauspielern kannst, ist mir neu.“

„Ich habe etliche Jahre gemeinsam mit meinem Ehemann und seiner Mutter in einem Haus gelebt, da lernt man so was.“ Sie wird plötzlich ernst. „Ich habe einige Fehler in meinem Leben gemacht; einer davon war, mit meinen Schwiegereltern zusammenzuziehen. Merk dir das für deine Zukunft: Lass dich bloß nicht auf so etwas ein. Da sind Probleme vorprogrammiert.“

„Darüber muss ich mir momentan keine Gedanken machen“, erkläre ich. „Ich bin seit einer Woche wieder Single.“ Ich kläre Oma kurz über den Stand der Dinge in Sachen Liebesleben auf. Sie kannte Frederik nicht persönlich, aber als ich zur Beerdigung in New York war, hatte ich ihr von ihm erzählt. Da waren wir gerade mal zwei Wochen ein Paar gewesen. Mit Marc hatte ich Oma sogar mal gemeinsam in New York besucht. Da war ich noch davon ausgegangen, dass wir eines Tages heiraten würden.

„Genieß deine Singlezeit.“ Oma Enna tätschelt mir über die Schulter. „Der Ernst des Lebens beginnt nicht in der Schulzeit, wie man immer so schön sagt, sondern wenn du dich bindest.“

„Das hört sich aber nicht gut an. Warst du nicht glücklich? Ich hatte immer das Gefühl, ihr habt euch ganz gut verstanden, Opa Friedhelm und du.“

„Haben wir auch. Ach …“, winkt Oma ab, „lass dich von einer alten Frau nicht entmutigen. Ich habe ganz vergessen, wie jung du bist. Du hast dein ganzes Leben noch vor dir. Es gibt so viele schöne Dinge.“

„Weißt du was, Oma? Vielleicht solltest du den Rat, den du mir gerade gegeben hast, selbst beherzigen. Genieß dein Singledasein“, scherze ich. „Du bist sechsundsiebzig und immer noch topfit.“ Schon im nächsten Moment tut es mir leid. Oma ist Witwe, kein Single, das ist ein gewaltiger Unterschied. „Entschuldige, das war gedankenlos von mir.“

„Nein, da hast du vollkommen recht“, sagt Oma, „das werde ich. Deswegen bin ich hier.“ Oma zeigt um sich. „Das alles hat mir gefehlt.“

„Mir auch.“ Der Bernstein in meiner Hand fühlt sich glatt und warm an. Die ganze Zeit über habe ich ihn festgehalten. Jetzt halte ich ihn Oma wieder hin. „Da hast du dein Fundstück zurück – Scherzkeks.“

Doch Oma schüttelt den Kopf. „Der ist für dich. Ich möchte, dass du ihn behältst.“

„Danke, er ist wirklich wunderschön. Wann hast du ihn denn gefunden? Ist er schon sehr alt?“

„Über vierzig Jahre“, sagt Oma Enna.

Den Blick kenne ich von Mama, liebevoll, sanft, aber auch schmerzlich. Ich weiß, was Oma sagen wird, bevor sie es ausgesprochen hat …

„Er gehörte Undine.“

Ich umfasse den Stein etwas fester.

„Undine konnte auch Stunden damit verbringen, nach den Steinen zu suchen, so wie du. Nach stürmischen Tagen war sie schon im Morgengrauen mit der Taschenlampe unterwegs. Sie hatte ein gutes Auge.“

„Danke, Oma.“ Ich umarme sie. Als dabei eine kleine Welle über unsere Füße schwappt, zucken wir beide erschrocken zusammen. „Sollen wir langsam zurückgehen?“

„Ja.“

Oma fährt sich durch das Haar. Dabei fällt mir wieder einmal auf, wie schön sie noch immer ist. Sie hat helle, ausdrucksstarke Augen, von Natur aus zu einem hohen Bogen geformte Brauen, eine schmale gerade Nase und schön geschwungene

Lippen. Meine Mutter hat mir mal erzählt, dass Oma als junge Frau, Ende der Fünfzigerjahre, sogar mal von einem berühmten Fotografen angesprochen worden sei, der auf der Insel Urlaub machte. Er habe versucht, sie von einer Modelkarriere zu überzeugen. Aber dafür hätte Oma Juist verlassen müssen. Und das wollte sie nicht. Zu jenem Zeitpunkt war sie schon in Opa Heinrich verliebt gewesen.

Meine Mutter kommt optisch nach Oma Enna, sie hat ihre Größe, die Augen und auch ihre Nase geerbt.

„Weißt du, was echt ungerecht ist?“, sage ich, als wir wieder durch die Dünen zurück zum Haus gehen. „Mama hätte mir ruhig etwas mehr von deiner schlanken Statur und vor allen Dingen ein paar Zentimeter deiner langen Beine vererben können. Zwei, drei würden mir schon reichen.“

„Dafür hast du die schönen Rundungen deiner Urgroßmutter geerbt“, sagt Oma Enna.

„Du meinst den dicken Hintern?“

„Na!“, sagt Oma und schnalzt mit der Zunge. „Sag doch so was nicht. Du solltest stolz auf deine Figur sein. Ich hätte damals alles dafür gegeben, wenn ich etwas weiblicher gewesen wäre. Ich war groß, schlaksig und flachbusig. Kein Junge hat sich für mich interessiert.“ Sie gibt mir einen Klaps auf meinen Po. „Sei stolz auf das, was du hast. Du bist wunderschön.“

„Mama hat mir da aber etwas ganz anderes erzählt. Oder wie war das damals mit dem Starfotografen?“

„Der hat auch nichts an der Tatsache geändert, dass ich für die meisten Jungs in dem Alter schlichtweg zu groß war. Mit fünfzehn zeigte das Maßband schon einen Meter fünfundsiebzig. Später haben sich die Dinge natürlich geändert. Einige der Jungs haben mich eingeholt, zumindest was die Körpergröße anging.“

„Wie Opa Heinrich zum Beispiel."

Oma nickt. „Er war etwas über eins neunzig groß, dein Opa."

„Und trotzdem bin ich unter eins siebzig geblieben", sage ich.

„Ich schätze, da musst du dich bei deiner anderen Oma beschweren. Wie groß ist sie? Eins fünfundsechzig? Oder ist sie mittlerweile noch kleiner geworden?" Oma schmunzelt. „Verrate ihr aber bloß nicht, dass ich das gesagt habe."

„Das würde ich niemals machen!"

Gut gelaunt gehen wir zum Schuppen neben dem Haus. Hier sieht noch alles wie immer aus. Die Regale sind vollgestopft mit allerlei Kram, den die Urlauber gerne mal liegen lassen. Etliche Kescher, Luftmatratzen, Federballschläger, Bälle. Oma hat nie etwas weggeworfen, denn es könnte ja sein, dass jemand im nächsten Jahr wiederkommt und danach fragt. Wiebke, die die Wohnungen in Omas Abwesenheit vermietet hat, hat es wohl ähnlich gehandhabt. In der Mitte des Schuppens entdecke ich Omas neues Rad.

„Wow, da hast du dir aber mal ein schickes Gefährt zugelegt." Es ist dunkelgrün. Ob das Omas neue Lieblingsfarbe ist? Und es hat einen kleinen Elektromotor. „Wie schnell kannst du damit fahren?"

„Fünfundzwanzig Stundenkilometer", sagt Oma nicht ohne Stolz. „Die habe ich früher locker auch so geschafft, aber bei Gegenwind wird es haarig." Sie zeigt auf das rote Hollandrad daneben. „Es hat nur drei Gänge, fährt aber ansonsten noch sehr gut."

Ich überprüfe die Reifen. „Hast du noch eine Luftpumpe dafür? Dein E-Bike hat andere Ventile."

„Es ist ein Pedelec, kein E-Bike", erklärt Oma Enna. „Der

Elektroantrieb hilft nur mit, wenn man selbst in die Pedale tritt. Der Motor ist nur eine Unterstützung, Beine hochlegen geht nicht."

„Dann musst du mitarbeiten? Das finde ich gut. Aber eine Pumpe brauche ich trotzdem, sonst komme ich mit dem alten Schätzchen nicht weit." Ich drücke noch mal auf den Hinterreifen. „Platt."

„Schau mal im Regal nach", sagt Oma Enna. „Da müsste irgendwo noch eine liegen. Ich schieb schon mal das Rad raus. Draußen ist mehr Platz."

Ich finde die Pumpe in einem alten Emaileimer, gemeinsam mit einer knallroten Klingel, einer Halterung für eine Trinkflasche und einem Kettenschloss.

„Irgendwo müsste auch ein Korb für den Gepäckträger sein", ruft Oma Enna.

„Hab ihn!" Er steht auf dem Regalbrett ganz oben. Ich stelle mich auf die Zehenspitzen und ziehe ihn heraus. Dabei kippt er. Eine gefüllte Stofftasche, die darin lag, fällt mir entgegen. Es knistert und kracht, als sich ein Teil des Inhalts auf dem Steinboden verteilt.

„Alles okay?", fragt Oma Enna.

„Ja." Ich schaue nach unten. „Im Korb war eine Tasche mit Muscheln. Davon sind gerade ein paar rausgefallen."

Ich bücke mich, um sie aufzuheben.

Oma Enna kommt zurück und geht neben mir in die Hocke. „Das sind deine", sagt sie „Du hast sie bei eurem letzten Besuch gesammelt, kurz bevor ich die Insel verlassen habe. Ich habe sie aufbewahrt. Irgendwo muss auch noch ein großes Einmachglas mit Sand stehen. Du wolltest möglichst viel Juist in München haben, hast du damals gesagt. Aber dann wolltest du sie doch nicht mitnehmen."

„Echt? Warum nicht?"

„Na ja, du warst sauer auf mich. Du wolltest nicht, dass ich fliege."

„Daran kann ich mich gar nicht mehr erinnern."

Es ist schon komisch, an bestimmte Dinge erinnere ich mich glasklar. Zum Beispiel daran, dass wir immer Muscheln mit nach Hause genommen haben, um kleine Kunstwerke daraus zu basteln. Jedes Jahr ist so mindestens ein Bilderrahmen entstanden, ein paar Ketten, Muschelfiguren. Dass ich sauer auf Oma war, habe ich vergessen. Allerdings weiß ich noch ganz genau, dass Mama auch nicht gerade begeistert davon war, dass Oma ausgerechnet Opa Heinrichs Bruder heiraten – und dann auch noch seinetwegen die Insel verlassen wollte.

„Es ist lange her", sagt Oma Enna. „Du warst nicht lange böse auf mich." Sie lächelt. „Ein paar Tage später hast du mich angerufen und gefragt, ob man in New York auch Muscheln sammeln könne. Und als ich dir erzählt habe, dass dort, wo ich wohnen werde, in Brooklyn, auch ein Strand sei und die Muscheln dort viel größer wären, hast du gesagt, dass es dann in Ordnung sei, wenn ich umziehe."

Ich hebe eine besonders schöne Muschel auf. Sie ist rotbraun mit vielen hellen Sprenkeln, ähnlich wie der Bernstein, den Oma mir geschenkt hat.

„Es ist dir bestimmt nicht leichtgefallen, das hier alles zurückzulassen", sage ich.

„Doch, das ist es. Zumindest in dem Moment. Auch, wenn es jetzt hart klingen mag. Ich wollte fort von hier und irgendwo möglichst weit weg ganz neu anfangen." Oma seufzt laut auf. „Allerdings habe ich dabei die Rechnung ohne meine Schwiegermutter gemacht. Sie hat dafür gesorgt, dass ich so schnell nicht vergessen habe …" Oma Enna steht auf. „Aber lassen wir das jetzt. Auch das ist lange her. Du bist hier, das ist schön! Es ist nicht gut, zu viele Gedanken an die Vergangenheit zu verschwenden. Du hast morgen noch frei. Hast du schon was vor?“

Was Oma wohl mit ihrer Anspielung meinte? Mich würde schon interessieren, was damals genau passiert und wie es ihr ergangen ist. Irgendwie gehört es auch zu meiner Vergangenheit. Ich habe meine Urgroßmutter kaum gekannt. Sie hieß Thulke, Thulke Tamena. Mama hat mal erwähnt, sie sei eine sehr schwierige Frau gewesen. Ich habe sie nur ein paar Mal gesehen, wenn wir Oma in New York besucht haben. Sie hatte langes graues Haar, das sie immer zu einem ordentlichen Dutt frisiert hatte. Sie trug immer ein schwarzes Kleid. Und man hatte automatisch das Gefühl, etwas ausgefressen zu haben, wenn sie einen mit ihren strengen Augen ansah. Mama hatte kaum Kontakt zu ihr, obwohl sie ihre Großmutter war. Irgendwie werde ich das Gefühl nicht los, dass sie wirklich keine nette Frau gewesen war. Hat Mama nicht sogar mal irgendwann erwähnt, „böse“ sei der richtige Ausdruck gewesen, um sie zu beschreiben?

Ich schüttele den Gedanken an meine Urgroßmutter ab. Oma hat recht: Es ist schön, dass ich hier bin.

„Was hältst du davon, wenn ich mit dem Rad bei dir vorbeikomme und wir drehen gemeinsam eine Runde über die Insel?“, schlage ich vor. „Ich möchte unbedingt hoch zur *Domäne Bill*, eine Scheibe Rosinenstuten essen.“

„Das ist eine schöne Idee, das machen wir“, sagt Oma, und lacht. „Du wirst dich anstrengen müssen, um mit mir mitzuhalten.“

„Ich weiß aber noch nicht genau, wann ich hier bin. Morgens ist erst eine Besprechung, da muss ich hin. Es könnte elf werden. Vielleicht aber auch später. Am besten melde ich mich einfach danach kurz und sag dir, wann ich losfahre.“

„Ach was“, sagt Oma Enna, „komm einfach vorbei. Ich bin hier.“

Ich habe fast vergessen, wie unkompliziert das Leben auf der Insel ist. „Okay“, sage ich. „Irgendwann am Vormittag bin ich dann also da.“

Es ist dunkel, als ich auf dem Rad sitze und zurück in die Pension fahre, immerhin ist es schon fast elf. Ein paar Kaninchen huschen über den Weg in die Kratzbeeren. Links von mir, hinter den Häusern, höre ich das ununterbrochene Rauschen des Meeres, rechts liegt still das Watt. Ich halte an, um einen kurzen Moment die sanfte Seite der Insel auf mich wirken zu lassen. Wie ein großes Geflecht aus Adern durchziehen kleine Priele und Rinnen das Watt. Der Abend hat behutsam ein dunkles Tuch über die Insel gelegt. Irgendwo in einem Busch ruft ein Fasan. In der Ferne kreischen ein paar Möwen.

„Ich habe dich vermisst“, sage ich leise, bevor ich wieder auf mein Rad steige und weiterfahre.

10. Kapitel

Es riecht nach Kuchen. Und außerdem läuft irgendwo eine Küchenmaschine. Ich kann gar nicht anders, als dem Geruch und dem Lärm zu folgen. Ich gehe an der Rezeption vorbei, den Gang entlang, in dem heute Nachmittag Lara verschwunden ist. Dort ist die Küche …

Ich drücke vorsichtig die Tür auf. „Lara?“

Sie steht vor zwei Küchenmaschinen, die nebeneinander auf der Arbeitsfläche stehen. Beide laufen auf Hochtouren. Ich warte, bis sie sie nacheinander ausschaltet.

„Lara, nicht erschrecken. Ich bin's, Merle.“

Sie dreht sich zu mir um und wischt sich die Hände an der Schürze ab.

„Ach, du. Hi. Ich habe leider keine Zeit. Ich muss noch die blöden Torten für morgen fertig bekommen.“

Ich bleibe unschlüssig in der Tür stehen. „Kann ich mal schauen, was du da zauberst? Ich störe auch nicht weiter.“

„Klar“, sagt Lara und schüttet geschlagenes Eigelb aus einer der Rührschüsseln in eine größere.

Neugierig schaue ich in die unzähligen Behältnisse, die auf einem großen Tisch inmitten des Raumes stehen. Sie sind gefüllt mit unterschiedlichen Cremes, Früchten, Schokolade, Nüssen … Auf einem anderen Tisch entdecke ich Tortenböden aus Biskuit, Rührteig, Mürbeteig …

„Du warst aber fleißig“, sage ich anerkennend.

„Komm heute Nacht um vier noch mal, dann war ich fleißig“, antwortet Lara und siebt Mehl in die große Schüssel. Zum Schluss gibt sie das geschlagene Eiweiß dazu und hebt es unter.

„Schlag die Eier doch komplett auf, ohne sie vorher zu trennen“, rutscht es mir heraus. „Das geht schneller.“

Lara dreht sich zu mir um. „Ich backe Biskuitböden.“

„Das sehe ich.“

„Dann ist ja gut.“ Ihr Tonfall klingt genervt.

„Ich wollte dir nicht reinreden“, sage ich, „tut mir leid. Es ist nur so …“

„Ja?“

„Na ja, es sieht eben nach viel Arbeit aus. Und du hast da zwei hochwertige Küchenmaschinen stehen, die packen die Eier auch so. Früher hat man sie getrennt voneinander geschlagen und untergehoben. Das ist heute gar nicht mehr nötig. Schmeiß die Eier so rein, Zucker dazu, Maschine anstellen, fertig.“

Lara sieht ihre Eiermasse an, dann mich. „Backst du viel? Du studierst BWL, oder?“

„Stimmt, aber ich bin ausgebildete Konditorin. Ich weiß also, wovon ich spreche. Die Eier musst du nicht trennen.“

„Is nich wahr!“ Lara sieht mich an, als hätte sie gerade ein Gespenst gesehen.

„Doch! Probier es doch einfach mal aus.“

„Das meine ich nicht. Bist du wirklich Konditorin?“

„Ja, und außerdem Bäckerstochter. Bis vor einem halben Jahr stand mein Vater auch noch täglich in der Backstube. Ich bin sozusagen in Mehlstaub groß geworden.“

„Meine Mutter hat sich um die Bewerbungen gekümmert. Ich hatte keine Ahnung, dass du vor deinem Studium was anderes gemacht hast. Ehrlich gesagt habe ich mich gewundert, warum eine Studentin aus München ausgerechnet einen Ferienjob auf Juist annimmt. Aber meine Mutter hat in der

Regel ein ganz gutes Händchen, was so was angeht, deswegen habe ich ihr die Aufgabe überlassen."

„Meine Oma lebt hier", erkläre ich. „Meine Mutter ist hier aufgewachsen. Und ich war als Kind auch mindestens einmal im Jahr hier."

„Das wird ja immer besser. Dann bist du sozusagen Insulanerin."

„Nicht so wirklich. Ich habe leider nie hier gelebt. Ich bin in München aufgewachsen."

„Ich komme aus Frankfurt. Eigentlich bin ich Köchin. Aber ich habe immer von meinem eigenen kleinen Café geträumt. Bei meinem letzten Urlaub habe ich mich verliebt, aber nicht in irgendeinen Kerl, sondern in die Insel. Und dann ging alles ganz schnell. Ich habe hier in der Pension gewohnt, habe mitbekommen, dass die Küche nur genutzt wird, um das Frühstück vorzubereiten. Und auch der schöne große Raum wurde nur zum Frühstücken für die Gäste eingedeckt. Also habe ich die Inhaberin der Pension davon überzeugt, an mich zu vermieten. So profitieren wir beide voneinander. Ihre Gäste bekommen ein gutes Frühstück. Ich darf die Küche benutzen ..."

„Ein gutes Konzept."

„Nein, eine spontane Idee. Aber sie funktioniert."

„Backst du die Torten jeden Tag frisch?", frage ich.

„Klar, anders funktioniert es nicht. Es ist das Erfolgsrezept. Wer einmal da war, der kommt wieder."

„Dann stehst du jeden Abend hier in der Küche?"

Lara nickt. „Bisher hatte ich eine Hilfe. Kai, der Typ, der neben dir das Zimmer hatte. Aber es funktionierte leider nicht mehr. Er hat ständig die Rezepte geändert. Ich habe an sich kein Problem mit ausgefallenen Eigenkreationen. Aber als er angefangen hat, auch die Rezepte für die Tortenböden zu ändern, bin ich, ehrlich gesagt, ein bisschen ausgeflippt. Die

Dinger waren ständig zu trocken, zu schwer oder schmeckten plötzlich nach Rosmarin und Pfeffer."

„Lecker – in Bratkartoffeln."

„Du sagst es."

Wir lächeln uns an.

„Sag mal … du bist ja eigentlich als Bedienung hier", sagt Lara. „Könntest du dir eventuell auch vorstellen, stattdessen in der Küche zu arbeiten? Du hättest allerdings andere Arbeitszeiten. Es wird hart. Aber natürlich würdest du auch entsprechend mehr verdienen."

„Was heißt denn *andere Arbeitszeiten*?"

Lara zeigt auf eine große runde Uhr über der Tür. „Zum Beispiel ab jetzt, so bis um drei. Und dann morgen früh wieder, ab halb sieben. Ich sag ja, es ist hart. Aber an den Zeiten können wir bestimmt was ändern, wenn du gut bist. Heute ist es besonders extrem, weil Kai mich hat sitzen lassen." Sie überlegt. „Wir könnten versuchen, bis spätestens um Mitternacht fertig zu sein. Wenn wir gegen siebzehn Uhr anfangen, müsste das klappen. Morgens reicht eine Person, wenn alles gut vorbereitet ist. Da wird noch mit Creme gefüllt, ein bisschen dekoriert … Da könnten wir uns abwechseln. Vorausgesetzt, es klappt so mit uns beiden. Ich würde, ehrlich gesagt, einfach gerne mal wieder ausschlafen."

„Dann würde ich also von siebzehn bis etwa vierundzwanzig Uhr arbeiten. Und alle zwei Tage von halb sieben bis um neun."

„Einen Tag die Woche hast du frei. Den kannst du dir aussuchen."

„Okay", sage ich. „Ich geh mir was anderes anziehen und bin gleich wieder da."

„Echt?" Lara klatscht in die Hände. „Wie cool ist das denn?"

Als ich zurück in die Küche komme, laufen wieder beide Küchenmaschinen.

„Noch mal Biskuitteig, Eier nicht getrennt." Lara schaut in eine der Schüsseln. „Sieht gut aus."

„Sag ich doch. Und was mach ich jetzt? Womit soll ich anfangen?"

„Kannst du einen Hefeteig machen?"

„Natürlich, einen herzhaften oder einen süßen? Für Blechkuchen, Brioches, für einen Zopf … was immer du willst."

„Ich dachte, wir bieten morgen mal Flammkuchen an. Wir backen sie heute Abend vor. Morgen kommen sie dann noch mal kurz in den heißen Ofen. Einen klassischen mit Speck und Zwiebeln, und für den anderen darfst du dir etwas einfallen lassen."

„Mit Kartoffeln, Rosmarin und Pfeffer", sage ich spontan, und als Lara anfängt zu kichern: „Lach nicht, das schmeckt wirklich gut."

„Ich sag ja gar nichts, mach du nur. Ich lass mich gerne überraschen."

„Hmmm", macht Lara. „Genial! Wie hast du die Kartoffelscheiben gewürzt?"

„Zitronensaft, Knoblauch, Pfeffer, Salz, Rosmarin. Bacon passt auch gut dazu. Aber so hast du eine vegetarische Variante, was ja heutzutage auch nicht schlecht ist."

„Verdammt lecker. Möchtest du noch einen Schluck Wein?"

„Gerne. Aber nur halb voll, sonst komme ich morgen früh nicht raus. Oder, besser gesagt, gleich." Ich schiele auf die Uhr. „Es ist gleich vier. Eigentlich lohnt es sich gar nicht, jetzt noch zu schlafen."

„Stimmt. Im Prinzip könnten wir die meisten der Torten gleich fertig machen. Und dann legen wir uns morgen früh hin. Zur Besprechung musst du nicht kommen. Die ist nur für die Mitarbeiter im Café. Damit hast du ja jetzt nichts mehr zu tun."

„Aber kennenlernen würde ich sie trotzdem gerne."

„Das kannst du auch noch später. Aber es ist deine Entscheidung. Hältst du denn noch ein, zwei Stunden durch?"

Ich nicke. „Gut, dass ich heute Mittag geschlafen habe. Apropos ... was ist denn eigentlich aus Kai geworden? Ich habe mitbekommen, dass er ausgezogen ist. Allerdings um eine Uhrzeit, zu der keine Flieger mehr gehen. Und die Fähre war auch schon weg."

„Ich habe keine Ahnung. Aber ich nehme an, dass er irgendwo einen neuen Job gefunden hat. In der Hochsaison sind gute Aushilfskräfte begehrt. Dabei fällt mir ein, dass ich jetzt dringend eine neue Hilfe für das Café brauche. Da geht es drunter und drüber. Bis Ende September steppt hier der Bär. Ab Oktober wird es dann etwas ruhiger. Ich bin schon gespannt, wie es dann in den Wintermonaten wird."

„Du bleibst also hier?"

„Wahrscheinlich, aber ich weiß es noch nicht so genau. Ich muss da erst noch eine Entscheidung in Sachen Liebe treffen. Mein Freund lebt in Frankfurt. Es könnte aber sein, dass ich langfristig hierbleibe. Momentan habe ich auch ein Zimmer hier in der Pension, schräg gegenüber von deinem. Aber auf Dauer ist das keine Lösung. Am liebsten würde ich ein Haus kaufen, aber das kannst du natürlich vergessen bei den Preisen. Ich habe letztens mal spaßeshalber gesucht. Mit zweieinhalb Millionen am Hammersee bin ich dabei. Oder eineinhalb für die kleinere Variante im Loog. Das ist nahezu utopisch."

„Im Loog wohnt meine Oma. Sie vermietet zwei Ferienwohnungen. Ich könnte sie mal fragen, ob sie auch an einer langfristigen Vermietung Interesse hätte."

„Das wäre natürlich toll. Wie groß sind die Wohnungen denn?"

„Sie haben beide so um die sechzig Quadratmeter, zwei Zimmer, Bad, eine kleine Küche und einen Balkon."

„Badewanne oder Dusche?"

„Wanne."

„Perfekt!"

„Ich frag sie morgen gleich. Wir haben uns zu einer Tour über die Insel verabredet." Ich trinke den restlichen Rotwein in einem Zug aus. „Wir sollten reinhauen. Ich habe meiner Oma gesagt, dass ich spätestens gegen Mittag da bin. Ich komme also nicht zur Besprechung und leg mich lieber aufs Ohr, sobald wir hier fertig sind, sonst übersteh ich den Tag morgen nicht. Meine Oma hat sich nämlich ein Pedelec geleistet, und ich muss mich auf ihrer alten Möhre abstrampeln."

Lara steckt sich noch ein Stück Flammkuchen in den Mund, bevor sie aufsteht. „Der Schoko-Birnen-Kuchen braucht einen Guss, die Böden müssen in drei Teile geteilt und mit Creme bestrichen werden. Ich habe Schoko, Himbeere, Erdbeer und noch andere Sorten vorbereitet. Im Prinzip ist es immer das Gleiche. Die Böden mit Creme bestreichen, Obst darauf, wieder etwas Creme, Boden drauf … du kennst das ja. Die Mürbeteigböden werden mit Puddingcreme bestrichen, mit Obst belegt und mit Tortenguss bepinselt, natürlich selbst gemacht. Kartoffelmehl und andere Zutaten findest du in der Vorratskammer."

„Dann mal los!", sage ich. „Ich schneide die Böden, du streichst?"

„Gute Idee!"

Es ist genau halb sieben, als alle Torten im Kühlraum stehen, die Küche aufgeräumt ist und ich hundemüde, aber glücklich im Bett liege. Was für ein Tag! Meinen Wecker habe ich auf elf Uhr gestellt. Lara muss schon in zwei Stunden wieder zur Besprechung im Café sein, die Arme. Auf Dauer wird sie das nicht durchhalten. Sie braucht Personal, auf das sie sich verlassen kann. Wer backt die Torten, wenn sie mal krank ist? Oder schlicht etwas anderes vorhat? Das Leben besteht schließlich nicht nur aus Arbeit, denke ich. Durch das auf Kipp stehende Fenster höre ich Hufgetrappel. Juist erwacht langsam wieder, während mir die Augen zufallen.

Es dauert eine Weile, bis ich merke, dass es mein Wecker ist, der da neben meinem Ohr solchen Lärm macht. Aber dann bin ich sofort hellwach. Ich bin auf Juist und mit Oma verabredet. Ich stehe schnell auf, bevor ich im gemütlichen Bett wieder einschlafe, und stelle mich ein paar Minuten unter die Dusche. Am Ende lasse ich kaltes Wasser über meinen Körper laufen, eine Folter für mich, aber es wirkt. Ich fühle mich erfrischt und bereit für den Tag. Es ist wieder sehr heiß draußen, wie mir ein schneller Blick aus dem Fenster zeigt, aber ich hatte auch nichts anderes erwartet. Ich entscheide mich für kurze Jeansshorts und ein schlichtes weißes Top und wuschele mir mit dem Handtuch durch die Haare. Föhnen muss ich sie nicht. Sie werden von alleine in der Sonne trocknen. Ich werfe einen prüfenden Blick in den Spiegel. Gestern habe ich etwas Farbe bekommen. Zum Glück hatte ich noch nie Probleme mit Sonnenbrand. Trotzdem creme ich mein Gesicht, die Arme und Beine mit etwas Sonnenmilch ein. Ich werde bestimmt ein paar Stunden mit dem Rad unterwegs sein. Und die Sonne ist sehr stark.

Es ist zwanzig nach elf, als ich gut gelaunt die Treppe runtergehe. An der Rezeption steht Agata.

„Nachtschicht gut überstanden?", fragt sie. „Ich habe gehört, ihr wart fleißig! Brauchst du Kaffee? In der Küche steht immer eine große Kanne. Aber ich soll dir von Lara ausrichten, dass du dir einen starken doppelten Espresso aus dem Café holen sollst. Und dass im Kühlhaus ein Carepaket für dich steht. Damit du unterwegs nicht vom Rad fällst, hat sie gesagt."

„Das ist ja lieb. Sag mal … Kai hat gesagt, dass wir im Kühlschrank unsere Lebensmittel aufbewahren können. Er wollte mir den Inhalt seines Fachs vermachen, aber ich habe überhaupt kein Interesse daran. Ich möchte mir lieber eigene Sachen besorgen." Etwas Joghurt, Käse, Wurst für den Fall, dass ich mal zwischendurch Hunger bekomme. Ich gehe zwar davon aus, dass ich mittags oft mit Oma gemeinsam essen werde, aber wenn mich zwischendurch mal der Hunger packt …

„Ich kümmere mich darum."

„Danke … – Das ist ja genial!", entfährt es mir, als ich sehe, was Lara mir ins Kühlhaus gestellt hat. *Für Merle, vielen lieben Dank und viel Spaß mit deiner Oma* steht auf einer schwarzen Schiefertafel. Und dahinter entdecke ich eine kleine Kühltasche, in der sich vier Kuchen im Glas verstecken, zweimal Käsekuchen, zweimal Schokokuchen. Sogar an Löffel hat Lara gedacht.

Ich hänge mir die Tasche über die Schulter und gehe ins Café, um mir dort einen starken Kaffee zu besorgen. Die Möbel sind einfach. Die Gäste sitzen auf dunklen Holzbänken, auf denen dicke Sitzkissen liegen. Die Tische sind aus dem gleichen Holz. Ich entdecke weder Blumen noch Kerzen darauf. Nur Teller mit großen Tortenstücken, vor denen zufriedene Gäste sitzen. Die Kuchen werden am Tresen in einer Glasvitrine ausgestellt. Dort können die Gäste auch ihre Bestellung für das Getränk abgeben. Zwei noch recht junge Männer sind emsig dabei, Kaffee aufzubrühen und Milch aufzuschäumen, zwei Frauen packen die Tortenstücke auf Teller und bringen sie mit dem passenden Getränk zu den Gästen. Eine junge Frau räumt die Teller weg und bringt sie in den Raum nebenan, wo sich wahrscheinlich die Spülmaschine befindet. Eine andere trägt gerade die Schoko-Birnen-Torte herein, die ich mit einer herrlichen Schokoglasur überzogen habe. Insgesamt zähle ich also sechs Mitarbeiter, alle gekleidet in schwarze Hosen, weiße Blusen oder Hemden und eine kurze bestickte bordeauxfarbene Schürze, auf die der Name des Cafés gedruckt ist: *Strandrose.*

„Bist du Merle?", fragt mich einer der Männer, die für den Kaffee zuständig sind.

Ich nicke.

„Doppelten Espresso oder lieber was anderes?"

„Ein Milchkaffee wäre nicht schlecht, ruhig mit einem doppelten Espresso darin."

„Wird gemacht. Ich bin Niklas."

„Hi, Niklas."

„Übrigens coole Torten, sehen alle aus wie gemalt. So schön waren sie noch nie."

„Danke."

„To go? Für die Gäste gibt es das nicht. Für dich heute schon, Anweisung der Chefin. Wir verkaufen auch keinen Kuchen außer Haus. Das Einpacken würde zu lange dauern."

„To go wäre nicht schlecht. Ich bin verabredet."

„Aye, aye."

Ich bewundere einen Moment das Treiben im Café. Dann verlasse ich mit meinem Pappbecher den Laden.

Das Fahrrad habe ich gestern Abend vor der Pension im dafür vorgesehenen Ständer abgestellt. Meins ist eindeutig das älteste, wie ich feststelle, als ich mich bücke, um das Schloss zu öffnen. Dabei fällt mir auf, dass der Hinterreifen wieder platt ist.

„Mist!“ Die Pumpe habe ich bei Oma liegen lassen. Und ich bezweifle auch, dass sie mir helfen würde. Der Reifen hat ein Loch. Damit zu fahren bringt nichts. Wahrscheinlich komme ich nicht weit. Ich stelle die Kühltasche in den Korb auf den Gepäckträger. Gestern bin ich auf dem Weg zum Meer an einem Fahrradverleih vorbeigekommen. Vielleicht kann mir dort jemand helfen und das Rad reparieren. Ansonsten leihe ich mir einfach eins aus für heute.

Ich schiebe das Rad bis zum Verleih. *Die Seeräuber* steht auf dem großen Holzschuppen, vor dem unzählige Räder und jede Menge Touristen stehen. Zwei Mitarbeiter, gekleidet in schwarzer Piratenkluft, schieben Räder zu Touristen, passen die Sattelhöhen an … Ich schaue auf die Uhr. Es ist schon Viertel vor zwölf. Kurz entschlossen greife ich zum Telefon, um Oma anzurufen. So wie es aussieht, kann es noch eine Weile dauern, bis ich drankomme. Und bei anderen Verleihern wird es nicht anders aussehen. Gerade als ich die Nummer eintippe, spricht mich eine ältere Dame an, die mir sehr bekannt vorkommt.

„Guten Tag“, sagt sie. „So sieht man sich wieder.“ Sie betrachtet mich lächelnd. „Du bist die kleine Tamena, das hätte ich mir gleich denken können, als ich sie gestern gesehen habe. Ich bin Jella, eine Freundin deiner Tante Undine.“

„Ich bin Merle, allerdings nicht Tamena, sondern Krüger“, erkläre ich. Meine Mutter hat den Namen meines Vaters angenommen.“

„Ja, ja, ich weiß. Den netten Bäcker. Wie geht es deiner Mutter? Ich habe sie schon Ewigkeiten nicht mehr gesehen.“

„Gut“, sage ich.

„Das ist schön." Jella zeigt auf mein Rad. „Es ist Ennas. Aber ich hätte dich auch so erkannt. Als ich gehört habe, dass du auf der Insel bist, wurde mir klar, dass wir gestern gemeinsam im Flugzeug gesessen haben." Sie schüttelt den Kopf. „Es hätte mir schon da klar werden müssen. Du siehst deiner Tante sehr ähnlich."

„Ich weiß, das habe ich schon oft gehört."

Jella zeigt auf mein Rad. „Platt?"

Ich nicke. „Eigentlich wollte ich damit zu Oma fahren."

„Jannes", ruft Jella laut. „Komm mal rüber." Und gleich noch mal: „Jannes!"

Eine der beiden Seeräuber hebt den Kopf. Dann zuckt er mit den Schultern und kommt zu uns.

„Mein Sohn", erklärt Jella. „Ihm gehört der Laden." Sie zeigt auf den anderen, etwas kleineren Seeräuber. „Und sein Bruder Ole. Mit dem muss ich jetzt ein Hühnchen rupfen." Sie strahlt mich an. „Wir sehen uns … Die Insel ist ja nicht groß. Da läuft man sich zwangsläufig über den Weg."

Jannes, der Name kommt mir irgendwie bekannt vor … Natürlich, das war der Junge, der früher mit Vorliebe meine Sandkunstwerke kaputt getreten und mich mit Quallen beworfen hat!

„Was ist?", fragt er, schaut an meinem Rad runter und sagt: „Platt, schaff ich aber heute nicht zu reparieren. Willst du eins ausleihen?"

Ich starre Jannes an. Noch nie habe ich so eine wahnsinnig tiefe warme Stimme gehört. Er sollte als Märchenonkel und nicht als Fahrradverleiher arbeiten.

„Wenn ich eins leihen könnte, bis das hier repariert ist, wäre das natürlich wunderbar."

„Ich brauche ein, maximal zwei Tage. Soll ich direkt alles durchchecken?"

„Das wäre super!“ Er sieht mir direkt in die Augen. Seine haben die gleiche Farbe wie Ennas. Sie sind grau. Und sie mustern mich gerade.

„Falls du gerade überlegst, ob wir uns kennen …“, erkläre ich. „Ja. Ich war früher oft hier zu Besuch bei meiner Oma. Sie wohnt im Loog, drei Häuser von deinem Elternhaus entfernt. Du hast mich früher gerne mit Quallen beworfen.“

„Ennas Enkeltochter? Tatsächlich?“ Er grinst breit. „Ach ja. Jetzt erinnere ich mich. Du bis die nervige kleine Tamena aus der Großstadt, die damals immer alles besser wusste.“

„Kann gut möglich sein“, kontere ich. „Ich war immer schon recht clever, und Jungs hinken ja in dieser Hinsicht meistens etwas hinterher.“

„Schnippisch warst du früher auch schon.“

„Dann werde ich auch da schon meine Gründe dafür gehabt haben.“

„Hm“, macht er und reibt sich grinsend das Kinn. „Wie lange bleibst du?“

„Sechs Wochen, ich arbeite im *Café Strandrose*.“

„Das ist gut.“

„Ja, das finde ich auch. Es ist ein tolles Café.“

„Das meinte ich nicht. Ich wollte damit sagen, dass es schön ist, dass du so lange bleibst. Wann hast du Feierabend? Der Laden schließt um sieben, oder? Was machst du danach?“

„Was?“ Mit der Frage habe ich absolut nicht gerechnet.

„Ich meine wegen des Rades. Wenn ich es schaffe, bringe ich es dir vorbei.“

„Ach so. Etwa um vierundzwanzig Uhr“, sage ich. „Ich backe mit Lara die Torten. Du musst nicht extra kommen, ich kann es auch selbst abholen. Auf einen Tag kommt es nicht an.“

„Ich komme heute auf einen Mitternachtssnack vorbei.“

„Kommt gar nicht in die Tüte. Du hast früher auch mit Vorliebe meine Sandkuchen kaputt gemacht", wiegele ich ab. „Das ist mir zu gefährlich."

„Würde ich mich heute nicht mehr trauen", sagt er. „Mitternacht! Ein Stück Torte gegen ein repariertes Rad."

„Ich weiß aber nicht, ob wir dann schon fertig sind. Es ist erst einmal eine grobe Zeitschätzung", erkläre ich. „Davon mal ganz abgesehen, werden die meisten Torten morgens erst fertig gemacht. Und wir können auch nicht einfach so eine anschneiden. Was meinst du, was Lara dazu sagen würde?"

„Aber einen Kaffee werdet ihr bestimmt haben." Er nimmt mir Oma Ennas Rad ab. „Ich muss weiterarbeiten. Die Leute warten. Ich bringe dir gleich einen Drahtesel, mit dem du heute fahren kannst."

Ich schaue Jannes nach. Von der albernen Piratenkleidung mal ganz abgesehen, sieht er recht passabel aus. Er ist groß, bestimmt einen Meter neunzig, hat breite Schultern, muskulöse, braun gebrannte Oberarme. Auf dem linken prangt ein Tattoo. Es ist ein Anker. Unter seiner dämlichen Piratenhaube blitzt blondes, dichtes Haar hervor. Vielleicht verdeckt er mit dem blöden Ding ja eine Glatze. So wie mein Vater, denke ich, der hat seine Bäckermütze auch immer getragen, wenn er im Laden gearbeitet hat, auch wenn das gar nicht nötig gewesen wäre. Ich muss grinsen, als Jannes zurückkommt.

„Du bist noch hübscher, wenn du lächelst", sagt er und hält mir das Rad hin. „Bis später. Ich freu mich."

„Warte mal", rufe ich ihm nach, als er sich umdreht, um wegzugehen.

„Was ist?"

„Du meinst das nicht wirklich ernst, oder?"

„Doch, du bist bildhübsch, auch wenn du so streng dreinschaust wie jetzt gerade."

Ich werde rot, na ganz toll! Hoffentlich steht Jannes weit genug weg, um es nicht zu bemerken. „Danke. Aber das meine ich nicht. Willst du heute wirklich noch so spät in der Pension vorbeikommen?"

„Ja."

„Aber warum?"

Jannes kommt wieder zurück. „Weil sechs Wochen verdammt schnell vorbeigehen", sagt er. Er steht viel zu nah bei mir. Ich nehme den Duft von Zitrone und Ingwer wahr. Und noch eine andere Nuance, die ich momentan nicht einordnen kann.

Mir fällt nichts ein, was ich darauf sagen könnte. Aber das muss ich auch nicht mehr. Etwa drei Meter von uns weg versucht eine ältere Dame, auf ihr Rad zu steigen, bleibt mit dem Fuß irgendwie hängen und kippt um. Wir laufen beide gleichzeitig los.

„Alles in Ordnung?", fragt Jannes besorgt.

„Ich glaube schon." Sie sieht blass aus.

Wir heben das Fahrrad an und helfen ihr hoch.

„Was machen Sie denn für Sachen?", fragt Jannes.

„Ach", sagt die Frau. „Es ist bestimmt zehn Jahre her, dass ich das letzte Mal auf einem Fahrrad saß. Aber ich wollte doch so gerne damit einmal über die Insel ..."

„Etwa ganz alleine?"

Sie schüttelt den Kopf. „Mein Mann ist auch hier." Sie deutet die Straße runter. „Er kommt gleich zurück. Er testet sein Rad."

„Und damit hat er nicht auf Sie gewartet? Soll ich mit ihm schimpfen?"

Die Frau kichert. Langsam kehrt die Farbe in ihr Gesicht zurück. „Nein, lieber nicht. Er war so stolz darauf, dass es bei ihm von Anfang an geklappt hat. Vor zwei Monaten hat er seinen Führerschein altersbedingt abgegeben. Das kratzt immer noch an ihm."

„Wissen Sie was? Was halten Sie davon, wenn ich Ihnen ein paar Tipps zur Auffrischung gebe? Radfahren verlernt man nicht so schnell. Sie müssen nur ein paar Dinge beachten. Ich bin mir sicher, wenn Sie erst mal auf dem Sattel sitzen, funktioniert es fast von ganz alleine."

„Aber hier ist doch momentan so viel los. Die anderen Urlauber warten doch sicher schon."

„Um die kümmert sich mein Bruder", sagt Jannes. „Außerdem sind wir hier auf Juist. Wenn wir eins genug haben, dann Zeit."

„Dann sehr gerne."

„Ich muss aber leider los", sage ich. „Meine Oma wartet bestimmt schon auf mich."

Jannes sieht mich an. „Was ist mit heute Abend? Sehen wir uns?"

„Da würde ich an Ihrer Stelle nicht lang überlegen", sagt die alte Dame zu mir.

„Vierundzwanzig Uhr. Und ich sehe zu, dass ich ein Stück Torte organisiert bekomme. Lieber was Fruchtiges oder Schokolade?"

„Schokolade, möglichst viel."

„Okay." Ich wende mich an die nette Dame. „Und Ihnen viel Glück mit dem Rad."

Kiefer, denke ich, als ich losfahre. Das war die Nuance, die mir eben gefehlt hat. Jannes riecht nach Zitrone, Ingwer und Kiefer.

11. Kapitel

Ich bin gerade durch das Dorf durch und biege auf die Billstraße ein, als mein Handy in der Tasche vibriert. Es könnte meine Mutter sein. Bestimmt möchte sie wissen, wie es mir geht. Ich halte kurz an, um das Gespräch entgegenzunehmen.

„Boah, gut, dass du rangehst!" Es ist Conny. „Hast du schon eine Unterkunft gefunden? Ich bin so was von durch. Ich muss hier weg, und zwar sofort!"

„Was ist denn passiert?"

„Die Heinemann, die blöde Kuh, die ist passiert. Sie ist gestern gekommen und hat mir eröffnet, dass ich doch keinen Urlaub bekomme. Die hat sie nicht mehr alle! Ich reiß mir den Arsch auf für die, schiebe eine Überstunde nach der anderen, stecke andauernd ihre ungerechtfertigte Kritik ein, und dabei verarscht die mich die ganze Zeit. Ich wette mit dir, sie hat gar nicht vor, mir den Laden zu überlassen, wenn sie nächstes Jahr aufhört. Ich habe mitbekommen, dass irgendeine Nichte von ihr gerade ihren Meister macht. Sie war am Freitag da und hat sich den Laden angesehen. So eine blöde Schickimickitussi mit akkurat geschnittenem Pagenkopf."

„Das hört sich nicht gut an. Und warum hat sie dir den Urlaub gestrichen?"

„Na ja, jetzt kommt's! Sie hat gesagt, dass ich hierbleiben muss, weil ich ihre Nichte einarbeiten soll. Von wegen der Kundschaft und so, damit sie weiß, wie sie mit den alten Damen umzugehen hat. Du weißt ja, die können sehr speziell sein. Das stinkt doch zum Himmel, oder nicht? Ich habe ihr auf jeden Fall gesagt, dass ich den Urlaub brauche und dass es doch ganz praktisch sei, wenn ihre Nichte dann im Laden wäre. Und sie sagt kackendreist, dass ich mir das noch mal ganz genau überlegen soll. Von einer Nachfolgerin habe sie mehr Solidarität erwartet, und wenn ich auf den Urlaub bestehen würde, hätte sich das dann wohl erledigt."

„Dann wäre sie dich auf elegante Art los, und ihre Nichte könnte das Ruder übernehmen – wenn das wirklich dahintersteckt."

„Eben, das denke ich nämlich auch. Meine erste Reaktion war, dass ich das Feld nicht kampflos räumen werde. Gestern war ich so weit, dass ich auf den Urlaub pfeifen wollte, einfach nur, um mal zu sehen, was dann passiert. Aber heute Morgen bin ich aufgewacht mit einer Scheißwut im Bauch. Ich lass mich doch nicht erpressen. Wenn wirklich ein Notfall eintreten würde, wäre ich die Erste, die alles stehen und liegen lassen würde, aber doch nicht so."

„Ich weiß. Du hast absolut recht. Und jetzt?"

„Ich sage ihr morgen, dass ich keinen Urlaub nehme, aber dafür gerne die vielen Überstunden abfeiern möchte."

„Das wird ihr aber nicht gefallen."

„Eben. Deswegen mache ich es ja. Sie soll mich rausschmeißen, dann bekomme ich wenigstens Arbeitslosengeld, bis ich was Neues finde."

„Hm", mache ich. „Finde ich nicht gut."

„Was, wieso denn nicht? Die spinnt!"

„Ich weiß nicht, aber ich denke irgendwie, dass du ihr nicht die Macht geben solltest, über dein Leben zu entscheiden, auch wenn du es auf eine Kündigung anlegst. Wenn du konsequent bist, dann kündigst du – und siehst zu, wie sie sich in ihren knöchernen Hintern beißt vor Ärger."

Es ist einen Moment still am anderen Ende der Leitung. Ich kann Conny bildhaft vor mir sehen. Sie kaut wahrscheinlich gerade auf ihrer Unterlippe herum. Das macht sie immer, wenn sie angestrengt nachdenkt.

„Du hast ja so was von recht“, kommt es prompt. „Ich setze die Kündigung gleich auf. Und dann bestehe ich auf meinen Resturlaub des vergangenen Jahres und den von diesem, der mir noch zusteht.“

„Bist du dir ganz sicher?“, frage ich.

„Ja, ganz sicher!“

„Könntest du dir auch vorstellen, für ein paar Wochen als Bedienung zu arbeiten?“

„Klar, ich hab früher oft gekellnert. Sag bloß, euch fehlt noch jemand.“

„Ja, ich arbeite nämlich seit gestern in der Küche. Ich backe die Torten. Wir hätten dann allerdings unterschiedliche Arbeitszeiten. Du von halb zehn bis sieben und ich bis vierundzwanzig Uhr. Und außerdem muss ich Lara auch erst einmal fragen, was sie davon hält. Freu dich also nicht zu früh.“

„Sag ihr, ich stelle mich notfalls auch den ganzen Tag in die Küche, um zu spülen.“

„Mach ich. Und wenn es nicht klappt, kann ich mich ja auch nach einer anderen Stelle umhören.“

„Cool, ich pack dann also schon mal meine Koffer.“

„Schön. Ich freu mich, wenn du kommst.“ Conny jetzt zu sagen, dass wir erst einmal abwarten sollten, wäre vergebene Liebesmühe. Wenn sie sich etwas in den Kopf gesetzt hat, lässt sie sich sowieso nicht davon abhalten. „Meine Oma freut sich auch schon darauf, dich kennenzulernen. Ich bin übrigens gerade auf dem Weg zu ihr, sie wartet bestimmt schon. Lass uns später noch mal telefonieren. Ich melde mich, sobald ich mit Lara gesprochen habe.“

„Okay.“ Conny seufzt. „Du kannst dir überhaupt nicht vorstellen, wie glücklich ich darüber bin, dass wir uns kennengelernt haben. Ehrlich, wenn ich auch nur ansatzweise auf Frauen stehen würde, dann wärst du meine erste und einzige Wahl.“

„Ich hab dich auch lieb“, sage ich. „Aber jetzt muss ich los.“

Oma Ennas Haustür steht weit offen.

„Oma?“, rufe ich, als ich durch den Flur gehe. „Ich bin da!“

Sie sitzt im Garten auf der Holzbank unter dem Apfelbaum, die Augen geschlossen, der Sonne zugewandt.

„Schläfst du?“, frage ich leise.

Sie schüttelt lächelnd den Kopf und sieht mich an. „Ich habe dich schon kommen hören. Setz dich für einen Moment zu mir. Wie war eure Besprechung? Hast du nette Kollegen?“

„Ich war gar nicht da, stell dir vor …“

Oma hört still zu, während ich ihr von unserem nächtlichen Backmarathon erzähle. Ich berichte auch von Conny und davon, dass ich einen Job für sie suche.

„Ach, da findet sich ganz sicher was. Wenn es im Café nicht klappt, kann ich gerne mal Wiebke fragen. Sie weiß immer ganz genau darüber Bescheid, was hier auf der Insel los ist.“

„Das wäre super. Ich habe übrigens heute Jella beim Fahrradverleih getroffen. Sie hat gesagt, sie habe gehört, ich sei auf der Insel. Sie hat mich kleine Tamena genannt.“

„Soso, dann hat es also die Runde gemacht. War ja nicht anders zu erwarten.“

„Sie hat mich nach Mama gefragt. Waren die beiden befreundet?“

„Nein, sie war eine von Undines Freundinnen. Deine Mutter wurde früher auch kleine Tamena genannt, Undine war die große. Genau genommen bist du die Tochter der kleinen Tamena."

„Ach so. Und mit wem war Mama befreundet?"

„Mit Hilka, aber die lebt nicht mehr auf der Insel. Sie ist damals mit deiner Mutter rüber aufs Festland. Die beiden haben gemeinsam ihre Ausbildung zur Erzieherin gemacht."

Den Namen habe ich noch nie gehört. Da haben sich Mama und ihre Freundin anscheinend aus den Augen verloren.

„Dann ist Mama mit siebzehn ausgezogen. Das war bestimmt nicht einfach."

„Ja, aber das ist so üblich hier auf der Insel. Die Oberschule geht bis zur zehnten Klasse. Wer Abitur machen möchte oder eine Ausbildung, die nichts mit Gastronomie oder Tourismus zu tun hat, muss runter von der Insel. Das ist auch heute noch so. Undine, Jella und Svantje, Uta und Hilka ... – bisher ist jede wieder auf die Insel zurückgekommen, sofern möglich. Jella war auch eine Weile weg. Svantje ist die Einzige, die der Insel stets die Treue gehalten hat, und ihrem Frerk. Sie ist sofort nach der Ausbildung zurückgekommen, um Frerk zu heiraten. Die silberne Hochzeit haben sie schon hinter sich, bald dürften es dreißig Jahre werden. Frerk ist übrigens unser Bürgermeister. Ich konnte es kaum glauben, als ich davon gehört habe. Ich hatte ihn immer noch als schlaksigen, viel zu dünnen Jungen in Erinnerung. Heute trägt er einen stattlichen Bauch mit sich herum. Das schelmische Lächeln hat er sich bewahrt. Die beiden scheinen tatsächlich glücklich miteinander zu sein."

„Wie Mama und Papa, die haben die fünfundzwanzig Jahre auch schon überschritten."

„Da hast du recht. Dein Vater war übrigens das Beste, was deiner Mutter passieren konnte", sagt Oma Enna. „Nur schade, dass er ausgerechnet aus Bayern kommt. Aber letztendlich war es vielleicht genau deswegen gut für Uta. Die beiden haben sich gesucht und gefunden."

Es geht also auch anders, nicht überall beginnt der Ernst des Lebens, wenn man sich bindet. Oder vielleicht doch? Wenn ich nur daran denke, was Mama wegen Papa momentan alles durchmacht ... Aber das gehört wohl dazu. In guten wie in schlechten Zeiten ...

„Und nun? Zur *Bill*?", fragt Oma.

„Lieber ein anderes Mal, wenn du nichts dagegen hast. Lara hat uns ein kleines Carepaket gepackt für unterwegs. Es gibt Kuchen im Glas."

„Eingemachter Kuchen?" Oma sieht skeptisch aus.

„Na ja, so ähnlich. Ich bin mir sicher, dass er gut schmeckt. Laras Torten sind auf jeden Fall lecker. Sie versteht ihr Handwerk. Ich dachte, wir könnten heute in den Osten der Insel fahren, den Otto-Leege-Pfad entlanggehen und irgendwo auf einer gemütlichen Bank ein kleines Kuchenpicknick halten."

„Das machen wir!" Sie schmunzelt. „Da muss erst meine Enkeltochter auf die Insel kommen, damit ich mir endlich das Gesamtkunstwerk anschaue, von dem alle so schwärmen."

„Du warst da noch nicht?"

Oma schüttelt den Kopf. „Ich hatte alle Hände voll zu tun." Sie steht auf. „Für ein Picknick brauchen wir Kaffee. Ich habe irgendwo noch eine Thermoskanne. Und zwei Flaschen Wasser sollten wir auch einpacken."

Als wir ins Haus gehen, fällt mir auf, dass in einer der Wohnungen die Balkontür aufsteht.

„Bevor ich es vergesse ... Hättest du eventuell Interesse daran, langfristig zu vermieten? Lara sucht vielleicht etwas, auch über die Wintermonate hinweg."

Omas Antwort überrascht mich. „Nein", sagt sie. „Auf gar

keinen Fall. Ich möchte mich gar nicht erst an andere Personen gewöhnen."

„Oh, na gut."

Sie sieht mich schmunzelnd an. „Bei dir würde ich natürlich eine Ausnahme machen."

„Das ist gut zu wissen. Vielleicht sollten wir jetzt schon einen Termin für meinen nächsten Besuch ausmachen. Ich kann ja kommen, wenn keine Saison ist, dann musst du mir nicht extra die Wohnung freihalten."

„So ein Blödsinn", schnaubt Oma. „Du bist hier immer willkommen. Ich richte mich da ganz nach dir. Es fehlte noch, dass wir deine Besuche von meinem Belegungskalender abhängig machen."

„Gut, aber ich möchte trotzdem mal im Winter kommen. Ich habe die Insel noch nie im Schnee erlebt."

„Auch dann ist sie wunderschön", sagt Oma. „Aber es kann dir passieren, dass du dann längere Zeit hier festsitzt. Wenn die Nordsee voller Eisschollen liegt und Niedrigwasser ist, wird der Fährverkehr eingestellt. Und bei starkem Schneefall starten auch die Flieger nicht."

Wir sind mittlerweile in der Küche angekommen. Oma zeigt auf ihren Vorratsschrank. „Die Wahrscheinlichkeit, hier tatsächlich längere Zeit festzusitzen, ist zwar sehr gering, aber ich habe den ganzen Supermarkt leer gekauft, gleich nachdem ich hier angekommen bin. Und Wiebke hat mir auch das eine oder andere Glas mit Leckereien vermacht. Verhungern werden wir dann nicht." Sie deutet mit dem Kopf zum Fenster. „Das mit dem Kuchen im Glas ist übrigens eine hübsche Idee. Da hat man immer Vorrat, wenn sich unangemeldet Besuch ankündigt."

„Wer ist das?", frage ich.

Eine kleine zierliche Frau mit kurzem blondem Haar

kommt den Weg zum Haus hinauf. Ihre Schritte wirken leichtfüßig. Am Arm baumelt ein geflochtener Weidenkorb.

„Svantje", sagt Oma Enna. „Ich habe mich schon gefragt, wann sie hier auftaucht."

„Wir können unsere Radtour ja verschieben", schlage ich vor.

„Papperlapapp, das kommt gar nicht in die Tüte. Wir fahren – komm!"

Wir sind im Hausflur, da klopft Svantje auch schon an.

Oma öffnet die Tür.

„Hallo, Frau Tamena", sagt Svantje und hält ihr den Korb hin. „Brot und Salz als kleiner Willkommensgruß. Schön, dass Sie wieder hier sind. Ich wollte schon die ganze Zeit vorbeikommen. Aber es war ständig so viel zu tun."

Im ersten Moment kommt mir die unpersönliche Ansprache etwas komisch vor, aber auf der anderen Seite habe ich die Mütter meiner Freundinnen auch immer gesiezt. Ich stehe hinter Oma und versuche an ihr vorbeizuschauen.

Oma zieht mich neben sich. „Das ist lieb von dir, Svantje", sagt sie. „Und das ist meine Enkelin, Merle. Du stirbst doch bestimmt gerade vor Ungeduld."

„Hallo", sage ich.

Svantje schüttelt den Kopf, als sie mich sieht, und auf einmal laufen Tränen über ihr Gesicht.

„Das gibt es doch nicht", sagt sie und schnieft. Sie sieht Oma an.

„Ja", sagt Oma, „ich weiß, ganz Undine."

Ich weiß nicht, was ich zu der ganzen Sache sagen soll. Langsam wird mir etwas mulmig zumute. Also schweige ich.

Oma wartet, bis Svantje sich wieder gefangen hat, dann sagt sie: „Ich würde dich ja reinbitten, aber wir sind gerade auf dem Sprung. Vielleicht ein anderes Mal?"

„Unheimlich gerne."

„Ich bringe eben den Korb in die Küche", sagt Oma zu mir. „Dann können wir los."

„Okay", antworte ich. „Ich hole schon mal dein Motorrad aus dem Schuppen."

Svantje läuft neben mir den Weg hinunter. Sie zögert eine Weile, bis sie sagt: „Es tut mir leid, dass ich eben so reagiert habe. Jella hat mich darauf vorbereitet, dass Sie aussehen wie Undine, aber mit solch einer frappierenden Ähnlichkeit habe ich nicht gerechnet."

„Das habe ich schon oft gehört", entgegne ich vermutlich zum fünften Mal, seit ich auf der Insel bin. „Was mich allerdings wundert, ist, dass ich neunundzwanzig bin, Undine war siebzehn. Sah sie älter aus oder ich jünger?"

„Wahrscheinlich etwas von beidem." Sie betrachtet mich. „Aber es hat wohl mehr mit der Ausstrahlung zu tun als mit der Optik. Wahre Schönheit kommt immer von innen."

Den Satz habe ich schon mal gehört. Das war, als ich Marc gefragt habe, ob er mich überhaupt noch attraktiv findet. Er überlegte, viel zu lange, und dann faselte er was von meiner inneren Schönheit. Mit anderen Worten: Ich gefiel ihm nicht mehr. Und dabei hatte ich mich kaum verändert, von den drei, vier Kilo abgesehen, die ich zugenommen hatte. Svantje jedoch scheint es ernst zu meinen.

„Undine betrat einen Raum, und er erstrahlte. Bei Ihnen ist es ähnlich", erklärt sie. „Das habe ich eben sofort bemerkt."

Jetzt übertreibt sie aber, denke ich. Außerdem komme ich mir seltsam vor, wenn sie mich siezt. Bei Oma passt es, bei mir nicht. Ich will ihr gerade das Du anbieten, da sagt sie: „Jetzt wird am Ende vielleicht doch noch alles gut. Und wenn nicht, dann war es noch nicht das Ende."

„Wie bitte?“, frage ich. Aber ich habe ganz genau gehört, was sie da gerade gesagt hat. Den Spruch kenne ich auch von meiner Mutter. Er half, wenn ich mir das Knie blutig geschlagen hatte, wenn ich erkältet war, eine schlechte Note nach Hause brachte und auch, wenn ich unter akutem Liebeskummer litt.

„Undines Lieblingszitat“, erklärt Svantje, „allerdings fiel es ihr manchmal schwer, selbst daran zu glauben.“

„Das verstehe ich nicht. Hatte sie denn Probleme?“ Bisher hatte ich noch nichts dergleichen mitbekommen. Aber jetzt hört es sich ganz genau so an.

„Weißt du was …?“ Svantje hat, wahrscheinlich unbewusst, ins Du gewechselt. „Komm mich die Tage doch einfach mal besuchen. Wir wohnen nicht weit von hier.“ Sie lacht, wirkt aber irgendwie unsicher, so, als wäre sie nervös. „Aber was sag ich denn da? Auf der Insel ist nichts weit von hier. Tagsüber bin ich oft unterwegs, aber abends habe ich eigentlich immer Zeit. Oder am Wochenende, so wie heute. Die Sonntage sind mir heilig. Da wird gefaulenzt.“

„Meine Arbeitszeiten sind etwas ungünstig. Ich stehe ab heute jeden Abend bis vierundzwanzig Uhr in der Küche. Einen Tag die Woche habe ich jedoch frei. Ich schau mal, wie ich es einrichten kann“, erkläre ich. „Aber ich bin ja sechs Wochen hier, das klappt auf jeden Fall irgendwann.“

„Du würdest mir eine sehr große Freude damit bereiten.“ Wir bleiben vor dem Schuppen stehen. Ich habe das Gefühl, dass Svantje mir noch etwas erzählen will. Sie beißt sich auf die Unterlippe, so wie Conny, wenn sie nachdenkt, bevor sie etwas Wichtiges zum Besten gibt.

„Ich bespreche heute mit meiner Chefin die Arbeitszeiten. Wie gesagt, einen Tag habe ich frei. Da kann ich gerne mal abends vorbeikommen“, versichere ich ihr noch einmal.

Als Svantje Oma Enna aus dem Haus kommen sieht, sagt sie: „Es ist gut, dass du hier bist. Du bist genau zum richtigen Zeitpunkt gekommen.“ Sie winkt Oma zu – „Bis bald … Merle“ –, dreht sich um und geht. Ich schaue ihr hinterher. Sie läuft in Richtung Westen.

„Wo wohnt Svantje?“, frage ich, als ich Omas Rad aus dem Schuppen schiebe.

„Gleich hier in der Nähe, Richtung Hammersee. Ein schmuckes, rot geklinkertes Giebelhaus. Du kannst es gar nicht verfehlen. Hat sie dich eingeladen?“

„Ja. Mal schauen, ob ich es zeitlich schaffe.“

Es scheint mir nicht richtig zu sein, Oma von Svantjes eigenartigen Andeutungen zu erzählen. Fast kommt es mir vor, als sei ich auf einmal eine Verbündete der beiden Freundinnen von früher. Dabei fällt mir ein, dass Jella die Dritte im Bunde gewesen war und dass ihr Sohn sich sehr dreist zu einem Mitternachtssnack bei mir eingeladen hat.

„Hat Svantje eigentlich auch Kinder?“, frage ich. „Einen von Jellas Söhnen, Jannes, habe ich ja schon kennengelernt, als ich eben beim Fahrradverleih war.“

„Svantje hat eine Tochter“, erklärt Oma. „Aber die lebt nicht mehr hier. Frauen verlassen die Insel tendenziell häufiger. Sie verlieben sich in einen Mann vom Festland und – schwups – sind sie weg. Deine Mutter ist das beste Beispiel dafür. Männer hingegen holen sich eine Frau vom Festland auf die Insel, so wie Jannes. Allerdings ist es bei ihm schiefgegangen. Seine Frau war einfach nicht für das Inselleben geschaffen. Sie ist zurück aufs Festland. Jannes ist ihr und dem Sohn zuliebe mit. Aber das hat auch nicht funktioniert. Seine Frau kam nicht mit der Insel klar, er nicht mit dem Festland. Also ist er wieder hier. Seinen Sohn sieht er nur noch in den Ferien.“

„Wie alt ist er denn, der Sohn?", frage ich.

Oma überlegt einen Moment. „Er dürfte jetzt fünf sein, Jannes vierunddreißig." Sie sieht mich mit ihren grauen durchdringenden Augen prüfend an. „Ein unverschämt gut aussehender Kerl. Oder?"

„Von der dämlichen Verkleidung mal abgesehen, ja. Ich weiß allerdings nicht, was ich von ihm halten soll", gebe ich offenherzig zu. „Er will mir dein Rad heute vorbeibringen, wenn er es repariert hat – nach meiner Arbeitszeit, also um vierundzwanzig Uhr."

Oma fängt schallend an zu lachen. Sie kann sich gar nicht mehr beruhigen.

„Was ist so komisch daran?"

„Ach", winkt Oma ab. „Das hat gar nichts mit dir zu tun. Es ist einfach nur schön zu wissen, dass sich hier auf der Insel nichts verändert hat. Ab dem Frühling dreht sich das Liebeskarussell. Und im Oktober wird dann wieder neu gemischt."

„Wenn die Sommersaison vorbei ist", überlege ich laut.

„Ja." Oma schmunzelt vor sich hin. „Dann kommen die Handwerker auf die Insel. Es wird renoviert, umgebaut. Mein Haus zum Beispiel. Für manche Arbeiten braucht man Transportfahrzeuge. Ab Ende April ist die Insel wieder autofrei, von Feuerwehrwagen und Krankenwagen mal abgesehen. Es darf nicht mehr gebaut werden, die Handwerker reisen wieder ab."

Ich brauche einen Moment, bis ich verstehe, was Oma damit sagen will.

„Im Sommer verlieben sich also die Männer und im Winter die Frauen?"

„Genau! Und das ist auch gut so, denn dadurch mischt sich das Inselblut."

12. Kapitel

Wirklich schnell kommen wir nicht voran. Das liegt daran, dass auf der Insel wahnsinnig viel Betrieb herrscht. Es sind Spaziergänger, andere Radfahrer und vor allem viele Familien mit kleinen Kindern unterwegs. Vor uns tuckert eine Kutsche die Flugplatzstraße gen Osten entlang. Die meisten der Fahrgäste haben einen Koffer vor sich stehen. Sie treten wohl die Heimreise an.

„Deine Trethilfe könntest du theoretisch auch auslassen", frotzele ich.

Oma sieht zu mir rüber. „Warte mal, bis die Rennstrecke frei ist."

„Lieber nicht, sonst bekommen wir am Ende noch einen Hitzschlag." Es ist fast windstill. Die Mittagssonne brennt heiß auf unsere Köpfe herab. Jetzt bin ich froh, dass ich mich vorhin wenigstens noch eingecremt habe. „Das Tempo, in dem wir gerade unterwegs sind, ist genau richtig." Ich breite die Arme aus, so als wäre ich Kate Winslet und würde vorne auf der *Titanic* stehen. Als Kind konnte ich ohne Probleme minutenlang freihändig fahren. Aber das ist eine Weile her, und ich habe lange nicht mehr geübt. Als ich geradewegs auf einen großen Haufen Pferdeäpfel zusteuere, packe ich schnell wieder den Lenker und kann gerade noch so ausweichen.

Oma ruft laut: „Pass auf, da kommen noch mehr Tretminen."

Aber da mir in dem Moment eine Radfahrerin entgegenkommt, kann ich nicht ausweichen und fahre mittendurch.

Der Geruch von Urin und Pferdemist liegt beißend in der Luft. Doch obwohl es äußerst unangenehm riecht, stört es nicht. Es gehört eben einfach dazu.

Nach einer Weile stellen wir unsere Räder neben der Straße an einem Holzgeländer ab. Ich nehme die Kühltasche, Oma ihren kleinen Rucksack mit Bechern und Kaffee. Und dann gehen wir los. Ein paar Stufen nach oben auf einen Holzbohlenweg, der zu einer großen Aussichtsplattform führt. Von hier aus hat man einen herrlichen Blick auf das Watt, die grünen Salzwiesen und die Dünen. Wir stützen uns mit den Ellbogen auf der Holzbrüstung ab und genießen den Ausblick.

„Zauberhaft", sage ich.

Oma schweigt. Ich beobachte sie, wie sie still ihre Insel betrachtet, dann dreht sie sich zu mir.

„In solchen Momenten wird mir klar, welch ein Privileg es ist, hier leben zu dürfen. Ich hätte Juist nicht verlassen sollen. Aber hinterher ist man immer schlauer, wie man so schön sagt."

„Ich weiß nicht, Oma. Wer weiß, wozu es gut war. Heißt es nicht auch, im Leben habe alles seinen Sinn?"

„Du bist ja eine richtige kleine Philosophin." Oma schmunzelt. „Aber das warst du früher schon. Du hast dir immer um alles und jeden Gedanken gemacht. Und wenn du dann zu einem Schluss gekommen bist, dann war es schwer, dich vom Gegenteil zu überzeugen."

Jannes kommt mir in den Sinn. „War ich wirklich so schlimm? Wusste ich immer alles besser?"

„Sagen wir mal so: Du warst eben sehr wissbegierig, wolltest immer alles ganz genau verstehen. Und du hast deine Meinung vertreten. Deswegen bin ich auch immer davon ausgegangen, aus dir würde irgendwann mal eine Professorin werden. Vielleicht auch eine Politikerin."

„Politikerin? Boah, bloß nicht. Das ist ein furchtbarer Gedanke."

„Gute Chancen hättest du. Du erkennst sehr schnell Zusammenhänge, hast immer einen guten Gesamtüberblick, und du kannst gut argumentieren."

„Aber ich hätte nicht die nötigen Ellenbogen dafür."

„Und das ist gut so. Und auch, dass die Seite deines Vaters mehr und mehr in dir zum Vorschein gekommen ist. Du bist eine Tamena, aber auch eine Krüger. Ich war wahnsinnig stolz auf dich, als du deinem Herzen gefolgt bist und dich nach deinem Abitur für eine Konditorinnenlehre entschieden hast." Sie klopft sich auf die Brust. „Das Herz ist es, was letztendlich zählt, und zwar immer."

„Vielleicht werde ich ja trotzdem noch Professorin", scherze ich. „Ich könnte nach meinem Bachelor den Master machen, dann meinen Doktor und irgendwann habilitieren."

„Sicher", sagt Oma. „Ich bin davon überzeugt, dass du alles schaffen kannst, wenn du es nur willst."

„Am liebsten würde ich von morgens bis abends Torten backen", überlege ich. „Der Abend gestern war total schön, gemeinsam mit Lara in der Küche." Mir war bisher nicht klar, wie sehr ich all das vermisst habe. Teig rühren, kneten, mit den Händen leckere Kunstwerke erschaffen ... „Die Tortendekokurse machen auch Spaß, und sie bringen einen ganz netten Nebenverdienst ein. Aber letztendlich geht es da viel mehr um die Optik als um das Innenleben. Ich möchte eigene Rezepte kreieren. Du kannst dir nicht vorstellen, wie sehr ich mich darauf freue, wenn wir gleich wieder loslegen."

„Und dein Studium?", fragt Oma.

„Ehrlich gesagt, habe ich momentan überhaupt keine Ahnung, warum ich mit dem BWL-Studium überhaupt angefangen habe. Da war auf einmal irgendwie das Gefühl, ich müsse mehr aus meinem Leben machen."

Oma lächelt schelmisch. „Wer weiß, wozu es letztendlich gut sein wird. Hast du selbst gerade gesagt."

„Stimmt. Aber ich habe absolut keine Lust, meine Bachelorarbeit zu schreiben."

„Wirst du aber!" Sie sieht mich streng an.

„Natürlich. Jetzt, wo ich schon so weit bin, wäre es ja dumm, kurz vor dem Ziel aufzugeben."

„Braves Kind", sagt Oma.

Ich schaue auf die Uhr meines Handys. „Es ist schon zwei. Lass uns noch eine Weile den Weg erkunden. Ich möchte spätestens um vier wieder in der Pension sein."

Wir gehen an Teichen mit dicken Goldfischen vorbei, studieren die vielen Informationstafeln über Flora und Fauna der Insel und kommen schließlich an einem großen Gebilde an, das entfernt an eine Skulptur von zwei einander zugewandten schlanken Delfinen erinnert.

„Das wird die Klangharfe sein", sagt Oma. Sie dreht die Skulptur ein wenig hin und her, und schon erklingt ein tiefer Summton, der mir eine wohlige Gänsehaut über den Rücken jagt.

„Das hört sich ja schön an", rufe ich aus und versuche selbst mein Glück. Es dauert nicht lange, da schaffe ich es, dem Kunstwerk leise und lautere Töne zu entlocken. „Ich könnte Windkomponistin werden", überlege ich. „Oder ich werde doch Bernsteinfinderin, wie ich es früher immer vorhatte."

Ein Weilchen experimentiere ich noch herum, bis wir weitergehen und an einer großen, mit Wasser gefüllten Schale ankommen. Eine Schar Menschen steht um die Schale herum. Ein Mädchen, vielleicht zwölf Jahre alt, reibt mit glühenden

Wangen an zwei messingfarbenen Griffen, bis das Wasser in der Schüssel sanft zu blubbern beginnt. Als ein vibrierender Summton die Luft erfüllt, ruft sie erhitzt, aber glücklich: „Geschafft!“

Ich setze mich neben Oma auf eine Bank. Wir beobachten das Treiben, löffeln Laras köstlichen Kuchen aus dem Glas, trinken Kaffee …

Nicht alle schaffen es, die Schale zum Klingen zu bringen. Ein kräftiger, im Gesicht hochroter Mann versucht schon seit ein paar Minuten sein Glück.

„Mach doch mal mit Gefühl“, sagt eine Frau, die neben ihm steht, „nicht mit Kraft.“

„Mach du doch!“ Er räumt den Platz.

Es dauert vielleicht eine Minute, da liegt wieder das Summen in der Luft. Die Frau triumphiert.

„Pah!“, sagt er. „Weiber und ihr Gefühl.“

„Möchtest du auch dein Glück versuchen?“, fragt Oma.

„Nicht heute. Es ist mir zu voll. Ich bin ja noch eine Weile hier“, sage ich. Und mir wird klar, dass es auch ein Privileg ist, die kommenden sechs Wochen auf Juist verbringen zu dürfen. Ich drücke Oma einen Kuss auf die Wange. „Wollen wir weiterfahren?“

Um vier Uhr ist unser Ausflug beendet. Wir stehen vor meiner Pension.

„Früher konnte man hier ganz hervorragend essen“, erzählt Oma. „Aber dann wurde die Eigentümerin krank. Sie verkaufte an eine reiche Dame vom Festland. Und ab da ging es bergab. Man muss vor Ort sein, aus der Ferne lässt sich so eine große Pension nicht leiten.“

„Ich habe gehört, dass es eine Hausdame gibt, die allerdings gerade verreist sei.“

„Eben“, sagt Oma. „Das ist ja das Problem. Wer bitte schön verreist während der Hauptsaison? Das bringen nur Angestellte fertig.“

„Vielleicht hatte sie ja einen triftigen Grund“, gebe ich zu bedenken. „Und Agata, sie ist normalerweise das Zimmermädchen, vertritt sie sehr gut.“

„Ist sie Polin?“, fragt Oma.

„Ja.“

„Es hätte mich auch gewundert, wenn sie woanders herkommen würde. Ich hoffe, sie wird vernünftig bezahlt.“

„Das weiß ich nicht. Agata ist nicht Laras Angestellte, sie gehört zur Pension. Das Café läuft extra. Und anscheinend sehr gut. Lara zumindest zahlt fair. Und die Zimmer sind wirklich hübsch. Komm, ich zeig dir, wo ich untergebracht bin. – Da ist sie ja. Oma, das ist Agata.“

Sie steht an der Rezeption.

„Hallo“, begrüße ich sie fröhlich. „Das ist meine Oma. Ich zeige ihr nur eben mein Zimmer.“ Erst jetzt merke ich, dass Agatas Augen rot und geschwollen sind. „Was ist denn los? Hast du geweint?“

Sie bricht sofort in Tränen aus.

„He“, sage ich. „So schlimm?“

„Es tut mir leid, aber …“ Ihre Erklärung geht in Schluchzen unter.

Ich gehe hinter die Theke, um sie zu drücken. Oma kramt in ihrem Rucksack und zaubert ein schneeweißes Taschentuch hervor. „Hier, meine Liebe“, sagt sie und drückt es Agata in die Hand. „Liebeskummer oder was wirklich Schlimmes?“

Damit zaubert sie den Anflug eines kleinen Lächelns auf Agatas Gesicht. „Nur Liebeskummer.“

„Der geht vorbei“, sagt Oma trocken.

„Ich weiß.“ Agata schnieft ein letztes Mal. „Ist ja immer so.“

„Dein Zimmer schau ich mir ein anderes Mal an“, sagt Oma zu mir. „Das läuft ja nicht weg.“

„Okay, ich ruf dich morgen an.“ Ich warte, bis Oma zur Tür raus ist, und nehme Agatas Hand. „Komm, wir setzen uns ins Kaminzimmer.“

„Til hat eine andere“, sagt Agata und wischt sich mit dem Taschentuch eine Träne aus dem Augenwinkel. „Eine Urlauberin.“

„Oh, das tut mir leid. Ich weiß, wie weh das tut.“

„Er hatte noch nicht einmal den Mumm, es mir zu sagen. Wahrscheinlich wollte er das auch gar nicht. Lara hat ihn zufällig gesehen, knutschend in einem Strandkorb, als sie heute Morgen ganz früh einen Spaziergang unternommen hat, um wach zu bleiben. Sie sagt, die beiden hätten eine Decke dabeigehabt … Es sah so aus, als hätten sie dort übernachtet. So ein Arsch! Ich wette mit dir, dass er wieder angekrochen kommt, wenn der Sommer vorbei ist.“

„Aber du nimmst ihn nicht wieder zurück, oder?“

„Nein!“

„Gut. Ich hatte nämlich nach dem Flug das Gefühl, dass es sich bei deinem Til um einen notorischen Frauenhelden handelt.“

„Hat er es etwa bei dir auch versucht?“, fragt Agata.

„Zumindest habe ich es so empfunden. Sicher war ich mir nicht. Und als ich dann von dir erfahren habe, dass es dein Freund ist, habe ich gedacht, er wollte vielleicht einfach nur nett sein.“

„Nett! Das sind sie alle, die Inselmänner.“ Agatas Stimme klingt ironisch. „Zumindest am Anfang, wenn sie dich rumkriegen wollen. Aber ich Blöde wollte ja nicht hören. Ich habe mir eingeredet, zwischen mir und Til könnte es anders laufen. Lass dich bloß nie mit einem Insulaner ein.“

„Das habe ich ganz bestimmt nicht vor. Ich glaube aber trotzdem nicht, dass dieses Phänomen etwas mit der Insel zu tun hat. Männer kannst du generell vergessen“, erkläre ich. „Mein Ex hat mich auch betrogen, zweimal sogar.“

„Was, dich? Aber du bist wunderschön – und intelligent.“

Ich seufze. „Das hat gar nichts damit zu tun. Arnold Schwarzenegger hatte eine tolle Frau und ist trotzdem mit dem unscheinbaren Kindermädchen in der Kiste gelandet. Ich glaube, da geht es letztendlich nur um Bestätigung und nicht darum, wer schöner oder intelligenter ist. Und natürlich hat es auch was mit Egoismus zu tun.“

„Da kannst du recht haben. Lara hat nämlich gesagt, dass die Frau im Strandkorb ein hässlicher Vogel war.“ Sie schnieft. „Vielleicht bin ich ihm einfach nicht mehr gut genug, jetzt, wo er Pilot ist.“

„Mach jetzt bloß nicht den Fehler und rede dir ein, dass es an dir lag. Til ist ein Idiot. Du bist toll!“

„Es tut trotzdem weh.“

„Ja, ich weiß. Stell dich darauf ein, dass es eine Weile dauert, bis du das verarbeitet hast. Bei mir war es zumindest so. Ich bin an meinen Selbstzweifeln fast kaputtgegangen. Mein Verstand hat irgendwie komplett aufgehört zu arbeiten. Aber wenn es dich mal wieder erwischt und du dich fragst, ob du was falsch gemacht hast, dann denk an mich. Du bist toll. Til ist ein Idiot“, wiederhole ich noch einmal. „Und du hast einen Besseren verdient.“

Agata atmet tief durch. „Erst mal reicht es mir.“

„Hab ich auch gesagt. Und dann hatte ich nur ein paar Wochen später einen neuen Freund. Aber das ist auch schiefgegangen. Zum Glück habe ich es noch rechtzeitig gemerkt. Ich habe die Beziehung beendet – und mir felsenfest vorgenommen, mich nie wieder zu verlieben. Na ja, zumindest vorerst. Aber du weißt ja, wie das ist. So was kann man sowieso nicht steuern."

„Ja, leider", sagt Agata.

„Nein, zum Glück", erwidere ich. Da geht die Tür auf. Ein großer kräftiger Mann betritt die Pension. Es ist Kai. Als er uns entdeckt, kommt er schnurstracks auf uns zu.

„Ist Lara da?"

Wir schütteln den Kopf.

„Gut, dann gebt ihr bitte den Brief hier."

„Deine Kündigung?", fragt Agata.

„Nein, eine Verdienstausfallsforderung." Er sieht mich an. „Nachdem ich erfahren habe, dass die ausgebildete Konditorin schon in den Startlöchern stand, war klar, dass es sich um ein abgekartetes Spiel gehandelt hat. Ihr wolltet mich rausmobben. Aber nicht mit mir!"

Ich verkneife mir lieber meine Frage, ob Kai noch ganz dicht ist. Am Ende verklagt er mich noch wegen Beleidigung. Agata zieht beide Augenbrauen hoch. Bevor sie irgendeinen Kommentar loslässt, sage ich schnell: „Wir geben ihr den Brief. Brauchst du eine Empfangsbestätigung? So was schickt man nämlich normalerweise per Einschreiben."

Das bringt Kai aus dem Konzept. Er weiß nicht, was er darauf antworten soll.

„Du kannst dich aber darauf verlassen, dass ich ihr den Brief heute noch geben werde." Ich setze mein freundlichstes Lächeln auf, das ich unter diesen Umständen hinbekomme.

„Oje, die arme Lara", sagt Agata, als Kai wutentbrannt die Tür hinter sich zukrachen lässt. „Als ob sie nicht schon genug Stress hätte. Dabei hat sie sich so eine Mühe gegeben, die Sache anständig mit Kai zu klären. Aber mit ihm war nicht zu reden."

„Wobei wir wieder beim Thema wären: ‚Männer – machen nur Ärger.' Und das braucht wirklich niemand."

„Stimmt!" Agata steht auf. „Aber ich brauche jetzt etwas Süßes und einen Kaffee. Kommst du mit in die Küche?"

„Sei mir nicht böse, aber ich würde mich gerne etwas frisch machen gehen, bevor gleich meine Schicht beginnt. Und meine Mutter müsste ich auch noch anrufen." Sie platzt bestimmt schon vor Neugierde. Ich habe ihr heute Morgen kurz eine Nachricht geschrieben, dass ich mich mit Oma treffe und mich danach bei ihr melde. „Kommst du alleine klar?"

„Ja. Danke! Du hast mir sehr geholfen."

„Gerne. Und Agata … lösch ihn am besten aus dem Handy, damit du gar nicht erst in Versuchung gerätst, seine Statusmeldung zu überprüfen. Du weißt schon, wann und wie lange er online ist, ob er sein Profilbild verändert und so weiter. Du tust dir nur selbst weh, wenn du ihn ausspionierst." Auch da spreche ich aus eigener Erfahrung. Liebeskummer heilt am besten, wenn man möglichst viel Abstand hält.

Sie nickt. „Ja, Chef."

Ich habe keinen einzigen Gedanken an Frederik verschwendet, seitdem ich hier bin. Immer nur an Marc, denke ich, als ich mein Zimmer aufschließe. Es wird langsam Zeit, mich für immer von ihm zu verabschieden, auch gedanklich. Ich wünsche Marc alles Gute für seine Zukunft – und außerdem ein paar fiese Pickel mitten im Gesicht. Und ein paar auf seinem Hintern. Nicht für immer. Ich würde einfach nur gerne sein entsetztes Gesicht sehen, wenn er in den Spiegel schaut und sie entdeckt. Oder nein, lieber doch nicht. Letztendlich fällt es immer auf einen selbst zurück, wenn man gehässig wird. Er darf also glücklich werden, auch ohne mich.

Nachdem ich mich etwas erfrischt und umgezogen habe, rufe ich meine Mutter an.

„Hallo, Mama.“

„Merle, mein Schatz. Wie schön, dass du dich meldest. Erzähl, was treibst du so? Wie kommt es, dass du jetzt als Konditorin arbeitest? Und was sagt Oma? Geht es ihr gut? Und dir?“

„Wo soll ich anfangen?“, frage ich.

„Der Reihe nach.“

„Na gut, also pass auf …“ Ich gebe in gestraffter Fassung wieder, was ich seit gestern erlebt habe. Auch von Jella erzähle ich kurz – und von Svantje. „Sag mal, Mama, Svantje hat da so komische Andeutungen gemacht. Ich weiß nicht, ob ich es wortgetreu wiedergeben kann, aber es hat sich so angehört, als wäre Undine ziemlich unglücklich gewesen. Sie hat den Spruch gebracht, den ich auch von dir kenne, du weißt schon, dass, wenn am Ende noch nicht alles gut ist, es noch nicht das Ende ist. Sie hat gesagt, es sei Undines Lieblingsspruch gewesen, auch wenn es ihr schwerfiel, daran zu glauben.“

„Warte mal einen Augenblick. Ich nehme den Hörer mit ins Arbeitszimmer. Hier in der Küche habe ich keine Ruhe. Oma Fine steckt alle zehn Minuten ihre Nase zur Tür rein. Sie hat jetzt Krücken.“

„Sagst du ihr liebe Grüße von mir? Und dass ich morgen mal mit ihr spreche? Es ist schon so spät, ich muss in einer halben Stunde anfangen zu arbeiten.“

„Mach ich.“ Ich höre, wie meine Mutter durch das Haus geht, dann, wie eine Tür ins Schloss gedrückt wird. „So, jetzt bin ich ganz Ohr. Erzähl mir bitte noch mal ganz genau, was Svantje gesagt hat.“

Ich wiederhole noch einmal ihre Worte. „Frag mich nicht, warum“, beende ich meine Ausführungen. „Es ist nur so ein Gefühl. Aber irgendwas an der ganzen Sache kommt mir komisch vor. Wenn du nicht darüber reden möchtest, kannst du es ruhig sagen. Ich würde das verstehen. Aber wir haben nie richtig darüber gesprochen, was damals genau passiert ist. Und jetzt ist es so, als würde Undine irgendwie über der Insel schweben. Du hättest mal Svantjes Gesicht sehen müssen, als sie mich gesehen hat. Sie ist in Tränen ausgebrochen."

„Undine und Svantje verband eine besonders tiefe und innige Freundschaft", erklärt meine Mutter, „die weit über eine normale hinausging. Jella gehörte auch dazu, aber Undine und Svantje, die waren fast eins."

„Haben sie sich geliebt?", frage ich. „Ich meine, waren sie ein Liebespaar?"

„Nein, auf keinen Fall, zumindest nicht, dass ich wüsste. Sie waren einfach ein Herz und eine Seele. Die eine wusste immer bestens über die andere Bescheid. Ich hatte oft Streit mit Undine. Nichts Schlimmes, im Nachhinein wahrscheinlich ganz normal unter Geschwistern. Sie war siebzehn, ich dreizehn." Mama holt tief Luft. „An dem Tag, an dem das Unglück passierte, hatten wir vorher eine Auseinandersetzung. Ich war eifersüchtig. Undine war immer ein Papakind gewesen. Zumindest hatte ich das Gefühl, dass er sie bevorzugt. Als ich ihr das vorgeworfen habe, ist sie richtig böse geworden. Wir sind im Streit auseinandergegangen. Ich war bockig und wollte an dem Tag nicht mit ins Wasser. Was dann passiert ist, weißt du."

„Das Wettschwimmen."

„Ja. Undine war seit jeher eine gute Schwimmerin. Wie ein Delfin im Wasser. Ich habe mich noch gewundert, wieso sie immer weiter rausschwamm, ich konnte sie kaum noch sehen. Und dann ging plötzlich alles ganz schnell. Es kam eine Welle, und beide waren verschwunden."

Ich sitze auf dem Bett, im Schneidersitz, und höre meiner

Mutter zu. Sie hat noch nie so offen über die Geschehnisse von damals gesprochen. Bei dem Gedanken, wie sie sich dabei gefühlt haben mag, verkrampft sich mein Magen.

„Ich habe mir lange Zeit Vorwürfe gemacht", sagt meine Mutter prompt, „und mir eingeredet, ich sei schuld an der ganzen Sache gewesen. Erst später habe ich erfahren, dass auch Oma Enna sich an dem Tag mit Undine gestritten hatte und dass Undine danach zu unserer Oma, die damals auf Juist zu Besuch war, gelaufen ist."

„Uroma Thulke."

„Ja. Als ich sie das letzte Mal in New York gesehen habe, habe ich sie noch einmal gefragt, was Undine damals von ihr gewollt hatte. Aber sie schwieg eisern wie eh und je. Und dann hat sie es mit ins Grab genommen. Vielleicht weiß Svantje ja etwas, was wir nicht wissen. Ich habe sie das allerdings auch schon gefragt und keine Antwort bekommen. Entweder weiß sie doch nichts, oder Undine hat ihr etwas anvertraut, was sie nicht weitersagen darf."

„Es hört sich zumindest so an. Aber noch mal zu Uroma Thulke. Oma hat heute gesagt, sie habe ihr das Leben schwer gemacht."

Mama seufzt. „Es hört sich jetzt hart an, aber ich glaube, sie konnte richtig böse sein."

„Das hast du schon mal gesagt."

„Habe ich das? Daran kann ich mich gar nicht erinnern. Aber es stimmt! Sie war sehr selbstgerecht. Ich könnte mir vorstellen, dass sie Oma Enna die Schuld an Opa Heinrichs Tod gegeben hat. Opa Heinrich war ihr Lieblingssohn, ihr Ein und Alles. Und Undine war ihre Lieblingsenkelin. Ich sah wohl Oma Enna zu ähnlich. Mit mir hatte deine Uroma nie sonderlich viel am Hut."

„Das wusste ich gar nicht. Das war bestimmt nicht leicht

für dich. Du Arme! Also war Undine für alle so etwas wie das Lieblingskind."

„Nicht für Oma Enna, sie hat uns beide immer gleich behandelt."

„Das ist gut. Sonst wäre ich wahrscheinlich im Nachhinein noch sauer auf sie."

„Das musst du nicht. Ich habe damals nicht verstanden, warum sie unbedingt in die USA auswandern wollte, habe mich alleingelassen gefühlt. Mir ist erst viel später bewusst geworden, dass ich es auch nicht anders gemacht habe, nur dass ich in Deutschland geblieben bin. Allerdings so ziemlich am anderen Ende. Ich habe die Insel verlassen, als ich siebzehn war, und bin nicht mehr zurückgekommen. Was sollte Oma noch ganz alleine dort?"

„Stimmt. Sie sieht übrigens gut aus, erholt. Und sie ist glücklich, wieder auf Juist zu sein."

„Das ist schön. Sobald es Oma Fine bessergeht, fahren wir sie besuchen. Ich habe schon mit Papa darüber gesprochen. Sag ihr aber noch nichts, sonst ist sie enttäuscht, falls wieder etwas dazwischenkommt."

„Ich halte dicht", verspreche ich und muss einfach noch etwas Positives sagen, etwas, worüber Mama sich freut. „Übrigens hat Oma Enna heute zu mir gesagt, Papa sei das Beste, was dir je passiert ist."

„So, hat sie das?" Mamas Stimme klingt direkt wieder etwas heller. „Da hat Oma wohl recht, aber nur zum Teil. Weil du nämlich das Beste bist, was mir je passiert ist."

Ich wische mir eine Träne weg. „Echt? Weil durch mich ein Teil von Undine weiterlebt? Wo ich ihr doch so ähnlich bin?"

„Was? Wie kommst du denn darauf?", ruft meine Mutter empört aus. „Du *siehst* Undine ähnlich, das stimmt. Aber du bist vom Wesen her ganz anders. Viel klarer, selbstbewusster. Du bist einfach nur du. Du hast Prinzipien, keine Vorurteile, nimmst die Menschen immer so, wie sie sind. Du bist herzlich, hast Fantasie, bist nie nachtragend oder gehässig …"

Ich räuspere mich.

„Ja?", sagt Mama.

„Zum Thema Gehässigkeit wollte ich nur anmerken, dass ich Marc erst vor ein paar Minuten ein paar Eiterpickel an seinen Allerwertesten gewünscht habe."

„Das ist keine Gehässigkeit", sagt meine Mutter, und ich kann dabei das Lächeln auf ihrem Gesicht vor mir sehen. „Die hat er sich wirklich verdient."

„Okay, dann soll er sie haben!" Ich werfe einen schnellen Blick auf die Uhr. „Aber Mama, ich muss jetzt leider auflegen. In zehn Minuten fängt die Arbeit unten in der Küche an."

„Dann spute dich. Und Merle … Nimm dir das Gerede über Undine nicht so zu Herzen. Die Insel ist klein. Da ist es ganz normal, dass so etwas nicht vergessen wird. Aber du solltest nach vorne schauen. Lass dich von den alten Inselfrauen nicht in irgendwas hineinziehen, womit du gar nichts zu schaffen hast. Genieß die Zeit auf der Insel. Umgib dich mit jungen Menschen deines Alters. Hab Spaß! Versprich mir das."

„Den werde ich haben, ganz bestimmt. – Ach ja …", fällt mir noch ein, bevor ich auflege. „Conny kommt vielleicht auch zum Arbeiten auf die Insel. Drück mal die Daumen, dass es klappt."

„Ganz feste", sagt meine Mutter. „Und um deinen Spaß mach ich mir dann keine Gedanken mehr."

„Stimmt." Ich kichere. „Conny wird die alten Damen schon ordentlich durchmischen, wenn sie mir zu sehr auf die Pelle rücken."

Ich bleibe noch einen Moment auf dem Bett sitzen, denke an Oma, an Mama, an Undine und ihre Freundinnen.

Mama hat recht, ich sollte mich nicht zu sehr von der Vergangenheit aufwühlen lassen. Es ist jetzt so lange her, vierzig Jahre … Aber ich habe Svantje versprochen, dass ich sie besuchen komme. Und um Mitternacht kommt Jannes, Jellas Sohn. Ich muss mich nicht in irgendwelche alten Geschichten reinziehen lassen. Ich stecke schon mittendrin.

13. Kapitel

„Kai war eben hier." Ich halte Lara den Brief hin. „Den soll ich dir geben."

„Agata hat mir eben schon alles erzählt. Wollen wir Kai ärgern und behaupten, ich habe ihn nie erhalten?"

„Das musst du entscheiden. Aber ich habe generell ein Problem mit Lügen. Außerdem sieht man es mir sofort an."

„Das war nur Spaß." Lara legt den Brief ungeöffnet auf ein kleines Regal über der Arbeitsplatte. „Damit setze ich mich gar nicht auseinander. Das kann mein Anwalt machen."

„Ist vielleicht auch besser. Kai sah ziemlich sauer aus. Wer weiß, auf was für Ideen er noch kommt."

„Soll er ruhig. Er hat gekündigt. Dafür habe ich eine Zeugin. Agata war dabei."

„Ich habe es auch gehört. Ihr wart ziemlich laut, zumindest Kai."

„Super, also zwei Zeuginnen. Und du wurdest ursprünglich als Bedienung eingestellt. Wir haben da nichts vorab geplant. Was mich nur nervt, ist der ganze Ärger, der jetzt auf mich zukommt. Versteh mich nicht falsch, aber der Haken an der Selbstständigkeit sind die Angestellten. Da kannst du echt mit auf die Nase fallen. Mal werden sie krank, dann kündigen sie von einem Tag auf den anderen oder verschwinden einfach so, ohne sich zu verabschieden. Alles schon gehabt. Es gibt natürlich auch tolle Mitarbeiter, auf die man sich verlassen kann, aber es ist frustrierend, wenn dir ein paar Pappnasen den Spaß an der Sache versauen. Ich bin froh, dass ich dich jetzt hier in der Küche habe. Aber im Café fehlt jemand, und es kann eine Weile dauern, bis ich Ersatz habe. Meine Mutter geht heute die ganzen Bewerbungen durch. Aber bis alles letztendlich über die Bühne gegangen ist, können gut zwei Wochen vergehen."

Das ist mein Stichwort. „Meine Freundin Conny sucht einen Job. Sie ist gelernte Friseurin, hat aber früher oft gekellnert."

„Super. Wann kann sie anfangen?"

„Ernsthaft?"

„Wenn sie verlässlich ist, ja."

„Ist sie. Möchtest du sie sprechen? Dann ruf ich sie kurz an."

„Könntest du das für mich übernehmen? Ich weiß momentan nicht, wo mir der Kopf steht. Oder noch besser: Sag ihr doch bitte, sie soll sich mit meiner Mutter per Mail in Verbindung setzen." Lara kritzelt mir eine E-Mail-Adresse auf ein Blatt Papier. „Mit ihr kann sie die Formalitäten klären. Sie würde das Zimmer gleich neben dir bekommen, wenn sie bis spätestens zum Wochenende hier sein kann."

„Schafft sie bestimmt. Am besten schicke ich ihr gleich eine Nachricht. Dauert nicht lange." Ich schieße ein Foto von dem Zettel mit der E-Mail-Adresse und schicke es mit den nötigen Infos an Conny. „Womit fangen wir heute an?", frage ich. „Wieder mit den Tortenböden?"

„Es wäre toll, wenn du sie heute machen würdest. Ich bin nicht so gut drauf. Da ist es besser, wenn ich die Cremes vorbereite, wo ich nicht so viel falsch machen kann."

„Okay, kein Problem. Wie viele von welcher Sorte?"

Wir gehen gemeinsam die Planung durch und legen danach sofort los. Lara ist sehr schweigsam heute, aber ich frage sie nicht, was mit ihr los ist. Sie wird schon von alleine auf mich zukommen, wenn sie Redebedarf hat. Außerdem geht mir das Arbeiten schneller von der Hand, wenn ich mich voll und ganz darauf konzentriere. Zwischendurch werfe ich einen Blick auf mein Handy. Wie nicht anders erwartet, ist Conny begeistert. Und hat auch schon den PC angeschmissen, um mit Laras Mutter Kontakt aufzunehmen.

Als ich die Zutaten für den letzten Tortenboden abwiege, fällt mir siedend heiß ein, dass Jannes sich einen Schokokuchen gewünscht hat.

„Ist es in Ordnung, wenn ich die Teigmenge etwas erhöhe, um noch zwei, drei Muffins für den Eigenbedarf zu backen?“, frage ich.

„Ja, mach nur.“ Lara lässt sich auf einen Stuhl sinken. „Tut mir leid, dass ich heute nicht so gesprächig bin. Mir geht nur gerade ziemlich viel durch den Kopf. Dazu kommt, dass mich die Sache mit Kai mehr beschäftigt, als mir lieb ist. Ich muss mir einfach endlich angewöhnen, alles etwas sachlicher zu sehen, was mit dem Café zu tun hat.“

„Ich reagiere auch immer emotional, wenn es um Dinge geht, die mir am Herzen liegen.“

„Super, dann sind wir ja schon zwei.“ Lara sieht sich in der Küche um. „Aber immerhin sind wir heute flott vorangekommen.“ Es ist Viertel nach elf. Die Cremes sind fertig, die Böden auch, bis auf den, an dem ich gerade arbeite.

„Was steht morgen Herzhaftes auf der Karte?“, frage ich.

„Mist!“ Lara schlägt sich mit der Hand vor die Stirn. „Wie konnte ich das nur vergessen?“

„Wenn der Kopf zu voll ist, purzelt irgendwann was raus, wenn zu viel Neues hinzukommt. Sagt zumindest meine Oma immer. Wir haben noch gekochte Kartoffeln von gestern. Was hältst du von einer Frittata?“

„Das ist eine sehr gute Idee. Die machen wir, oder besser gesagt ich, und du kümmerst dich um den letzten Boden. Für wen sind die Muffins? Für deine Oma?"

„Nein. Sie sind eine Art Bezahlung. Ich bekomme dafür eine Fahrradreparatur. Mein Reifen hatte einen Platten."

„Ein fairer Tausch."

„Er bestand allerdings darauf, mir das Rad heute nach Feierabend zu bringen."

„Oh, es ist aber schon ziemlich spät. Also hat er dich vergessen? Ist ja nicht nett."

„Mein Feierabend, nicht seiner. Er kommt um zwölf, zumindest hat er sich für diese Uhrzeit angekündigt. Ich konnte ihn nicht abwimmeln."

„Und wer ist *ihn*?"

„Jannes, der Strandräuber-Seeräuber."

Lara macht große Augen. „Nein! Das ist nicht wahr, oder?"

„Wieso? Ist was mit ihm nicht in Ordnung?"

„Nein, alles so weit okay mit ihm." Lara schneidet eine Kartoffel nach der anderen in dicke Scheiben. Ich kann ganz genau sehen, dass sie grinst.

„Los, erzähl schon. Ich habe keinerlei Interesse an ihm. Mir geht es wirklich nur ums Fahrrad. Also kannst du mir ruhig sagen, was mit ihm los ist."

„Du hast kein Interesse? Da wird so ziemlich die ganze weibliche Bevölkerung der Insel im Alter von etwa zwanzig bis vierzig Jahren erleichtert aufatmen. Fast jede hat schon mal ihr Glück bei ihm versucht, aber er hat alle abblitzen lassen."

„Du auch?"

„Nein, ich bin bestens versorgt."

„Und ich habe kein Interesse an einer zukünftigen Versorgung. Außerdem weiß ich gar nicht, ob er überhaupt kommt, und wenn, ob sein Interesse mir oder dem Schokokuchen gilt, den er gefordert hat.“

„Ist klar.“ Lara schneidet weiter emsig die Kartoffeln. „Da wartet ein Kerl bis um Mitternacht, nur um ein Stück Schokokuchen zu bekommen. Rede dir das nur schön weiter ein, Merle. Aber Tatsache ist, dass einer der begehrtesten Junggesellen der Insel seine Angel nach dir ausgeworfen hat.“ Sie sieht mich grinsend an. „Ich gebe dir maximal eine Woche, dann hast du angebissen und zappelst am Haken.“

„Glaub mir, das ist das Letzte, was ich momentan gebrauchen kann.“

„Dann geht es dir wie mir. Kurz vor der Eröffnung des Cafés habe ich in Köln einen guten Freund wiedergetroffen, den ich mit den Jahren aus den Augen verloren hatte. Und peng … er hat eingeschlagen wie eine Bombe. Ich führe seit einem knappen halben Jahr eine Fernbeziehung. Damals habe ich auch gesagt, das sei das Letzte, was ich gebrauchen könne. Aber ich zappele immer noch – und warte sehnsüchtig auf die Wochenenden, an denen Lukas mich besuchen kommt.“

„Oh …“

„Ja, oh! Ist das nicht furchtbar? Ich treffe ihn genau in dem Moment, als ich meine Koffer für die Insel sozusagen schon gepackt habe.“

Ich fülle etwas Schokoladenteig in die vorbereiteten Backförmchen. Und auf einmal muss ich kichern, weil mir Oma Fine plötzlich in den Sinn kommt. Auch sie hat bestimmte Sprüche auf Lager, die sie ab und an vom Stapel lässt. „Das Leben ist kein Ponyhof“, sage ich. „Aber geritten wird trotzdem.“

Lara sieht mich einen Moment lang etwas ratlos an, dann fängt auch sie an zu lachen.

Ich ertappe mich dabei, wie ich immer wieder unauffällig zur Uhr schiele. Es ist fünf vor zwölf, drei vor, zwei vor, drei nach, fünf nach …

„Entweder ist er unpünktlich oder er hat dich doch vergessen“, stellt Lara fest, dann schlägt sie sich mit der gewölbten Hand auf den Mund. „Agata schließt jeden Abend die Tür ab. Ohne Schlüssel kommt er gar nicht rein.“ Sie hält kurz ihre Hände unter fließendes Wasser, wischt sie an der Schürze ab – und rennt hinaus.

Es ist zehn nach zwölf, als sie wieder in der Küche steht, diesmal in Begleitung.

„Er war schon auf dem Heimweg“, sagt Lara. „Ich habe gerade noch gesehen, wie er um die Ecke verschwunden ist.“

„Hi!“, sage ich. Jannes trägt ausgewaschene Jeans und dazu ein schlichtes dunkelblaues T-Shirt. „Ohne deine Piratenverkleidung hätte ich dich kaum erkannt. Möchtest du Kaffee zu deinem Kuchen?“ Ich zeige auf die sechs Cupcakes, die ich hübsch auf einen Teller drapiert habe. Jeder der kleinen Kuchen hat ein Frosting in einer anderen Schokoladenfarbe, von Weiß bis Dunkelbraun. Wenn ich eins kann, dann Torten dekorieren, auch wenn sie klein sind.

Jannes reibt sich seinen Bart. „Verdammt, sehen die gut aus! Kaffee dazu wäre nicht schlecht.“ Er hält mir den Schlüssel für das Fahrradschloss hin. „Es steht abgeschlossen draußen im Ständer.“

„Danke. Toll, dass es so schnell geklappt hat!“

„Ich war kurz davor, doch nicht zu kommen. Auf einmal hat mich der Mut verlassen.“ Er reibt sich wieder seinen Bart und sieht zerknirscht aus. „Normalerweise bin ich nicht so dreist und wollte mich dafür bei dir entschuldigen. Ich weiß auch nicht, was mich da geritten hat.“

„Willkommen auf dem Ponyhof“, sagt Lara. Dabei wirft

sie mir einen langen Blick zu. Sie sieht so aus, als würde sie jeden Moment wieder anfangen zu lachen.

„Schon okay", sage ich schnell. „Wir freuen uns, dass du gekommen bist."

Lara wirft mir wieder einen Blick zu. „Ich koch dann mal Kaffee."

Jannes beugt sich über den Teller und begutachtet meine Cupcakes.

„*Wir?*", flüstert Lara, als sie ganz dicht an mir vorbeigeht. Sie scheint die Situation hier zu genießen. Dafür, dass sie vorhin so schlecht drauf war, hat sie gerade verdammt viel Spaß.

„Magst du lieber weiße Schokolade, Vollmilch oder Zartbitter, Jannes?", frage ich.

„Ich bin eher der herbe Typ."

„Das halt ich nicht aus", sagt Lara lachend. „Seid mir nicht böse, aber hier knistert es mir zu sehr. Ich würde sagen, ich gehe jetzt schlafen. Jannes hilft dir bestimmt dabei, die Küche aufzuräumen, Merle. Es ist ja nicht mehr viel."

Keine fünf Minuten später bin ich mit Jannes alleine und schenke jedem von uns eine Tasse Kaffee ein. Auf einmal bin ich verunsichert und weiß nicht recht, was ich sagen soll.

„Geht es dir gut?", fragt Jannes.

„Ja." Ich trinke einen Schluck Kaffee und sehe ihn über den Tassenrand hinweg an. „Ich wüsste nur gerne, was hier gerade passiert."

„Glaubst du an Liebe auf den ersten Blick?"

Ich verschlucke mich an meinem Kaffee.

„Oder daran, das zwischen manchen Menschen von Anfang an eine besondere Bindung besteht?"

„Ich weiß nicht." Meine Stimme klingt kratzig. Der Kaffee ist zu heiß, oder ich bin einfach aufgeregt. Vielleicht auch beides.

„Ich fühle mich zu dir hingezogen, in einer Intensität, die ich nicht für möglich gehalten hätte. So etwas habe ich noch nie erlebt."

Ich verstecke mich weiter hinter meiner Kaffeetasse und schaue Jannes an, sprachlos.

„Ich wollte dich nicht erschrecken."

„Hast du nicht. Ich finde es toll, dass du so offen über deine Gefühle sprichst. Ich habe nur nicht damit gerechnet."

„Dann versuche ich es jetzt mal anders: Hi, ich bin Jannes, vierunddreißig Jahre alt, geschieden, Vater eines fünfjährigen Sohnes. Und ich würde dich wahnsinnig gerne näher kennenlernen."

Ich zappele jetzt schon, aber so was von, schießt es mir durch den Kopf. Mist! Das kann ich wirklich nicht gebrauchen. Oder doch?

„Das klingt gut", sage ich. „Ich glaube, ich würde dich auch gerne näher kennenlernen."

„Okay." Jannes zeigt auf meine Cupcakes. „Ich mag am liebsten Zartbitter. Hast du auch einen Favoriten?"

„Nein, ich mag alle Varianten. Je nach Laune. Allerdings hauche ich weißer Schokolade meistens ein zusätzliches Aroma ein. Sonst schmeckt sie mir zu fad. Zum Beispiel Vanille oder Zimt. Heute habe ich eine Prise Anis reingemischt. Die Idee habe ich von meinem Vater. Er hat letztens Vanillekipferl mit Fenchelsamen gebacken. Die schmecken ganz ähnlich." Ich schneide den Cupcake in zwei Hälften und gebe ihn Jannes. „Probier mal."

„Hm, lecker. Ungewöhnlich, aber lecker."

Jannes leckt sich Schokocreme aus dem Mundwinkel. Etwas davon bleibt in seinem Bart hängen. Ich habe noch nie einen Mann mit Bart geküsst, denke ich – und werde rot. Ich drehe mich schnell weg und schneide den nächsten Cupcake in der Mitte durch.

„Zartbitter, mit einem Hauch rosa Pfeffer", sage ich, als ich mich wieder gefangen habe und umdrehe.

„Klingt auch sehr lecker. Wie alt bist du?"

„Neunundzwanzig."

„Meine Mutter hat deine Oma für mich ausgequetscht. Sie hat gesagt, dass du nicht in festen Händen bist. Stimmt das?"

„Ja, ich habe mich vor Kurzem von meinem Freund getrennt. Wir waren nicht lange zusammen. Davor hatte ich eine längere Beziehung. Marc hat mich sehr verletzt. Deswegen habe ich mir eigentlich vorgenommen, mich so schnell nicht wieder auf einen Mann einzulassen. Wer hoch fliegt, fällt tief."

„Da ist was dran. Aber ich glaube trotzdem noch daran, dass es Menschen gibt, die füreinander geschaffen sind. Man muss nur den oder die Richtige finden."

„Warum hat es mit deiner Exfrau nicht funktioniert?"

„Wir hatten zu unterschiedliche Vorstellungen vom Leben. Das haben wir leider zu spät bemerkt. Zartbitter mit rosa Pfeffer, sagtest du?"

„Ja."

„Eindeutig mein Favorit."

„Gut zu wissen."

„Gibt es etwas, das du gar nicht magst?", fragt Jannes.

„In Sachen Nahrungsmittel? Rohes Ei." Ich schüttele mich. „Brrr... Wenn meine Oma geschlagenes Eiweiß in Pudding oder Grießbrei rührt, gehe ich stiften. Ich mag die Konsistenz einfach nicht. Und du?"

„Buttermilch."

„Auch nicht, wenn sie mit Obst zu einem Shake püriert wird?"

„Auch dann nicht. Meine Mutter hat uns früher jeden Abend vor dem Zubettgehen gezwungen, ein Glas zu trinken, mit Honig. Das sollte angeblich für eine ruhige Nacht sorgen. Ich habe es gehasst und ganz oft meinen kleinen Bruder bestochen, die Ration für mich zu trinken. Dafür ist eine ganze Menge meines Taschengeldes draufgegangen."

„Wie alt ist dein Bruder?"

„Ole ist siebenundzwanzig, also zwei Jahre jünger als du. Soweit ich mich erinnern kann, wolltest du deswegen damals nichts von ihm wissen – obwohl er immer gerne mit dir gespielt hätte."

„Jetzt veräppelst du mich aber."

„Nein, frag ihn. Er ist heute noch traumatisiert deswegen." Jannes sieht ganz ernst aus, als er das sagt.

„Du bist ein guter Schauspieler", sage ich. „Man sieht dir nicht an, wenn du flunkerst."

„Ich weiß", antwortet Jannes, als wäre es das Selbstverständlichste der Welt.

„Bekommt ihr Kerle das mit in die Wiege gelegt?" Auch Marc konnte lügen, ohne auch nur mit der Wimper zu zucken.

„Das funktioniert bei mir nur, wenn es Spaß ist. Mach dir keine Sorgen."

„Mach ich mir nicht." Warum sollte ich auch?

Ich sehe mich in der Küche um. „Ich glaube, ich muss hier langsam mal klar Schiff machen."

„Wie kann ich dir helfen?"

„Du könntest die Torten in den Kühlraum bringen. Ach herrje … Ich habe ganz vergessen, Lara zu fragen, wer von uns beiden morgen Frühdienst hat. Ich schreibe ihr eben noch eine Nachricht. Vielleicht ist sie noch wach."

Ich hole mein Handy vom Regal, wo ich es vorhin abgelegt habe. Kais Brief liegt daneben. Lara hat ihn vergessen. Ich hoffe für sie, dass die Sache schnell geklärt ist. Mein Vater hatte auch manchmal Pech mit seinen Angestellten. Das hat ihn einige Nerven gekostet.

Da ich mein Telefon lautlos gestellt habe, habe ich nicht gehört, dass ein paar Nachrichten bei mir eingetroffen sind. Eine ist von Lara, wie ich erfreut feststelle. Sie ist mir zuvorgekommen.

Ich übernehme den Frühdienst. Du fängst um 17 Uhr an. Viel Spaß noch ☺

Prima, denke ich und öffne die nächsten drei Nachrichten. Sie sind alle von Conny. Sie hält mich auf dem Laufenden. Mit Laras Mutter hat sie schon alles geklärt, die Kündigung ist geschrieben, und morgen geht sie sich einen großen Koffer kaufen …

„Du strahlst ja so“, sagt Jannes, als er aus dem Kühlraum kommt, um die nächste Torte zu holen.

„Meine Freundin kommt nach Juist. Sie wird auch hier im Café arbeiten. Wenn alles klappt, schon am Donnerstag.“ Ich hoffe, es funktioniert alles so, wie Conny sich das vorstellt. Ihre Chefin wird nicht gerade begeistert sein, wenn sie von einem Tag auf den anderen ihren Job schmeißt.

„Das freut mich für dich. Wie heißt sie?“

„Conny. Sie ist achtundzwanzig, im Moment noch Friseurin, sagt immer direkt, was sie denkt, und man kann viel Spaß mit ihr haben.“

„Klingt nett.“

„Ist sie auch.“

„Übrigens glaube ich, dass ich mich früher schon zu dir

hingezogen gefühlt habe, sonst hätte ich dich ganz bestimmt nicht geärgert. Was sich liebt, das neckt sich. Oder?“

Ich schüttele vehement den Kopf. „Das kannst du vergessen. Du warst einfach nur ein Idiot, der gerne kleine Mädchen geärgert hat. Ich war zehn, du warst vierzehn oder fünfzehn, je nachdem, wann du Geburtstag hast.“

„Am zwanzigsten Juli, ich bin ein Sommerkind.“

„Oh, das ist ja bald. Ich habe am siebten November. Du warst also fünfzehn, ich zehn. Kein normaler Junge in dem Alter fühlt sich zu einem Mädchen hingezogen, das erst zehn ist. Was mich wieder auf meine Idiotentheorie zurückkommen lässt. Es hat dir Spaß gemacht, mich mit Quallen zu bewerfen. Das war echt ekelig.“

Jannes zieht seine Nase kraus. „Ich gebe es nur ungern zu, aber du könntest recht haben.“

„Nicht *könnte*, ich *habe* recht.“

„Sicher?“ Viele kleine Lachfältchen blitzen um seine Augen herum.

„Hm“, mache ich. „Nein, ganz sicher bin ich mir nicht. Aber das werden wir wohl auch nicht mehr klären können. Es ist viel zu lange her.“

„Aber trotzdem hast du dich an mich erinnert.“

„Komischerweise bleiben die negativen Erinnerungen im Leben viel eher haften als die positiven“, kontere ich. „Das liegt wahrscheinlich daran, dass unser Verstand uns davor schützen will, den gleichen Fehler noch mal zu machen. Es ist also sozusagen eine Art Warnfunktion.“

Jannes wird ernst. „Da hast du verdammt recht. Aber ist das nicht schade?“

„Irgendwie schon. Man sollte generell viel mehr an die schönen Dinge des Lebens denken.“ Das nehme ich mir auch immer wieder vor.

14. Kapitel

Um ein Uhr haben wir die Küche blitzblank geputzt. Dabei haben wir uns gegenseitig Fragen gestellt, immer abwechselnd. Es hat mich ein bisschen an ein Interviewspiel erinnert, bei dem ich mal zu Beginn eines Seminares mitgemacht habe, um die anderen Teilnehmer kennenzulernen. Aber das mit Jannes hat wesentlich mehr Spaß gemacht. So viel wie ich von ihm in einer Stunde erfahren habe, habe ich von Frederick nach einem Monat noch nicht gewusst.

Ich bin müde und gähne herzhaft.

„Vielleicht gehe ich jetzt lieber", sagt Jannes, „damit du ins Bett kommst."

„Das ist lieb. Ich bin wirklich müde." Und erleichtert, dass Jannes nicht auf die Idee gekommen ist, bei mir übernachten zu wollen. „Ich bring dich noch eben zur Tür. Es könnte sein, dass wieder abgeschlossen ist."

Die Luft ist klar. Weit und breit ist kein einziges Wölkchen in Sicht. Unzählige kleine Sterne leuchten hell am Nachthimmel.

Ich zeige auf das Fahrrad. „Danke noch mal fürs Reparieren."

„Habe ich gerne gemacht. Wann sehen wir uns wieder?"

„Das wird schwer. Was hast du für Arbeitszeiten?"

„Von neun bis um eins, dann von drei bis um sieben, manchmal auch länger."

„Jeden Tag?"

„Ja, wir haben Hochsaison, da ist Zeit Gold wert. Ich kann

mir aber auch mal freinehmen, wenn ich früh genug Bescheid weiß, damit ich Ersatz organisieren kann."

„Ich frag Lara morgen, wann mein freier Tag ist. Was ist mit deiner Pause? Ich könnte um eins vorbeikommen."

„Da bin ich bei meiner Mutter zum Mittagessen." Jannes reibt sich den Bart. „Möchtest du mitkommen?"

„Nein!", antworte ich. Meine Antwort klingt barsch, das fällt mir selbst auf. „Aber nicht, weil ich deine Familie nicht kennenlernen möchte", erkläre ich schnell. „Ich finde deine Mutter sehr nett. Es ist nur so, dass alle alten Damen hier auf der Insel mich mit meiner Tante zu verwechseln scheinen. Das war heute teilweise echt heftig. Deine Mutter war eine gute Freundin meiner Tante."

„Ich weiß, Undine. Sie ist Thema, seitdem deine Oma wieder hier auf der Insel ist." Er zieht seine Stirn kraus. „Die Damen tratschen gerne. Es ist ja auch sonst nicht viel los auf der Insel. Obwohl …" Er grinst. „Momentan weilt auch Helene mal wieder auf Juist. Sie hat vor etlichen Jahren, als Jugendliche, während eines Urlaubs Svantje den Freund ausgespannt und ein paar Jahre später den meiner Mutter. Den hat sie dann auch geheiratet. Er ist einer der wenigen Männer, die wegen einer Frau die Insel verlassen haben. Mama und Svantje können sehr nachtragend sein."

„Bist du nicht auch wegen einer Frau weg von hier? Das hat meine Oma zumindest erzählt."

„Ah, du hast dich über mich erkundigt?"

„Nein … ja … ein bisschen."

Jannes lächelt. „Julia hat keiner Inselfrau den Kerl ausgespannt. Ich war Single. Helene jedoch hat gleich zweimal dazwischengefunkt. Jella und Mama nennen sie *das rote Biest.* Ich kenne ihre Tochter, Bente. Sie ist sehr nett. Also kann ihre Mutter auch nicht so verkehrt sein."

„Bente? Hat sie einen Sohn? Sieben Jahre alt, Elias?"
„Genau."
„Ist ja ein Ding. Ich habe sie gestern am Strand kennengelernt. Sie war mir sehr sympathisch. Die Welt ist echt klein."
„Und diese Insel ist winzig. Ich sag meiner Mutter ab. Dann können wir uns treffen."
„Das möchte ich nicht. Ich glaube auch, dass es ganz gut ist, wenn ich morgen den Tag für mich habe. Ich möchte einfach mal die Seele baumeln lassen. Vielleicht lege ich mich ganz banal für ein paar Stunden an den Strand."
„Okay."
„Wollen wir übermorgen festhalten? Dann würde ich mit dem Rad beim Fahrradverleih vorbeikommen."
„Gerne."
„Schön, ich freue mich."
Jannes lässt seine Hände tief in den Hosentaschen versinken. „Ich mich auch. Also, schlaf gut."
Oh Mann, denke ich, als ich schließlich die Treppe nach oben in mein Zimmer gehe. Dieser Mann ist einfach viel zu gut, um wahr zu sein! Irgendwo ist da bestimmt ein Haken, und zwar nicht der, an dem ich zappele.
Um zwei Uhr liege ich im Bett. Ich fühle tief in mich hinein. Jannes gefällt mir, sehr sogar. Aber in sechs Wochen bin ich wieder weg. Im Prinzip müssen wir uns gar nicht erst die Mühe geben, uns näher kennenzulernen.

Ein Pferdewiehern weckt mich. Ich öffne die Augen und sehe mich in meinem Zimmer um. Helles Sonnenlicht fällt durch das Fenster. Ich habe gestern vor dem Schlafengehen vergessen, das Rollo runterzuziehen. Wie spät es wohl ist?
Es ist schon nach elf, wie mir ein Blick auf mein Handy zeigt. Conny hat mich angerufen und eine Nachricht ge-

schickt. Und auch meine Mutter hat mir geschrieben, eine SMS. Das macht sie nicht oft. Sie lehnt WhatsApp, Facebook und Co. prinzipiell ab. Es muss also wichtig sein. Ich öffne ihre Mitteilung zuerst.

Guten Morgen, Schatz. Rufst du mal bitte zu Hause an, sobald du wach bist? Keine Sorge, es ist nichts Schlimmes, ich möchte nur gerne etwas mit dir besprechen.

Das ist merkwürdig. Normalerweise arbeitet meine Mutter um diese Uhrzeit. Auch wenn es nichts Schlimmes ist, irgendwas muss da vorgefallen sein.

„Mama? Was ist los?"

„Guten Morgen, mein Schatz."

„Ja, guten Morgen. Ich bin eben erst aufgewacht und habe deine Nachricht entdeckt. Musst du heute nicht arbeiten?"

„Ich habe mir zwei Tage freigenommen, um ein paar Dinge zu regeln. Es kommt jetzt für dich vielleicht ein bisschen plötzlich, aber Papa und ich hatten gestern ein langes Gespräch mit Oma Fine. Sie wird auf Dauer nicht mehr alleine klarkommen; sie braucht unsere Unterstützung. Momentan klappt es ja noch ganz gut, aber der Unfall hat uns nachdenklich gemacht. Deswegen haben wir uns dazu entschieden, dass sie bei uns wohnen soll. Oder besser gesagt, wir bei ihr."

„Ihr wollt zu Oma nach Aschau ziehen?", frage ich.

„Ja. Das ist für alle die beste Lösung. Das Haus ist groß genug. Man kann ohne Probleme zwei Wohnungen daraus machen, sodass Oma unten ihre eigene kleine Wohnung hat. Bei uns in München wäre so ein Umbau mit einem viel zu großen Aufwand verbunden. Und das Haus ist außerdem zu klein. Einen Job als Erzieherin finde ich auch dort. Und Papa wird sicher auch eine sinnvolle Beschäftigung für ein paar Stunden die Woche finden."

„Finde ich gut!", sage ich spontan. „Da freut Oma Fine sich bestimmt."

„Sie hat geweint vor Freude." Mamas Stimme hört sich auch ganz rührselig an. „Ich möchte dich damit nicht überfallen. Es ist nur so, dass wir uns Gedanken machen, wie es nun generell weitergehen wird. Unser Haus ist noch nicht ganz abgezahlt, aber schon so weit, dass wir mit einem ordentlichen Plus rausgehen, wenn wir es verkaufen. Alternativ könnten wir auch vermieten. Und die dritte Variante wäre, dass du hier einziehst."

„Ich? Ich weiß nicht …"

„Du musst dich nicht jetzt gleich festlegen. Wenn alles so klappt, wie wir uns das vorstellen, wird es November, bis wir in Aschau sind. Wir dachten nur, es sei klug, es dir jetzt schon zu sagen. Dann kannst du dir alles in Ruhe durch den Kopf gehen lassen. Und wenn du wieder zurück bist, treffen wir gemeinsam eine Entscheidung."

„Okay."

„Wie war dein zweiter Arbeitstag?"

„Gut …" Ich unterhalte mich noch zehn Minuten mit meiner Mutter, bevor ich auflege und Connys Nachrichten lese.

So, jetzt ist es amtlich. Wir haben den Vertrag in beiderseitigem Einvernehmen aufgehoben. Ich habe doch etwas gepokert und ihr gesagt, ich möchte gerne eine schriftliche Vereinbarung darüber, dass ich den Laden spätestens nächstes Jahr übernehmen werde. Da kam sie ins Schleudern. Egal, erzähl ich dir in Ruhe. Ich komme Donnerstag. Samstag fange ich im Café an. Hihi, das wird der Hammer! Ruf an, wenn du Zeit hast!

Es ist halb zwölf, und ich liege immer noch im Bett. Ich könnte einen Kaffee gebrauchen und ein Frühstück. Aber ich rufe trotzdem zuerst meine Freundin an.

„Das ist der Knaller, oder? Ich komme nach Juist, schon in drei Tagen! Gleich geh ich erst einmal shoppen. Ich habe gerade meinen ganzen Kleiderschrank durchwühlt und festgestellt, dass ich nur eine schwarze Hose habe, und die ist für den Winter."

„Du kannst meine haben. Ich habe mir schwarze Capris für die Arbeit gekauft. Bring mir dafür einfach drei Hosen von dir mit, irgendwas Sommerliches."

„Gute Idee! Ich bin so was von aufgeregt, das kannst du dir nicht vorstellen. Aber immerhin hat alles gut geklappt. Meine Chefin ist wohl ganz froh, dass sie mich los ist. Bis Freitag habe ich Urlaub. Die restlichen Urlaubstage bekomme ich ausgezahlt. Ich kann also Samstag direkt anfangen zu arbeiten und bin versicherungstechnisch auf der sicheren Seite. Und wenn ich nach den sechs Wochen nicht gleich einen neuen Job finde, habe ich auch noch ein kleines Polster. Ich mache es übrigens wie du. Ich fliege!"

„Super! Wenn du spätestens nachmittags hier bist, komme ich dich abholen."

„Ach, das wird schön. Ich freu mich total! Wie ist Lara so? Habt ihr gestern wieder gebacken?"

„Natürlich, bis nach eins. Obwohl … eigentlich waren wir um zwölf fertig. Aber ich habe noch Besuch bekommen."

„Von wem? Sag bloß, du hast innerhalb von zwei Tagen einen schmucken Fischer aufgerissen."

„Auf Juist gibt es keine Fischer, aber dafür einen Piraten."

„Erzähl!"

„Okay, also pass auf …"

„Was, bitte schön, spricht denn gegen einen kleinen Urlaubs- oder, besser gesagt, Arbeitsflirt?", fragt Conny, nachdem ich meinen Bericht beendet habe. „Du musst ihn ja nicht gleich heiraten. Genieß es einfach, und mach dir nicht vorher schon so viele Gedanken."

„Es hat sich aber nicht so angehört, als wäre er auf einen Flirt aus. Er scheint ernsthaft Interesse an mir zu haben. Außerdem war er schon mal verheiratet und hat einen Sohn. Es wäre nicht fair, wenn er sich falsche Hoffnungen macht."

„Wann hast du ihn kennengelernt? Gestern? Und ihr habt zwei Stunden miteinander verbracht, in denen ihr geredet habt?"

„Ja."

„Oh, Mann!"

„Was?"

„Lass es doch einfach auf dich zukommen, Merle."

„Du hast ja recht", stimme ich zu. „Es wäre gut, wenn es einen Schalter geben würde, mit dem man seinen Kopf ausstellen kann."

„Wodka", sagt Conny, „das hilf immer. Wir könnten auch mal kiffen. Hab ich nämlich noch nie."

„Ich schon, mit achtzehn, nach der Abifeier. Ich bin müde davon geworden, sonst hab ich nix gespürt."

„Hört sich langweilig an. Schade, ich hab uns beide gerade schon irgendwo im Schneidersitz am Strand sitzen sehen, mit Blick aufs Meer, ein Hippieband im Haar, Bob Dylan, Leonard Cohen, Neil Young als Hintergrundmusik, einen Joint in der Hand …"

Ich muss lachen. „Hab ich dir schon gesagt, wie sehr ich mich darüber freue, dass du am Donnerstag kommst? Aber jetzt muss ich auflegen, aufstehen – und eine Runde im Meer baden gehen." Und Oma Enna muss ich vorher auch noch anrufen …

„Oma, sei nicht traurig, aber heute klappt es nicht mit dem Besuch. Ich habe bis eben geschlafen. Gestern wurde es wieder spät."

„Ja, ich weiß, das habe ich schon gehört."

„Wie? Von wem?"

„Jella war gerade hier, rein zufällig natürlich."

„Natürlich."

„Frerk hat Jannes und dich gestern Nacht vor der Pension gesehen. Er hat es Svantje erzählt, und die hat es Jella berichtet."

„Aha." Ich fahre mir durchs Haar. Würde man hier auf der Insel etwas geheim halten wollen, hätte man wahrscheinlich ein Problem. Irgendwann würde es rauskommen, da bin ich mir sicher.

„War es denn nett?"

„Ja, schon. Aber da ist nichts, worüber ihr euch Gedanken machen müsst."

„Jannes ist seit über einem Jahr wieder hier und hat seitdem keine Frau angeguckt. Natürlich macht jeder sich Gedanken, wenn er dann mitten in der Nacht mit einer gesehen wird. Zumal du meine Enkeltochter und somit fast eine Insulanerin bist."

„Na gut, dann denkt mal alle schön. Ich für meinen Teil werde jetzt eine Runde schwimmen gehen, damit ich mal komplett abschalten kann. Morgen übernehme ich den Frühdienst." Und danach treffe ich Jannes, aber das behalte ich für mich. „Das heißt, wir könnten uns am Mittwoch treffen, wenn du Lust hast. Vielleicht zum Frühstück? Aber nicht so früh. Um halb elf?"

„Schön, Mittwoch um halb elf. Und … Merle?"

„Ja, Oma?"

„Schön, dass du da bist."

„Bis dann, Oma."

Es ist schon Viertel vor eins, als ich endlich auf dem Rad sitze. Ich fahre nicht am Verleih vorbei, sondern nehme bewusst die Parallelstraße. Als ich an der Buchhandlung vorbeikomme, halte ich spontan an und kaufe mir einen Unterhaltungsroman mit Happy-End-Garantie. Heute möchte ich einfach nur abschalten. Unterwegs mache ich noch einen Stopp an einem kleinen Supermarkt, kaufe Wasser, ein paar Äpfel, zwei Brötchen und etwas Aufschnitt. Aus der Küche habe ich mir ein Brettchen und ein Messer gemopst. So bin ich bestens versorgt für die nächsten drei bis vier Stunden. Ich stelle das Rad unterhalb der Dünen ab, ziehe meine Sandalen aus und gehe gut gelaunt die Holzbohlen entlang über den heißen Sand, bis ich vor einem blau gestrichenen Holzhaus mit grüner Tür stehe. Ich schaue durch ein kleines Fenster. Auf einem Stuhl sitzt ein grauhaariger Mann mit Kapitänsmütze und Rauschebart. Er liest konzentriert in seiner Zeitung.

„Moin", sage ich.

„Moin." Er sieht nicht auf, seine Augen sind weiter auf die Zeitung gerichtet. „Für wie lange?"

„Gibt es einen Rabatt, wenn ich für sechs Wochen miete? Ich arbeite im *Café Strandrose*."

Er hebt seinen Blick und betrachtet mich eine Weile eingehend, bevor er aufsteht und aus seiner Hütte rauskommt.

„Du bist Ennas Enkeltochter", stellt er fest. „Dann komm mal mit."

Er geht schweigend vor mir her. Wir kommen an Strandkorb 388 vorbei. Darin rekelt sich Bentes Mutter, Helene – oder das rote Biest? Sie ist versunken in ihr Buch und bekommt anscheinend nicht mit, was um sie herum geschieht. Nur vier Körbe weiter halten wir an einem rot-weiß gestreiften Exemplar mit der Nummer 392 an. Der Verleiher öffnet das Schloss und rückt den Korb zurecht.

„Grüß Enna von mir." Er tippt sich an den Mützenschirm und dreht sich um.

„Moment mal", sage ich belustigt. „Von wem denn? Und was kostet mich der Spaß?"

„Geht aufs Haus."

„Auch nicht schlecht", murmele ich vor mich hin, als ich ihm nachschaue, wie er gemütlich durch den heißen Sand zurück in seine Hütte geht. Wahrscheinlich haben die Insulaner eine Extraschicht Hornhaut an den Fußsohlen, denke ich. Aber wenigstens hat er mich nicht kleine Tamena genannt oder mir meine Ähnlichkeit mit Undine unter die Nase gerieben. Gesprächig war er nicht gerade, aber Oma wird schon wissen, wer das ist, wenn ich ihr von ihm erzähle.

Ich packe mein großes Badetuch aus, ein kleines, Sonnencreme, meinen Proviant und das Buch. Ansonsten habe ich nur etwas Bargeld dabei. Meinen Ausweis, Schlüssel und Handy habe ich in der Pension gelassen. Die nächsten drei Stunden gehören nur mir. Ich mache es mir im Strandkorb gemütlich, belege mir ein Brötchen, schneide den Apfel in Schnitze, rücke meine Sonnenbrille zurecht, genehmige mir ein kleines spätes Frühstück – nicht zu viel, damit ich gleich ins Wasser kann – und lese dabei in meinem Buch. Eine halbe Stunde später – die weibliche Hauptfigur hat gerade erfahren, dass sie die kleine Frühstückspension ihrer Großmutter an der Küste Cornwalls geerbt hat – ist mir so warm, dass ich eine kleine Abkühlung brauche.

Ich gehe runter zum Wasser, warte, bis die erste Welle meine Füße umspült, bespritze Arme und Nacken mit dem kühlen Nass. Und dann renne ich einfach los, stürze mich in die Fluten, kopfüber, nicht nachdenken, einfach untertauchen, bis ich keinen Boden mehr unter mir spüre und mich mit kräftigen Zügen durch die Wellen pflüge. Als ich innehalte, bin ich fast alleine. Etwa hundert Meter links von mir entdecke ich einen weiteren Schwimmer, alle anderen planschen in der Nähe des Ufers herum. Ich lege mich auf den Rücken, bin ein Seestern und schwebe mit geschlossenen Augen auf dem Wasser, leicht und unbeschwert, atme tief ein und wieder aus, ein, aus …

Ich habe gleich mehrere Yogakurse hintereinander belegt, um zu lernen, wie ich durch bestimmte Atemtechniken meine Gedanken aus dem Körper puste. Gelungen ist es mir nie wirklich. Deswegen habe ich noch einen Meditationskurs drangehängt. Doch sobald Stille um mich rum herrscht, beginnt mein Gehirn zu arbeiten. Das hier jedoch ist anders. Das Meer ist nicht still, sein Klang dringt durch meinen ganzen Körper. Ich denke nicht, weil ich einfach nur zuhöre. Für einen Moment kann ich komplett abschalten und mich einfach nur treiben lassen.

Als eine Möwe laut schreiend über mich hinwegfliegt, wird mir schlagartig bewusst, wie gefährlich es ist, mich einfach so weit vom Ufer wegtreiben zu lassen. Und wie schnell es geht, die Entfernung zu unterschätzen, wenn man nicht aufpasst. Ich drehe mich auf den Bauch und schwimme mit langen Brustarmzügen zurück zum Ufer. Dort setze ich mich in den warmen Sand, die Beine lang ausgestreckt, und beobachte die Wellen, die im steten Rhythmus auf das Ufer zu- und wieder zurückrollen.

15. Kapitel

Ein spitzer Finger bohrt sich in mein Schulterblatt. Elias steht neben mir, in der anderen Hand hält er seinen leeren Eimer.

„Wo warst du gestern?“, fragt er. „Du wolltest doch nach der Sandburg gucken.“

„Oh, es tut mir leid, das habe ich leider nicht geschafft. Ich habe ganz lange gearbeitet, und dann habe ich morgens verschlafen und musste danach ganz schnell zu meiner Oma. Die mag es nicht, wenn ich zu spät komme.“

„Meine Omas auch nicht. Ich habe zwei, Oma Helene und Oma Gisela, und noch einen Opa. Und du? Wie viele hast du?“

„Zwei Omas, Oma Enna und Oma Fine. Oma Enna ist die Inseloma.“

„Ich habe auch eine Oma auf der Insel, allerdings eine Uroma. Oma Gundel, sie ist schon sehr alt.“

Das wird die Mutter des Mannes sein, den Helene Jella ausgespannt hat, wenn ich es richtig verstanden habe.

„Hast du keine Opas mehr?“, fragt Elias.

„Nein, leider nicht.“

„Schade.“ Elias bückt sich, um den Eimer mit Wasser zu füllen. „Willst du heute vielleicht helfen?“

„Nein, heute habe ich leider auch keine Zeit. Ich muss gleich noch Torten backen, aber richtige, aus Mehl, Zucker, Butter und Eiern.“

„Ich mag am liebsten Erdbeertorte.“

„Meine Lieblingstorte ist die Apfelrosentorte mit einer

großen Portion Sahne", antworte ich mit einem verschwörerischen Lächeln. „Aber Erdbeertorte mag ich auch sehr gern." Ich sehe mich am Strand um. „Wo ist denn deine Mama?"

„Die ist kurz was zum Trinken kaufen. Unser Wasser ist alle."

„Und wer passt auf dich auf?"

„Oma. Aber die ist beim Lesen eingeschlafen."

„Dann bekommt sie aber bestimmt einen Schrecken, wenn sie wieder aufwacht und feststellt, dass du nicht mehr da bist."

„Nö. So schnell wacht die nicht auf. Ich war schon dreimal Wasser holen."

Wie beim letzten Mal bin ich ein ganzes Stück abgetrieben. Ich halte mir die Hand über die Augen und suche nach Strandkorb 388. Dort hat Oma Helene anscheinend gerade bemerkt, dass ihr Schützling stiften gegangen ist. Sie steht, die Hand so wie ich über die Augen gelegt, und sucht den Strand ab. Ich springe auf, nehme Elias an die Hand und winke ihr.

„Komm", sage ich zu ihm, „deine Oma sucht dich."

Sie ist in den Tränen nahe, als wir uns etwa auf der Hälfte der Strecke treffen.

„Elias", schimpft sie, „du sollst doch nicht alleine ans Wasser gehen."

„Du bist aber eingeschlafen."

„Ich weiß."

Sie sieht mich an. „Vielen lieben Dank, dass Sie sich um den kleinen Ausreißer gekümmert haben." Sie streckt mir ihre Hand hin. „Ich bin Helene Meppens."

Ich greife zu. „Merle Krüger."

„Sie sind die Frau, die vorgestern mit meiner Tochter und Elias so fleißig eine Burg gebaut hat?"

„Ja."

„Merle hat auch eine Oma auf der Insel", erklärt Elias.

„So? Wie heißt sie denn? Vielleicht kenne ich sie. Ich war schon oft hier auf der Insel. Und mein Mann kam von hier."

„Enna Tamena."

Wieder dieser eindringliche Blick. „Den Namen habe ich schon mal gehört. Ach ja, ich weiß ...", sagt sie und verstummt. „Was hältst du davon, das Wasser schon mal über die Burg zu schütten, Elias?"

„Ich lauf schon mal vor."

Die Burg ist nicht weit vom Strandkorb entfernt. Wir laufen langsam hinter Elias her, ihn immer im Blick.

„Es tut mir leid", sagt Frau Meppens und bleibt stehen. „Ach, sollen wir uns nicht einfach duzen? Ich bin Helene."

„Gerne, ich bin Merle."

„Schön. Wie gesagt, es tut mir leid, ich wollte gerade nicht unhöflich sein. Aber mir ist eben bewusst geworden, dass du Utas Tochter sein musst."

„Ja." Jetzt bin ich doch platt.

„Ich habe früher jedes Jahr hier Urlaub gemacht. Deine Mutter und ich, wir waren etwa in einem Alter. Ich glaube, es lagen zwei Jahre zwischen uns. Was macht sie? Geht es ihr gut?"

„Es geht ihr sehr gut. Sie lebt mit meinem Vater in München."

„Das freut mich. Sie war ein schönes Mädchen, groß, schlank."

„Ist sie immer noch. Sie kommt nach meiner Oma."

„Und du siehst deiner Tante ähnlich."

Da ist es schon wieder. „Ich weiß."

„Undine, richtig?"

„Ja."

„Ich war damals sehr traurig, als sie verschwunden ist. Sie war zwar nicht gut auf mich zu sprechen, aber ich mochte sie.

Sie hatte so eine gewisse Ausstrahlung. Ich habe bis zum Ende gehofft, dass sie wiederauftaucht."

Verschwunden? Wiederauftaucht? Ich bleibe stehen. Als Helene es merkt, kommt sie zu mir zurück.

„Es tut mir leid, das hätte ich nicht ansprechen sollen. Es ist jetzt so lange her, aber mein Exmann – er kam hier von der Insel – war damals überzeugt davon, dass Undine das Meer so gut kannte, dass sie niemals darin umkommen würde."

„Ja", sage ich. „Sie soll eine sehr gute Schwimmerin gewesen sein."

Wir gehen weiter auf die Sandburg zu. Dabei sehen wir, dass Bente am Strandkorb steht. Auch in ihr fließt also Inselblut. Das hat sie gar nicht erwähnt, als wir uns unterhalten haben. Aber ich ja auch nicht. Ich winke ihr zu. Sie winkt freudig zurück und kommt auf uns zugelaufen.

„Hallo, Merle. Hast du Mittagspause?"

„Nein, ich fange immer erst um fünf an. Mein Aufgabenbereich hat sich spontan geändert. Ich bin jetzt fürs Tortenbacken zuständig."

„Wow, das ist ja toll." Sie lacht. „Aber dann wird es nichts mit dem Abtrainieren durch emsiges Tortenschleppen im Café."

„Da hast du recht. Aber ich kann da sehr konsequent sein. Ich nasche wirklich nur, wenn ich etwas abschmecken muss. Früher habe ich hauptberuflich als Konditorin gearbeitet, aber seitdem ich studiere, habe ich ein paar Kilo zugenommen, weil ich immer wieder zwischendurch Lust auf Kuchen bekomme. Das ist mir früher nicht passiert."

„Seid mir nicht böse, ihr Lieben", mischt sich Helene ins Gespräch ein. „Aber ich bin müde. Ich setze mich wieder nach oben in den Strandkorb."

„Ist gut, Mama." Bente sieht ihr nach. „Seit Monaten ist sie ständig kaputt und schläft viel. Aber der Arzt findet die Ursache nicht."

„Sie ist auch eben eingeschlafen", sage ich. Ich will nicht petzen, aber es kommt mir richtig vor, Bente das zu erzählen. „Ich habe Elias alleine unten am Wasser erwischt. Vielleicht solltest du die beiden momentan lieber nicht alleine lassen."

„Das ist aber gar nicht gut." Bente sieht zu Elias, der emsig weiter seine Sandburg baut, dann zu mir. „Was für ein Glück, dass du da warst, danke." Sie setzt sich in den Sand.

„Nicht dafür." Ich mache es mir neben ihr bequem. „Elias hat erzählt, dass du eine Oma hier auf der Insel hast. Da haben wir etwas gemeinsam. Ich habe auch eine hier."

„Das ist ja ein Ding. Väterlicherseits oder mütterlicherseits?"

„Die Mutter meiner Mutter."

„Bei mir ist es die Mutter meines Vaters. Wie alt ist deine Mutter denn?"

„Vierundfünfzig."

„Mein Vater ist siebenundfünfzig. Ich habe allerdings zu ihm kaum noch Kontakt, seitdem er meine Mutter vor zehn Jahren wegen einer Jüngeren verlassen hat", erzählt Bente freimütig.

„Oh, das tut mir leid."

Bente winkt ab. „Muss es nicht. Vermisst habe ich ihn bisher nicht. Er heißt Tamme, Tamme Meppens, vielleicht war er ja mit deiner Mutter befreundet."

„Den Namen habe ich noch nie gehört", überlege ich.

„Ist vielleicht auch besser so. Wo wohnt deine Oma denn?"

„Im Loog, und deine?"

„Auf der anderen Seite, Richtung Osten, auf der Dünenstraße, kurz nachdem sie in die Flugplatzstraße mündet."

„Da sind wir gestern langgefahren. Und wie alt ist deine Oma?"

„Alt, schon einundachtzig, aber immer noch fit."

„Meine ist sechsundsiebzig. Sie heißt Enna. Die beiden kennen sich bestimmt."

Bente lacht. „Natürlich, hier kennt jeder jeden. Die Insel ist schlimmer als ein Dorf, sie ist zusätzlich noch von Wasser umgeben."

Ich schaue auf das Meer. „Das ist ja das Schöne daran", sage ich.

„Das stimmt schon. Aber könntest du dir vorstellen, hier für immer zu leben?"

„Ich weiß nicht", sage ich. „Es ist sehr weit weg von München, wo meine Eltern und meine andere Oma wohnen. Und auch meine Freundinnen. Es würde mir nicht leichtfallen, das alles hinter mir zu lassen."

„Das meine ich nicht, man lässt ja immer sein gewohntes Umfeld zurück, wenn man weiter wegzieht. Das ist normal. Aber ich bin mir sicher, dass ich irgendwann hier einen Inselkoller kriegen würde. Eine Bekannte von mir hat eine Zeit lang hier gelebt. Sie hat einen Insulaner geheiratet. Sie ist mit der Insel nie richtig warm geworden, und mit den Bewohnern auch nicht."

Jannes' Exfrau, schießt es mir durch den Kopf. „Die Menschen, die mir hier bisher begegnet sind, haben mich alle mit offenen Armen und sehr herzlich empfangen", erkläre ich. „Und die Insel? Sie ist wunderschön. Insofern könnte ich mir sehr gut vorstellen, hier zu leben."

„Dann fließt in dir anscheinend mehr Inselblut als in mir. Mir würde nach einem halben Jahr die Decke auf den Kopf fallen. Wahrscheinlich sogar schon früher."

„Ich glaube, wenn man hier lebt, hat man vom Frühling bis in den Herbst hinein gar keine Zeit, sich um eine imaginäre

Decke Gedanken zu machen, die einem auf den Kopf fallen könnte. Dazu hat man hier viel zu viel tun. Und danach ist man froh, wenn man sich ausruhen darf. Apropos, hast du eine Ahnung, wie spät es etwa ist?"

„Als ich gerade zurückgekommen bin, hatten wir kurz nach halb vier."

„Was? So spät schon?" Dass ich schon über zwei Stunden hier bin, hätte ich nicht gedacht. „Dann mach ich mich jetzt lieber mal auf den Weg. Ich habe übrigens Strandkorb Nummer 392, ganz in der Nähe von euch."

„Oh, das ist schön, dann sehen wir uns ja die Tage noch."

„Ganz bestimmt."

Während Bente zu Elias und seiner Sandburg geht, begebe ich mich zu meinem Strandkorb und packe meine Sachen zusammen. Mein Handy habe ich zwar ganz bewusst in der Pension gelassen, aber jetzt fehlt es mir doch, oder besser gesagt, die Uhr darin.

Helene schläft nicht. Sie liest in ihrem Buch und schaut auf, als ich zu ihr komme.

„Kannst du mir sagen, wie spät es ist?"

„Zwanzig vor vier, ich habe gerade nachgesehen."

„Das ist gut, dann habe ich noch ein wenig Zeit. Ich muss noch den Sand und das Salz von meiner Haut duschen, bevor ich anfange zu arbeiten."

Helene legt das Buch zur Seite. „Sei doch so lieb und richte deiner Mutter liebe Grüße von mir aus. Sie kann sich bestimmt an mich erinnern. Wir haben uns eigentlich immer recht gut verstanden."

„Das mach ich." Ich gehe schnell weiter. Auf alte Zeiten habe ich momentan keine Lust. „Bis zum nächsten Mal."

Morgen bin ich zum Mittagessen mit Jannes verabredet. Am

Mittwoch treffe ich mich mit Oma zum Frühstück. Donnerstag hole ich Conny vom Flugplatz ab.

„Denk an die Grüße", ruft Helene mir nach.

„Ja, ja", murmele ich vor mich hin.

Als ich am Häuschen des Strandkorbvermieters vorbeikomme, halte ich kurz an, um mich noch einmal bei ihm zu bedanken. Er ist noch immer – oder schon wieder – in eine Zeitung vertieft.

„Danke noch mal für die Nummer 392", sage ich, was ihn aufblicken lässt.

„Kann ich mich vielleicht mit einem Stück Kuchen oder Torte revanchieren?"

Als er nicht antwortet, schiebe ich „selbst gebacken" hinterher.

„Na dann, immer her damit."

„Haben Sie einen Lieblingskuchen?"

„Apfel", sagt der Strandkorbwärter und versinkt wieder hinter seiner Zeitung.

In der Pension treffe ich auf Agata.

„Wie geht es dir?", frage ich sie.

„Es geht so. Ich bin traurig. Aber manchmal auch sauer. Am meisten auf mich, weil ich so doof war zu denken, ich sei was Besonderes für Til gewesen."

„Til ist ein Arsch, sei sauer auf ihn, nicht auf dich."

„Ich weiß, du hast recht."

„Und außerdem bist du ein ganz besonderer Mensch. Eben nur nicht für ihn. Aber wer will schon besonders für einen Arsch sein?"

Agata fängt an zu kichern. „Es hört sich lustig an, wenn du solch ein Schimpfwort benutzt. Es passt gar nicht zu dir."

„Hast du ’ne Ahnung! Ich habe mich zu einer wahrhaften Schimpfwortexpertin entwickelt, als ich erfahren habe, dass mein Freund Marc Vergangenheitsbewältigung mit seiner Ex geübt hat. Ich habe sogar eine Liste geschrieben und sie an den Kühlschrank in meiner neuen Wohnung gepinnt. Sie war sehr lang. Du hättest mal das Gesicht meines neuen Freundes sehen sollen, als er sie dort entdeckt hat.“

„Hast du sie hängen lassen?“

„Nein, ich entschied, es sei an der Zeit, endlich wieder nach vorne zu schauen. Ich habe sie abgenommen. Sie steckt jetzt in meiner Kiste mit Erinnerungsstücken, die sich über all die Jahre angesammelt haben, zwischen alten Liebesbriefen und Fotos meiner Exfreunde.“

„Deutsche Schimpfwörter sind nicht so schlimm wie polnische.“

„Meinst du! Weißt du was? Meine Freundin Conny kommt am Donnerstag. Sie ist in dieser Hinsicht noch um einiges besser als ich. Was hältst du davon, wenn wir uns einen Abend mit einer Flasche Wein bewaffnen, irgendwo ein kleines Lagerfeuer machen und mal so richtig ordentlich schimpfen?“

„Ich bin sofort dabei!“

„Okay, ich frage Lara gleich mal, welchen Abend ich freihabe.“

Es ist siebzehn Uhr, und ich stehe alleine in der Küche. Als Lara nach zehn Minuten immer noch nicht da ist, beginne ich, die Zutaten aus den Schränken zu räumen. Mehl, Butter, Zucker, Eier, Kakaopulver, Backpulver. Um Viertel nach schmeiße ich die beiden Küchenmaschinen an. Während sie die Eier schaumig rühren, flitze ich schnell nach vorne zur Rezeption, wo ich Agata finde.

„Gut, dass du da bist. Sag mal, hast du vielleicht was von Lara gehört? Sie ist noch nicht da, und gemeldet hat sie sich bisher auch nicht. Ich mach mir langsam Sorgen. Es ist schon halb sechs."

„Sie ist heute Mittag rüber aufs Festland geflogen", sagt Agata. „Ich dachte aber eigentlich, sie sei längst wieder zurück."

„Merkwürdig."

Agata zieht die Stirn kraus. „Sie wollte zum Arzt."

„Oje, hoffentlich nichts Ernstes?"

„Ich weiß nicht, ob ich dir das sagen darf, aber ihr war die letzte Zeit häufiger mal schlecht." Sie legt eine bedeutungsvolle Pause ein. „Heute Morgen war sie in der Apotheke, na ja, und danach ist sie zum Arzt, zum Gynäkologen."

„Du meinst, sie könnte eventuell schwanger sein?"

Sie nickt. „Ich hoffe, dass sie nicht sauer ist, weil ich es dir gesagt habe. Aber wenn sie bis jetzt nicht wieder hier ist ... Was machen wir denn jetzt?"

„Ich muss zuerst einmal die Küchenmaschinen ausstellen", fällt mir siedend heiß ein.

Wir gehen beide in die Küche.

„Als Erstes sollten wir versuchen, sie telefonisch zu erreichen."

Agata sieht skeptisch aus. „Lara hätte sich doch bestimmt gemeldet, wenn sie gekonnt hätte." Aber sie zieht trotzdem das Handy aus der Hosentasche und wählt Laras Nummer.

„Ich stelle den Lautsprecher an", erklärt sie und hält das Handy hoch.

Wir hören dem lauten Piepen des Freizeichens zu, ausgeschaltet hat Lara das Telefon also nicht. Gerade als Agata das Handy wieder nach unten nimmt, ertönt eine verschlafene Stimme.

„Ja?"

„Lara! Wo bist du? Ich bin es, Agata. Und Merle ist auch hier. Wir machen uns Sorgen."

„Wie spät ist es?"

„Viertel vor sechs."

„Mist, verdammter! Ich bin eingeschlafen."

„Was? Wo denn? Bist du noch auf dem Festland?"

„Nein, ich bin auf meinem Zimmer, in meinem Bett, genau genommen."

„Ach so, dann ist ja gut." Agata sieht mich erleichtert an.

„Nichts ist gut, ich bin schwanger", erklärt da Lara. „Das hat mir gerade noch gefehlt."

Agata räuspert sich. „Ich habe das Handy auf Lautsprecher gestellt, nur dass du Bescheid weißt. Merle hört mit."

„Hallo, Lara", sage ich. Ich weiß nicht, ob ich gratulieren soll. Begeistert von der Neuigkeit scheint sie nicht zu sein, deswegen lasse ich es lieber.

„Hallo, Merle. Na gut, dann jetzt offiziell, ich bin in der sechsten Woche schwanger. Ich würde mich gerne deswegen mit euch betrinken, aber ich denke mal, das fällt die nächsten Monate flach. Aber kann eine von euch mir einen starken Kaffee aus dem Café organisieren? Nur dieses eine Mal noch. Den brauch ich jetzt einfach, wenn ich runterkomme."

„Das mache ich", bietet Agata sich an.

„Und ich kümmere mich weiter um die Torten. Ich habe um fünf direkt angefangen."

„Das ist gut, bis gleich."

Agata sieht mich an. „Sie ist achtundzwanzig, also genau im richtigen Alter für Kinder. Ich war erst neunzehn, als ich Mutter geworden bin, das war sehr früh."

„Du hast ein Kind?"

Agata strahlt. „Eine Tochter, Liliana, sie ist schon elf."

„Das ist ein sehr schöner Name."

„Ja, nicht wahr?" Sie wirkt traurig. „Ich vermisse meine kleine Prinzessin sehr. Sie ist bei meiner Mama in Polen. Wir sehen uns erst Ende Oktober wieder, wenn die Saison vorbei ist."

„Ach je", entfährt es mit. „Das ist bestimmt nicht leicht für euch."

„Das ist es nicht, aber ich verdiene hier gut und unterstütze dadurch meine Familie. Und ich weiß, dass meine Liliana bei meiner Mama sehr gut aufgehoben ist."

„Das ist schön."

„Weißt du …" Agata wirkt nachdenklich. „Ich hatte es im Gefühl, dass Til ein Arsch ist, wie du ihn genannt hast, aber ich wollte es nicht wissen. Ich habe gehofft, dass wir heiraten und ich mir keine Sorgen mehr machen müsste."

„Meine Oma hat letztens zu mir gesagt, der Ernst des Lebens würde beginnen, wenn man sich bindet."

Agata nickt. „Da hat sie sicher recht. Mein Mann, Damian, hat getrunken. Ich habe immer gehofft, er würde mir und Liliana zuliebe aufhören. Aber stattdessen ist es immer schlimmer geworden. Er hat seine Arbeit verloren. Also bin ich Geld verdienen gegangen. Eines Abends, Liliana war drei, lag sie mit knapp vierzig Grad Fieber im Bett, als ich nach der Arbeit nach Hause kam. Sie bekam kaum noch Luft. Damian saß sturzbetrunken mit einer Flasche Wodka vor dem Fernsehapparat. Er hat nichts mitbekommen. Ich bin sofort mit Liliana ins Krankenhaus gefahren. Dort haben sie eine Kehlkopfentzündung festgestellt. Wäre ich eine halbe Stunde später nach Hause gekommen, wäre Liliana erstickt. Das war der Moment, in dem ich wusste, dass wir gehen müssen. Wir sind zu meinen Eltern gezogen. Dort ging es uns gut. Doch vor zwei Jahren ist mein Papa gestorben. Das Geld wurde knapp. Deswegen arbeite ich jetzt hier."

„Das tut mir leid. Das war bestimmt alles nicht einfach für dich."

„Nein, das war es nicht. Aber wir wachsen an den Herausforderungen, die das Leben uns stellt. Es hat mich stark gemacht. Ich weiß jetzt, dass es immer eine Lösung gibt und weitergeht im Leben, auch wenn es mal schwierig wird. Ich habe hier kaum Ausgaben und kann das meiste Geld nach Polen schicken. Meiner Mama und meiner kleinen Prinzessin geht es gut. Zum Glück gibt es Videotelefonie. Wir hören und sehen uns jeden Tag." Sie klatscht in die Hände. „Aber jetzt haben wir genug über schwierige Zeiten geredet. Ich gehe jetzt den Kaffee für Lara holen. Möchtest du auch einen?"

„Au ja, das wäre nicht schlecht. Schön stark, bitte. Ich schätze mal, es wird heute ein langer Arbeitsabend werden."

16. Kapitel

Ich siebe Mehl und Backpulver über die zu einem festen Schaum geschlagenen Eier, hebe alles unter, fülle die Masse in die Backformen um und schiebe sie in den Ofen. Bevor ich weiterarbeite, durchforste ich Laras Vorratskammer, nehme Zettel und Stift und mache mir Notizen zu den nächsten Kuchen, die ich noch backen möchte, damit ich auch nichts vergesse. Dabei halte ich mich an Laras Planung der letzten beiden Tage. Da haben wir jeweils zwölf Kuchen, sechs Torten und sechs herzhafte Frittatas oder Pizzen gebacken. Dafür stehen uns zwei Umluftöfen zur Verfügung, in denen man jeweils zwei Kuchen oder Tortenböden backen kann. Ich bin schon durch, als ich eine große Kiste schöner rotwangiger Boskoop entdecke. Spontan schreibe ich eine Apfeltorte mit auf.

Gerade als ich dabei bin, die nächsten Teigportionen in die Formen zu füllen, kommt Lara in die Küche.

„Du warst ja schon fleißig", sagt sie.

„Klar, zwei Tortenböden sind gebacken, die nächsten beiden kommen jetzt auch in den Ofen. Als Nächstes wollte ich den Hefeteig machen, damit er gehen kann, danach den Mürbeteig, dann die restlichen Böden. Was hältst du von Quiches für morgen? Ich habe gesehen, du hast Schafskäse und Spinat eingekauft."

„Quiche ist gut. Was für ein Glück, dass es mit der Lieferung noch geklappt hat. Ich hatte die Bestellung relativ spät aufgegeben."

„Aber nicht hier im Supermarkt, oder?"

„Nein, da kaufe ich nur im Notfall ein. Es ist einfach zu teuer bei den Mengen, die ich verarbeite. Ich bestelle bei einem Händler auf dem Festland. Die Ware wird dann mit der Fähre nach Juist und vom Hafen mit der Kutsche direkt hierhergebracht. Wenn du mal was Besonderes brauchst, sag mir am besten zwei Tage vorher Bescheid."

„Okay, mach ich." Lara sieht immer noch verschlafen und etwas blass aus. „Wie geht es dir denn?"

„Ach, wieder ganz gut." Sie zieht die Nase kraus. „Ich habe mich im Flugzeug übergeben."

„Oh, du Arme." Es ist eng im Flieger. Das muss ihr sehr unangenehm gewesen sein. „Willst du dich lieber wieder hinlegen?"

Lara kommt nicht dazu, darauf zu antworten. Die Tür geht auf, und Agata kommt herein. „Da bist du ja." Sie drückt Lara und mir einen Becher Kaffee in die Hand. „Hier, der wird euch guttun. Wie geht's dir denn, Lara?", fragt auch sie.

Lara nippt an ihrem Kaffee. „Ich habe Til auf die Füße gekotzt, im Flugzeug."

„Sehr gut." Agata strahlt wie ein Honigkuchenpferd.

Und auch ich kann mein breites Grinsen nicht verbergen.

„Er ist ganz blass geworden, als ich ihm gesagt habe, ich hätte mir einen ganz fiesen Magen-Darm-Virus eingefangen und hoffe, dass ich ihn jetzt nicht damit angesteckt habe."

„Dann bleibt er bestimmt morgen zu Hause", erklärt Agata. „Til ist ein Hypochonder. Spätestens wenn er heute Abend im Bett liegt, wird er feststellen, dass ihm schlecht ist."

„Klingt nach einem echten Kerl!", frotzele ich. „Den würde ich noch nicht mal geschenkt nehmen."

„Genau, so ein Schlappi, sei froh, dass du den los bist", pflichtet Lara mir bei.

„Ist ja gut, ich weiß, dass ihr recht habt“, sagt Agata. „Lara, ist dir immer noch schlecht?“

„Nein, momentan nicht. Seid mir nicht böse, ich möchte momentan auch nicht darüber sprechen. Ich muss es erst einmal sacken lassen.“

„Aber du kannst arbeiten?“, frage ich.

„Ja, auf jeden Fall.“

„Okay, dann lass uns über Kuchen reden“, schlage ich vor. „Ich habe Äpfel gefunden. Soll ich eine gedeckte Apfeltorte machen?“

„Das wäre schön.“

„Ich helfe euch“, bietet Agata sich an. „Mit euch den Rührbesen zu schwingen klingt verlockender, als alleine dazusitzen und mich dann doch zu bemitleiden.“

„Schön“, sagt Lara. „Dann sind wir heute zu dritt. Na ja, und noch ein bisschen mehr.“ Ihre Augen bekommen einen weichen Glanz. Sie scheint sich also doch über ihre Schwangerschaft zu freuen.

„Dann gehe ich mal die Äpfel waschen“, erkläre ich.

Auf dem Weg zum Waschbecken fällt mir ein, dass ich Lara noch gar nicht nach der Apfelrosentorte gefragt habe. „Du hast das Café im Mai übernommen, stimmt’s? Ich frage, weil eine Freundin im April hier in der Pension ein Stück Töwerlandtorte gegessen hat. Hast du schon mal was davon gehört?“

„Von einer Zauberlandtorte? Nein, aber die Idee ist nicht schlecht. Was ist es für eine? Eine Art Friesentorte? Ich hatte auch schon überlegt, ob ich mal eine anbieten soll.“

„Nein, sie hat gar nix mit einer Friesentorte zu tun, obwohl ich die auch sehr lecker finde. Es ist eine Apfelrosentorte. Sie besteht aus einem knusprigen Mürbeteig, einer Schicht Apfelbutter und Käsekuchenmasse, in die Apfelrosen gesetzt werden. Sie ist unheimlich lecker. Und sieht zudem noch sehr hübsch aus."

„Ich kenne diese Torte, ich habe sie auch schon gegessen", sagt Agata. „Frau Oltmanns, die Freundin von Frau Arnold, hat sie mitgebracht, als Frau Arnold im April zu Besuch war. Ich kann mich noch ganz genau daran erinnern. Ist deine Freundin sehr hübsch? Kurzes blondes Haar?"

„Ja, das klingt nach Dana."

„Ich weiß es noch so genau, weil ich erst gedacht habe, sie sei Frau Oltmanns' Tochter. Die beiden sehen sich nämlich sehr ähnlich. Deine Freundin saß gerade zufällig im Kaminzimmer, als Frau Oltmanns und Frau Arnold dort Kaffee getrunken haben. Sie haben ihr ein Stück Torte angeboten. Und ich habe auch eins abbekommen. Lecker!"

„Lebt Frau Oltmanns hier auf der Insel?", frage ich.

„Sie ist die Frau des Bürgermeisters", erklärt Lara. „Und sehr nett. Ich könnte mir vorstellen, dass sie dir das Rezept verrät, wenn du sie danach fragst."

Die Frau des Bürgermeisters … – Svantje also! „Das muss ich gar nicht", erwidere ich. „Ich kann die Torte im Schlaf backen, nach einem alten Familienrezept. Ich habe mich nur gewundert, dass noch jemand das Rezept kennt. Aber das hat sich gerade geklärt. Frau Oltmanns war eine der besten Freundinnen meiner Tante. Bestimmt hat sie es von ihr. Jannes' Mutter war auch ihre Freundin, es würde mich nicht wundern, wenn sie das Rezept ebenfalls kennt."

„Wenn du das Rezept auswendig weißt, back sie doch mal. Die Sache mit den Apfelrosen hört sich sehr hübsch an."

„Das ist sehr viel Arbeit", wiegele ich ab. Bisher wurde die Torte in unserer Familie zu besonderen Anlässen gebacken, und das soll auch so bleiben, selbst wenn das Rezept hier auf der Insel, so wie es aussieht, sowieso kein Geheimnis mehr ist.

„Apropos Jannes' Mutter ..." Lara grinst mich an. „Erzähl doch mal." Sie wendet sich an Agata. „Er war gestern um Mitternacht hier, um mit Merle ein Stück Torte zu essen. Sie hat süße kleine Cupcakes für ihn gebacken, jeden in einer anderen Schokoladenfarbe."

„Ist nicht wahr", ruft Agata aus. „*Der* Jannes?"

„Ja, genau der." Lara wendet sich wieder an mich. „Und?"

„Nichts und. Er hat sich kurz nach eins von mir verabschiedet. Ich habe ihn zur Tür gebracht – und das war's."

„Und das war's?" Lara schubst Agata in die Seite. „Glaubst du das?"

„Dafür gibt es übrigens Zeugen", erkläre ich. „Der Bürgermeister persönlich hat uns beobachtet. Er hat es seiner Frau erzählt, und die hat es an Jannes' Mutter weitergetratscht, die daraufhin ganz zufällig bei meiner Oma vorbeigekommen ist. Es würde mich also nicht wundern, wenn mittlerweile das ganze Dorf Bescheid weiß."

„Die ganze Insel", korrigiert Agata mich.

„Ja, das meine ich doch."

„Ich glaube nicht, dass es die Runde über die Insel macht", sagt Agata. „Wenn Frau Oltmanns und Frau Janssen so gut befreundet sind, wie du sagst, ist es klar, dass die eine es der anderen erzählt. Aber weitertratschen würden sie es niemals. Das machen die Inselfrauen nicht. Sie halten dicht, wenn es um ihre Freunde und Angehörigen geht. Dass Jannes sich von seiner Frau getrennt hat, haben auch alle erst mitbekommen, als er nach Ende des Saison die Insel nicht wieder verlassen hat. Als er im letzten Sommer plötzlich hier auftauchte, hieß es, der Fahrradverleih lief nicht ohne ihn, deswegen habe er seinen Job auf dem Festland gekündigt und würde sich während der Saison um den Laden kümmern. Na ja, und dann wurde es Herbst."

„Weißt du, was Jannes auf dem Festland gearbeitet hat?", frage ich. Da haben wir uns gegenseitig interviewt, aber das habe ich schlicht vergessen zu fragen.

„Ich glaube, er ist Schreiner oder Zimmermann. Zumindest war er bis zum März als Handwerker auf der Insel tätig."

„Wie praktisch", überlegt Lara. „Einen Job für nach der Saison bräuchte ich auch noch. Das Café läuft zwar gut, aber ich muss ja sozusagen für den Winter mitverdienen, wenn hier Funkstille herrscht. Ich bin gespannt, ob die Einnahmen für ein ganzes Jahr reichen."

„Aber das hast du schon bei deiner Kalkulation berücksichtigt, oder?", frage ich.

Lara zuckt mit den Schultern. „Nö, ehrlich gesagt nicht. Ich war einfach so begeistert von der Idee, dass ich aus dem Bauch raus entschieden und losgelegt habe. Aber der erste Monat sah schon sehr gut aus."

„Bauchentscheidungen sind immer die besten", sagt Agata.

„In Gefühlssachen auf jeden Fall", stimme ich zu, „aber wenn es um Geld geht, ist eine gute Planung doch sehr hilfreich. Wenn du Lust hast, können wir uns mal in Ruhe zusammensetzen, Lara."

„Gerne. Ich habe ganz vergessen, dass du BWL studierst. Du wirkst auf mich gar nicht wie ein Zahlenmensch."

„Bin ich auch nicht. Ich habe ganz schön gekämpft während des Studiums, besonders mit Mathe. Und ich bin heilfroh, dass ich alles geschafft habe. Ich wollte ursprünglich die Bäckereien meines Vaters übernehmen. Er hatte sich in den Kopf gesetzt zu expandieren – und ist pleitegegangen, weil er sich verkalkuliert hat", erkläre ich. „Aber auch daraus habe ich viel gelernt. Ich weiß, wie wichtig eine realistische Kalkulation ist."

„Oh, das tut mir leid für deinen Vater", sagt Lara. „Und

dein Angebot nehme ich natürlich gerne an. Vielleicht am besten, wenn der Juni rum ist?“

„Gut, so machen wir das. Dann hast du neue Zahlen.“

„Schön“, meldet sich Agata zu Wort. „Dann habt ihr jetzt einen Geschäftstermin. Ich habe übrigens Hunger. Ist es okay, wenn ich nebenbei ein paar Piroggi mache?“

„Klar“, sagt Lara.

Ich werfe einen Blick auf die Uhr. „Wir haben zwanzig nach sechs, Mädels. Wir müssen jetzt aber auch reinhauen, damit wir alles schaffen.“

Dank Agatas Hilfe sind wir fertig, als die Uhr halb eins zeigt. Zwischendurch haben wir eine kurze Pause eingelegt, um die sehr leckeren Piroggi zu verputzen, aber ansonsten haben wir, ohne noch viel zu reden, durchgearbeitet.

„Wir haben noch gar nicht über meinen Arbeitsplan gesprochen“, sage ich zu Lara. „Ich gehe davon aus, dass ich die Torten morgen früh fertig mache.“

„Das wäre super. Ich muss unbedingt mal ausschlafen.“

„Und was ist mit meinem freien Tag? Sollen wir einen festlegen oder entscheiden wir immer spontan?“

„Kai hatte den Freitag.“ Lara überlegt. „Wisst ihr was? Ich brauche auch unbedingt mal einen Tag frei. Hilfst du mir, die Tortenauswahl umzuplanen, Merle? Und zwar so, dass wir am Donnerstag schon alle Böden für Samstag vorbereiten. Die Cremes halten sich auch zwei Tage, wenn wir einfach klassisch Vanille und Schokolade machen. Mürbeteigtortenböden schmecken nach zwei Tagen auch frisch. Wir bereiten also Donnerstag schon alles vor, möglichst unkomplizierte Torten und Kuchen, ich mache sie Freitagmorgen fertig, und Samstagmorgen füllen wir die Torten gemeinsam. Dann haben wir am Freitag beide den Abend frei.“

„Ich helfe euch am Donnerstag“, bietet Agata sich an.

„Frau Arnold hat dich für die Pension eingestellt.“ Lara sieht skeptisch aus.

„Ja, als Zimmermädchen. Aber ich kümmere mich um alles, auch um die Buchungen, um die Abholung des Gepäcks, Reparaturen. Ich weiß nicht, wann die Hausdame wiederkommt. Und ehrlich gesagt, finde ich, dass sie das gar nicht muss. Frau Arnold zahlt momentan doppeltes Gehalt. Stattdessen kann sie lieber mir etwas mehr geben. Dann spart sie immer noch. Außerdem kann ich in meiner Freizeit machen, was ich möchte, und es steht nicht in meinem Vertrag, dass ich keine Torten backen darf.“ Agata hat rote Wangen bekommen vor Aufregung. „Außerdem bekommt sie es doch sowieso nicht mit. Sie ist weit genug weg.“

„Weißt du was? Ich werde mal mit ihr reden, wenn du nichts dagegen hast. Wir haben ab und an mal telefonisch Kontakt“, bietet Lara sich an.

„Du willst sie um Erlaubnis fragen, ob ich Torten backen darf?“, fragt Agata entrüstet.

„Nein, natürlich nicht. Das ist deine Entscheidung. Ich werde Frau Arnold einfach mal fragen, ob diese ominöse Hausdame noch mal wiederkommt, und ihr vorschlagen, dich stattdessen einzustellen. Du machst doch sowieso schon ihre Arbeit. Dann solltest du auch entsprechend bezahlt werden. Und wenn du in deiner Freizeit beim Tortenbacken hilfst, bezahle ich dich auch.“

„Das wäre natürlich super. Hast du regelmäßig Kontakt mit Frau Arnold? Ich habe sie bisher nur einmal gesehen, als sie sich hier mit Frau Oltmanns getroffen hat.“

„Nein, ich kenne sie leider nicht persönlich. Meistens mailen wir, und wenn es schnell gehen muss, greife ich zum Telefon.“

„Wo lebt Frau Arnold denn?", frage ich.

„In den USA", sagt Lara. „Ich glaube, sie hat mal auf der Insel gelebt. Aber dann ist sie weg von hier."

„Wie meine Oma. Aber die ist ja wieder hier. Angeblich zieht es jeden irgendwann wieder zurück auf die Insel."

„Kann ich mir vorstellen. Die meisten Urlauber kommen auch zurück. Es liegt am Zauber der Insel. Und wenn du den mit in die Wiege gelegt bekommen hast, bist du wahrscheinlich machtlos." Lara gähnt herzhaft. „Ich muss ins Bett. Sollen wir Freitag was gemeinsam unternehmen?" Sie sieht mich an. „Oder bist du vielleicht schon anderweitig verplant?"

„Ich? Nein, doch, Conny ist ja dann schon hier."

Lara grinst. „Das meinte ich nicht. Ich hatte da eher an so einen gut aussehenden Insulaner gedacht."

„Den treffe ich morgen Mittag", erkläre ich.

„Am helllichten Tag? Dann weiß es aber doch bald die ganze Insel", sagt Agata und schüttelt den Kopf. „Das wird die Damenwelt erschüttern. Und die restlichen Männer werden dir dankbar sein."

„Oh Mann", schnaufe ich. „Ich verstehe absolut nicht, warum ihr so ein Bohei um Jannes macht. Er ist nett, und ja, er sieht ganz gut aus, aber er ist schließlich nicht der einzig attraktive Mann auf der Welt."

„Auf der Welt nicht", sagt Lara. „Aber hier im Zauberland schon, zumindest unter den Singles. Die anderen kannst du entweder schlichtweg in die Tonne klopfen, oder sie sind verheiratet."

„Wie auch immer, Freitag bin ich dabei, und Conny bestimmt auch. Was machen wir?"

„Wollten wir nicht am Lagerfeuer über Kerle schimpfen?", fragt Agata. „So wie früher, mit Stockbrot und ein paar Würstchen am Spieß über dem offenen Feuer?"

„Schöne Idee", stimmt Lara zu.

„Dürfen wir denn am Strand ein Lagerfeuer machen?", frage ich.

Lara und Agata schütteln ihre Köpfe.

„Das ist verboten", sagt Agata. „Und gibt mächtig Ärger mit dem Dorfsheriff, wenn er uns erwischt."

„Inselsheriff", entgegne ich.

„Nein, er wird hier Dorfsheriff genannt. Frag mich nicht, warum."

„Okay, ist ja letztendlich nicht wichtig. Aber es ist wahrscheinlich auch viel zu gefährlich. Die Dünengräser sind trocken, da reicht schon ein Funken, um sie zu entzünden", überlege ich. „Was haltet ihr davon, wenn wir uns bei meiner Oma treffen? Sie hat einen Garten hinter dem Haus. Da könnten wir grillen. Zum Meer ist es auch nicht weit, nur einmal quer durch die Dünen. Ich müsste sie natürlich vorher fragen, ob sie einverstanden ist. Sie wohnt im Loog."

„Wenn deine Oma nichts dagegen hat, gerne", sagt Lara. Und auch Agata gefällt die Idee.

„Okay, dann Freitag also wahrscheinlich Lagerfeuer bei Oma. Das wird schön!" Ich gähne herzhaft. „Und jetzt ab ins Bett. Ich muss morgen früh raus."

Wir gehen alle drei gemeinsam die Treppe nach oben. Vor dem Foto mit dem blonden Mädchen bleibe ich noch einmal stehen. Es könnte Svantje sein, denke ich. Sie trägt ihr Haar zwar jetzt kurz, aber die Farbe stimmt. Und die zierliche Gestalt passt auch.

„Meint ihr, ich kann das Foto mal aus dem Rahmen nehmen?", frage ich Agata und Lara, die schon an ihren Zimmertüren angekommen sind. „Es würde mich interessieren, wann es aufgenommen wurde."

„Warum nicht?“, sagt Lara, bevor sie in ihrem Zimmer verschwindet.

Also hänge ich das Bild ab und ziehe mich damit ebenfalls in mein Zimmer zurück. Ich setze mich aufs Bett und biege vorsichtig die kleinen Blechriegel beiseite, die die Rückwand des Rahmens halten, ziehe das Foto hervor und betrachte die Rückseite. Für einen kurzen Moment halte ich die Luft an, als ich lese:

Juli 1976
Liebe Svantje,
ich werde für immer und ewig
deine beste Freundin sein.
Hab dich sehr lieb!
Deine Undine

17. Kapitel

Ich atme tief ein und wieder aus, ein und wieder aus, aber es gelingt mir nicht, die Gedanken aus mir rauszupusten. Ich liege nicht auf dem Meer, sondern im Bett, und obwohl ich hundemüde bin, kann ich nicht einschlafen. Da sind zu viele Dinge auf einmal, die mein Kopf anscheinend nicht verarbeiten kann oder will. Das Foto geht mir einfach nicht aus dem Sinn. Undine muss es Svantje kurz vor dem Badeunglück geschenkt haben. Soweit ich weiß, passierte es zwei Wochen nach ihrem Geburtstag, also Ende Juli.

Ein ähnliches Foto hat meine Mutter auch auf der Kommode im Schlafzimmer stehen. Sie hat mir mal erzählt, es sei kurz vor dem Badeunglück aufgenommen worden. Es zeigt Undine, im Schneidersitz am Strand. Sie trägt kurze dunkle Shorts und ein helles Top. Ihr schulterlanges Haar hat sie mit einem breiten Tuch aus dem Gesicht geschoben. Sie hält beide Arme weit von sich gestreckt, lässt Sand durch ihre Finger rieseln und lacht.

Wer die Aufnahmen wohl gemacht hat? Jella? Oder vielleicht Frau Arnold? Agata hat gesagt, sie habe auf der Insel gelebt. Aber weder Oma noch meine Mutter haben je von ihr gesprochen. Und welche Rolle spielt das rote Biest, Helene, bei der ganzen Sache? Sie hat Svantje ihren Freund Tamme ausgespannt und später sogar geheiratet. Aber Tamme schien auch Undine gut gekannt zu haben, sonst wäre er nicht davon überzeugt gewesen, sie kenne das Meer viel zu gut, um darin umzukommen. Wie hat Helene noch gleich gesagt? Undine sei verschwunden? Meine Mutter hat gesagt, ich soll mich nicht mit den alten Geschichten beschäftigen, aber sie lassen mir einfach keine Ruhe. Es kommt mir so vor, als würde Undines Geist noch immer über diese Insel wandeln, so, als würde sie mir etwas sagen wollen. Wie in manchen Geisterfilmen, in denen Verstorbene keine Ruhe finden. Es würde mich nicht wundern, wenn ich Undine eines Tages bildhaft vor mir sehen würde.

Wie auf Kommando knarzen über mir die Holzdielen. Na, ganz toll, denke ich, aber da fällt mir ein, dass Agata eben eine Treppe weiter nach oben gegangen ist. Sie hat das Zimmer unter dem Dach. Dass sie ihre kleine Tochter in Polen zurücklassen musste, wird schwer für sie sein. Und auch Jannes' Sohn lebt auf dem Festland, getrennt von ihm. Ich weiß immer noch nicht, ob es richtig ist, mich näher auf Jannes einzulassen. Eigentlich wäre es Unsinn, ich wohne nicht nur auf dem Festland, ich wohne in München. Weiter weg geht es schon kaum. Meine Gedanken schießen kreuz und quer. Und zu allem Überfluss habe ich auch noch Besuch von einer Mücke bekommen, die mit lauten Summgeräuschen mein Zimmer erkundet. Ich knipse das Licht an und suche mit Adleraugen das Zimmer ab. Das blöde Biest sitzt auf der weißen Badezimmertür und wartet darauf, dass ich endlich einschlafe. Ich stehe auf, schleiche mich an – und klatsch, erwischt! Danach fühle ich mich irgendwie besser.

Zurück im Bett, rolle ich mich zur Seite, die Bettdecke zwischen die Beine geklemmt. Dabei bemerke ich, dass etwas Raues an meinen Unterschenkeln reibt, obwohl ich heute zweimal geduscht habe, einmal gründlich nach dem Bad im Meer und eben kurz nach der Arbeit. Aber trotzdem hat etwas Sand irgendwie den Weg auf mein weißes Bettlaken gefunden. Die Insel ist ein einziger großer Sandhaufen, denke ich, eine Sandbank umgeben von Wasser. Wenn ich auf Juist leben würde, dann würde ich ein Haus in der Nähe des Meeres haben wollen, so wie Oma. Dann könnte ich beim Einschlafen dem Rauschen der Wellen lauschen. Ich würde zuhören und mir dabei keine Gedanken machen.

Morgens um sechs klingelt der Wecker. Ich habe unruhig geschlafen. Am liebsten würde ich die Decke über den Kopf ziehen und einfach nicht aufstehen. Aber das geht leider nicht, ich muss die Torten fertig machen. Eins, zwei, drei, zähle ich laut, springe aus dem Bett und begebe ich mich auf direktem Weg ins Badezimmer. Heute ist mal wieder eine kalte Dusche angesagt.

Pünktlich um halb sieben stehe ich in der Küche. Ich brühe mir einen Kaffee auf, atme tief durch und lege los.

Als ich zweieinhalb Stunden später meine süßen Werke im Kühlraum betrachte, sage ich laut zu mir: „Gut gemacht, Merle!“ Dabei fallen mir wieder die Äpfel in der Kiste auf, die immer noch fast voll ist.

Ich treffe mich um zwölf mit Jannes, habe also noch drei Stunden Zeit. Mich jetzt noch mal hinzulegen bringt nichts, dann klingelt der Wecker, wenn ich mich gerade wieder mitten im Tiefschlaf befinde. Und dann bin ich richtig kaputt. Lara hat bestimmt nichts dagegen, wenn ich in der Küche ein wenig mit Zutaten experimentiere. Die Äpfel lachen mich an. Es muss ja nicht gleich eine ganze Töwerlandtorte sein, die Apfelrosen machen sich bestimmt auch hübsch in Muffinförmchen gebacken.

Ich knete flott einen Mürbeteig. Während er im Kühlraum auf seine Weiterverarbeitung wartet, entkerne ich die Äpfel, halbiere sie, schneide sie in dünne Scheiben und gebe sie in eine Schüssel mit Wasser und einem Schuss Zitronensaft, damit sie nicht braun werden. Dann koche ich Apfelsaft mit Zucker auf, gebe die Scheiben für eine Minute hinein, lasse sie abtropfen, lege jeweils zwölf davon überlappend auf Backpapier. Insgesamt habe ich so vierundzwanzig Reihen geschichtet. Ich hole den Mürbeteig aus dem Kühlraum und entdecke dabei einen großen Becher Mascarpone. Damit kann ich eine leckere Füllung zaubern. Gerade als ich die Küchlein in den Ofen schiebe, stehen plötzlich drei Mitarbeiter des Cafés in der Küche.

„Wir holen die Torten ab", sagt ein junges Mädchen. Die beiden Männer kenne ich. Einer von ihnen hat mir gestern den Kaffee gemacht.

„Alle im Kühlraum." Ich überlege kurz, ob ich ihnen helfe, entscheide mich dafür, stattdessen mal eine Bestandsaufnahme der Waren im Kühlraum, dem Vorratsraum und den Schränken zu machen.

Um zehn ist die Kuchentheke im Café voll bestückt, um Viertel nach ziehe ich vierundzwanzig wunderschöne Apfelrosenmuffins aus dem Ofen. Ich pinsele sie mit dem eingedickten Apfel-Zucker-Sirup ein, sodass sie einen schönen Glanz bekommen. Zwei davon setze ich auf einen kleinen weißen Teller, sie sind für Agata.

Gut gelaunt gehe ich damit zur Rezeption, doch Agata ist nicht da. Sie putzt oder werkelt irgendwo herum. Als das Telefon klingelt, hebe ich spontan ab.

„Moin, *Pension Strandrose*, Merle Krüger am Apparat."

Es ist einen Moment still am anderen Ende der Leitung, dann räuspert sich jemand. „Arnold hier, Guten Morgen. Könnte ich bitte Frau Meyer sprechen?"

„Tut mir leid, die ist momentan außer Haus." Ich muss ihr ja nicht unbedingt auf die Nase binden, dass sie noch schläft.

„Und Frau Pawlak?"

„Agata? Ich glaube, die ist oben und macht die Zimmer sauber. Kann ich etwas ausrichten? Ich arbeite für Frau Meyer in der Küche und bin gerade zufällig am Telefon vorbeigegangen, da habe ich spontan abgehoben. Ich hoffe, es ist okay."

„Natürlich, das war sehr nett von Ihnen." Frau Arnold spricht mit einem ausgeprägten amerikanischen Akzent. „Würden Sie Frau Meyer bitte ausrichten, sie möge mich zurückrufen? Es eilt nicht. Ich bin heute den ganzen Tag über gut zu erreichen. Meine Rufnummer hat sie."

„Das mache ich gerne. Ach, Frau Arnold, wo ich Sie gerade am Apparat habe, würde ich sie gerne etwas fragen. Im Flur hängen wunderschöne Schwarz-Weiß-Aufnahmen. Können Sie mir vielleicht sagen, wer die gemacht hat?"

„Das war ein Freund einer Freundin."

„Ach so, und können Sie mir eventuell auch sagen, wer das war? Ich möchte nicht neugierig erscheinen, aber auf dem einen Foto ist eine gute Freundin meiner Tante abgelichtet, Svantje Oltmanns. Meine Mutter hat ein ähnliches Foto auf einer Kommode stehen, allerdings von meiner Tante, Undine Tamena. Ich dachte, Sie waren vielleicht alle miteinander befreundet."

„Tut mir leid, eine Undine Tamena kenne ich nicht", antwortet Frau Arnold. „Die Fotos hat meine Freundin Svantje mir geschenkt. Svantje habe ich damals in dem Emdener Hotel kennengelernt, in dem sie ihre Ausbildung absolviert hat."

„Ah, so war das. Danke, ich möchte nicht aufdringlich erscheinen, aber es war mir wichtig. Die Fotos berühren mich irgendwie. Sie sind sehr stimmungsvoll. Sie wissen nicht zufällig, wer sie geknipst hat?"

„Ein Freund von Svantje." Frau Arnold lacht kurz auf. „Zumindest war er es wohl zu diesem Zeitpunkt noch. Er hat sich letztendlich für eine andere entschieden. Aber das ist lange her."

„Hieß er vielleicht Tamme, Tamme Meppens?“

„Sie wissen aber gut Bescheid.“

„Ach, das war Zufall. Ich habe heute seine Frau kennengelernt, oder besser gesagt, Exfrau.“

„Dann sollten die Inseldamen ihre Männer besser wegschließen.“ Frau Arnolds Stimme klingt belustigt.

„Die wissen schon Bescheid, dass sie hier ist.“ Es macht mir Spaß, mit Frau Arnold ein wenig rumzualbern. „Ich fand sie allerdings sehr nett. Na ja, sie hat mir aber auch nicht den Freund ausgespannt.“

„Das wäre ihr bestimmt auch nicht gelungen. Ich vermute, sie dürfte sicher um die fünfundzwanzig Jahre älter sein als Sie.“

„Das kann sein, ich bin neunundzwanzig, aber mit dem Alter hätte es zumindest in meinem Fall nichts zu tun. Bei mir gibt’s niemanden zum Ausspannen.“

„Na, da haben Sie ja Glück.“

Wir lachen beide. Sie ist mir sympathisch, die Frau, der die Pension gehört.

„Und Sie arbeiten in der Küche?“, fragt sie.

„Ja, aber nur in den Semesterferien. Ich backe mit Frau Meyer die Torten. Ich bin ausgebildete Konditorin, studiere aber zurzeit BWL.“

Eine andere Frauenstimme ertönt an meinem Ohr, irgendwo aus dem Hintergrund. Ich habe nicht verstanden, was sie gesagt hat, aber Frau Arnold ruft: „Right, darling“, dann sagt sie zu mir: „Es tut mir leid, ich habe Besuch von meiner Tochter bekommen. Es war wirklich sehr nett, mit Ihnen zu sprechen, aber ich muss jetzt auflegen.“

„Ja, ich fand es auch sehr nett. Danke noch mal für die Infos über die Fotos.“

Ich gehe wieder einmal die Treppe hinauf und schaue mir die Aufnahmen an. Auch das Foto von Svantje habe ich wieder dazugehängt. Tamme hat die schönen stimmungsvollen Bilder also gemacht. Damit hatte ich nicht gerechnet.

„Hallo, Merle."

Ich muss lachen, als ich Agata oben an der Treppe stehen sehe. Sie trägt kurze, an den Beinen ausgefranste Jeansshorts, ein pinkfarbenes T-Shirt und hat ihre braunen Haare zu zwei frechen Zöpfen geflochten. Ihre pink lackierten Fußnägel stecken in rosa Plastikflipflops. In der einen Hand hält sie einen roten Eimer, in der anderen einen Wischmopp.

„Du siehst scharf aus", sage ich.

Sie kommt zu mir runter. „Du aber auch. Der Mehlstaub im Gesicht und in deinem Haar sieht zum Anbeißen aus."

„Oh, das habe ich gar nicht bemerkt. Sehr schlimm?"

„Nein, nur ein bisschen." Sie wuschelt mir durch das Haar. „Schon besser."

„Danke."

„Du stehst schon wieder vor diesen Fotos. Von Anfang an warst du von ihnen fasziniert. Ich wollte dich gestern schon fragen, was du damit verbindest. Du hast gesagt, dass deine Tante Undine und Jella befreundet waren. Haben sie sich zerstritten? Oder hat sie etwas anderes getrennt? Du musst nicht darüber reden, wenn du nicht möchtest, aber jedes Mal, wenn ich jetzt die Treppe hoch- oder runtergehe, bleibe ich nun auch vor den Fotos stehen und überlege, welches Geheimnis sich dahinter verbirgt."

„Svantje, Jella und meine Tante Undine waren sehr gute Freundinnen. Sie hatten keinen Streit. Aber meine Tante ist bei einem Badeausflug ums Leben gekommen, gemeinsam mit ihrem Vater, also meinem Opa. Undine war damals siebzehn. Die Fotos müssen kurz vor dem Unglück aufgenommen worden sein." Ich zeige auf das Foto von Svantje. „Meine Tante hat eine Widmung darauf hinterlassen."

„Das mit deiner Tante und dem Opa tut mir sehr leid." Agata hebt den Arm hoch. „Ich habe Gänsehaut. Du hast bestimmt das dritte Auge."

„Was?"

Sie tippt mir auf die Stirn, kurz über der Nasenwurzel. „Das dritte Auge, die energetische Verbindung zur Erkenntnis. Du kannst Dinge spüren, die für andere unsichtbar bleiben."

„Ich denke eher, die Bilder haben mich an etwas erinnert, das ich schon mal gesehen habe. Meine Mutter hat ein ähnliches Foto."

Agata schüttelt den Kopf. „Da steckt mehr dahinter. Warum hast du dir ausgerechnet diese Pension ausgesucht? Und warum Jannes?"

„Den habe ich mir nicht ausgesucht", protestiere ich. „Wenn, dann war es umgekehrt."

„Gut, dann hat er dich gefunden. Noch besser. Das bedeutet alles etwas. Das glaube ich ganz sicher. Und du solltest es auch."

„Du wirst dich blendend mit Conny verstehen. Die hat auch den absoluten Hang zur Esoterik."

„Das ist gut. Dann werden wir am Freitag viel Spaß haben." Agata zeigt auf das Foto. „Vielleicht kann Frau Arnold dir mehr darüber erzählen."

„Hat sie schon. Ich war gerade zufällig bei dir an der Rezeption, um dir zwei Törtchen zu bringen, als das Telefon geklingelt hat. Ich bin spontan drangegangen, weil ich dachte, es könnte ein Gast sein. Aber es war Frau Arnold."

„Frau Arnold ruft so gut wie nie auf dem Festnetz an, meistens auf dem Handy. Und ausgerechnet, wenn du gerade davor stehst, klingelt es?"

„Ja, genau. Ich habe sie nach den Bildern gefragt. Sie hat

gesagt, Tamme habe sie geknipst. Das war anscheinend ein Freund von Undine und Svantjes Exfreund. Eine Urlauberin hat ihn ihr ausgespannt. Und weißt du, was das Beste ist?" Ich lege eine kleine bedeutungsvolle Pause ein, um Agata mit ihrer Theorie ein wenig aufzuziehen. „Diese Urlauberin ist zurzeit auf der Insel. Meinst du, das hat auch etwas zu bedeuten?"

„Sprichst du von Helene?"

Ich nicke. „Hätte mich auch gewundert, wenn du von der Geschichte noch nichts gehört hättest. Es ist jetzt vierzig Jahre her, aber jeder weiß darüber Bescheid, dass sie als junges Mädchen einer Insulanerin den Freund weggeschnappt hat."

„Zweimal", berichtigt mich Agata. „Und ihre Tochter ist auch nicht so ohne. Sie scheint deinem Jannes schöne Augen zu machen."

„Quatsch, Bente ist verheiratet."

„Das war Jannes auch mal." Agata sieht mich mit hochgezogenen Augenbrauen an. „Ich mein ja nur." Sie zeigt auf das Foto. „Bist du dir sicher, dass die drei Freundinnen sich nicht doch wegen Tamme zerstritten haben?"

„Nein, sicher bin ich mir nicht." Auch ich werfe noch einen Blick auf Svantjes Rückenansicht. „Aber ich glaube es nicht. Das sagt mir meine Intuition – oder mein drittes Auge. Und jetzt sieh mal nach, was ich dir an die Rezeption gestellt habe."

Auch von hinten gibt Agata einen netten Anblick ab. Der Wischmopp in ihrer Hand hüpft im Gleichtakt mit ihren Zöpfen hoch und runter, als sie vor mir die Treppen nach unten geht. Sie entdeckt meinen Teller mit den Küchlein und ruft laut: „Die sind ja hübsch! Viel zu schade, um sie aufzuessen."

„Das hoffe ich nicht. Sie sollen noch besser schmecken, als sie aussehen. Dann sind sie perfekt. Probier mal einen."

Agata beißt in eines der Törtchen. Beim Kauen verzieht sie verzückt das Gesicht. „Himmlisch. Sind das kleine Töwerlandtorten?"

Mein Blick fällt auf das cremefarbene Schild, das an der Wand hinter der Rezeption hängt. *Willkommen in der Pension Strandrose* steht darauf in blauen geschwungenen Buchstaben.

„Nein", antworte ich spontan, „das sind Strandrosen."

Agata macht große Augen. „Das ist eine ganz wundervolle Idee. Da wird Lara sich aber freuen."

„Sind sie nicht zu süß?", frage ich. Der eingekochte Apfelsirup gibt zwar einen schönen Glanz, war aber doch sehr zuckerlastig.

„Überhaupt nicht. Sie sind perfekt. Der Teig ist knusprig, die Creme zergeht auf der Zunge, und der Apfel ist etwas säuerlich und schön weich. Die Kombination ist toll."

„Das freut mich. So habe ich sie noch nie gebacken. Dann gehe ich mal wieder in die Küche. Lara soll bitte Frau Arnold zurückrufen. Sie sagt, sie sei heute gut zu erreichen. Kannst du ihr das vielleicht ausrichten? Ich bin ja gleich unterwegs."

„Mach ich, ich schiebe ihr gleich einen Zettel unter der Tür durch, damit sie es sofort sieht, wenn sie wach wird." Sie guckt auf die Uhr. „Schon nach halb elf. Sie schläft ganz schön lang."

„Der Körper holt sich, was er braucht." Ich lächle. „Und sie ist ja jetzt zu zweit."

Agata nickt. „Sie muss besser auf sich aufpassen."

„Das stimmt."

Die Tür geht auf, und zwei Frauen betreten die Pension.

„Hallo, Frau Widuch, hallo, Frau Weber, wie war das Frühstück?", fragt Agata.

Ich nicke Agata kurz zu und verschwinde wieder in der Küche. Dort probiere ich eins der Törtchen. Agata hat recht, sie sind perfekt – und ich bin zufrieden mit meinem Tagewerk.

Um zehn nach elf ist alles picobello aufgeräumt. Sechs der Strandrosen habe ich für mich eingepackt, die restlichen sechzehn lasse ich in der Küche stehen. Davor platziere ich einen kleinen Zettel, auf den ich schreibe: *Die Strandrose, eine besondere Spezialität des Cafés.*

18. Kapitel

„Moin.“ Eine etwas kleinere Version von Jannes steht vor mir und grinst mich verschmitzt an. „Du bist also die Frau, die meinem Bruder den Atem raubt. Ich bin Ole, Jannes’ Bruder.“

Ole ist etwas kleiner als Jannes und noch etwas kräftiger gebaut. Seine Muckis, die unter dem schwarzen Shirt hervorblitzen, lassen darauf schließen, dass er sie regelmäßig trainiert. Auch Oles Gesicht ziert ein Bart, allerdings in einer etwas ausgeprägteren Variante. Er trägt einen Oberlippenbart und einen Kinnbart, an dem zwei geflochtene Bartzöpfe baumeln und in den er farbige Perlen eingearbeitet hat.

„Moin, ich bin Merle. Einen coolen Captain-Sparrow-Bart trägst du da.“ Den Spruch hat Ole bestimmt schon oft gehört, aber ich musste ihn einfach loswerden. „Gefällt mir.“

„Deine Zöpfe sind aber auch nicht schlecht, Pippi Langstrumpf“, kontert er. „Fehlen nur noch die Ringelstrümpfe.“

„Die ideale Frisur bei dem Wetter“, erwidere ich. Agata hat mich mit ihrem Look dazu inspiriert. Bevor ich losgefahren bin, habe ich kurz geduscht und mein nasses Haar zu zwei Zöpfen geflochten. Es ist praktisch. Allerdings sind meine Shorts etwas länger geschnitten. Und ich trage auch kein pinkfarbenes, sondern ein schlichtes weißes Top.

„Sehe ich auch so.“ Ole zwirbelt lächelnd an seinem Bartzopf. „Ich soll dir ausrichten, dass Jannes gleich kommt. Er zieht sich nur um.“ Er macht einen langen Hals und späht in den Korb, den ich hinten auf dem Gepäckträger befestigt habe. Darin habe ich ein Handtuch und die kleine Kühltasche verstaut.

„Schokoladenmuffins?“

„Strandrosen, das sind Törtchen mit Mascarponecreme und Apfel. Möchtest du eins probieren?“

„Da fragst du noch?“

Ich greife nach hinten und hole eine Rose aus der Plastikbox, in die ich sie gepackt habe.

„Bitte schön.“

„Hübsch“, sagt Ole, bevor er hineinbeißt. „Hm, und saulecker.“

Aus den Augenwinkeln sehe ich Jannes aus der Fahrradscheune kommen. Als er mich bemerkt, winkt er mir zu. Mein Herz schlägt plötzlich etwas schneller, und ich kann meinen Blick nicht von ihm abwenden.

„So, wie du ihn gerade ansiehst, magst du ihn anscheinend auch.“

„Was? Nein, ja.“ Ich merke, dass ich rot werde.

Ole lacht. „Schön, das freut mich für ihn. Sei bitte lieb zu ihm. Er ist nicht nur mein Bruder, er ist ein verdammt feiner Kerl.“

„Ich bin immer lieb“, antworte ich automatisch, viel zu lieb, genau genommen. Das behauptet zumindest Conny regelmäßig.

„Ole? Übernimmst du?“, ruft Jannes. Unten an der Scheune stehen Touristen, die beraten werden wollen.

„Ich bringe ihn dir heil zurück“, sage ich zu Ole und greife noch einmal in die Kühlbox. „Noch ein Törtchen für gleich?“

„Na klar.“ Er grinst wieder frech. „Dir ist schon klar, dass du dich damit auf Platz eins meiner potenziellen Lieblingsschwägerinnen katapultierst?“

Ich komme nicht mehr dazu, Ole zu fragen, wer Platz zwei

und drei belegt und ob es vielleicht sogar noch weitere gibt. Er schnappt sich die Strandrose, ruft im Weggehen Danke, und schon kurz darauf steht Jannes vor mir.

„Moin." Er lächelt mich an.

„Dein Bart ist ab!" Ich weiß, dass ich ihn anstarre, aber ich kann einfach nicht anders. Er hat mir schon gut gefallen, als er den Bart noch hatte, aber so sieht er, zumindest für meinen Geschmack, noch besser aus.

„Hab ich direkt Sonntagnacht abrasiert, damit mein Gesicht noch etwas Farbe annehmen konnte, sonst hättest du mich jetzt bis zur Oberlippe in Weiß gesehen." Er fährt sich über die Haut. „Ist aber schon wieder etwas nachgewachsen. Ganz glatt mag ich es nicht. Dreitagebart muss sein."

„Sieht gut aus", sage ich.

Seine stahlgrauen Augen lächeln mich an. „Schön, und nun? Hast du Hunger? Sollen wir irgendwo eine Kleinigkeit zu Mittag essen? Oder holen wir uns was und essen am Strand?"

„Hm, ich habe Lust auf etwas Herzhaftes. Ich habe seit heute Morgen um halb sieben in der Küche gestanden, Cremetorten gefüllt, Schokokuchen glasiert und Törtchen gebacken. Wir könnten zur *Bill* fahren", schlage ich vor. „Erbsensuppe essen. Oder ist dir das zu mächtig bei dem Wetter?"

„Suppe geht immer, aber heute ist Mittwoch, da ist Ruhetag."

„Dann holen wir uns einfach beim Bäcker belegte Brötchen. Für einen kleinen Nachtisch habe ich gesorgt."

„Schokoladenmuffins?", fragt auch Jannes.

„Lass dich überraschen."

Wir fahren nebeneinander, teilweise auch hintereinander durch die Straßen. Es ist wieder jede Menge los. Viele der Urlauber kommen von ihren morgendlichen Strandbesuchen zurück, sind auf dem Weg zum Mittagessen oder bummeln einfach nur durchs Dorf. Beim Bäcker halten wir an. Ich betrachte ausgiebig die prall gefüllte Theke. Die großen Platten mit Pflaumenkuchen lachen mich an, und auch ein Blech mit Streuselkuchen sieht sehr appetitlich aus. Am liebsten würde ich mich einmal quer durch die Kuchentheke futtern, aber ich bleibe standhaft, und wir bleiben bei unseren belegten Brötchen.

„Ich würde gerne einen kurzen Abstecher zum Strand machen", sage ich, während ich alles in die Kühltasche packe. „Ich möchte dem Strandkorbverleiher Törtchen bringen, als Dankeschön dafür, dass er mir meinen Strandkorb mietfrei überlassen hat."

„Von wem sprichst du?"

„Ich weiß nicht, wie er heißt. Blaues Holzhaus, grünes Fenster, Kapitänsmütze, grauer Rauschebart."

„Fiete", sagt Jannes. „Mietfrei? Wie hast du denn das angestellt? Er ist normalerweise ein Pfennigfuchser."

„Hat nichts mit mir, sondern mit meiner Oma zu tun. Er hat gesagt, ich soll sie von ihm grüßen. Die beiden kennen sich also."

„Ja, ist klar." Jannes schmunzelt. „Du weißt doch, hier auf der Insel kennt nun mal jeder jeden."

„Ich weiß, aber ich vergesse es trotzdem gerne wieder."

Wir schieben die Räder nebeneinander den Weg zu den Dünen hoch.

„Hältst du kurz meinen Drahtesel?", frage ich, als wir oben am Strand ankommen. „Ich beeile mich."

Jannes legt seine Hand auf meinen Lenker. Dabei streichelt er mit seinem kleinen Finger über meinen. Ich halte für einen Moment inne und genieße das Kribbeln, das dabei durch meinen Körper zieht. Als ich meine Hand schließlich hochhebe, fährt mein Zeigefinger wie ganz von alleine über die Innenseite von Jannes' Unterarm, bis nach oben zum Ärmel seines T-Shirts. Dabei verfolge ich fasziniert, wie sich schlagartig Gänsehaut auf seinem Arm ausbreitet.

„Du bist aber sensibel", sage ich leise und sehe ihn an. Er beugt sich zu mir hinüber, dicht an meinen Kopf heran, sodass ich seinen warmen Atem an meinem Ohr spüren kann. Sofort steht mein ganzer Körper unter Strom.

„Du aber auch", flüstert Jannes.

Meine Gänsehaut breitet sich aus wie ein Buschfeuer. Sie beginnt oben an der Kopfhaut, zieht über den Nacken nach unten, streift meine Brustwarzen und sammelt sich geballt in meinem Bauch.

„Merle? Jannes?"

Die Stimme kenne ich. Ich drehe mich um und schaue in Bentes verwunderte Augen. Agatas Worte schießen mir durch den Kopf. *Bente macht Jannes schöne Augen.* Der Zauber verflüchtigt sich schlagartig.

„Moin, Bente", sagt Jannes. Seine Stimme hört sich ungezwungen an.

„Moin", begrüße auch ich sie. „Wie geht es deiner Mutter? Ist sie heute etwas fitter?"

„Ja, zumindest schläft sie nicht die ganze Zeit. Sie baut gerade mit Elias an der Sandburg weiter. Das heißt, sie sitzt im Sand und beaufsichtigt ihn dabei."

Ich spähe über den Strand. „Ah, da vorne, ich sehe sie. Das wird aber wieder eine große Burg."

„Wie jeden Tag." Sie sieht Jannes und mich neugierig an. „Ich wusste nicht, dass ihr befreundet seid. Kennt ihr euch schon länger?"

„Nicht so wirklich", antworte ich, „aber irgendwie auch schon. Jannes hat mich als Kind regelmäßig mit Quallen beworfen und mit Vorliebe meine Sandkunstwerke zerstört."

Jannes lacht, legt seine Hand wieder auf meine und sagt zu Bente: „Das wird Merle mir ganz sicher mein Leben lang vorwerfen."

Bente zieht eine Augenbraue hoch. Sie hat den Satz genau so verstanden wie ich. *Mein Leben lang.* Wenn Agata auch nur ansatzweise recht hatte mit ihrer Vermutung, dass Bente hinter Jannes her ist, so hat er ihr damit einen gewaltigen Dämpfer verpasst. Ich muss schmunzeln. Ich mag Bente, aber es gefällt mir auch, dass Jannes so offen seine Zuneigung für mich zeigt.

„Mich hast du früher nie geärgert", sagt Bente zu Jannes. Sie sieht ihn streng an. „Ich wusste gar nicht, dass du so gemein sein kannst."

Gemein sein *konntest* wäre treffender gewesen. Ob Bente hier bewusst die Vergangenheit mit der Gegenwart vertauscht hat?

Jannes scheint das kleine Wortspiel nicht bemerkt zu haben. Er sieht mich an. Dabei bilden sich viele kleine Lachfältchen um seine Augen herum. „Hast du das gehört? Vielleicht hatte ich doch recht?"

Ich weiß genau, was Jannes mir damit sagen möchte. *Was sich liebt, das neckt sich,* aber das behalte ich für mich. Jannes sieht das allerdings anders.

„Das ist der Beweis dafür, dass ich das nur gemacht habe, weil ich dich damals schon ziemlich toll fand", sagt er zu mir. „Ich habe nicht alle kleinen Mädchen geärgert, nur dich."

„Ist klar." Ich muss lachen.

„Geht ihr baden?", fragt Bente.

„Nein, zumindest nicht hier", erklärt Jannes. „Hier ist es mir zu voll."

Gut, dass ich meinen Bikini untergezogen habe, denke ich. Und auch das Handtuch habe ich vorsorglich eingepackt. Ich greife nach hinten in den Fahrradkorb und nehme die Kühlbox heraus. „Ich geh mal eben zu Fiete, ihm die Törtchen bringen. Bist du gleich noch da, Bente?“

„Vielleicht, aber ich wollte eben zum Fischbüdchen, Brötchen fürs Mittagessen holen“, sagt sie.

„Okay, dann entweder bis gleich oder bis zum nächsten Mal. Liebe Grüße an deine Mutter und Elias.“

„Werde ich ausrichten, danke.“

Ich werfe einen skeptischen Blick in Richtung Elias und Helene, als ich auf Fietes Häuschen zugehe. Elias ist fleißig mit seiner Schaufel zugange. Helene sitzt auf einem kleinen Handtuch daneben. Ein Buch hat sie anscheinend nicht dabei. Das ist gut, denke ich, anscheinend hat sie aus ihrem Fehler gelernt.

Ich schaue durch das kleine Fenster. Fiete sitzt auf seinem Stuhl und beobachtet durch die offene Tür das Treiben am Strand.

„Moin“, sage ich. Als er sich zu mir dreht, reiche ich zwei der Strandrosen auf einem kleinen Pappteller durch das Fenster. „Apfelkuchen, na ja, eher kleine Törtchen, heute Morgen frisch gebacken.“

Er steht auf, sieht erst die Küchlein an, dann mich. „Deine Tante hat mir auch mal diese kleinen Apfelrosen geschenkt“, sagt er, als er den Teller entgegennimmt. Er beißt in eins der Törtchen. „Ihre waren trockener. Deine sind besser“, erklärt er, als er es aufgegessen hat. „Die Creme darin ist sehr lecker.“

Mir fehlen die Worte, aber nur für einen Moment. „Das muss mindestens vierzig Jahre her sein. Und Sie können sich trotzdem noch so genau daran erinnern, wie Undines Törtchen geschmeckt haben?“

„Sagen wir mal so", erklärt Fiete. „Deine Tante war ein liebes Mädchen. Ich habe sie damals aus einer sehr brenzligen Situation befreit." Seine Augen werden schmal, er sieht auf einmal grimmig aus. „Letztendlich bekommt jeder, was er verdient."

„Das verstehe ich nicht." Er meint ganz sicher nicht die Törtchen damit.

Er winkt ab. „Ich habe schon viel zu viel gesagt. Ich sollte besser meinen Mund halten."

„Aber … was ist denn passiert?"

„Nichts, du erinnerst mich an sie, das ist alles. Als ich dich das erste Mal gesehen habe, dachte ich für einen kurzen Moment, Undine steht vor mir."

„Wissen Sie was?", sage ich. „Sie sind nicht der Erste, der mir das hier auf der Insel sagt. Und das ist okay, damit komme ich klar. Immerhin scheint meine Tante ja sehr nett gewesen zu sein. Ich habe sie leider nie kennengelernt, aber sie scheint irgendwie immer noch so stark mit dieser Insel und den Menschen hier verbunden zu sein. Das ist schön. Womit ich aber nicht klarkomme, sind Andeutungen, so wie Sie sie gerade gemacht haben. Sie haben meiner Tante aus einer brenzligen Situation geholfen. Das war nett von Ihnen. Aber warum haben Sie es nicht einfach für sich behalten, wenn Sie nicht darüber reden wollen? Ich mache mir jetzt die ganze Zeit darüber Gedanken, was damals passiert sein könnte." So! Das musste mal gesagt werden. Mir geht es gleich viel besser.

Fiete reibt sich seinen Bart, dann lächelt er. „Ich sag ja, ganz Undine."

Ich schüttele genervt den Kopf, will mich gerade umdrehen und gehen, da sagt er: „Es tut mir wirklich sehr leid, aber ich habe Undine damals hoch und heilig versprochen, dass ich niemals ein Wort darüber verlieren werde."

„Aber es ist jetzt schon so lange her“, versuche ich es noch einmal.

„Ja, so ziemlich genau vierzig Jahre. Aber solche Versprechen verjähren nicht, die nimmt man mit ins Grab.“ Er überlegt einen Moment. „Aber ich kann dir versichern, dass alles gut ausgegangen ist.“ Er lächelt. „Und zum Dank hat sie mir diese kleinen Törtchen gebracht. Deswegen erinnere ich mich sehr gut daran. Sie waren ohne Creme, deine sind besser.“

„Danke, ich habe sie heute zum ersten Mal gebacken.“ Meine Wut, die sich in mir angestaut hat, verflüchtigt sich langsam. „Fast genau vor vierzig Jahren, das bedeutet, sie war damals siebzehn, oder?“

Fiete nickt. „Und bildschön.“

„Wissen Sie zufällig, ob meine Tante auch mit Tamme befreundet war?“, frage ich spontan.

„Sie waren alle befreundet, Undine, Svantje, Jella, Tamme und noch ein paar andere Teenager im gleichen Alter.“

„Aber zerstritten haben sie sich nicht?“

„Hin und wieder schon, aber das bleibt ja nie aus. Meistens haben sie sich schnell wieder vertragen.“

„Wegen Tamme?“

Fiete lacht. „Das mag sein. Das Angebot auf der Insel ist nicht gerade groß, da wird schon mal hin und her gewechselt, was die Partner angeht. Natürlich gibt es dabei auch mal Knatsch.“ Er deutet mit dem Kopf in Richtung Sandburg. „Sie hat Tamme letztendlich abgegriffen. Wenn zwei sich streiten, freut sich die Dritte.“

„Meine Tante und Svantje haben sich um Tamme gestritten?“, frage ich.

„Nö.“

„Jella?“ Jannes’ Mutter also. Doch Fiete schüttelt den Kopf.

„Frag mal deine Mutter nach Tamme." Er grinst. „Uta kann sich bestimmt gut an ihn erinnern."

Mir klappt die Kinnlade nach unten. Undine war damals siebzehn, Mama vierzehn, alt genug, um sich bis über beide Ohren zu verlieben. Ich schüttele unwillkürlich den Kopf. Damit habe ich nicht gerechnet.

„Kundschaft", sagt Fiete. Ich drehe mich um. Hinter mir steht eine Frau in einem kurzen Strandkleid. Auf ihrem Kopf sitzt ein Strohhut, auf ihrer Nase eine riesige dunkle Sonnenbrille.

„Ich habe Zeit", sagt sie, „nur keine Eile."

„Nein, machen Sie nur. Ich muss sowieso los." Ich wende mich an Fiete. „Noch mal danke für den Strandkorb und auch für das Gespräch."

Jannes steht alleine bei den Rädern. „Erst bekommst du den Strandkorb umsonst, und dann unterhält der sonst schweigsame Fiete sich auch noch mit dir. Ich könnte fast eifersüchtig werden", sagt er und lächelt. Aber schon im nächsten Moment wird er ernst. „Was ist los? Was bedrückt dich?"

„Sieht man mir das an?", frage ich und atme tief durch.

Jannes legt seine Hand auf meinen Oberarm. „Lass uns woanders hinfahren. Was hältst du von dem kleinen Strandstück etwas weiter westlich vom Haus deiner Oma, in Richtung Hammersee?"

„Dort, wo du mich mit Quallen beworfen hast?"

Er grinst, und mir huscht ein kleines Lächeln über das Gesicht.

Wir fahren schweigend aus dem Dorf hinaus durchs Loog. Als wir auf das Haus meiner Oma zufahren, fragt Jannes: „Möchtest du kurz Hallo sagen?"

„Nur wenn sie gerade zufällig vor dem Haus steht, ansonsten lass uns ganz schnell vorbeifahren. Ich bin morgen früh sowieso zum Frühstück bei ihr."

Wir haben Glück. Von Oma fehlt jede Spur. Der Schuppen steht sperrangelweit offen, ihr Rad steht nicht darin, sie ist also irgendwo damit unterwegs. Ich hoffe, dass sie uns nicht ausgerechnet aus Richtung Westen entgegenkommt. Ich möchte momentan nicht mit ihr reden. Erst einmal muss ich das alles wieder sacken lassen.

Nur ein paar Hundert Meter weiter halten wir an, stellen unsere Räder rechts auf einem Wiesenstück ab und gehen einen befestigten Weg durch die Dünen, hinter denen das Meer auf uns wartet. Jannes greift wie selbstverständlich nach meiner Hand. Es fühlt sich richtig an. Als wir oben angekommen sind, bleiben wir stehen. Hier stehen keine Strandkörbe. Vor uns liegt einfach nur weißer Sandstrand, der bis zum Wasser reicht. Das ist fast still heute, es weht kaum Wind, aber trotzdem rollt es in sanften Wellen auf das Ufer zu und wieder zurück. Wie sehr ich diesen Anblick liebe, denke ich.

„Komm", sagt Jannes.

Wir gehen dicht an der Dünenkante entlang, weiter in Richtung Westen. An einer sonnengeschützten Stelle setzen wir uns nebeneinander auf den Boden. Jannes legt seinen Arm um mich. Ich rechne nicht damit, dass er sich kurz darauf auf den Rücken fallen lässt und mich mitzieht, und schnappe erschrocken nach Luft. Aber ich komme nicht dazu, irgendwie zu reagieren. Jannes zieht mich ganz nah an sich heran und rollt sich dabei auf die Seite, sodass wir uns gegenüberliegen, mein Kopf in seine Armbeuge gebettet.

„Erzähl", sagt Jannes.

„Scherzkeks", entfährt es mir. „Als ob ich jetzt noch einen klaren Gedanken fassen könnte."

„Soll ich etwas von dir wegrücken?“

„Bloß nicht“, sage ich, und Jannes lächelt. Ich fahre mit der Fingerkuppe seine Lippen nach. Er hat einen schönen Mund, volle, schön geschwungene Lippen.

Als ich meine Erkundungstour beendet habe, fragt Jannes: „Kannst du deine Zöpfe lösen? Es sieht niedlich aus, aber ich möchte gerne wissen, wie es sich anfühlt, durch dein Haar zu wuscheln.“

Ich setze mich kurz auf, ziehe die Haargummis heraus und zwirbele mein Haar auseinander. An manchen Stellen ist es immer noch feucht. Es fällt fast bis auf meine Schultern und ist durch das Flechten leicht gelockt.

Jannes hat seinen Kopf auf seinem rechten Arm abgestützt und sieht mich an. „Du bist wunderschön.“

„Danke.“

Er streckt seine Hand nach mir aus. Ich greife zu und lasse mich wieder zu ihm ziehen. Mein Kopf liegt jetzt auf seiner Brust.

Mit dem einen Ohr höre ich den gleichmäßigen Rhythmus von Jannes’ Herzen schlagen, mit dem anderen den des Meeres.

19. Kapitel

„Habe ich geschlafen?“, frage ich.

„Ja.“

„Wie lange?“

„Etwa eine Dreiviertelstunde, schätze ich.“ Jannes greift in mein Haar. „Das will ich schon die ganze Zeit machen, aber ich wollte dich nicht wecken.“ Er fährt mit seinen Fingern meinen Kopf entlang.

„Das fühlt sich gut an“, murmele ich, immer noch schläfrig.

„Ja, das finde ich auch“, sagt Jannes.

Eine Weile bleibe ich einfach so liegen, meinen Kopf auf Jannes’ Brust gebettet.

„Was hat Fiete erzählt?“, fragt Jannes. „Möchtest du darüber reden?“

Ich halte kurz inne und richte mich dann langsam auf, setze mich im Schneidersitz neben Jannes, der auf dem Boden liegen bleibt. Seinen Kopf mit der Hand abgestützt, sieht er mich an.

„Er hat mir erzählt, dass meine Tante Undine ihm vor vierzig Jahren ähnliche Törtchen geschenkt hat wie ich heute.“ Ich öffne die Kühltasche und hole die beiden, die noch übrig geblieben sind, heraus. „Sie waren eigentlich als Nachtisch gedacht, aber als Vorspeise schmecken sie auch.“ Ich halte Jannes eins hin. Er setzt sich, mir gegenüber, im Schneidersitz auf, und ich lege ihm seins auf die ausgestreckte Hand.

„Sieht toll aus“, sagt er.

„Kennst du diese Apfelrosen, vielleicht als Dekoration einer kompletten Torte?", frage ich. „Wir nennen sie die Apfelrosentorte oder auch Töwerlandtorte. Es war Undines Lieblingsrezept. Es hat in unserer Familie eine besondere Bedeutung."

Jannes schüttelt den Kopf. „Nicht, dass ich wüsste. Meine Mutter backt ganz gerne, und auch mal Apfelkuchen, aber auf dem Blech, in Form von Streuselkuchen. Und auch sonst habe ich die Torte noch nicht gesehen."

„Normalerweise werden die Röschen als Belag oben auf eine Schicht Käsecreme gesetzt. Darunter ist Apfelbutter."

„Apfelbutter kenne ich, sehr lecker! Svantje bringt sie ab und an mal mit, wenn sie meine Mutter besucht. Es ist eine Art Marmelade."

„Okay, dann kennt anscheinend nur Svantje das Rezept", überlege ich laut. „Es ist nämlich so …" Ich erkläre Jannes in allen Einzelheiten, was ich in den letzten Tagen erlebt und erfahren habe. Als ich fertig berichtet habe, atme ich einmal tief durch. „Ich weiß nicht, wieso. Aber irgendwie habe ich das Gefühl, dass irgendwas an der Sache nicht stimmt. Ich glaube, dass damals was Schlimmes passiert sein muss, ich meine, bevor Undine im Meer baden gegangen ist. Warum ist sie so weit hinausgeschwommen? Sie kannte doch die Gefahren. Und ihr Vater doch auch." Plötzlich laufen Tränen über mein Gesicht, ich kann nichts dagegen machen.

Jannes ist sofort bei mir, legt eine Hand an meine Wange und streicht sanft mit dem Daumen die Tränen weg. „He, alles ist gut."

„Es ist, als hätte irgendein Virus meinen Körper infiziert, das mich dazu drängt, immer weiter nachzuforschen, obwohl ich weiß, dass ich die alten Geschichten vielleicht besser auf sich beruhen lassen sollte." Ich schniefe kurz auf. „Und es gibt kein Heilmittel gegen dieses blöde Virus."

„Nein, aber manchmal muss man die Krankheit einfach über sich ergehen lassen, bis sie vorbei ist", sagt Jannes. „Du musst rausfinden, was damals vorgefallen ist. Es stimmt nicht, dass man alte Geschichten besser auf sich beruhen lassen sollte, zumindest nicht, wenn irgendjemandem vielleicht Unrecht widerfahren ist."

„Ich weiß ja nicht, ob es wirklich so ist, vielleicht bilde ich mir das alles ja auch nur ein. Hat deine Mutter mal etwas über die Sache erzählt?"

„Nein, sie spricht nicht gerne darüber. Ich weiß nur, dass sie deine Tante sehr gern gehabt haben muss. Wenn du möchtest, können wir gerne gemeinsam mit ihr sprechen." Er schmunzelt. „Sie hat übrigens momentan äußerst gute Laune. Irgendjemand muss uns vorgestern Nacht vor der Pension gesehen haben."

„Svantjes Mann", sage ich. „Bis zu meiner Oma ist es auch schon durchgedrungen." Ich zucke mit den Schultern. „Ist doch egal. Ich will nicht wissen, wer uns außer Bente heute am Strand noch gesehen hat." Ich sehe Jannes direkt in die Augen. „War da mal was zwischen euch?"

„Nein, zumindest nicht von meiner Seite aus. Und das wird es auch nie, ganz egal, wie das mit uns beiden ausgeht."

„Hast du deswegen am Strand so offensichtlich deine Zuneigung zu mir kundgetan?", frage ich.

„Ein bisschen schon", gibt Jannes zu. „Ich hoffe, sie sieht es nun endlich ein."

Ich schubse ihn spielerisch in die Seite. „Du hast mich benutzt."

„Ja", gibt er zerknirscht zu. „Aber es war alles echt. Ich habe gemeint, was ich gesagt habe."

„Hm", mache ich. „Hast du mir nicht letztens erst erzählt, du seist ein guter Schauspieler?"

„Ja, aber ich gebe dir mein Wort darauf, dass ich das nur mache, wenn ich dich ein wenig foppen möchte. Ich bin ehrlich. Ich sage dir, was ich denke und was ich fühle."

„Das ist gut. Das mache ich auch." Und fange gleich damit an. „Ich bin dabei, mich bis über beide Ohren in dich zu verlieben. Und ehrlich gesagt, macht mir das ein wenig Angst, weil ich nicht weiß, wo das hinführen wird. Ich lebe in München und ..."

Ich komme nicht mehr dazu, den Satz auszusprechen. Jannes greift nach meiner Hand und zieht mich mit sich, als er sich nach hinten in den Sand fallen lässt. Ich versuche elegant meine Beine zu entknoten, falle dabei aber etwas unbeholfen auf Jannes' Brust. Jetzt liege ich der Länge nach auf ihm drauf. Mein Top ist etwas nach oben gerutscht, und Jannes' Hände liegen auf meinem nackten Rücken. Das Rauschen des Meeres nehme ich nicht mehr wahr, obwohl ich weiß, dass es da ist. Es ist mein eigener Herzschlag, der laut von innen gegen meine Brust klopft.

„Achtung", flüstert Jannes. Er hält mich fest und dreht sich gemeinsam mit mir um, sodass ich jetzt unten liege. „Ich werde dich jetzt küssen", sagt er, und mir fällt nichts Besseres ein, als zu nicken. Er schiebt seine rechte Hand unter meinen Kopf. Ich nehme seinen Duft von Zitrone, Ingwer und Kiefer wahr und entfernt den des Meeres, als Jannes' Lippen zum ersten Mal auf meine treffen. Als er sich nach einer gefühlten Ewigkeit von mir löst, entfährt mir ein wohliger Seufzer.

„Ich glaube, ich brauche jetzt eine kleine Abkühlung", sagt Jannes und springt auf. „Gehst du mit mir schwimmen?"

„Unbedingt." Auch ich setze mich auf, ziehe mein Top über den Kopf und schlüpfe aus meiner Hose. Nur mit meinem Bikini bekleidet, stehe ich vor Jannes, der mich ungeniert betrachtet. „Dein Körper ist schön. Ich freu mich darauf, ihn erkunden zu dürfen." Seine Stimme klingt noch etwas tiefer als sonst.

„Ich freue mich darauf, von dir erkundet zu werden", antworte ich frech.

Jannes grinst und lässt auch seine Hüllen fallen. Er trägt schwarze enge Badeshorts, die seine muskulösen Beine gut zur Geltung bringen. Ich betrachte ihn ebenso ungeniert, wie er das gerade mit mir gemacht hat, scanne ihn von oben bis unten ab. Dieser Mann ist zweifelsohne gut gebaut. Er ist groß, hat tolle Beine, breite Schultern – und ein kleines bisschen Bauch, wie ich schmunzelnd feststelle.

„Begutachtung abgeschlossen?", fragt er.

„Ja." Ich streiche mit dem Handrücken über seinen Bauch, sage frech: „Ich glaube, ich habe schon meine Lieblingsstelle entdeckt", drehe mich um und laufe los, auf das Meer zu.

„Na warte!", ruft Jannes.

Ich bin schon unten am Wasser, als er mich einholt. Er greift nach meiner Hand, und wir rennen gemeinsam hinein ins kühle Nass, hüpfen über die ersten flachen Wellen, kämpfen uns weiter nach vorne, bis wir irgendwann unsere Arme brauchen, um weiter voranzukommen, und uns loslassen.

„Kannst du wie ein Seestern auf dem Wasser treiben?", frage ich.

„Stundenlang", antwortet Jannes. „Das hat meine Mutter mir schon beigebracht, als ich noch nicht einmal schwimmen konnte."

Als wir beide auf dem Rücken liegen, greife ich wieder nach seiner Hand. Gemeinsam lassen wir uns eine Weile auf dem Wasser treiben, als ich plötzlich ein Grummeln in meiner Bauchgegend spüre.

„Ich habe Hunger", sage ich. „Schwimmen wir zurück?"

Wieder auf dem Trockenen, fallen mir die vielen Menschen auf, die hier am Strand spazieren gehen. Es sind bei Weitem nicht so viele wie am bewachten Badestrand, aber es sind trotzdem einige unterwegs. Und auch im Wasser tummeln sich mehrere Gäste.

„Hier ist ganz schön was los. Das habe ich vorhin gar nicht mitbekommen“, sage ich, als wir zu unseren Handtüchern gehen.

„Du hattest ja auch nur Augen für mich“, foppt Jannes mich. „Na ja, vielleicht abgesehen von der Dreiviertelstunde, in der du dein Nickerchen gehalten hast. Es sei denn, du hast von mir geträumt.“

„Nein, ich habe einfach nur tief und fest geschlafen. Und das hat wahnsinnig gutgetan. Genau wie das Reden danach. Meinst du, deine Mutter würde mal mit mir über Undine sprechen?“

„Ich frage sie. Normalerweise spricht sie nicht gerne darüber. Aber ich denke, bei dir macht sie eine Ausnahme. Du bist immerhin Undines Nichte. Wann hast du denn Zeit? Habt ihr den Arbeitsplan festgelegt?“

„Ja. Ich habe am Freitag frei, aber da bin ich schon mit Agata und Lara zum Lästern über Männer am Lagerfeuer verabredet. Und Conny wird auch dabei sein. Die hole ich morgen vom Flugplatz ab. Und in der Früh bin ich bei Oma frühstücken. Ich könnte Samstag oder Sonntag, jeweils zwischen zwölf und halb fünf.“

„Ich frag meine Mutter“, sagt Jannes. „Sie kann es bestimmt einrichten.“

„Da fällt mir ein, dass Svantje mich auch eingeladen hat. Ich hatte eigentlich vor, am Sonntag zu ihr zu gehen. Würdest du mich vielleicht begleiten? Dann bliebe für deine Mutter allerdings nur der Samstag.“

„Ich gehe gerne mit dir zu Svantje. Aber noch mal zurück zu Freitag. Was, sagtest du, habt ihr da genau vor am Lagerfeuer?“

„Bratwurst am Stock über dem Feuer grillen, ein Gläschen Sekt trinken, reden …“, antworte ich unschuldig.

Jannes gibt mir einen kleinen Stupser auf die Nase. „Ich habe ganz genau verstanden, was du kurz davor gesagt hast. Ihr habt euch zum Lästern über Männer am Lagerfeuer verabredet. Da würde ich zu gerne Mäuschen spielen.“

„Das kannst du knicken. Es bleibt alles geheim.“

„Aber Lara wird keinen Sekt trinken, oder?“

„Was, wie kommst du denn darauf?“

„Ich habe gehört, dass sie Til auf die Füße gekübelt hat. Ich nehme an, dass das nicht passiert ist, weil sie ihn nicht leiden kann, obwohl ich das verstehen würde, da er ein Idiot ist. Und da sie ein paar Stunden vorher in der Apotheke dabei gesichtet wurde, wie sie einen Schwangerschaftstest erstanden hat, und danach aufs Festland zum Arzt geflogen ist, klingt es so, als wäre Lara in freudiger Erwartung, wie man so schön sagt.“

„Puh“, sage ich. „Langsam wird mir diese Insel echt unheimlich. Manche Dinge verbreiten sich hier anscheinend ganz von alleine, und dann wiederum bekommt man aus euch Insulanern nichts raus.“

„Ist das nicht überall so?“, fragt Jannes.

„Es hat Dorfcharakter. Meine Oma lebt in Aschau, da ist es ähnlich. Aschau hat etwas über fünftausend Einwohner, aber Oma Fine weiß trotzdem über alles Bescheid, besonders wenn es um die alteingesessenen, echten Aschauer geht.“

„Das ist hier auch so. Aber es werden immer weniger waschechte Insulaner, es mischt sich von Jahr zu Jahr mehr. Das Problem ist, dass die meisten vom Tourismus und der Vermietung ihrer Wohnungen leben. Die Kinder verlassen früh, meistens schon mit sechzehn, siebzehn die Insel, um eine Ausbildung oder Abitur zu machen. Die wenigsten kommen zurück. Hier gibt es beruflich keine Perspektive, wenn man nicht in der Tourismusbranche arbeiten will. Für zwei Generationen reicht das Einkommen in der Regel nicht. Wir haben Glück. Neben der Vermietung der Wohnungen haben wir noch den Fahrradverleih, der sehr gut läuft. Aber sowohl Ole als auch ich arbeiten die Wintersaison durch. Wie gefällt dir die Küche deiner Oma?"

„Hast du sie eingebaut?"

„Ja, gemeinsam mit Ole. Wir haben auch die Wohnungen oben renoviert."

„Die habe ich noch gar nicht gesehen. Aber die Küche ist sehr schön geworden." Ich hole zwei Brötchen aus der Kühltasche und reiche eins davon Jannes. „Es tut mir sehr leid für meine Oma, dass Opa Friedhelm gestorben ist. Sie hat zwei Männer verloren. Das muss schlimm für sie gewesen sein. Ist es egoistisch, wenn ich jetzt sage, dass ich trotzdem froh darüber bin, dass sie wieder hier ist?"

„Dann bin ich auch egoistisch. Sonst hätte ich dich vielleicht nicht wiedergetroffen."

„Ja, das stimmt wohl. Und es war Omas eigene Entscheidung, zurück nach Juist zu kommen. Ihr amerikanischer Akzent hat schon nachgelassen. Sie sagt selbst über sich, sie sei Ostfriesin."

„Das sind wir hier doch alle."

Eine Frau mit zwei kleinen quengelnden Kindern geht an uns vorbei. „Nein, wir gehen jetzt erst einmal zurück in die Wohnung", schimpft sie. „Wir waren lang genug am Wasser."

„Wie spät ist es eigentlich?" Ich hole mein Handy, das ich ganz unten in die Kühltasche gelegt habe, und kontrolliere die

Uhrzeit. Dabei sehe ich, dass Conny mir eine Nachricht geschickt hat. „Gleich halb vier", sage ich. „Ich will nicht unhöflich sein, aber ich schau nur mal eben nach, was meine Freundin mir geschrieben hat."

„Klar."

„Conny fährt heute Nacht los und hat einen Flug für morgen Mittag um zwölf reserviert."

„Ich freue mich darauf, sie kennenzulernen."

„Conny ist toll. Vielleicht kommt in zwei bis drei Wochen noch eine Freundin von mir nach, allerdings nur für ein paar Tage und nur, sofern ich eine Unterkunft für sie finde."

Ich beiße in mein Brötchen. Es schmeckt lecker. Der Bäcker versteht sein Handwerk.

„Schön, dass du gute Freundinnen hast", sagt Jannes. „Das ist sehr wichtig."

Ich nicke. Als ich mein Brötchen verputzt habe, sage ich: „Ich bin auch sehr froh, dass ich gute Freundinnen habe. Es macht das Leben leichter. Dana kenne ich noch nicht so gut, aber sie ist auch sehr nett und der Grund dafür, dass ich jetzt hier bin. Sie war es, die die Apfelrosentorte in der Pension gegessen hat. Was ist mit dir? Welche Personen sind dir wichtig? Außer deiner Familie natürlich."

„Ich habe einen guten Freund, er heißt Paul, ist Koch, aber zurzeit nicht auf der Insel. Momentan arbeitet er in Hannover, wo er junge Köche weiterbildet. Er hat allerdings vor zurückzukommen, sobald sich eine passende Gelegenheit findet. Er möchte gerne seine eigene kleine Feinschmeckerbude hier eröffnen, also einen Imbiss mit Gourmetcharakter."

„Tolle Idee. Ich könnte mir vorstellen, dass so ein Laden hier gut laufen wird. Gegessen wird immer, und gutes Fastfood gibt es selten."

„Eben, das sagt er auch. Irgendwann wird es klappen. Momentan sehen wir uns nur, wenn er hier zu Besuch bei seinen Eltern ist."

„Wer sind seine Eltern? Vielleicht waren sie auch mit meiner Tante oder Mutter befreundet. Sie müssten ja ungefähr das gleiche Alter haben."

„Und da macht sich das Virus wieder bemerkbar." Jannes lächelt mich an. „Die Familie ist allerdings zugezogen. Paul war damals sechs. Wir haben uns in der Inselschule angefreundet, das war vor achtundzwanzig Jahren."

„Ach so."

„Meine Mutter wird uns bestimmt erzählen, wer damals zu der Zeit alles hier war."

„Ich muss endlich aufhören damit, mir ständig darüber Gedanken zu machen", sage ich. „Es tut mir leid. Du hast von deinem Freund erzählt, Paul. Gibt es sonst noch jemanden auf der Insel, der dir etwas bedeutet?"

„Mein Bruder. Er gehört zwar zur Familie, ist aber auch ein guter Freund. Ich würde sagen, dass er einer der wichtigsten Menschen in meinem Leben ist, nach Finn natürlich."

„Hast du ein Foto von deinem Sohn?"

„Ja." Jannes steht auf und holt sein Telefon aus seiner Hosentasche. „Hier, das ist der kleine Strandräuber."

„Wie süß ist der denn!", entfährt es mir. „Der sieht ja aus wie Michel aus Lönneberga."

„Ich war früher auch so blond", sagt Jannes. „Mit den Jahren ist mein Haar etwas dunkler geworden."

„Ich hatte bis vor einem Jahr noch blonde lange Haare", erzähle ich. „Allerdings hat bei mir Conny etwas nachgeholfen, sie ist Friseurin."

Jannes lacht. „Du warst eine Wahl-Blondine? Das kann ich mir gar nicht vorstellen."

„Ich mir auch nicht mehr. Aber schlecht sah es nicht aus."

„So wie du es jetzt trägst, ist es perfekt.“ Jannes schiebt liebevoll eine Strähne hinter mein Ohr. „Es passt zu deinen warmen Augen.“

„Danke.“ Ich strecke mich. „Conny hat schwarzes kinnlanges Haar, Danas ist blond und sehr kurz. Sie sieht ein bisschen aus wie Sharon Stone. Vielleicht lernst du sie ja bald kennen. Wie gesagt, sobald ich weiß, wann sie kommen möchte, suche ich nach einer Unterkunft.“

„Bei uns wäre genügend Platz“, sagt Jannes.

„Echt? Könnte sie vielleicht ein paar Tage bei euch übernachten? Das wäre ja toll. Meinst du, deine Mutter wäre einverstanden?“

Jannes sieht mich einen Moment lang überrascht an, dann fängt er schallend an zu lachen. „Du denkst doch nicht tatsächlich, dass ich bei meiner Mutter wohne?“

„Warum nicht? Das geht vielen so, die sich trennen und wieder von vorne anfangen. Du hast *bei uns* gesagt, deswegen bin ich darauf gekommen.“

Jannes schmunzelt vor sich hin. „Das Haus hinter dem Fahrradverleih gehört Ole und mir. Er wohnt oben, ich unten. Wir haben zwei getrennte Eingänge. Lediglich den Garten teilen wir uns. Ich habe unten etwas über neunzig Quadratmeter, vier Zimmer, eins davon gehört Finn, wenn er zu Besuch ist. Ich weiß noch nicht genau wann er wiederkommt. Es ist momentan alles etwas kompliziert. Anja hat einen neuen Freund. Die beiden wollen zwei Wochen gemeinsam Urlaub machen und wissen noch nicht genau, wann und auch nicht, ob sie Finn mitnehmen. Es kann also sein, dass er relativ spontan hier aufkreuzt. Oder auch nicht.“ Jannes legt sich ausgestreckt auf den Rücken, die Arme hinter dem Kopf gekreuzt.

„Bist du traurig?“, frage ich.

„Ich vermisse Finn. Manchmal geht es mir sehr schlecht deswegen. Aber jetzt gerade ist das nicht der Fall. Ich fühle mich sehr wohl in deiner Nähe."

Ich lege mich ganz nah an Jannes heran, in seine Armbeuge hinein.

„Ehrlich gesagt, dachte ich eher daran, dass *du* für ein paar Tage bei mir wohnen könntest", sagt er da, „und deine Freundin so lange in dein Zimmer zieht."

Ich denke gar nicht lange darüber nach, sondern antworte spontan: „Wenn Lara nichts dagegen hat, sehr gerne."

„Schön."

„Aber du weißt schon, dass ich erst nach Mitternacht da sein werde und dann gleich hundemüde ins Bett falle."

„Kein Problem, ich freue mich darauf. Das sah eben sehr niedlich aus, wie du auf meiner Brust eingeschlafen bist."

„Ich habe deinem Herzschlag zugehört, ein sehr beruhigendes Geräusch."

Jannes lacht. „Ich hoffe, ich habe nicht immer diese einschläfernde Wirkung auf dich."

„Das kann ich mir kaum vorstellen." Ich knuffe ihn in die Seite. „Jetzt im Moment bin ich gerade ziemlich aufgeregt. So nah bei dir zu liegen und deine Haut zu spüren grenzt schon fast an Körperverletzung. Hier sind nämlich viel zu viele Leute um uns rum."

„Das stimmt. Wann kommst du mich mal bei mir zu Hause besuchen? Wir müssen nicht warten, bis deine Freundin auf der Insel ist, oder?"

Ein wohliges Kribbeln zieht durch meinen Körper. Ich freue mich darauf, ganz alleine mit Jannes sein zu dürfen, ohne Zuschauer. Aber das muss noch etwas warten.

„Die nächsten Tage bin ich ja jetzt schon verplant. Was hältst du von Samstag? Ich frage Lara, ob sie dann die Schicht am Sonntagmorgen übernimmt. Ich würde Samstagmittag zu dir kommen, wir gehen zu deiner Mutter, sofern sie einverstanden ist, du danach in deinen Fahrradverleih, ich in die Küche. Und irgendwann nach Mitternacht komm ich zu dir. Sonntag können wir ausschlafen."

„Heute ist Mittwoch", sagt Jannes, „das bedeutet noch dreimal schlafen." Er seufzt wie ein kleiner Junge. „Ich weiß absolut nicht, wie ich das so lange ohne dich aushalten soll."

„Du schaffst das schon." Ich richte mich auf, beuge mich über Jannes und küsse ihn sanft. Es fühlt sich an, als wäre es das Normalste der Welt, und dabei sehen wir uns heute erst zum dritten Mal, von meinen Besuchen auf der Insel in der Kindheit mal abgesehen.

„Daran könnte ich mich gewöhnen", sagt Jannes und seufzt wohlig.

Ja, und genau da liegt das Problem, denke ich. Es ist schön mit Jannes, aber München ist einfach viel zu weit weg. Wie soll das denn auf Dauer funktionieren? Das ist unmöglich. Ich setze mich abrupt auf.

„Ich glaube, wir sollten jetzt besser zurückfahren. Um fünf muss ich in der Küche stehen."

Wir gehen Hand in Hand den Strand entlang.

„Was ist auf einmal los mit dir? Habe ich vielleicht etwas Falsches gesagt?", fragt Jannes. „Du wirkst plötzlich nachdenklich und ganz weit weg. Oder hat dich das Virus wieder gepackt?"

„Was? Nein, ich mach mir nur mal wieder zu viele Gedanken. Manchmal stehe ich mir damit selbst im Weg. Mir ist gerade wieder klar geworden, dass ich in München lebe, knapp tausend Kilometer von Juist entfernt. Das habe ich heute den ganzen Tag vergessen. Je mehr ich mich auf dich einlasse, desto schwerer wird es für mich, die Insel wieder zu verlassen. Mir graut jetzt schon davor."

„Mir auch, aber ich versuche, nicht daran zu denken."

„Das fällt mir schwer. Ich wünschte, ich könnte den Kopf einfach ausschalten."

„Ich kann dir dabei helfen", sagt Jannes und küsst mich leidenschaftlich. „Besser?"

„Ein bisschen. Könntest du mich vielleicht noch mal küssen?"

Jannes beugt sich wieder zu mir runter. Ich mag es, dass er wesentlich größer ist als ich.

„Viel besser", sage ich lächelnd, als unsere Lippen sich voneinander gelöst haben.

„Lieber nur sechs Wochen mit dir als ganz ohne dich, völlig egal, ob das ewige Glück dabei herauskommt." Jannes bleibt stehen. „Lass uns die Zeit genießen. Und, wer weiß, vielleicht finden wir irgendwie einen gemeinsamen Weg."

„Du hast recht." Ich schmiege mich an ihn. „Wenn du nur nicht so verdammt gut riechen würdest."

20. Kapitel

„Oje“, sagt Lara. „Du strahlst wie ein Honigkuchenpferd. War es so schön?“

Ich nicke und lächle noch etwas breiter. „Es hat mich leider voll erwischt.“

„Warum leider?“

„Weil ich in München lebe. Dagegen ist dein Köln einen Katzensprung von hier weg.“

„Dann bleib doch einfach hier.“

„Ja, ist klar, einfach so? Ich habe Familie in München und Freunde.“

„Die hast du hier auch.“

„Stimmt, aber ich muss erst einmal mein Studium fertig kriegen. Außerdem kenne ich Jannes gerade mal drei Tage.“

„Das mit dem Studium ist natürlich ein Argument. Als Konditorin findest du aber auf jeden Fall immer einen Job auf der Insel. Deine Strandrosen sind so was von genial.“ Jetzt ist es Lara, die wie ein Honigkuchenpferd strahlt. „Sie waren alle innerhalb der ersten halben Stunde ausverkauft. Zwei davon habe ich selbst gefuttert. Sie sind der Hammer! Verrätst du mir das Rezept?“

„Ich weiß nicht, ob ich die Cremefüllung noch mal genauso hinbekomme, aber wir können es gleich ja mal zusammen versuchen und die Zutaten aufschreiben“, schlage ich vor. „Vielleicht am besten, wenn wir mit den Böden und Kuchen durch sind?“

„Oh ja, das machen wir.“

„Wie geht es dir denn heute?“

„Ganz gut, übel ist mir zum Glück meistens nur morgens. Lukas weiß es noch nicht. Ich will es ihm sagen, wenn er mich das nächste Mal besuchen kommt. Für mich steht fest, dass ich das Kind auf jeden Fall bekommen werde, ob mit oder ohne ihn.“

„Befürchtest du denn, er will das Kind vielleicht gar nicht?“

„Nein, aber man weiß ja nie. Es war nicht geplant. Es ist wohl passiert, als ich das letzte Mal bei ihm in Köln war. Ich hatte vergessen, meine Pille zu nehmen. Und als ich es am nächsten Morgen festgestellt habe, war es schon zu spät. Ich habe noch überlegt, ins Krankenhaus zu fahren, um mir die Pille danach zu besorgen, habe mich aber dann dazu entschieden, fest daran zu glauben, dass schon nichts passieren wird, das eine Mal. Viele Pillen waren nicht mehr in der Packung gewesen, meine fruchtbare Phase hätte theoretisch schon längst vorbei sein müssen. Na ja, so viel zur Theorie und Praxis. Bäm, natürlich erwischt es genau mich!“

„Wann kommt Lukas denn?“

„Wahrscheinlich übernächstes Wochenende. Aber jetzt erzähl du erst mal, ist dein Jannes tatsächlich der Prachtkerl, für den ihn alle halten?“

„Leider ja“, sage ich und seufze tief auf.

„Dann solltest du die nächste Zeit einfach genießen.“

„Das versuche ich, aber mein Kopf macht mir hin und wieder einen Strich durch die Rechnung. Ich denke zu viel nach.“

Lara lacht. „Und ich manchmal zu wenig.“ Sie zeigt auf ihren Bauch. „Pass auf mit deinem Jannes, das passiert schneller, als man denkt. Obwohl ich es ehrlich gesagt nicht schlecht fände, wenn mein Sohn direkt einen netten Spielgefährten bekommen würde.“

„Das kannst du voll vergessen“, antworte ich rigoros.

„Möchtest du denn irgendwann Kinder?“, fragt Lara.

„Klar.“ Ich grinse sie an. „Aber mein erstes wird ein Mädchen, kein Junge.“

Wir lachen beide, da geht die Tür auf, und Agata kommt herein, auf ihrem Arm ein Tablett mit drei Bechern Kaffee. „Was ist denn hier los?“, fragt sie. „Worüber lacht ihr so?“

„Kinderplanung“, antworte ich.

„Nun ja, das trifft sich gut“, sagt sie. „Eben hat ein Mann mit einer verdammt sexy klingenden, sehr tiefen Stimme angerufen und mich gebeten, dir seine Handynummer zu geben. Ihr hättet vergessen, sie auszutauschen. Du sollst ihm eine kleine erotische Botschaft schicken, damit er deine Nummer auch hat.“

„Das hat Jannes nie im Leben gesagt!“, entgegne ich und nehme den Zettel vom Tablett.

„Bist du dir da sicher?“, fragt Agata.

„Ja, aber du hast recht, er freut sich bestimmt darüber, wenn ich gleich was Freches schreibe.“

Wir sehen uns alle drei an und lachen wieder.

Agata verteilt den Kaffee. „Hast du Frau Arnold erreicht, Lara?“

„Ja, es ging um dich. Ich hatte ihr direkt gestern Nacht noch eine E-Mail geschrieben. Stell dir vor, sie hätte sich sowieso demnächst gemeldet. Die Hausdame hat nämlich gekündigt, angeblich muss sie irgendeine kranke Tante pflegen. Wenn du willst, kannst du in das größere Zimmer unter dem Dach ziehen. Sie kommt nicht mehr zurück.“

„Oh, das ist gut.“

Ich sehe, dass Lara in sich hineinlächelt. Da kommt doch bestimmt noch mehr.

„Und sonst hat sie nichts gesagt?“, fragt Agata.

„Doch, ich soll dir ausrichten, wenn du Interesse daran hast, kannst du den Job haben, sozusagen Zimmermädchen mit Hausdamenfunktion – oder Hausdame, die auch Zimmer reinigt. Sie hat mich gefragt, ob ich denke, dass wirklich eine Person dafür ausreicht. Ich habe ihr geraten, noch eine Aushilfe einzustellen. Du kannst dir jemanden für einen 450-Euro-Job aussuchen, der dir hilft oder mal für dich einspringt, wenn du was vorhast. Sie ruft dich morgen noch mal an, um die Details zu besprechen. Wenn es um das Gehalt geht, kannst du ruhig etwas pokern. Verlang auf jeden Fall so viel, wie diese Hausdame auch bekommen hat, besser noch etwas mehr."

Agatas Augen werden immer größer. Und dann fällt sie Lara um den Hals. „Du bist die Beste!"

„Ja, ich weiß. Immerhin habe ich Til mit einem fiesen Magen-Darm-Virus infiziert. Er hat sich heute Morgen tatsächlich krankgemeldet."

„Ist nicht wahr", sage ich.

„Doch. Das hat mir der Kutscher erzählt, der die Lieferung heute gebracht hat. Er hatte vorher eine Fuhre zum Flugplatz. Til war heute nicht arbeiten."

„Ach ja, Jannes weiß übrigens, dass du schwanger bist", erzähle ich. „Du bist dabei gesehen worden, wie du den Schwangerschaftstest gekauft hast. Und dass du dich im Flugzeug übergeben hast, weiß anscheinend auch jeder. Und eins und eins ergibt zwei, was in deinem Fall ja sogar stimmt."

„War ja irgendwie klar", sagt Lara. „Ich bin mal gespannt, wann der Erste anklopft, der das Café hier weiterführen möchte."

„Wirst du denn aufhören?", fragt Agata.

„Das weiß ich noch nicht. Aber es könnte schon sein. Je nachdem, was Lukas dazu sagen wird. Mit Baby schaffe ich das nicht alleine. Ich müsste dann noch jemanden einstellen, der backen kann. Ob sich das finanziell noch lohnt, weiß ich nicht. Aber darüber mache ich mir momentan noch keine Gedanken. Lasst uns jetzt vor allen Dingen mal anfangen mit den Kuchen und Torten. Wenn wir die ganze Zeit nur quatschen, werden wir heute nie fertig."

„Okay, ich schicke Jannes nur eben noch eine Nachricht."

„Es hat sie voll erwischt", sagt Lara zu Agata, als ich zu meinem Handy greife.

Es war sehr schön heute mit dir, schreibe ich. *Ich freue mich auf Samstag.*

Als ich mein Handy auf das Regal lege, sehe ich, dass dort immer noch der Brief liegt, den ich Lara von Kai geben sollte. Sie hat ihn noch nicht geöffnet.

„Lara?" Ich hebe den Umschlag hoch. „Hast du den vergessen?"

„Ach ja!" Sie schlägt sich mit der Hand vor die Stirn. „Da muss ich mich unbedingt drum kümmern."

Ich lehne ihn hochkant an die Bücher, damit man ihn besser sehen kann, und mache mich an die Arbeit.

Zu dritt geht das Kuchenbacken schnell von der Hand, und Spaß macht es auch. Es ist erst kurz nach elf, als wir die letzten vier Kuchen in den Ofen schieben.

„Soll ich euch jetzt zeigen, wie man die Strandrosen backt?", frage ich.

Lara und Agata sind sofort Feuer und Flamme.

„Ich hole die Äpfel aus dem Kühlraum", sagt Lara und macht sich auf den Weg. „Was brauchen wir sonst noch?"

„Butter, Mehl, Eier, Mascarpone, Vanille, Speisestärke", überlege ich laut. „Ach ja, Apfelsaft und Zucker."

„Okay."

Im null Komma nix liegen die Zutaten auf dem Tisch. „Die Äpfel müssen zuerst halbiert, in dünne Scheiben geschnitten und in etwas Apfelsaft mit Zucker kurz gekocht werden", erkläre ich. „Dann kann man sie besser zu den Rosen aufrollen. Außerdem brauchen wir einen Mürbeteig und eine leckere Füllung. Damit können wir noch ein wenig experimentieren. Ich habe überlegt, ob man zum Beispiel auch mit Marzipan arbeiten könnte oder mit Haselnüssen. Die schmecken ja auch immer gut zu Äpfeln."

„Ich fand sie so, wie du sie gebacken hast, genau richtig", sagt Lara, „aber wir könnten ja eine zweite Variante mit einem Haselnuss-Mürbeteig backen."

„Na gut, dann also los!"

Nur eine halbe Stunde später stehen achtundvierzig Strandrosen auf dem Tisch, die darauf warten, gebacken zu werden, die eine Hälfte mit, die andere ohne Haselnüsse.

„Traumhaft", sagt Lara und wirft einen Blick in die Öfen. „Die Kuchen sind auch fertig, wir können sie rausholen."

Als die Apfelrosenmuffins schließlich in den Öfen backen, hocken wir alle drei davor und schauen durch die Glastür.

„Ofengucken ist besser als fernsehen", behauptet Lara, und wir geben ihr recht.

„Sie brauchen zwanzig bis fünfundzwanzig Minuten", erkläre ich. „In der Zeit bekommen wir die Küche fertig."

Während Agata und Lara anfangen, die übrig gebliebenen Zutaten wieder in den Kühlraum zu räumen, nutze ich die Gelegenheit, einen Blick auf mein Handy zu werfen. Dana, Conny und Jannes haben mir eine Nachricht geschickt.

Dana schreibt, dass sie in zwei Wochen für fünf Tage kommen kann. Conny teilt mir mit, dass sie nicht schlafen kann vor Aufregung und die Nacht durchmacht. Und Jannes?

Ich habe es sehr genossen mit dir und denke an dich.

Vor zehn Minuten hat er mir noch eine Nachricht geschickt.

Das Meer leuchtet. Ruf mich an, wenn ihr fertig seid. Ich

hol dich ab. Das musst du sehen. Es gibt (fast) nichts Schöneres.

Ich habe schon mal davon gehört, dass Meeresleuchten wunderschön sein soll, dabei war ich noch nie. Als Lara und Agata aus dem Kühlraum kommen, frage ich: „Habt ihr schon mal das Meer leuchten gesehen?"

„Ist es heute so weit?", fragt Agata. „Ich habe es noch nie miterlebt."

„Da müssen wir unbedingt hin", sagt Lara. „Es soll unbeschreiblich schön sein."

„Jannes holt mich ab. Kommt ihr mit?"

„Wollt ihr nicht lieber alleine gehen?", fragt Agata.

„Quatsch!", sage ich, „wir gehen gemeinsam", und wähle Jannes Nummer.

„He, da bist du ja", begrüßt Jannes mich. Als ich seine Stimme höre, muss ich automatisch lächeln. Ich könnte ihm stundenlang einfach nur zuhören.

„Wir haben gerade noch eine Fuhre Strandrosen in den Ofen geschoben. Um zehn vor zwölf sind sie fertig, dann können wir los. Agata und Lara kommen auch mit."

Jannes lacht. „Das habe ich mir schon gedacht. Dann frage ich Ole, ob er auch mitkommt."

„Okay, holt ihr uns ab?"

„Wir stehen um fünf vor zwölf vor der Pension. Dann sind wir pünktlich um Mitternacht am Strand."

„Superidee, bis gleich, ich freu mich."

„Ich mich auch. Und, Merle?"

„Ja?"

„Ich bin verrückt nach dir. Stell dich darauf ein, dass ich versuchen werde, dich zu überreden, danach mit zu mir zu kommen."

Ich muss lachen. „Klingt gut."

„Bis gleich."

„Ole kommt auch mit, die beiden sind um fünf vor zwölf da", sage ich zu den Mädels.

„Der Mann mit dem Wikingerbart", stellt Agata fest.

„Jack Sparrow", sage ich, „Jonny Depp aus *Fluch der Karibik*."

„Das macht es auch nicht schöner." Agata schüttelt sich. „Lange Haare an Männern, egal wo, finde ich sehr unappetitlich."

„Mir gefällt Ole gut", sagt Lara. „Soweit ich das beurteilen kann, hat er eine tolle Figur, sehr sportlich und muskulös."

„Mag sein, aber die komischen Zöpfe vorne im Gesicht gehen gar nicht."

Ich bekomme nur noch am Rande mit, was die beiden reden. Meine Gedanken kreisen um Jannes und darum, dass ich heute wahrscheinlich bei ihm übernachten werde.

„Merle?", fragt Lara. „Willst du zuerst deine Sachen holen?"

„Was meinst du?"

„Ein Handtuch und auch was Warmes zum Drüberziehen für danach. Das Meer ist aufgeheizt und recht warm, aber danach wird einem schnell kalt."

„Gehen wir baden?", frage ich.

„Natürlich, was denkst du denn? Dass wir nur auf das Wasser starren? Man muss rein, das Wasser in Bewegung bringen, damit man das Leuchten richtig sieht. Los, beeil dich! Agata und ich machen so lange hier weiter."

„Bin sofort wieder zurück." Ich nehme zwei Treppenstufen auf einmal, packe ein Handtuch, Bikini, meine Sweatjacke – und meine Zahnbürste ein. Nur kurze Zeit später stehe ich wieder in der Küche. „Die Nächste bitte!"

Pünktlich um fünf vor zwölf ziehen wir leise die Tür hinter uns zu.

Jannes drückt und küsst mich zur Begrüßung. „Schön, dass es geklappt hat."

Lara seufzt laut auf. „Ihr seid echt süß, ihr beiden. Man könnte glatt neidisch werden."

„Er lächelt sogar beim Arbeiten", erklärt Ole. „Und das heißt was."

„Merle auch", gibt Agata ihren Senf dazu.

Ich sehe Jannes an und greife nach seiner Hand. „Am besten, wir ignorieren sie einfach."

„Gute Idee." Er lacht. „Kommt, lasst uns gehen."

Noch nie im Leben habe ich etwas Schöneres gesehen. Die Wellen rollen sanft auf den Strand. An der Wasserkante leuchten sie blau-grünlich auf, wenn sie sich brechen. Wir stehen oben am Strand und lassen das magische Schauspiel einen Moment auf uns wirken, dann gehen wir schweigend nach unten zum Wasser. Ich gehe in die Hocke, streiche mit der Hand über den nassen Sand am Spülsaum, und dort, wo ich ihn berührt habe, blinkt und glitzert es.

„Ist das schön!", sagt Lara. „Seht mal, unsere Fußabdrücke leuchten."

Ole zögert nicht lange. Er zieht Shirt, Hose und seinen Slip aus und geht nackt ins Wasser.

„Komm", sagt Jannes.

Auf einmal wird mir etwas mulmig zumute. Ich war noch nie nachts schwimmen. Das Meer leuchtet zwar, wo man mit ihm in Berührung kommt, aber es ist trotzdem dunkel.

„Man kann kaum was sehen", gebe ich zu bedenken. „Ist das nicht gefährlich?"

„Ich pass auf dich auf", sagt Jannes, „und bleibe die ganze Zeit ganz nah bei dir. Wir schwimmen nicht weit raus."

„Na gut." Aus den Augenwinkeln sehe ich, dass auch Lara und Agata ihren Bikini nicht anziehen. Auch ich schlüpfe aus meinen Kleidungsstücken. So nackt am Strand, nachts, komme ich mir fast ein wenig verwegen vor. Ich warte, bis auch Jannes sich ausgezogen hat, und greife nach seiner Hand. Agata und Lara laufen schon auf das Wasser zu.

„Am besten bleibt ihr beiden auch dicht beisammen", ruft Jannes den beiden hinterher.

Ole indessen hat anscheinend keine Bedenken. Er ist schon ein Stück ins Meer hinausgeschwommen. Er ist umgeben von einem blauen Lichtschein.

„Worauf wartet ihr noch?", ruft er. „Das Wasser ist überhaupt nicht kalt."

Ist es doch, zumindest im ersten Moment. Aber das stört nicht weiter. Ich bin viel zu fasziniert von dem blau glitzernden Wasser, das meine Waden umspült, und bleibe ergriffen stehen. Ich weiß, dass es unzählige kleine Einzeller sind, die wie Glühwürmchen im Wasser leuchten, wenn sie auf Widerstand treffen, aber es kommt mir trotzdem vor wie Magie. Hand in Hand gehe ich mit Jannes ins Meer.

Nackt baden bei Meeresleuchten, denke ich, auf Juist – mit Jannes und meinen neu gewonnenen Freundinnen. Ein Glücksgefühl erfasst mich. Ich weiß nicht, ob ich lachen oder weinen soll vor Freude. Es geht mir einfach nur gut.

21. Kapitel

Jannes' Haut schmeckt nach Meerwasser, und meine auch. Wir haben es nicht bis unter die Dusche geschafft. Sobald wir zur Tür reinkamen, haben wir uns gegenseitig von unseren Klamotten befreit. Mit unseren Kleidungsstücken haben wir eine Spur durch den Flur bis in Jannes' Schlafzimmer gelegt. So richtig Klischee, wie man es aus schönen Liebesfilmen kennt. Mein Haar ist immer noch feucht. Jannes hat seine Hand darin vergraben und streichelt mir über den Kopf. Er liegt auf dem Rücken, ich habe, wie am Strand, meinen Kopf auf seine Brust gebettet, mein rechtes Bein über seine gelegt.

„Merle." Es hört sich schön an, wie Jannes meinen Namen ausspricht. Es klingt wie ein wohliger Seufzer. Er zieht mich auf sich drauf. Ich liege nackt auf ihm, seine Hände umfassen meinen Po und streichen dann die Kurve meines Rückens entlang bis zu den Schulterblättern.

Ich bin wie das Meer heute Abend. Dort, wo Jannes mich berührt, leuchte ich auf. Ich denke nicht, ich fühle einfach nur, spüre Jannes' Körper unter mir, seine Erregung, die hart gegen meinen Bauch drückt. Ich rutsche etwas höher, um Jannes küssen zu können. Als er dabei aufstöhnt, zieht sich schlagartig mein Bauch zusammen. Ich richte mich auf, setze mich auf seinen Unterleib und schaue Jannes dabei in die Augen.

In sanften Wellen rolle ich immer wieder auf das Ufer zu und wieder zurück, bis ich überglücklich und erschöpft auf Jannes sinke. Vollkommen geborgen liege ich in seinen Armen.

Jannes streicht mit seiner warmen Hand weiter über meinen Rücken. „Das war wunderschön heute Abend. Ich möchte, dass das nie wieder aufhört zwischen uns."

Ich denke nicht nach, ich fühle einfach nur, als ich antworte: „Ich auch nicht."

Jannes rollt uns behutsam zur Seite, und wir sehen uns an.

„Du bist unglaublich, weißt du das?"

„Nein, aber das hier fühlt sich richtig an – oder?"

Anstatt mir zu antworten, küsst Jannes mich. Dann legt er seine Hand auf meine Wange. „Ich will dich. Jetzt – und am liebsten für immer."

Ich schmiege mich ganz eng an Jannes. Er hält mich fest. Meine Hand liegt auf seinem Herzen, das ruhig und sanft gegen seine Brust schlägt. Ich spüre es, lausche seinem Atem und schlafe in seinen Armen ein.

Als ich am Morgen aufwache, liegen wir noch genauso eng umschlungen, wie wir eingeschlafen sind. Jannes atmet tief und ruhig. Unsere Unterhaltung von gestern Abend geht mir durch den Kopf, und Jannes' letzte Worte, bevor ich eingeschlafen bin: Für immer!

Ich lasse meine Gedanken weiter schweifen. Was, wenn ich auf die Insel ziehen würde? Seit ich wieder hier bin, habe ich das Gefühl, angekommen zu sein. Es klingt völlig verrückt, aber in diesem Moment könnte ich mir wirklich vorstellen, mein Leben hier zu verbringen, an der Seite von Jannes. Ich habe mich schlicht und ergreifend Hals über Kopf in ihn verliebt. Im Sommer könnte ich wie jetzt Torten backen und im Winter würde mir schon noch etwas einfallen. Vielleicht könnte ich eine kleine Versandkonditorei gründen und Kuchen im Glas in die ganze Welt verschicken. Auf jeden Fall würde ich selbstverständlich als Erstes mein Studium abschließen und die Bachelorarbeit schreiben …

Mir ist bewusst, dass ich diese Entscheidung nicht hier und jetzt völlig übereilt treffen darf, andererseits, vielleicht denke ich auch einfach schon wieder mal zu viel! Hatte Oma Fine nicht gesagt, ich sollte meinem Herzen folgen?

Als Jannes seine Augen öffnet und mich ansieht, unterbricht er abrupt meine Grübeleien, denn plötzlich kann ich keinen klaren Gedanken mehr fassen.

„Ich will dich immer noch“, sagt er mit vom Schlaf heiserer Stimme.

Ich streiche mit meiner Hand über seine Brust und seinen Bauch, meine Lieblingsstelle an seinem Körper. „Und ich dich“, antworte ich.

Er atmet erleichtert auf. „Das ist gut, ich habe schon befürchtet, du würdest vielleicht etwas bereuen.“

„Nein, auf keinen Fall. Gestern Nacht habe ich einfach nur gefühlt. Und heute Morgen fühlt es sich immer noch genauso gut an.“ Ich schaue zum Fenster. „Was meinst du, wie spät ist es?“

„So gegen halb neun. Möchtest du etwas frühstücken?“

„Ich bin mit Oma zum Frühstück verabredet, aber ein Kaffee wäre nicht schlecht. Die Küche war gleich neben dem Eingang, oder?“ Gestern Nacht habe ich nicht viel von Jannes’ Wohnung zu sehen bekommen. Nur den Flur – und das Schlafzimmer. Aber dabei habe ich mich auf Jannes konzentriert und darauf, dass ich nicht hinfalle. Was im Fernsehen immer so spielend leicht aussieht, ist in der Realität gar nicht so einfach. Hätte Jannes mich nicht festgehalten, wäre ich der Länge nach auf das Parkett geknallt beim Versuch, meine Hosen möglichst elegant ohne Hilfe meiner Hände über meine Füße zu streifen. Aber wir haben es unversehrt bis ins Schlafzimmer geschafft. Die anderen Räume kenne ich noch nicht. „Dann gehe ich mal nachschauen, was du so zu bieten hast."

Jannes streckt sich. „Oh, ich habe so einiges zu bieten!", raunt er verführerisch. „Aber soll das heißen, ich darf im Bett liegen bleiben?"

„Kommt darauf an. Wann musst du denn arbeiten?" Ich springe aus dem Bett und wühle zwischen den Klamotten, bis ich mein Handy in der Hosentasche finde. „Es ist zehn nach halb neun."

„Um zehn."

„Dann darfst du liegen bleiben."

Jannes grinst. „Hab ich dir schon gesagt, dass du unglaublich bist?"

„Ja, aber ich höre es trotzdem gerne wieder. Dann erkunde ich mal die Küche."

Unterwegs schnappe ich mir Jannes' Hemd und ziehe es mir über. Vor dem großen Ganzkörperspiegel im Flur bleibe ich einen Moment stehen. Ich sehe ziemlich wüst aus. Meine Haare sind durch das getrocknete Salzwasser und Jannes' Streicheleinheiten völlig verwuschelt. In der Halsbeuge entdecke ich eine etwa haselnussgroße bläuliche Stelle. Das ist doch nicht etwa? Ich gehe etwas näher an den Spiegel heran und schiebe den Hemdkragen beiseite. Es ist tatsächlich ein Knutschfleck! Nicht sehr groß, aber an einer Stelle, wo ihn jeder sehen kann, wenn ich mir nicht einen Schal umbinde oder im Rollkragenpulli über die Insel laufe – etwas, das im Hochsommer wohl noch auffälliger wäre als der Fleck selbst.

Kopfschüttelnd gehe ich weiter in Richtung Küche. Doch keine zwei Minuten später stehe ich wieder im Schlafzimmer.

„Wow, dein Kühlschrank ist so gut wie leer! Eine Flasche

Ketchup, ein Glas saure Gurken, eine halb leere Tüte Milch und zwei Flaschen Bier – wovon ernährst du dich?“

Jannes lacht. „Im Fahrradverleih steht noch ein Kühlschrank. Wir frühstücken immer gemeinsam, Ole und ich.“

„Und was isst du mittags oder abends?“

„Mittags meistens bei meiner Mutter, abends irgendwas unterwegs. Ich bin nicht unbedingt der große Koch.“

„Wenigstens bist du Kaffeetrinker.“ Auf einem Servierwagen habe ich einen schicken Vollautomaten, verschiedene Kaffeesorten und braunen Rohrzucker entdeckt. „Ich habe die Maschine angemacht, aber es blinken gleich mehrere rote Lämpchen. Sie will nicht.“

Jannes klopft auf die Matratze. „Leg dich noch für einen Moment zu mir. Dann duschen wir und trinken unten im Fahrradverleih eine Tasse Kaffee. Die Maschine in der Küche muss gereinigt werden, und ich habe keine Reinigungstabletten mehr. Aber ich gelobe Besserung und gehe heute gleich einkaufen. Wenn du wieder bei mir übernachtest, findest du einen vollen Kühlschrank.“

„Na gut.“ Ich lege mich in Löffelchenstellung zu Jannes. Er kuschelt sich an meinen Rücken und küsst meinen Nacken.

„Du schmeckst immer noch salzig.“

Ich antworte nicht darauf. Stattdessen sage ich: „Ich habe einen fetten Knutschfleck. Übrigens der erste meines Lebens.“

„Zeig.“

Ich rutsche etwas von Jannes weg, sodass er meinen Hals sehen kann.“

„Der ist ziemlich fett“, stellt er fest. „Und es ist tatsächlich dein erster? Du hattest noch nie einen Knutschfleck? Auch nicht als Jugendliche?“

„Nein.“

Jannes lacht. „Wir waren sehr leidenschaftlich." Er küsst meine Nasenspritze. „Aber ich verspreche dir, dass ich beim nächsten Mal besser aufpassen werde. Wenn ich das Bedürfnis habe, mich an dir festzusaugen, wandere ich etwas tiefer, sodass andere es nicht sehen können." Ich höre das Lachen in seiner Stimme und wie sie eine Nuance tiefer wird. Sofort spüre ich wieder das angenehme Kribbeln in meiner Bauchgegend.

„Es war wahnsinnig schön und sehr erregend, mit anzusehen, wie du dich hast fallen lassen", sagt Jannes.

„So wie gestern Abend habe ich mich noch nie gefühlt."

Jannes streicht mit seinen Fingerkuppen über meinen Bauch. Ganz langsam und doch unaufhaltsam immer tiefer. „Wann musst du bei deiner Oma sein, sagtest du?"

„Ihr wart ganz schön laut." Ole grinst uns an. Er sitzt an einem kleinen weißen Küchentisch im Aufenthaltsraum des Fahrradverleihs und trinkt Kaffee, als wir zur Tür hereinkommen. „Vielleicht solltet ihr beim nächsten Mal das Fenster schließen." Er sieht mich an und zeigt auf seine Tasse. „Auch einen?"

„Gerne." Es ist mir peinlich, dass Ole uns so direkt auf unsere Liebesnacht anspricht, aber ich versuche, es mir nicht anmerken zu lassen. Er steht auf und geht zur Kaffeemaschine.

„Du könntest dir ein paar Ohrenstöpsel aus der Apotheke besorgen", schlägt Jannes vor. Ihm scheint es überhaupt nicht unangenehm zu sein.

„Bloß nicht", flachse ich. „Dann weiß die ganze Insel innerhalb kürzester Zeit, warum Ole die auf einmal braucht."

Ole legt den Kopf schief und betrachtet mich einen Moment. „Sie ist wirklich süß", sagt er zu Jannes. „Du bist ein Glückspilz. Aber das mit dem Rumsprechen wegen der Ohrenstöpsel kannst du vergessen, Merle. Das ist gar nicht mehr nötig bei dem Knutschfleck, den Jannes dir verpasst hat." Sein Grinsen wird noch breiter. „Er leuchtet fast so hübsch wie das Meer gestern."

„Ich weiß, aber ich habe leider keinen Rollkragenpulli dabei", sage ich. „Wenn mich jemand schräg anguckt, sage ich einfach: ‚Das war Jannes. Ich hatte mit ihm den besten Sex meines Lebens.'"

Ole reagiert sofort. „Hundert Euro für dich, wenn du das genauso zu meiner Mutter sagst."

„Übertreib es nicht, kleiner Bruder." Jannes geht an ihm vorbei, öffnet den Erste-Hilfe-Schrank, der neben dem Kühlschrank hängt, und wühlt darin herum.

„Wir sind am Samstag bei eurer Mutter. Ich überlege es mir. Hundert Euro, sagst du?"

Ole nickt und zeigt durch das Fenster. „Aber du musst nicht bis Samstag warten."

Ich schaue nach draußen. Dort lehnt Jella gerade ihr Rad an die Hauswand.

„Mama bringt Brötchen", erklärt Ole und reicht mir eine Tasse Kaffee.

Jannes hält mir ein Pflaster hin. „Möchtest du den Fleck verdecken?"

Ich schiele zu Ole, der sich grinsend wieder an den Tisch setzt. Wenn ich mir jetzt ein Pflaster auf den Hals klebe, wird er mich erst recht damit aufziehen.

„Nein." Ich lächle süß. „Ich steh dazu."

Jannes schmunzelt. „Na gut." Er sieht seinen Bruder an und fügt ironisch hinzu: „Danke für den Kaffee."

„Du bist kein Gast", sagt Ole. „Und du weißt, wie die Maschine funktioniert."

Was sich liebt, das neckt sich, denke ich, da kommt Jella zur Tür rein.

„Brötchen!“, ruft sie gutgelaunt. Als sie mich entdeckt, sagt sie. „Merle, ach das ist ja eine Überraschung.“

„Guten Morgen“, sage ich.

Jella kommt auf mich zu und drückt mich. Ich kann ganz genau sehen, wie ihr Blick kurz an meinem Hals verweilt. „Schön, dass du auch hier bist. Frühstückst du mit uns?“

Ich schüttele den Kopf. „Oma wartet auf mich.“

Jella wirft Jannes einen langen Blick zu, dann zeigt sie auf meinen Knutschfleck und sagt: „Dann würde ich den vielleicht vorher abdecken. Da hilft am besten etwas Makeup.“

„Das war Jannes“, sage ich. „Ich hatte mit ihm den besten Sex meines Lebens.“

Ole verschluckt sich vor Lachen und prustet den Kaffee quer über den Küchentisch.

Jella bleibt cool und grinst mich verschwörerisch an. „Das freut mich für dich, Schätzchen“, sagt sie.

Ich gehe zu Ole und strecke die Hand aus. Er zieht kommentarlos sein Portemonnaie aus der Hosentasche und gibt mir zwei Fünfzig-Euro-Scheine.

„Danke“, sage ich. „Die kann ich gut gebrauchen. Jannes’ Kühlschrank ist nämlich leer.“ Ich drehe mich zu Jannes, der lächelnd dasteht und seinen Kaffee trinkt. „Du musst nicht einkaufen, das übernehme ich.“

„Gerne“, antwortet Jannes. „Sag mal, Mama, hast du am Samstag Zeit für Merle und mich? Wir würden gerne mit dir reden.“

„Plant ihr etwa schon eure Hochzeit?“, flachst Ole.

„Nein, Merle würde gerne mit Mama über ihre Tante sprechen und darüber, was damals genau passiert ist.“

„Ach so, sorry.“ Ole zwirbelt an seinem Bart. „Du darfst mich manchmal nicht so ernst nehmen, Merle.“

„Am Samstag habe ich nichts vor, ihr könnt gerne kommen.“ Jella sieht mich an. „Undine war genauso wenig auf den Mund gefallen wie du. Ich freu mich, wenn du mich besuchen kommst.“ Sie wendet sich an Jannes. „Und du? Ich dachte, aus diesem Alter seist du raus. Also wirklich, verpasst dem armen Mädchen einen Knutschfleck.“

„Beim nächsten Mal passe ich besser auf.“ Jannes drückt seiner Mutter einen Kuss auf die Wange.

„Und nun?“, fragt Jella. „Wer hat Hunger?“

„Ich muss jetzt leider los“, sage ich.

„Grüß deine Oma von mir.“ Jella legt eine Hand auf meine Wange, so wie Jannes das manchmal macht. „Und deine Mutter, wenn du sie sprichst.“

„Mach ich, ich wollte sie heute sowieso noch anrufen.“ Ich bin gespannt, was sie dazu sagen wird, wenn ich sie auch von Helene grüße, die ihr Tamme damals vor der Nase weggeschnappt hat.

„Ich bring dich noch raus“, sagt Jannes.

„Okay, bis Samstag, Jella, und Ole, danke für die hundert Euro“, ergänze ich schadenfroh.

„Gern geschehen, bleibt ja sozusagen in der Familie. Wird Zeit, dass Jannes’ Kühlschrank mal wieder gefüllt wird. Dann kommt er nicht immer bei mir schnorren.“

Jannes bringt mich bis nach oben an die Straße. „Sehe ich dich wirklich erst Samstag wieder?“

„Ich könnte zwischendurch mal kurz vorbeischauen“, schlage ich vor. „Du wohnst ja nur drei Minuten von der Pension entfernt. Heute wird es allerdings wirklich knapp. Erst Oma, dann Conny, dann Torten backen. Es wird es noch länger dauern als sonst, weil wir schon für Samstag mitbacken. Aber Freitag komme ich auf jeden Fall mal vorbei.“

„Das ist schön." Jannes küsst mich sanft. Gerade als wir uns voneinander lösen, ertönt eine Fahrradklingel und kurz darauf eine weibliche Stimme.

„Dann hat der Kuchen also geschmeckt, das freut mich aber." Es ist die alte Dame, die letztens hier mit dem Fahrrad gestürzt ist. „Ich hab doch gleich gesehen, dass aus Ihnen beiden ein Paar wird."

22. Kapitel

Oma sitzt wieder auf der Mauer.

„Da bist du ja.“ Sie steht auf, als ich mit dem Rad vor ihr halte. „Ich hoffe, du hast Hunger mitgebracht.“

„Und wie!“ Ich schiebe das Rad in den Schuppen. Oma wartet draußen. Sie sieht mich mit ihren grauen Augen prüfend an, als ich wieder rauskomme. Ich bin mir ganz sicher, dass sie meinen blauen Fleck bemerkt hat, aber sie ignoriert ihn einfach. Oma wartet immer darauf, dass man von alleine erzählt.

Der Frühstückstisch ist reich gedeckt. Ich entdecke frisches Brot, eine Wurstplatte, Käse, verschiedene Obstsorten, ein Glas Apfelbutter und Kratzbeerenmarmelade.

„Hmmm ...“, mache ich.

„Setz dich, Merle.“ Oma bringt mir eine Tasse Kaffee, schenkt mir ein Glas Orangensaft ein und schneidet ein Brötchen für mich auf. Das hat sie früher schon immer gemacht, weil ich es nie geschafft habe, die Semmeln gerade in der Mitte zu teilen. Die Hälften waren immer entweder ganz unterschiedlich dick oder schief. Mittlerweile kann ich die Dinger mit geschlossenen Augen exakt zerteilen, aber ich genieße es, von Oma umsorgt zu werden.

Ich trinke den Saft in einem Zug leer. Jetzt erst merke ich, dass ich riesigen Durst habe. Oma gießt ohne Kommentar nach, aber ihre Blicke sprechen Bände.

„Ich habe mich bis über beide Ohren in Jannes verliebt, Oma“, bricht es aus mir heraus. „Ich weiß, dass das jetzt total verrückt klingt, und wahrscheinlich wird das auch niemand verstehen, aber ich hab sogar schon darüber nachgedacht, hierzubleiben, auf Juist."

Oma sagt immer noch nichts. Sie steht auf, holt eine Pfanne mit Rührei vom Herd und gibt eine Portion davon auf meinen Teller, bevor sie die Pfanne wegstellt. Als sie wiederkommt und sich setzt, merke ich, dass ihre Augen feucht sind.

Ich greife über den Tisch nach ihrer Hand. „Du sagst ja gar nichts dazu."

Sie räuspert sich. „Hast du dir das auch ganz genau überlegt?"

„Nein, natürlich nicht. Es ist bisher nur so ein spontaner Gedanke, und ich habe auch noch niemandem davon erzählt. Aber es fühlt sich richtig an. Ich möchte Jannes und mir gerne eine Chance geben. Das geht aber nicht, wenn ich zurück nach München gehe."

„Und dein Studium?"

„Das schließe ich natürlich ab."

„Gut!", sagt Oma. „Ansonsten hätte ich dich nämlich höchstpersönlich nach München zurückverfrachtet."

„Ich werde das natürlich noch alles durchdenken, aber ich glaube, dass ich einen Weg finden kann."

„Deine Mutter wird nicht gerade begeistert sein", gibt Oma zu bedenken.

„Ja, ich weiß. Aber sie war siebzehn, als sie zu Hause ausgezogen ist, tausend Kilometer weit weg. Ich bin neunundzwanzig. Papa und Mama ziehen zu Oma Fine nach Aschau. Sie haben mir angeboten, in das Haus nach München zu ziehen. Aber das könnten sie besser verkaufen. Im Herbst und im Winter könnte ich sie besuchen. Und die beiden können im Frühling oder Sommer nach Juist kommen. Und vielleicht sogar Oma Fine mitbringen. Der tut es auch mal gut, wenn sie etwas anderes als ihre Berge sieht."

„Und was sagt Jannes dazu?"

„Der kann momentan auch nicht klar denken, und ich habe ihm ja auch noch nichts von meinen Überlegungen gesagt." Ich spüre, dass ich rot werde. „Wir waren gestern Nacht am Meer, Oma. Es hat geleuchtet. Und mir geht es irgendwie genauso. Ich habe das Gefühl, von innen zu leuchten, wenn ich mit Jannes zusammen bin. Ich muss es einfach versuchen."

Oma sieht mich nachdenklich an. „Das klingt schön, Merle. Aber warum musst du dich denn jetzt schon festlegen? Du bist noch nicht mal eine Woche hier. Lass dir doch noch ein bisschen Zeit."

„Ich dachte, du freust dich, wenn ich hierbleibe." Mit Omas Skepsis habe ich nicht gerechnet. Mama wird versuchen, mir das auszureden, aber warum Oma?

„Oh, Merle, du kannst dir nicht vorstellen, wie sehr ich mich darüber freuen würde, wenn du hier auf der Insel und in meiner Nähe wärst. Ich möchte nur nicht, dass du es eines Tages bereust."

„Und wenn? Wäre das so schlimm? Dann packe ich meine Koffer, fahre wieder zurück nach München und muss mir wenigstens nicht vorwerfen, dass ich es nicht versucht habe."

Oma schweigt einen Augenblick. „Du hast absolut recht, mein Schatz." Sie lächelt. „Jannes und du, wer hätte das gedacht? Obwohl er ja früher schon ein Auge auf dich geworfen hatte. Er scharwenzelte ständig um dich rum, hat es aber nicht geschafft, dir zu sagen, dass er dich mag, und hat dich stattdessen lieber geärgert."

„Oma!", sage ich. „Das darfst du Jannes aber nie sagen. Er behauptet nämlich auch, dass er mich nur geärgert hat, weil er mich mochte. Er hat mich mit Quallen beworfen!"

Oma lacht. „Ich kann schweigen wie ein Grab, wenn es sein muss."

Apropos Schweigen ... Fiete schießt mir durch den Kopf. Und schon bin ich wieder von meinem Virus infiziert. Ich kämpfe einen Moment mit mir, aber ich schaffe es nicht, es für mich zu behalten.

„Ich soll dich übrigens von Fiete grüßen. Er überlässt mir einen Strandkorb kostenfrei."

„Dann hat der alte Haudegen also doch ein Herz."

„Wie meinst du das?"

„Ach, alte Geschichten", wiegelt Oma ab.

„Genau darüber würde ich gerne mit dir reden, Oma, über alte Geschichten. Ich habe Fiete nämlich kleine Apfelrosentörtchen als Dankeschön vorbeigebracht. Ich weiß auch nicht, wie ich auf die Idee kam, sie zu backen, es ist mir einfach so eingefallen. Anstatt sie als komplette Torte zu backen, habe ich sie in kleine Muffinförmchen gesetzt, mit etwas Mascarponecreme darunter und Mürbeteig. Fiete hat sich gefreut. Und dann hat er etwas gesagt, was einfach nicht mehr aus meinem Kopf will. Er hat erzählt, Undine habe ihm auch mal ähnliche Törtchen als Dankeschön vorbeigebracht, weil er sie aus einer brenzligen Situation befreit habe. Aber als ich gefragt habe, was da passiert sei, ruderte er plötzlich zurück und sagte, er habe Undine versprochen, nie jemandem davon zu erzählen. Ich weiß, jetzt komme ich schon wieder mit meinem Gefühl, aber es sagt mir, dass da irgendwas nicht stimmt."

Oma hört mir schweigend zu und nippt währenddessen an ihrem Kaffee.

„Es ist nur so, dass ich mir die ganze Zeit Gedanken darüber mache, warum Undine so weit rausgeschwommen ist an dem Tag. Sie kannte das Meer doch. Und Opa doch auch, oder?"

„Ach Merle, wenn ich das nur wüsste. Ich erinnere mich noch immer so genau an diesen Tag, als wäre es gestern gewesen. Undine kam zu mir und wollte mit mir reden, aber ich habe ihr nicht zugehört. Kurz vorher hatte ich mich mit deinem Opa gestritten. Ich habe sie wegeschickt und sie angeschnauzt, ich hätte jetzt keine Zeit. Da ist sie zu deiner Uroma gelaufen."

„Uroma Thulke? Und weißt du, was sie ihr erzählt hat?"

„Nein, leider nicht. Alles, was Thulke dazu jemals gesagt hat, war, dass Undine ein sehr schlechter Mensch gewesen sei und vorgehabt hätte, die Familie zu zerstören. Aber du weißt ja, dass Uroma Thulke an sogenannter frontotemporaler Demenz erkrankt war. Dabei bleibt das Gedächtnis anfangs weitestgehend erhalten. Die Patienten zeigen allerdings ein auffällig unsoziales Verhalten, sind gereizt, aggressiv. Erst später ähnelt sie der Alzheimer-Demenz. Es hat Monate gedauert, bis die Diagnose gestellt wurde. Meine Schwiegermutter war früher schon nicht ohne – wie gesagt, sie konnte sehr böse sein –, aber es wurde immer schlimmer. Heinrich war ihr Liebling gewesen, ihr Sonnenschein. Sie hat gesagt, Undine hätte versucht, ihn schlechtzumachen, und als das nicht geklappt hat, hätte sie ihn absichtlich ins Meer gelockt, um ihn umzubringen."

„Was?" Gänsehaut breitet sich auf meinem Körper aus.

„Heinrich hat manchmal zu viel getrunken. So war es auch an dem Tag gewesen, an dem das Unglück passierte. Wir hatten deswegen Streit gehabt. Undine hatte damit überhaupt nichts zu tun", erklärt Oma.

„Das wusste ich gar nicht."

„Man redet nicht schlecht über die Toten. Aber ein Sonnenschein, wie Thulke immer behauptet hat, war Heinrich nicht. Friedhelm war da ganz anders. Er war der Sanftere, Besonnenere von den beiden."

„Aber ist es nicht komisch, dass Thulke dir nie gesagt hat, was Undine ihr erzählt hat? Und was ist mit Fiete? Er hat gesagt, es gäbe Geheimnisse, die man mit ins Grab nehmen sollte."

„Ich wusste bis eben nicht, dass er Undine geholfen hat, und weiß auch nicht, von welcher Situation er spricht." Oma schüttelt den Kopf. „Aber ein paar Tage vor dem Unglück stand er bei uns vor der Tür, hat nach Heinrich gebrüllt und gedroht, ihn windelweich zu schlagen."

„Oh, das klingt aber gar nicht nett. Hat er es gemacht?"

„Heinrich ist im Haus geblieben. Er hat mir nicht erzählt, warum die beiden Streit miteinander hatten. Sie hatten nie viel miteinander zu schaffen."

„Weißt du, ob sich die beiden danach noch mal gesehen haben?", frage ich.

„Nein, ich war damals viel zu sehr mit mir selbst beschäftigt. Ich habe Heinrich gesagt, wenn er mit der Trinkerei nicht aufhören würde, dann würde ich ihn verlassen."

„Warum hat er denn überhaupt so viel getrunken?"

Oma zuckt mit den Schultern. „Wenn ich das nur wüsste. Der Alkohol hat ihn auf jeden Fall verändert. Er ist nicht aggressiv dadurch geworden oder streitsüchtig, so wie andere Männer, die gerne mal zu tief ins Glas schauen. Er wurde immer stiller und hat sich immer mehr in sich zurückgezogen."

„Das tut mir leid, Oma. Das war bestimmt nicht einfach."

„Er hatte mir hoch und heilig versprochen, er würde damit aufhören. Und er hatte es auch fast geschafft. Und dann greift er am helllichten Tag zur Flasche und betrinkt sich. Das war an dem Tag, an dem er Undine ins Wasser hinterher ist."

„Vielleicht wollte Undine darüber mit dir sprechen. Sie hat doch bestimmt mitbekommen, dass er zu viel trinkt."

„Ich weiß es nicht. Hätte ich Undine damals nur nie weggeschickt und ihr stattdessen zugehört", sagt Oma leise, „dann wäre sie jetzt vielleicht noch bei uns."

„Oma, du weißt doch gar nicht, was passiert ist. Aber wenn Fiete Opa Prügel angedroht hat, nachdem er Undine geholfen hat, dann weiß er vielleicht, was mit ihr los war. Vielleicht hatte es ja doch etwas damit zu tun, dass Opa Heinrich getrunken hat."

„Wie gesagt, ich wusste bis heute nichts von Fiete. Ehrlich gesagt, haben wir danach kaum ein Wort mehr miteinander gesprochen. Aber Undine und Heinrich hatten eigentlich immer ein ausgesprochen inniges Verhältnis. Sie waren ein Herz und eine Seele, wie man so schön sagt. Uta hatte immer das Nachsehen. Undine war ein Papakind."

„Trotzdem kann es doch sein, dass sie sich mal gestritten haben", überlege ich.

„Weißt du was?", sagt Oma. „Ich werde mir Fiete die Tage mal vornehmen."

„Er hat gesagt, er würde das Versprechen nicht brechen."

„Ach, papperlapapp!" Oma strafft die Schultern. „Der wird mich schon noch kennenlernen."

„Soll ich mitkommen? Es tut mir leid, dass ich hier so viel Staub aufwirbele. Vielleicht hat das alles auch gar nichts zu bedeuten."

Oma lächelt sanft. „Nein, Merlekind, das glaubst du nicht, und ich glaube es auch nicht. Es ist gut, dass du Fragen stellst und dich nicht einfach mit irgendwelchen Tatsachen zufriedengibst, die dir vorgesetzt werden. Ich bin damals von der Insel weg, weil ich es hier nicht mehr ausgehalten habe. Jetzt bin ich zurück, aber richtig Frieden habe ich noch nicht geschlossen. Weder mit der Insel und dem Meer noch mit mir selbst. Ich habe meine Tochter weggeschickt, als sie mich gebraucht hätte. Vielleicht kann ich mir verzeihen, wenn ich endlich weiß, was sie mir erzählen wollte. Vielleicht ist es nun an der Zeit, die richtigen Fragen zu stellen."

„Okay, aber du sagst mir Bescheid, wenn ich dir irgendwie helfen kann, versprochen?"

„Versprochen."

„Aber jetzt muss ich doch noch einmal auf meine Zukunftspläne zurückkommen." Es wird Zeit, das Gespräch wieder auf schönere Themen zu lenken. Allmählich wird die Vorstellung in meinem Kopf immer konkreter, dass ich auf Juist bleiben könnte. „Du hast gesagt, du würdest bei mir eine Ausnahme machen mit den Wohnungen oben im Haus, oder?"

„Natürlich."

„Also wenn ich wirklich auf die Insel ziehen würde, dann könnte ich einziehen, sobald eine frei ist?"

„Auf jeden Fall, mein Schatz. Das wäre wunderschön, ich würde mich riesig freuen. Allerdings sind beide komplett bis Ende September vermietet."

„Das passt doch super. Das ist auch das Ende der Semesterferien. So lange wohne ich noch bei Lara in der Pension. Und anschließend könnte ich vorerst auf jeden Fall so lange bleiben, bis ich meine Bachelorarbeit fertig habe. Dazu brauche ich sowieso Ruhe, und die bekomme ich hier sicherlich. Die Bücher, die ich dazu benötige, kann ich mir alle per Fernleihe schicken lassen. Das ist überhaupt kein Problem."

„Das klingt nach einem guten Plan."

Ich stehe auf und drücke Oma einen Kuss auf die Wange. „Danke, Oma."

Sie sieht mich lange an. „Du weißt, dass ich eigentlich nicht an solchen Hokuspokus glaube, aber ich bin überzeugt davon, dass zwischen dir und Undine ein besonderes Band besteht. Sie hat die Insel genauso geliebt wie du. Und sie hätte sie niemals freiwillig verlassen. Als die Suche damals eingestellt wurde, wusste ich, dass wir sie für immer verloren haben."

Mir klappt die Kinnlade runter. „Was meinst du damit, Oma?" Helene fällt mir wieder ein. Was hat sie gesagt? Tamme habe nicht daran geglaubt, dass Undine im Meer umgekommen sei, weil sie das Meer viel zu gut kannte.

„Dass du eine ebenso besondere Beziehung zu dieser Insel hier hast, wie Undine sie hatte."

„Das meine ich nicht. Du hast gesagt, dass die Suche eingestellt wurde."

„Ja, wusstest du das nicht? Heinrich wurde nach vier Tagen von einem Fischkutter gefunden. Anscheinend sind die beiden von einer tiefen Strömung aufs offene Meer gezogen worden."

„Und Undine?", frage ich.

Oma schüttelt den Kopf. „Sie ist im Meer geblieben. Man hat sie nicht gefunden. Ich dachte, du weißt darüber Bescheid."

„Nein, ich weiß nur, dass die beiden ertrunken sind. Und dass Mama es mit ansehen musste. Aber mehr hat Mama darüber nicht erzählt, und ich habe mich irgendwie nie getraut, sie darauf anzusprechen."

„Ja, das war sehr schlimm für sie. Sie hat die Welle kommen sehen. Und dann waren beide weg. Eine schreckliche Vorstellung. Ich habe sie immer dafür bewundert, dass sie es geschafft hat, ihre Angst vor dem Meer nicht auf dich zu übertragen. Es war ihr wichtig, dass du ein normales Verhältnis zum Wasser hast. Das Meer kann ein Ungeheuer sein, aber es hat auch seine schönen, sanften Seiten. Undine hat es geliebt."

„Mama hat sich an dem Tag auch mit Undine gestritten. Wusstest du das? Sie hat mir erzählt, sie sei eifersüchtig auf Undine gewesen."

„Ja", sagt Oma. „Uta hatte damals ein fürchterlich schlechtes Gewissen deswegen. Sie dachte, Undine sei wegen ihr so weit rausgeschwommen. Aber das ist natürlich absoluter Blödsinn."

„Ihr macht euch beide Vorwürfe. Und dabei habt ihr wahrscheinlich gar nichts damit zu tun. Da bin ich mir sicher. Sag mal, Oma …", ich muss es einfach fragen, „… hast du dir schon mal darüber Gedanken gemacht, dass zumindest die klitzekleine Möglichkeit besteht, dass Undine gar nicht ertrunken ist?"

„Natürlich. Auch die ganze Insel wurde nach ihr abgesucht, obwohl Uta gesehen hat, wie die Welle nicht nur ihren Vater, sondern auch ihre Schwester mitgerissen hat. Ich habe gehofft, Undine könnte vielleicht irgendwo an einer anderen Stelle ans Ufer gespült worden sein. Die ganzen Insulaner waren unterwegs, Stück für Stück, nicht nur einmal um die Insel herum. Und auch nachdem die Suche nach einer Woche offiziell eingestellt wurde, habe ich gehofft, sie würde eines Tages wieder die Tür aufstoßen und rufen: ‚Bin da, Mama. Wo hast du den Apfelkuchen versteckt?' Undine war ganz verrückt danach. Sie hat mal behauptet, sie könne den Duft des Apfelkuchens bis runter zum Meer riechen, wenn das Küchenfenster geöffnet sei. Der Wind würde das Aroma bis zum Strand tragen."

„Das stimmt, Oma." Ich kann mich noch ganz genau daran erinnern, dass ich als Kind auch immer wusste, wenn der Kuchen fertig ist. „Der Wind mischt den Duft des Kuchens mit dem des Meeres."

23. Kapitel

Oma bringt mich noch bis zum Schuppen. Ich hole mein Fahrrad raus und bleibe kurz bei ihr stehen.

„Bis ich Neuigkeiten verarbeitet habe, brauche ich immer ein Weilchen", sagt sie. „Dafür werde ich mir bei einem Spaziergang am Meer Zeit nehmen. Und wenn dich irgendwann irgendjemand fragt, ob du weißt, warum ich heute barfuß im Sand getanzt habe, kannst du sagen, das war der Moment, in dem ich begriffen habe, dass du in Betracht ziehst, hier auf der Insel zu bleiben."

Ich beuge mich über den Lenker und küsse Oma auf die Wange. „Aber sprich bitte noch nicht mit anderen darüber. Ich muss das selbst auch erst noch mal sacken lassen. Bisher ist es nur eine Idee."

„Du denkst darüber nach, das reicht mir", sagt Oma.

Ich fahre los, drehe mich noch einmal kurz um und winke ihr zu. Die Vorstellung, sie tanzend am Strand zu sehen, gefällt mir. Es ist schön, dass wir in guter Stimmung und mit einem positiven Gedanken an die Zukunft auseinandergehen und nicht mit einem negativen aus der Vergangenheit. Auf einmal bekomme ich ein schlechtes Gewissen. Es war bestimmt nicht leicht für Oma, mit mir über die letzten Tage vor dem Badeunglück zu reden. Dass sie so offen zu mir war und mir erzählt hat, dass Opa zu viel getrunken hat, rechne ich ihr hoch an. Es ist schlimm genug, was passiert ist, aber es tut mir in der Seele weh, dass sie denkt, sie hätte das Unglück verhindern können, wenn sie Undine nur zugehört hätte. Jetzt ist sie wieder zurück auf der Insel, um ihren Frieden zu finden, und dann komme ich und frage, ob sie sich darüber Gedanken gemacht hat, dass Undine vielleicht gar nicht ertrunken sei. Das war nicht gerade feinfühlig von mir. Und jetzt ärgere ich mich darüber.

Ich halte kurz an und lasse meinen Blick über das Watt streifen. Die Priele glitzern und glänzen in der Mittagssonne. Das Meer ist wunderschön und hat auch seine sanfte Seite. Warum beschäftigen mich die Ereignisse der Vergangenheit nur so sehr? Oma und Mama haben losgelassen. Aber mir gelingt es nicht, obwohl ich mit den Geschehnissen von damals gar nichts zu tun habe. „Blödes Virus!“, sage ich zu mir selbst und nehme mir vor, ab jetzt an die schönen Dinge zu denken. Conny sitzt gerade in der Kutsche. Die Pension liegt ungefähr in der Mitte der Insel, Conny kommt von Osten, ich von Westen, und auf meinem Weg liegt der Fahrradverleih und damit Jannes. Tamme hat sich damals für Helene entschieden, aber Jannes hat sich in mich verliebt und nicht in Helenes Tochter. Ich weiß, dass das absoluter Blödsinn ist, aber es freut mich irgendwie, dass ich ihn ihr vor der Nase weggeschnappt habe. Ich bin gespannt darauf, was meine Mutter dazu sagen wird.

Ich fahre weiter, durch das Dorf hindurch. Am Fahrradverleih halte ich ein weiteres Mal an. Jannes hockt vor einem Rad, an dem er herumschraubt. Er trägt wieder seine schwarze Seeräuberkluft. Sie kommt mir gar nicht mehr albern, sondern einfach nur unbeschreiblich süß vor. Er sieht mich nicht kommen. Ich schleiche mich leise an ihn heran und puste warme Luft in seinen Nacken.

Als es sich zu mir umdreht, strahlen seine Augen vor Freude. „He du, das ist ja eine schöne Überraschung.“

„Ich habe nicht lange Zeit, Conny hat einen Flug früher

genommen. Aber ich wollte dich fragen, ob du mich vielleicht noch einmal küssen würdest."

Jannes steht auf. Ich mag es, dass er wesentlich größer ist als ich. Er umschließt mein Gesicht mit seinen rauen Händen, beugt sich zu mir runter und küsst mich sanft.

„Danke", sage ich, als unsere Lippen sich voneinander gelöst haben.

„Immer wieder gerne."

Ich gehe lachend zurück zu meinem Rad. Jannes sieht mir nach, ich kann seine Blicke in meinem Rücken spüren. Ich drehe mich ein letztes Mal um, winke ihm und fahre los. So gut ging es mir schon lange nicht mehr.

Die Pferde ziehen die Kutsche gerade wieder von der Pension weg, als ich dort ankomme. Ich springe vom Rad, lehne es an die Hauswand, sprinte die fünf Treppenstufen hoch und schubse die Tür auf.

Conny steht bei Agata an der Rezeption. Sie dreht sich um, als sie mich kommen hört, und lacht. „Ich bin tatsächlich hier!", ruft sie aus. „Ist das zu fassen?"

Wir fallen uns um den Hals. Dabei stolpere ich beinahe über einen der Koffer, die neben ihr stehen. Es sind drei und dazu noch eine Reisetasche.

„Was hast du vor?", frage ich. „Willst du für immer hierbleiben?"

Conny grinst. „Ich konnte mich nicht entscheiden, was ich mitnehmen soll, also habe ich einfach all meine Sommersachen eingepackt." Sie sieht mich an und reißt die Augen auf. „Du hast einen Knutschfleck, und was für einen! Ich war sechzehn, als ich den letzten hatte. Dich kann man aber auch nicht alleine lassen."

Agata fängt an zu lachen. „Das scheint ja eine heftige Nacht gewesen zu sein."

Ich grinse breit. „Es war sehr … zufriedenstellend."

„Mit dem Insulaner, der sich so dreist auf ein Stück Mitternachtstorte eingeladen hat?"

Ich nicke. „Jannes."

„Wow, sind die Kerle hier alle so draufgängerisch?" Conny zeigt mir ihren Handrücken. Darauf steht eine Handynummer. „Ich bin da mit einem ganz schnuckeligen Piloten geflogen, blond, unheimlich blaue strahlende Augen. Also, wenn mir mal langweilig wird, weiß ich schon, an wen ich mich wenden könnte."

Ich sehe Agata an und sie mich, dann schütteln wir beide gleichzeitig den Kopf.

„Das willst du nicht, glaub mir", sage ich.

„Und einen Knutschfleck macht er dir auch nicht." Agata rollt mit den Augen. „Til genießt lieber still, leise und passiv, maximal fünf Minuten lang."

„Sprichst du aus Erfahrung?", fragt Conny.

Agata nickt. „Leider ja."

„Ist das etwa dein Freund? Und er baggert trotzdem andere Frauen an?"

„Ex", stellt Agata klar. „Seit ein paar Tagen bin ich wieder Single."

„Hört sich nicht so an, als müsstest du ihm hinterherweinen." Conny reibt mit dem Daumen über ihren Handrücken. „Kugelschreiber, da muss ich mit Wasser und Seife ran. Ich steh sowieso eher auf männlichere, dunkle Typen à la Kit Harington aus *Game of Thrones*."

„Ich normalerweise auch. Und dann verliebe ich mich doch in einen blonden Nordmann", sage ich und schiebe schnell noch „Der aber so was von männlich ist!" hinterher.

„Hättest du nicht besser auf sie aufpassen können?", fragt Conny Agata. „Am Ende ist sie es, die auf der Insel bleibt."

„Aufpassen wäre da zwecklos gewesen“, sagt Agata. „Du musst mal sehen, wie die beiden sich angucken. Es funkt und knistert die ganze Zeit zwischen ihnen.“

Conny sieht mich gespielt streng an, doch schon im nächsten Moment lächelt sie. „Schön, dann hast du endlich mal einen echten Kerl abbekommen. Aber das mit dem Markieren würde ich ihm abgewöhnen, das geht gar nicht.“

„Markieren?“, fragt Agata.

„Na, der Knutschfleck, der der ganzen Insel zeigen soll, dass Merle vergeben ist“, erklärt Conny.

„Beim nächsten Mal saugt er sich weiter unten fest, hat er versprochen“, plaudere ich aus, worauf Conny und Agata anfangen zu kichern.

„Oh, Mann, Merle!“ Meine Freundin drückt mir einen Kuss auf die Wange. „Ich hab dich so was von vermisst. Das blöde Haus ist total langweilig ohne dich. Aus lauter Verzweiflung habe ich letztens in der Waschküche einen Plausch mit Frau Fleischmann gehalten.“ Conny dreht sich zu Agata. „Das ist eine alte Dame, die unten im Erdgeschoss wohnt. Merle wohnt über ihr und ich schräg über Merle.“

„Frau Fleischmann ist doch eigentlich ganz nett“, sage ich.

„Ja, aber sie hat mich ganz frech gefragt, wie es dir denn ginge. Sie habe mitbekommen, wie dein Freund davongebraust wäre. Und am nächsten Tag habe er anscheinend seine Sachen bei dir abgeholt. Ich wollte ihr erst sagen, sie soll ihre Nase in ihre Angelegenheiten stecken, aber auf einmal tat sie mir leid. Sie hat mich an meine älteren Kundinnen erinnert, die sich freuen, wenn sie mal jemanden zum Reden haben. Am Ende habe ich ihr auch noch angeboten, ihr mal die Haare zu machen. Für lau natürlich. Alles nur, weil du nicht da warst.“

„Braves Mädchen.“ Ich zeige auf Connys Koffer. „Dein

Zimmer ist direkt neben meinem. Sollen wir dein Gepäck mal hochschleppen? Und dann direkt ans Meer?“

„Au ja, das machen wir.“

„Ich helfe euch.“ Agata kommt um die Theke herum und greift nach einem der Koffer. „Übrigens hat Frau Arnold heute noch mal angerufen. Es geht alles klar. Seit heute bin ich offiziell Hausdame.“

„Oh, das freut mich aber für dich.“ Ich schnappe mir auch einen der Koffer. „Sag mal“, frage ich aus dem Bauch raus, „wie sieht Frau Arnold eigentlich aus? Du hast sie doch mal gesehen.“

„Sie war sehr elegant gekleidet, ganz in Schwarz, als wäre sie irgendeine bekannte Künstlerin. An den Armen hatte sie viele silberne Armreifen. Draußen ist sie nur mit einer großen dunklen Sonnenbrille und Hut rumgelaufen. Sie ist sehr lichtempfindlich, wie sie gesagt hat.“

„Was hat sie für eine Haarfarbe?“

„Sehr helles Blond, tolles, gepflegtes Haar, das sie zu einem schicken Knoten frisiert trug.“

„Und wie alt ist sie?“

„Schwer zu sagen, ich würde sie auf Ende vierzig bis Anfang fünfzig schätzen. Wenn ich in dem Alter so aussehe, bin ich glücklich. Wieso fragst du?“

„Ach, nur so. Ist doch interessant zu wissen, wer die Chefin so ist.“

Wir wuchten Connys Koffer die Treppe hoch. „Hast du da Steine drin?“, frage ich und bemühe mich, dabei nicht wieder auf die Bilder an der Wand zu schauen.

„Ich habe vorsichtshalber mal ein bisschen Handwerkszeug eingepackt“, antwortet Conny. „Man weiß ja nie.“

„Strickst du?“, fragt Agata.

„Was?“ Conny bleibt abrupt stehen, sodass ich fast in sie hineinlaufe.

„Wegen des Handwerks."

„Ach, du meinst Handarbeit. Nein, ich bin Friseurin und habe ein paar Scheren und Messer im Gepäck."

„Das ist toll." Agata greift in ihr Haar. „Du kannst alles abschneiden. Ich brauche eine Veränderung."

Conny schüttelt den Kopf. „Aber nicht etwa wegen dieses blöden Piloten, oder?"

„Ich möchte einfach eine Veränderung."

„Gut, aber bitte keine Radikalkur. Du hast tolles Haar. Und du ärgerst dich schwarz, wenn ich es abschneide."

„Hör auf Conny", rate ich Agata. „Sie kennt sich damit aus."

„Wenn ich frei entscheiden dürfte, was ich an dir verändere, würde ich deine Haare komplett rot einfärben, und zwar so richtig kupferrot. Das untere Drittel würde ich etwas durchstufen, damit es lockerer fällt. Du siehst toll aus, ich würde dir einen Look verpassen, mit dem du noch mehr auffällst, damit dieser Pilotenarsch sich richtig schön ärgert, wenn er dich sieht."

„Hast du auch Farbe dabei?", fragt Agata.

„Nein, aber hier gibt es doch bestimmt einen Drogeriemarkt."

„Im Dorf gibt es einen", sage ich. „Da bin ich eben erst vorbeigefahren."

„Soll ich Farbe kaufen?", fragt Conny.

„Das wäre toll."

Wir stehen immer noch auf der Treppe. „Super, dann kannst du Agata ja heute Abend etwas aufhübschen, während ich mit Lara die Torten backe", schlage ich vor. „Aber jetzt lass uns erst mal deine Sachen hochbringen."

„Das ist ja schnuckelig!", ruft Conny. Ihr Zimmer ist ähnlich eingerichtet wie meins, allerdings nicht in Rot-, sondern

Türkis-Weiß. Sie lässt sich auf die Matratze plumpsen. „Hier kann ich es ein paar Tage aushalten."

„Wochen", korrigiere ich sie.

„Ja, ist das nicht genial?" Conny klatscht in die Hände. „Auspacken kann ich später. Ich muss jetzt unbedingt zum Meer. Um halb fünf habe ich einen Termin mit Lara. Bis dahin habe ich Zeit."

„Dann hol schon mal deinen Bikini raus, Conny. Wo steckt Lara eigentlich, Agata?", frage ich.

„Ich glaube, sie schläft. Sie hat heute Morgen die Torten fertig gemacht und ist dann gleich hoch auf ihr Zimmer gegangen."

„Ach so. Die Arme. War ihr wieder schlecht?"

„Ich glaube schon, aber sie schlägt sich wacker."

Conny hingegen kommt gerade ordentlich ins Schwitzen. Sie durchwühlt Koffer Nummer zwei, dann drei.

„Ich glaube, ich habe meine Badesachen vergessen. Boah, wie kann man nur so doof sein?"

„Was ist mit deiner Reisetasche? Vielleicht hast du sie dort eingepackt?"

„Ach ja!" Sie schlägt sich vor die Stirn, fischt ihren Bikini aus der Tasche und verschwindet ins Badezimmer.

Ich betrachte das Chaos, für das Conny innerhalb von Sekunden gesorgt hat. Sie hat einen Teil ihrer Klamotten einfach aus den Koffern gezogen und auf dem Boden verteilt.

„Der Platz im Schrank könnte knapp werden", überlege ich laut, „aber vielleicht gibt es wenigstens eine Möglichkeit, die Koffer woanders aufzubewahren. Hier gibt es doch bestimmt einen Abstellraum, oder?", frage ich Agata.

„Am besten bringen wir sie nachher nach oben, wenn Conny alles ausgepackt hat", schlägt Agata vor. „Zwischen den beiden Zimmern ist noch eine Kammer mit altem Kram. Da stören sie nicht."

„Und, wie sehe ich aus?" Conny kommt aus dem Bad zurück, in einem knappen weißen Bikini.

„Sexy." Agata betrachtet sie anerkennend.

Ich habe letztens in der Sauna schon Connys tolle Kurven eingehend bewundert. Sie ist nicht sehr groß, schlank, hat aber trotzdem eine pralle Körbchengröße D, ohne nachgeholfen zu haben, wie sie mir mal voller Stolz erzählt hat. Ihre Kleinmädchenfrisur mit dem knappen Pony passt so gar nicht zu dem Rest. Aber es sind insbesondere die Widersprüche, die Conny für mich so liebenswert erscheinen lassen. Sie kann fürchterlich albern und oberflächlich sein, aber ich habe auch schon sehr tief greifende, fast philosophisch anmutende Gespräche mit ihr geführt.

Meine Freundin schlüpft in knappe Shorts und in ein weit ausgeschnittenes ärmelloses Top, zieht ein Badehandtuch aus dem Kleiderhaufen und stopft es in einen kleinen Rucksack. „Sollen wir los? Die Sachen räume ich später weg."

„Okay. Aber am besten leihst du dir direkt ein Rad für die nächsten Wochen aus", schlage ich vor.

Es ist zwanzig nach zwei, als wir bei den Seeräubern ankommen.

„Respekt!", sagt Conny. „Dein Nordmann sieht ja richtig cool aus."

„Das ist Ole, Jannes' Bruder." Er steht unten mit einer Gruppe Touristen zusammen. Als er uns sieht, winkt er uns zu sich herunter.

„Jannes ist kurz weg", sagt er.

„Okay, wir sind aber auch mehr oder weniger geschäftlich hier. Das ist meine Freundin Conny. Sie braucht ein Rad."

„Moin." Er lächelt sie an. „Schön, dass du hier bist, aber ich habe leider gerade überhaupt keine Zeit, mich um euch zu kümmern. Geht einfach in die Radstation und sucht euch eins aus. Alles andere machen wir dann heute Abend oder morgen."

„Okay, danke. Sag Jannes liebe Grüße, wir gehen jetzt baden."

Wir schieben gerade das Rad die Einfahrt hoch, da sehe ich aus den Augenwinkeln, dass Jannes' Haustür aufgeht. Eine Frau kommt heraus. Den roten Haarschopf erkenne ich sofort. Es ist Bente. Sie steht da und wartet, wahrscheinlich auf Jannes. Obwohl er mir gestern erklärt hat, wie er zu ihr steht, versetzt mir ihr Anblick einen kleinen Stich. Was hat sie in seinem Haus zu suchen?"

„Was ist los?", fragt Conny.

„Guck nicht gleich auffällig rüber, aber im Haus hinter dem Verleih wohnt Jannes. Bente ist gerade rausgekommen, sie ist hinter Jannes her."

„Dann gehen wir am besten gleich mal guten Tag sagen", schlägt Conny vor.

„Nein, lass uns fahren."

Ich schaue nicht mehr rüber, als wir die Straße entlangradeln.

„Vielleicht hat es gar nichts zu bedeuten", sagt Conny neben mir.

„Das glaube ich auch, aber irgendwie merkwürdig ist es schon." Dort, wo bis vor wenigen Minuten noch Abertausende Schmetterlinge in meinem Bauch unterwegs waren, sitzt auf einmal ein schwerer Ball. Wer hoch fliegt, fällt tief, denke ich. Vielleicht sollte ich das mit Jannes doch etwas langsamer angehen lassen, auch wenn es wahrscheinlich eine gute Erklärung für Bentes Besuch bei ihm gibt.

24. Kapitel

„Mein Gott, ist das schön hier!“, sagt Conny.

Wir haben die Räder abgestellt und gehen den Holzbohlenweg in Richtung Strand. „Ja, nicht wahr? Der Anblick ist immer wieder ergreifend. Und weißt du, was das Beste ist? Ich habe einen Strandkorb für die nächsten Wochen, da können wir es uns gemütlich machen und unsere Sachen lassen, wenn wir ins Wasser gehen.“ Ich greife nach Connys Hand. „Lass uns direkt schwimmen gehen, eine Erfrischung wird uns beiden guttun.“

Als wir an Fietes blauem Häuschen vorbeigehen, bleiben wir kurz stehen. „Moin“, sage ich. „Das ist Conny, meine Freundin. Ist es okay, wenn sie den Strandkorb auch benutzt?“

„Ihr könnt meinetwegen beide darin einziehen“, brummt Fiete, ohne von seiner Zeitung aufzuschauen. „Deine Oma war übrigens auch gerade schon hier, ihr habt euch knapp verpasst.“

„Oh.“ Dann muss sie gleich nach mir losgefahren sein. Es hat sie also doch mehr beschäftigt, als ich gedacht habe.

Fiete schaut von seiner Zeitung auf. „Sie hat einen verdammt scharfen Blick, deine Oma. So leicht kann man ihr nichts vormachen.“

„Ich weiß, sie hat Röntgenaugen.“

Er nickt. „Es war an der Zeit. Es musste gesagt werden.“

Es juckt mir in den Fingern, Fiete zu fragen, was er Oma erzählt hat, aber das ist nicht der richtige Moment. Conny steht hier neben mir, und außerdem bin ich mir nicht sicher, ob Oma das überhaupt möchte. Vielleicht geht es da um Dinge, die sie lieber für sich behalten möchte.

„Danke, Fiete", sage ich.

Er reibt sich den Bart. „Deine Törtchen waren sehr lecker."

„Dann sorge ich bald für Nachschub."

Fiete nickt und verschwindet wieder hinter seiner Zeitung.

„Harte Schale, weicher Kern?", fragt Conny, als wir weitergehen.

„Ja. Und nicht nur das. Er hat meiner Tante früher wohl mal aus der Patsche geholfen, wollte aber nicht mit der Sprache rausrücken, als ich ihn danach gefragt habe, was da vorgefallen ist. Aber meine Oma hat ihm das Geheimnis anscheinend entlockt. Das erzähle ich dir aber gleich alles ganz in Ruhe. Es ist etwas komplizierter."

Wir deponieren unsere Sachen am Strandkorb und rennen zum Wasser. Conny quietscht vor Freude und springt in die Luft, als die ersten Wellen ihren Bauch umspülen. Ich muss lachen. Die Sonne scheint, wir haben herrliches Wetter, und meine Freundin wird die nächsten Wochen hier bei mir sein. Und trotzdem bleibt das mulmige Gefühl im Bauch, das ich habe, seitdem ich Bente aus Jannes' Haus habe kommen sehen. Ich drehe mich um und suche den Strand ab. Wie nicht anders erwartet, baut Elias wieder fleißig an einer Sandburg, und Helene beaufsichtigt ihn.

„Das Wasser ist herrlich", ruft Conny, die schon etwas weitergegangen ist.

Meine Freundin hat recht. Ich werfe mich ins kühle Nass, mache ein paar Züge unter Wasser und tauche bei ihr wieder auf.

„Ich mag die Berge, ich liebe es, oben zu stehen und nach unten ins Tal zu schauen", erzählt Conny. „Berge geben Kraft. Aber das hier ist auch nicht schlecht." Sie zeigt ins offene

Meer hinaus. „Diese Weite öffnet das Herz und die Seele. Kein Wunder, dass du dich hier so Knall auf Fall verliebt hast. Ich bin mir sicher, dass das Wasser dein Element ist." Sie fährt sich mit beiden Händen durch das nasse Haar, schließt die Augen und hält das Gesicht der Sonne entgegen. Als sie die Augen wieder öffnet und mich ansieht, sagt sie: „Du musst mir alles gleich in allen Einzelheiten erzählen, von Jannes, dieser Bente – deiner Tante, deiner Oma und Fiete."

Wir schwimmen noch ein paar Meter ins Meer hinaus, bevor wir umdrehen und schließlich zurück zum Strandkorb gehen. Gerade als wir uns auf die Handtücher legen, geht Bente an uns vorbei.

„Hallo, Bente", rufe ich betont fröhlich.

Sie bleibt stehen. „Ach, hallo, ich habe euch gar nicht gesehen. Es ist so ungewohnt, dass du nicht alleine bist."

„Das ist Conny", erkläre ich, „meine Freundin aus München."

„Hi", sagt Conny und setzt sich auf. Sie mustert Bente unverfroren von oben bis unten. Ich kenne den Blick. Hoffentlich lässt sie sich nicht zu einem ironischen Kommentar hinreißen. Sie weiß genauso gut wie ich, dass Bente uns sehr wohl gesehen hat.

„Elias baut ja wieder fleißig an einer neuen Burg", sage ich schnell, bevor Conny etwas Unbedachtes rausrutscht. „Gut, dass deine Mutter beim Aufpassen nicht mehr einschläft."

„Sie hat Leseverbot", erklärt Bente. „Ich muss sie aber jetzt ablösen, sie passt nämlich schon eine Weile auf Elias auf."

„Natürlich, wir wollen dich nicht aufhalten. Bis dann mal."

„Oha", macht Conny, als Bente sich auf den Weg zur Sandburg macht. „Kein Wort darüber, wo sie eben war." Sie greift hinter sich und holt ihr Handy aus dem kleinen Rucksack, den sie mitgenommen hat. „Gleich halb vier. Eine gute halbe Stunde haben wir noch. Erzähl!“

Wir drehen uns beide auf den Bauch und drehen die Köpfe zueinander. Ich atme tief durch.

„Na ja, du weißt ja, dass Jannes mich beim Mitternachtstortenbacken besucht hat. Zwei Tage später haben wir uns noch mal getroffen ...“

Conny hört die ganze Zeit zu. Sie unterbricht mich nicht ein einziges Mal. Ich erzähle von Jannes und mir, wie schön bisher alles mit ihm war und wie selbstverständlich es sich anfühlt. Auch darüber, was damals hier geschehen ist, rede ich. Es tut gut, das alles mal loszuwerden.

Mit den Worten „Ich bin echt froh, dass du hier bist“ beende ich meine Ausführungen.

„Das ist auch gut so. Du brauchst nämlich echt jemanden, der auf dich aufpasst. Und jetzt sag ich dir mal, was ich von der ganzen Sache halte. Ganz ehrlich, Merle ...“

Conny kommt nicht mehr dazu, den Satz zu vollenden. Wir schreien beide gleichzeitig auf und drehen uns auf den Rücken. Ein tiefes dunkles Lachen ertönt. Jannes steht über uns. In jeder Hand hält er eine Flasche, die er uns auf die sonnenerhitzte Haut gedrückt hat. „Eisgekühlte Apfelschorle“, sagt er. „Eine kleine Erfrischung für die Damen?“

„Ist das Jannes?“, fragt Conny, und ich nicke. „Männer“, brummt sie, greift aber zu, als Jannes ihr die Flasche hinhält. Und auch ich nehme meine entgegen.

„Ole hat mir erzählt, dass ihr vorhin da wart. Ich wollte Conny wenigstens mal kurz Hallo sagen, konnte aber nicht früher weg.“

„Hallo“, sagt Conny und grinst.

Jannes lässt sich neben mich in den Sand fallen. „Ich muss auch gleich wieder los, habe nicht viel Zeit. Als ihr euch das

Rad geholt habt, war Bente gerade bei mir. Sie ist überraschend aufgetaucht und wollte unbedingt noch mal mit mir sprechen, da musste Ole schon für mich einspringen. Er schlägt mich, wenn ich ihn jetzt wieder so lang alleine lasse."

„Bente?", fragt Conny. „Die Frau, die eben an uns vorbeigegangen ist und dann ganz frech behauptet hat, sie hätte uns nicht gesehen?"

Jannes fängt laut an zu lachen. „Merle hat dir doch bestimmt schon von ihr erzählt."

„Natürlich", gibt Conny ohne Umschweife zu. „Und auch, dass Merle sich bis über beide Ohren in dich verliebt hat, hat sie mir erzählt. Da ist es sozusagen meine Pflicht, als ihre Freundin ein bisschen auf sie aufzupassen."

Jannes drückt mir ungeniert einen Kuss auf den Mund. „Ich werde deiner süßen Freundin nicht wehtun, versprochen. Ich habe einen Fehler gemacht. Als Bentes Flirtereien mir von ihrer Seite aus zu intensiv wurden, habe ich ihr gesagt, das würde nicht gehen, da sie gebunden sei. Heute war sie bei mir, um mir zu sagen, dass sie sich endgültig von ihrem Mann trennen wird. Das war wohl so etwas wie ein letztes Aufbäumen, weil sie uns gestern gesehen hat und ihre Felle endgültig davonschwimmen sah. Meine Schuld! Ich hätte ihr von Anfang an sagen müssen, dass ich auch kein Interesse an ihr hätte, wenn sie Single wäre. Davon mal ganz abgesehen, hat dieses wunderschöne Wesen da neben dir mein Herz im Sturm erobert."

„Prüfung bestanden", sagt Conny. „Sie gehört dir."

„Danke." Jannes drückt mir noch einen Kuss auf den Mund. „Deine Freundin ist mir sehr sympathisch, Merle." Er springt auf. „Ich muss leider los. Bis später mal."

Ich habe die ganze Zeit nichts gesagt, Jannes und Conny haben die Sache unter sich ausgemacht. Meine Freundin sieht mich streng an.

„Das, was ich dir jetzt sage, wollte ich dir eben schon sagen“, legt sie los, „bevor ich wusste, was da zwischen Jannes und Bente oder wem auch immer gelaufen ist. Ich weiß, dass Jannes toll ist und die ganze weibliche Bevölkerung angeblich hinter ihm her sein soll, aber du bist auch toll. Du bist wunderschön, warmherzig, du bist die netteste Frau, die ich kenne. Und nett ist nicht etwa die Schwester von langweilig, wie viele gerne behaupten. Du hast ein gutes Herz, du kümmerst dich um andere, bist so intelligent, dass du mal eben so nebenbei BWL studierst – und backen kannst du auch noch. Jannes darf sich glücklich schätzen, dass du ihm dein Herz schenkst. Es gibt nichts Wertvolleres.“ Conny atmet tief durch. „Was ich damit sagen wollte, ist, dass wir echt an deinem Selbstbewusstsein arbeiten müssen. Frauen wie Bente stellst du so was von in den Schatten! Marc hat dich nicht betrogen, weil du nicht gut genug warst, sondern weil er ein Idiot war. Hake ihn endlich ab.“

„Okay“, sage ich.

„Okay? Das ist alles?“

„Nein, ich hab dich auch lieb.“ Ich grinse Conny an. „Und wie gesagt, ich bin froh darüber, dass du hier bei mir bist.“

„Ich auch.“ Conny seufzt. „Aber ich glaube, wir sollten jetzt mal langsam zurück in die Pension. Auf dem Weg wollte ich noch schnell im Drogeriemarkt die Haarfarbe für Agata holen.“

Wir gehen am Strandkorb 388 vorbei, wo Bente Elias gerade den Rücken eincremt, während Helene wieder in einem Buch versunken ist. „Tschüss, ihr drei“, sage ich. „Vielleicht bis morgen.“

„Mit dem nett sein musst du es aber nicht gleich übertreiben“, raunt Conny neben mir.

Sie hat recht mit allem, was sie mir gesagt hat, das weiß ich.

Aber ich bin in erster Linie einfach nur froh darüber, dass Jannes uns am Strand besucht und sich das mit Bente geklärt hat. Meine Schmetterlinge fliegen wieder.

„Ich bin verliebt, Conny, mein Hirn befindet sich im absoluten Ausnahmezustand“, erkläre ich breit grinsend.

„Ich merk das schon.“

Wir stapfen weiter durch den warmen Sand, an Fietes blauem Häuschen vorbei.

„Du weißt ja, dass ich immer noch denke, dass das alles hier einen Sinn hat“, sagt Conny.

„Ja, damals hat Bentes Mutter meiner Mutter den Freund weggeschnappt. Und dafür habe ich jetzt ihrer Tochter den Kerl vor der Nase weggeangelt. Das nenne ich ausgleichende Gerechtigkeit.“

„Oh Mann.“ Conny läuft kopfschüttelnd neben mir. „Lara ist schwanger, sagst du? Das kann ja noch was werden mit euch. Dann spielen bei ihr ganz sicher auch die Hormone verrückt.“

„Du wirst sie mögen“, sage ich, „ganz sicher.“

„Mist, verdammter! So ein Scheiß!“ Lara steht schimpfend vor dem Herd und dreht am Temperaturschalter herum.

„Nicht erschrecken“, sage ich. „Wir sind auch hier.“ Sie hat uns nicht reinkommen hören. Jetzt dreht sie sich zu uns um.

„Stromausfall, die komplette Küche ist platt!“, sagt sie, und schiebt „Ach hi, du bist bestimmt Conny“ hinterher. „Willkommen im Irrenhaus.“

„Hallo“, sagt Conny. „Hast du schon mal im Sicherungskasten nachgeschaut?“

„Nein, ich habe es eben erst bemerkt. Ich habe gedacht, ich heize schon mal die Öfen vor, damit wir gleich loslegen können.“

„Wo ist der Kasten?“, frage ich.

„Ich glaub, im Keller“, antwortet Lara. „Habt ihr Agata gesehen?“

Ich schüttele den Kopf. „Soll ich mal nachschauen, ob sie auf ihrem Zimmer ist?“

„Ja, das wäre gut.“ Lara sieht zu Conny. „Gehst du mit mir in den Keller? Ich habe Angst vor Spinnen. Wenn eine über dem Sicherungskasten sitzt, geh ich da nicht ran.“

„Na klar.“

Die Treppe, die auf den Dachboden führt, befindet sich am Ende des Ganges, auf der Etage, in der auch mein Zimmer ist. Sie ist noch steiler als die Treppe, die vom Erdgeschoss hochführt. Und sie knarzt auch wesentlich mehr. Es ist dunkel, hier sind keine Fenster, durch die Sonnenlicht fallen könnte. Ich taste nach dem Lichtschalter, knipse ihn nach unten, aber es bleibt duster. Entweder ist das Leuchtmittel kaputt, oder auch hier ist der Strom ausgefallen.

„Agata?“, rufe ich, als ich die Treppe fast oben bin.

„Hier!“

Meine Augen haben sich etwas an die Dunkelheit gewöhnt. Ich blinzele. „Wo bist du?“ Ich sehe drei Zimmertüren.

„Hier! Irgendjemand hat mich eingeschlossen.“ Agata klopft laut von innen gegen die Tür, auf die ich nun zugehe.

Der Schlüssel steckt von außen. Ich drehe ihn um und stoße die Tür auf. Agata steht direkt dahinter. Ihre Hände hat sie an ihre Hüften gestemmt.

„Das war gar nicht lustig“, schimpft sie. „Wenn ich rausfinde, wer das war, prügele ich ihn windelweich. Ich war fast eine halbe Stunde lang eingesperrt. Und mein Handy habe ich natürlich unten an der Rezeption liegen lassen.“

„Das ist ja merkwürdig“, sage ich. „Wer kann das denn gewesen sein? Lara und Conny sind unten im Keller. In der Küche ist komplett der Strom ausgefallen.“

„In meinem Zimmer auch. Aus lauter Verzweiflung wollte ich mir im Fernsehen eine blöde Soap anschauen, aber der Bildschirm blieb schwarz. Licht geht auch nicht.“

„Dann ist der Strom anscheinend im ganzen Haus ausgefallen“, überlege ich. „Lass uns mal runtergehen und nachschauen, ob die beiden schon was entdeckt haben.“

„Warte, ich habe eine Kopflampe.“ Agata geht noch mal in ihr Zimmer. Als sie zurückkommt, hat sie eine Stirnlampe um den Kopf. „Das ist praktisch beim Fahrradfahren, wenn mal das Licht ausgeht, und auch zum Spaziergehen, weil man beide Hände frei hat.“

Lara und Conny stehen mit ihren Handys vor dem Sicherheitskasten und leuchten hinein.

„Gut, dass du da bist, Agata“, sagt Lara. „Ich kenn mich mit dem Ding nicht aus. Hier sind überhaupt keine Schalter, die man wieder hochklappen kann.“

„Das ist ein alter Kasten. Du musst die Sicherungen reindrehen.“

„Hier ist nix zum Drehen.“

„Macht mal Platz.“ Agata rückt ihre Lampe auf der Stirn zurecht und schaut in den Kasten. „Sie sind weg!“

„Wie, sie sind weg?“, frage ich.

„Die Sicherungen. Es ist ein altes Modell, so eins haben wir in unserer Wohnung in Polen auch. Normalerweise stecken hier große Sicherungen drin. Man muss sie reinschrauben, so ähnlich wie Glühbirnen, nur ohne Birne.“

„Du meinst, irgendjemand hat die Sicherungen geklaut?“, fragt Conny.

Agata nickt. „Ich war bis eben in meinem Zimmer eingesperrt, ungefähr eine halbe Stunde lang. Ich habe den Schlüssel von außen stecken lassen, und auf einmal kam ich nicht mehr raus. Da oben hat mich keiner gehört. Ich habe geklopft, gerufen und auf den Boden getrampelt, aber ihr wart anscheinend alle unterwegs und die Gäste auch."

„Das gibt es doch nicht. Wer macht denn so etwas?", fragt Conny. „Gibt es jemanden, der dir eins auswischen will, Agata?"

Sie schüttelt den Kopf. „Nein, nicht, dass ich wüsste."

„Das gilt mit Sicherheit mir. Ohne Strom keine Öfen, ohne Öfen keine Torten."

„Kai!", sagen Agata und ich gleichzeitig.

„Das befürchte ich auch." Lara fährt sich durchs Haar. „Mist!"

„Was stand denn eigentlich in dem Brief?", frage ich.

Lara zuckt mit den Schultern. „Ich hab nicht reingeguckt. Lasst uns nach oben gehen."

Wir gehen alle zusammen in die Küche. Dort liegt der Brief noch ungeöffnet. Lara reißt ihn auf und liest ihn stirnrunzelnd.

„Kai schreibt, ihm stünde irgendeine Ausfallszahlung zu, er würde aber sehr gerne wieder mit mir zusammenarbeiten und darauf verzichten, wenn ich mich in Ruhe mit ihm zusammensetze, um alles zu klären."

„Weißt du, wo er mittlerweile arbeitet?", frage ich.

„Ja." Lara greift sofort zum Telefon. „Moin, Fred, Lara hier, sag mal, ist Kai zu sprechen? ... Wie, der ist abgereist? Wann denn? ... Ach so, ja, danke." Sie sieht uns an. „Ich muss noch kurz am Flugplatz anrufen." Wir hängen an Laras Lippen, als sie kurz darauf das nächste Gespräch führt. „Moin, Klaas, Lara hier von der *Strandrose*. Sag mal, ist Kai gerade mit euch geflogen? ... Mist! Ja, danke dir."

„Sag bloß, der ist mit den Sicherungen aufs Festland abgehauen?“, frage ich.

„Jepp“, sagt Lara. „Dolle Wurst! Was machen wir denn jetzt?“

„Gibt es keinen Elektriker auf der Insel?“, fragt Conny.

„Schon“, antwortet Agata. „Aber der wird auch nichts bringen. Die Sicherungen sind sehr alt, die kann man nicht einfach so ersetzen. Man muss genau das passende Modell haben.“

„Super, dann gibt es morgen nur Kaffee ohne Kuchen.“ Lara lässt sich auf den Stuhl sinken. „So ein Fiesling! Die Ausgleichszahlung kann er damit jetzt vergessen. Mir fehlen die Einnahmen von mindestens einem Tag, je nachdem, wann der Strom wieder funktioniert.“

„Meine Oma hat einen Gasherd mit zwei Öfen“, überlege ich laut. „Jannes hat auch einen. Und Ole ganz sicher auch. Wir könnten uns aufteilen. Zwei von uns backen bei Oma, eine bei Jannes und eine bei Ole.“

„Gute Idee!“ Laras Gesicht hellt sich auf. „Meinst du, die machen da mit?“

„Ich glaube schon. Am besten wäre, wenn wir uns aufteilen, Lara, wir kennen die Rezepte. Du backst mit Agata bei Jannes und Ole, ich mit Conny bei meiner Oma. Vorhin habe ich bei Jannes Kinderanhänger für die Räder gesehen, da könnten wir alle Zutaten mit transportieren. Zu Jannes müsst ihr alles mitnehmen, der hat gar nichts da, wenn ihr Pech habt, noch nicht mal ’ne Prise Salz.“

„Okay, das ist das geringste Problem. Es ist ja zum Glück nicht weit weg, und im Keller muss irgendwo auch noch ein alter Bollerwagen stehen, womit wir alles transportieren können. Rufst du an und fragst nach, Merle?“

„Klar!“ Ich ziehe mein Handy aus der Tasche. „Oma, wir

brauchen deine Hilfe ...“ Und kurz darauf mobilisiere ich auch Jannes und Ole. Als ich fertig telefoniert habe, sage ich lächelnd: „Alles klar, ihr könnt zu Jannes kommen. Er gibt euch die Schlüssel für das Haus. Die beiden müssen noch arbeiten, aber wenn sie fertig sind, schauen sie sich den Sicherungskasten mal an. Meine Oma freut sich. Ich soll dir sagen, sie macht schon mal den Mürbeteig fertig und setzt Hefeteig an.“

„Wow, das ist ja super!“ Lara springt auf und holt Block und Stift. „Komm, wir teilen schnell auf, wer was macht. Deine Oma macht also die Mürbeteigböden und den Hefeteig. Ihr solltet, wenn möglich, keine Sahne- oder Cremetorten machen. Die fallen uns zusammen, wenn wir sie über die holprige Billstraße mit dem Anhänger transportieren. Oder aber wir gehen den Fußweg und tragen sie mit den Händen. Dann würden wir euch abholen, sobald wir fertig sind.“

„Nein, das ist Blödsinn, da hast du recht. Ihr macht die cremigen Sachen, wir die festeren und herzhaften. Wir wollten ja heute eigentlich vorarbeiten, damit wir morgen Abend alle frei haben. Ich bin dafür, dass wir alle gemeinsam reinhauen und uns das mit morgen Abend nicht versauen lassen. Ich habe mich auf das Lagerfeuer gefreut.“

„Seh ich auch so“, sagt Agata. „Lara, du musst sagen, was wir einpacken müssen.“

Ich stehe auf und gehe zum Kühlraum. „Mist!“, sage ich, „Die verderblichen Sachen müssen auch hier raus, sonst können wir die alle spätestens morgen wegschmeißen. Noch ist es kühl hier drinnen. Am besten fragt ihr Jannes. Sein Kühlschrank ist komplett leer. Außerdem kennt er genug Leute, die die Sachen so lange zwischenlagern können, bis der Strom wieder läuft.“

„Und die Torten und Kuchen?“, überlegt Lara, „wo lagern wir die?“

„Im Keller war es recht kühl", schlägt Conny vor. „Vielleicht bekommen die Jungs ja den Strom wieder zum Laufen, bis wir mit Backen fertig sind. Das ist doch bestimmt nicht das einzige Haus mit alten Sicherungen."

„Okay." Lara klatscht in die Hände. „Dann mal los! Notfalls frage ich, ob im Kühlraum eines anderen Cafés oder Restaurants für unsere Torten Platz ist. Wichtig ist, dass wir jetzt anfangen."

„Ihr müsst die Küchenmaschinen mit zu Jannes schleppen", sage ich. „Ich weiß nicht, ob er eine hat. Meine Oma hat eine große, die reicht. Und Lara, hast du vielleicht Reinigungstabs für einen Kaffeevollautomaten? Jannes hat ein schickes Gerät da stehen, das ihr aber nicht benutzen könnt, ohne vorher einen Reinigungsdurchlauf zu starten. Und ich denke mal, dass ihr den einen oder anderen Kaffee brauchen werdet, um durchzuhalten."

25. Kapitel

Es ist Viertel nach sechs, als ich mit Conny auf dem Weg zu meiner Oma bin. Um kurz vor halb sieben stehen wir bei ihr in der Küche. Oma trägt eine weiße Baumwollschürze. Vorne auf dem Latz steht in geschwungenen blauen Buchstaben *Backen macht glücklich!*

„Hallo, Oma." Ich falle ihr um den Hals. „Heute kommt dein toller Ofen mal richtig zum Einsatz."

Sie lacht. „Das wurde aber auch Zeit."

„Das ist Conny." Conny hält Oma die Hand hin. Sie packt zu und zieht Conny an sich ran. „Komm her, Mädchen, ich beiße nicht."

„Wir brauche jede Menge Kuchen, Oma. Ich weiß nicht, ob Lara die ganzen Torten in der Zeit schafft. Und wir wollten eigentlich auch gleich für Samstag vorbacken, damit wir morgen Abend mal Zeit für uns haben." Mir fällt ein, dass ich Oma noch gar nicht gefragt habe, ob wir uns bei ihr im Garten treffen dürfen. „Wir hatten nämlich eigentlich vor, uns alle bei einem Lagerfeuerchen zusammenzusetzen, um über Männer herzuziehen."

Oma schmunzelt. „Das klingt nett."

„Ja, Lara, Agata, Conny und ich. Nur Frauen. Und wir wollten dich fragen, ob du auch Lust hast, eine Wurst mit uns zu grillen, weil wir nämlich überlegt haben, uns hier bei dir zu treffen."

„Natürlich dürft ihr euch hier zusammensetzen. Aber ich alte Frau störe dabei bestimmt nur."

„Quatsch!“, sagt Conny. „Sie haben doch bestimmt eine ganze Menge zu erzählen. Über Männer kann man immer lästern, das hat doch nichts mit dem Alter zu tun.“

„Da hast du allerdings recht.“ Oma sieht auf einmal sehr ernst aus. „Aber ich halte mich da besser zurück, sonst sage ich noch Dinge, die ich besser nicht aussprechen sollte.“

„Morgen ist alles erlaubt“, erklärt Conny unbekümmert. „Außerdem können wir ja auch über schöne Dinge reden. Da kann Merle bestimmt zu beitragen, so verliebt, wie sie momentan ist.“

„Das werde ich. Aber jetzt müssen wir loslegen. Oma, kann man in deinen Öfen vier Kuchen gleichzeitig backen? Laufen sie auch mit Heißluft oder nur mit Gas?“

„Heißluft geht auch. In die größere Seite passen zwei, der kleinere daneben reicht nur für einen. Aber ich soll dir sagen, dass Jella ihren Ofen schon vorheizt. Da wäre auch noch mal Platz für zwei Kuchen. Sie wohnt doch gleich hier in der Nähe.“

„Das ist ja perfekt, daran habe ich gar nicht gedacht. Dann mal los.“ Ich ziehe den Zettel aus der Tasche und verteile die Aufgaben. Kurz darauf sind wir alle beschäftigt. Conny schnippelt Obst, ich rühre Schokokuchenteig, und Oma schiebt schon die ersten Mürbeteigböden in die Öfen.

Gerade als ich meinen Teig in die Formen fülle, sehe ich Jella den Weg zum Haus hochkommen. Sie trägt eine flache große Plastikkiste.

„Jella kommt“, sage ich.

Oma schaut kurz hoch und knetet weiter. „Ich freue mich für dich und Jannes. Aber Jella ist richtiggehend aus dem Häuschen deswegen.“

„Ich weiß, du hättest mal ihr Gesicht sehen müssen, als sie mich heute Morgen mit Jannes gesehen hat.“

„Du hättest mal ihr Gesicht sehen müssen, als sie mir brühwarm darüber berichtet hat." Oma schmunzelt. „Sie hat behauptet, deine Geschäftstüchtigkeit hättest du von mir. Es ging da um hundert Euro, die du Ole abgeluchst hast."

„Er war selbst daran schuld", antworte ich. „Er hat mich die ganze Zeit nur aufgezogen."

„Was? Womit denn?", fragt Conny, und ich zeige auf meinen Hals.

„Ach so, gut, das kann ich verstehen."

Jella kommt laut rufend in das Haus herein. „Hallo, nicht erschrecken, ich bin es nur." Sie stellt die Plastikkiste auf den Boden. „Ich dachte, die wäre ganz praktisch, um darin Schüsseln oder Backformen zu transportieren. Der Ofen ist schon an." Sie sieht sich in der Küche um. „Ach herrje, das ist ja ein Gewusel hier." Sie geht zu Conny. „Ich bin Jella, die Mutter von Jannes und Ole. Du bist bestimmt Merles Freundin Conny aus München, oder?"

„Ja." Conny wischt sich die Hand am Geschirrtuch ab, um sie Jella zu reichen. Aber auch die hält es wie Oma, sie zieht Conny einfach in ihre Arme.

„Ich dachte bisher immer, Ostfriesen seien ein kühles und eher wortkarges Volk", sagt Conny, „aber da habe ich mich wohl getäuscht. Ich werde hier durchweg herzlich empfangen."

„Ostfriesen sind offen, gastfreundlich, sehr humorvoll und immer ehrlich", sagt Jella, „zumindest die, die hier auf der Insel leben."

Oma schnalzt mit der Zunge. „Das mit dem ehrlich sein vergiss mal ganz schnell wieder, Jella. Und mit wortkarg hat Conny auch recht, zumindest was die männliche Bevölkerung angeht."

Ich würde Oma zu gerne fragen, was Fiete ihr heute erzählt hat, aber das geht jetzt im Beisein von Jella und Conny gar nicht. Außerdem wird sie schon von sich aus kommen, wenn sie es mir erzählen möchte.

„Was die Wortkargheit von Männern angeht, kann ich allerdings aus eigener Erfahrung berichten, dass die Münchener da auch nicht viel gesprächiger sind“, sage ich, weil Frederik mir plötzlich einfällt.

„Und sie lügen auch“, pflichtet Conny mir bei.

Genau wie Marc, denke ich, aber den soll ich ja endlich abhaken.

„Da siehst du's, Enna, unsere Insulaner sind also doch gar nicht so schlecht.“

„Hmpf“, macht Oma. „Was ist gut daran, wenn sie nicht besser sind als woanders?“ Sie zeigt auf meine Schüsseln. „Du wolltest doch bestimmt Kuchenteig holen.“

„Stimmt.“ Jella sieht mich an. „Stimmt es, dass man Agata im Keller eingesperrt und den Stromkasten geklaut hat?“

„Was? Nein. Irgendjemand hat Agata in ihrem Zimmer eingeschlossen und die Sicherungen rausgedreht, nicht den ganzen Kasten weggenommen.“

Oma rollt mit den Augen. „Die stille Inselpost übertreibt mal wieder. Von wem hast du das denn? Ich habe dir vorhin nur von einem Stromausfall erzählt.“

„Ida hat mich gerade angerufen. Die hat es von Svantje. Und die hat wohl den Dorfsheriff am Flugplatz gesehen, wie er gerade Til befragt hat.“

„Til?“, frage ich. „Warum das denn?“

„Weil der doch mal mit Agata zusammen war“, erklärt Jella.

„Der war schon mit vielen zusammen, Jella“, sagt Oma streng. „Das weiß sogar ich, obwohl ich erst seit einem Monat wieder hier bin. Aber das bedeutet doch nicht, dass er deswegen gleich jemanden in den Keller einsperrt.“

Conny zieht mit dem Finger durch meinen Schokoladenteig und leckt ihn genüsslich ab.

„Hier gefällt es mir", sagt sie und grinst frech. „Hier ist wenigstens was los. Gibt es eine gute Friseurin auf der Insel?"

„Ja", sagt Jella, „im Dorf. Ida ist sehr gut. Ihre Kundinnen kommen teilweise extra alle zwei Monate vom Festland, um sich von ihr die Haare schneiden zu lassen."

„Hat sie viele Mitarbeiter?", fragt Conny.

Jella überlegt einen Moment. „Drei, nein vier. Und sie bildet sogar aus. Aber sie sucht trotzdem immer mal wieder gute Friseure. Besonders in den Sommermonaten ist dort sehr viel zu tun."

„Hm", macht Conny und sieht mich an. „Mal schauen, was sich hier alles demnächst noch so ergibt."

„Für wie lange hat Lara dich eingestellt?", frage ich.

„Erst einmal für fünf Wochen", antwortet Conny. „So, dass wir gemeinsam zurückfahren können, aber ich bin da relativ offen, was die Zeit angeht. Wie gesagt, wer weiß, was sich noch ergibt."

Der Küchentimer, den ich eingestellt habe, schrillt laut.

„Deine Böden sind fertig, Oma", sage ich. „Dann können wir meine Kuchen hier backen."

Während Oma sich am Ofen zu schaffen macht, schaue ich mich in der Küche um. „Das sieht ja schon alles ganz gut aus. Ich würde vorschlagen, dass ich mit zu Jella rübergehe und mich um die herzhaften Sachen kümmere. Die Frittatas können wir im Ofen backen, aber sie lassen sich auch sehr gut in der Pfanne zubereiten. So kommen wir uns nicht in die Quere. Oma, du kennst dich doch super aus mit Kuchen und Torten, du kommst mit Conny bestimmt eine Weile alleine klar."

„Natürlich. Seht zu, dass ihr Land gewinnt."

„Schön." Ich packe die Zutaten für die Frittatas in Jellas Kiste. Sie greift eine Seite, ich die andere, und so tragen wir sie gemeinsam zu ihr hinüber. Sie wohnt nur drei Minuten zu Fuß von Oma entfernt.

„Danke, dass du uns hilfst", sage ich, als wir die Kiste auf ihren Küchentisch wuchten. Als kurz darauf ein Mann in der Tür steht, zucke ich erschrocken zusammen.

„Moin", sagt er zu mir. „Ich bin Pawel, Jellas schlechtere Hälfte."

„Moin." Ich habe mich schnell wieder gefasst. „Ich bin Merle." Dass Jella noch mal geheiratet hat, ist mir neu. Ich weiß, dass Jannes' Vater bei einem tragischen Unfall ums Leben kam, als Jannes noch ein Kind war. Ich habe Jella immer nur alleine gesehen, wenn wir Urlaub auf der Insel gemacht haben. Aber das ist schließlich Ewigkeiten her. Ich weiß verdammt wenig über Jannes und seine Familie, denke ich. Das muss sich so bald wie möglich ändern.

„Ich bin dann auch direkt weg." Er schmunzelt. „Mit Jannes und Ole nach Sicherungen suchen."

„Oh, das ist ja toll."

Er nickt. „Dann mal frohes Schaffen."

„Ich wusste gar nicht, dass du wieder verheiratet bist", gebe ich offen zu, als ich gemeinsam mit Jannes' Mutter die Lebensmittel aus der Kiste räume.

„Seit zehn Jahren", erzählt Jella. „Pawel war mit einer Handwerkerfirma hier, um bei einer Nachbarin das Haus neu einzudecken. Er hat tagelang nur zu mir rübergeschaut, bevor er den Mut hatte, mich anzusprechen. Als ich ihm das erste Mal ganz nah gegenüberstand, war es direkt um mich geschehen. Er strahlte so eine Liebenswürdigkeit aus, die ich bisher noch bei keinem Mann bemerkt hatte." Eine zarte Röte überzieht ihr Gesicht. „Pawel ist das Beste, was mir in Sachen

Männern bisher passiert ist. Wir sind sehr glücklich miteinander."

„Das freut mich für dich."

Jella lächelt sanft. „Pawel kommt aus Polen. Er hat auch zwei Söhne. Sie leben beide mit ihren Familien in Masuren. Es war nicht leicht für ihn, all das zurückzulassen. Er sieht sie nur noch selten, aber er hat trotzdem keinen Moment gezögert und ist bei mir geblieben, als ich ihn darum gebeten habe."

Ob das ein Wink mit dem Zaunpfahl sein soll?

„Das hört sich sehr romantisch an."

„War es auch. Wir waren genauso verliebt wie Jannes und du momentan. Und jetzt lieben wir uns. Wir haben es beide keinen einzigen Augenblick bereut."

Der zweite Wink, aber ich bleibe tapfer. Ich kann Jella ja schlecht erzählen, dass ich mir auch schon Gedanken über eine Zukunft auf der Insel mache.

„Deiner Freundin gefällt es auch hier. Sonst hätte sie eben nicht gefragt, ob es eine gute Friseurin gibt."

„Juist ist ja auch wunderschön", sage ich. Ich zeige auf zwei Schüsseln mit gekochten Kartoffeln. „Die habe ich vorhin schon bei Oma in den Topf geworfen. Die müssten wir noch pellen."

„Dazu brauchen wir wohl Messer."

Ich sehe Jella zu, wie sie zwei kleine Messer aus der Schublade holt. Als sie wieder neben mir steht, sage ich: „Ich habe Jannes sehr gern. Und ich hoffe von ganzem Herzen, dass wir einen Weg miteinander finden."

Sofort strahlt Jella über das ganze Gesicht. „Es ist lieb von dir, dass du das sagst. Jannes hat ein bisschen Glück verdient. Und du natürlich auch."

Wir sitzen uns am Tisch gegenüber und pellen Kartoffeln.

„Du wolltest am Samstag gerne mit mir über Undine sprechen. Wenn du möchtest, können wir das auch jetzt machen“, schlägt Jella vor, „und Samstag essen wir dann einfach alle gemütlich zusammen zu Mittag. Dann müssten wir auch Pawel und Ole nicht so lange alleine lassen, wenn wir den Frauenkram besprechen.“

„Gerne“, antworte ich überrascht, aber mit einem Lächeln.

Jella steht auf und geht zu einem hübschen alten Buffetschrank, der mir schon beim Hereinkommen sofort aufgefallen ist. Als sie zurückkommt, stellt sie zwei Schnapsgläser und eine Flasche mit einer tiefvioletten Flüssigkeit auf den Tisch.

„Dazu brauchen wir aber eine kleine Stärkung. Vielleicht hilft es meiner Zunge auch etwas, sich zu lösen.“

„Kratzbeere?“, frage ich.

„Ja, aus dem letzten Jahr. Je länger er steht, desto besser schmeckt er.“ Sie gießt die Gläser voll. „Auf die Liebe“, sagt sie, als wir miteinander anstoßen.

„Auf die Liebe!“

„Und jetzt schieß los, was möchtest du gerne wissen?“

„Bin ich Undine wirklich so ähnlich?“, frage ich. „Mama sagt, nur optisch, vom Wesen her sei ich anders.“

„Uta kennt dich ja auch wesentlich besser. Wir können hier alle nur die Oberfläche betrachten. Du hast ihre hübschen Wangenknochen, die gleiche Haar- und Augenfarbe. Und auch ihre positive Ausstrahlung. Warte kurz, ich bin gleich zurück.“

Während Jella aus der Küche verschwindet, pelle ich weiter die Kartoffeln. Nach kurzer Zeit ist sie zurück und hält mir ein großes Schwarz-Weiß-Foto vor die Nase. Ich wische mir die Hände ab und nehme es vorsichtig mit den Fingerspitzen, damit ich es richtig ansehen kann.

„Das sind wir“, sagt Jella, „das Kleeblatt. Damals waren

wir siebzehn Jahre alt und hatten die Insel nach der Schule schon für die Ausbildung verlassen. In den Ferien haben wir uns dann wieder hier getroffen."

Ich schaue auf vier lachende Mädchen, die im Halbkreis nebeneinander im Schneidersitz am Strand sitzen.

Undine erkenne ich sofort, und auch Jella und Svantje. Ich deute auf das Mädchen mit dunklen langen Haaren, das mir völlig unbekannt ist.

„Wer ist das?"

„Ida", sagt Jella.

„Ah, den Namen habe ich eben schon mal gehört."

Jella nickt. „Sie ist gleich nach der Ausbildung wieder zurück auf die Insel. Wir haben uns alle vier gut verstanden, aber Ida war meine beste Freundin, und Svantje war Undines. Nachdem Undine nicht mehr da war, hat sich das etwas gewandelt. Ida hat sich mehr und mehr Svantje zugewandt. Und dann kamen die Männer ins Spiel, und es wurde richtig kompliziert. Eine Zeit lang haben wir uns auseinandergelebt. Aber heute sind wir wieder Freundinnen, die wissen, wie wichtig es ist, in schwierigen Zeiten zusammenzuhalten."

„Es war bestimmt nicht immer alles einfach für dich", sage ich. „Umso schöner ist es, dass du heute glücklich bist."

„Ja, ich habe gute Freundinnen, einen Mann, zwei gut geratene Söhne und sogar schon ein Enkelkind. Ich kann mich nicht beschweren."

„Wer hat das Foto gemacht? War das Tamme?"

„Ja, er war eine kurze Zeit mit Svantje zusammen. Und dann hat er sich plötzlich für deine Mutter interessiert. Sie war damals vierzehn und entwickelte sich immer mehr zu einer hübschen jungen Frau. Das gab ganz schön Knatsch zwischen den beiden Mädels. Und dann kam Helene und hat ihn den beiden ausgespannt. Sie ist auch im Moment wieder auf der Insel." Jella lacht. „Wir nennen sie immer noch das rote Biest."

„Ich kenne sie und auch ihre Tochter Bente. Sie war hinter Jannes her", erzähle ich freimütig. „Doch dann kam leider ich. Da hat sie wohl Pech gehabt."

Jella fängt laut an zu lachen. „Du kannst dir gar nicht vorstellen, wie froh ich darüber bin. Das fehlte mir noch, Tammes Tochter und mein Sohn!"

„Habt ihr euch wegen Tamme zerstritten?"

„Ach, woher! Svantje hat einen Tag lang geheult, und gut war's. Wir hatten eine gemeinsame Feindin, und die hatte rote Haare, kam vom Festland und wollte uns ganz offensichtlich die Männer von der Insel klauen." Jella reckt das Kinn nach vorne. „Wir haben sie das damals deutlich spüren lassen, dass sie hier und in unserem Kreis absolut nicht willkommen war. Sie macht heute noch einen großen Bogen, wenn sie eine von uns sieht." Dann lacht Jella wieder. „Nein, ganz so stimmt das heute nicht mehr. Wir sind keine besten Freundinnen, aber trotzdem ist sie mittlerweile irgendwie ein Teil der Inselgemeinschaft. Zumindest saisonweise."

„Gut so!" Ich betrachte noch einmal das Foto. „Undine sieht mir wirklich ähnlich. Sag mal, weißt du vielleicht, ob sie irgendwelche Probleme hatte?"

Jella zögert einen Moment. „Ihr Vater hat ziemlich viel getrunken. Sie hat sich für ihn geschämt. Ich weiß aber nicht, ob Enna das weiß. Also, natürlich wusste sie über die Trinkeskapaden Bescheid, aber nicht, wie sehr Undine darunter litt. Vielleicht belastest du sie lieber nicht damit. Sie hatte es sowieso schon so schwer. Und jetzt ist sie glücklich, weil du hier bist. Ich habe sie schon lange nicht mehr so locker und fröhlich erlebt." Jella schenkt uns noch einen Likör ein.

Den Stein habe ich schon ins Rollen gebracht, denke ich. Oma hat mit Fiete gesprochen. Und so, wie es sich anhört, deutet alles darauf hin, dass Undine tatsächlich Stress mit ihrem Vater hatte. Wahrscheinlich wollte sie darüber mit Oma reden.

Ich proste Jella zu: „Auf gute Freundinnen."

„Auf unsere guten Freundinnen."

„Tamme hatte ein tolles Auge für Fotografie", sage ich. „In der *Strandrose* hängen ähnliche Bilder."

„Ach ja?"

„Im Treppenaufgang. Svantje hat sie Frau Arnold geschenkt."

„Ah, die sagenumwobene Marie Claire. Ich wusste nicht, dass die beiden so eng miteinander sind. Sie haben sich wohl irgendwo in Emden kennengelernt, soweit ich gehört habe. Alle haben sich damals Gedanken gemacht, warum eine Amerikanerin eine kleine Pension auf Juist kauft, zumal sie die Insel nie betreten hat. Angeblich hat sie einen sehr reichen Mann und musste ihr Geld irgendwo anlegen. Aber die Insulaner erzählen auch viel, wenn der Tag lang ist."

„Sie war einmal hier, im April, das weiß ich, weil Agata sie dabei kennengelernt hat. Svantje hat Apfelrosentorte für sie gebacken."

„Ja, das stimmt, ich kann mich daran erinnern. Aber es hat sie beinahe niemand gesehen. Sie ist damals mit einem eigenen Segelboot angekommen, relativ spätabends, und hat die Pension kaum verlassen. Zwei Tage später war das Boot dann wieder verschwunden. Sie muss den Hafen in aller Herrgottsfrühe verlassen haben. Aber dass Svantje ihr die Töwerlandtorte gebacken hat, kann ich mir beim besten Willen nicht vorstellen. Undine hat immer ein Geheimnis um das Rezept gemacht und es uns nicht verraten. Vielleicht hat Svantje die

Torte ja nur irgendwie nachgebacken. Sie war schon immer gut im Improvisieren."

„Hm", mache ich. „Es hat sich aber ganz so angehört. Ich kenne das Rezept und habe mich auch schon gewundert, als mir eine Freundin erzählt hat, dass sie die Torte in der Pension gegessen hat."

Jella seufzt tief. „Die Zeiten ändern sich. Es ist schließlich auch schon sehr lange her. Vielleicht hatte Svantje das Rezept ja doch, und die Torte zu backen war ein Schritt für sie, endlich loszulassen."

So habe ich das noch gar nicht gesehen. „Das kann gut möglich sein."

Jella nimmt mir das Foto wieder ab. „Ich räume das jetzt mal weg, sonst werden wir nie mit deinen Frittatas fertig."

„Stimmt! Wir brauchen noch jede Menge Zwiebeln."

„Die schälen wir am besten unter fließendem Wasser, da tränen die Augen nicht so."

„Gute Idee – und danke, Jella."

„Nicht dafür."

Wir lassen gerade die letzten beiden Frittatas aus der Pfanne gleiten – es ist halb zwölf –, als mein Handy klingelt.

„Hallo, Jannes", sage ich.

„Hallo, mein Herz", antwortet er und zaubert damit ein Lächeln auf mein Gesicht.

„Wir haben drei Sicherungen aufgetrieben. Der Kühlraum und die Küche funktionieren wieder. Und in der ersten Etage ist auch wieder Strom, damit die Gäste etwas sehen können. Die Öfen könnt ihr allerdings nicht benutzen, die müssen extra gesichert werden."

„Das ist ja wunderbar. Wie läuft es bei Agata und Lara?"

„So was von spitze! Ole und ich haben für den ganzen

Sommer eine Tortenflatrate angeboten bekommen. Da konnten wir natürlich nicht Nein sagen. Und meine Kaffeemaschine funktioniert auch wieder! Schläfst du heute bei mir?“

Ich muss lachen. „Sei mir nicht böse, aber ich stehe morgen ganz früh auf und helfe Lara, die Torten fertig zu machen. Sie schafft das bestimmt nicht alleine.“

„Dann morgen?“

„Morgen ist unser Lästerabend, das weißt du ganz genau.“

„Na und? Deine Freundinnen können dich doch danach bei mir abliefern. Du bist bestimmt sehr süß, wenn du ein bisschen angetrunken bist.“

Prompt schenkt Jella mir noch ein Likörchen ein.

„Auf Jannes“, sage ich.

„Auf Jannes“, antwortet Jella.

„Trinkst du etwa mit meiner Mutter?“, fragt Jannes.

„Ja, wieso nicht? Wir sitzen hier in ihrer Küche, unterhalten uns und trinken ein Schnäpschen.“

„Kratzbeere?“, fragt Jannes.

„Ja, sehr lecker.“

„Pass bloß auf, das Zeug hat es in sich. Mama sagt zwar, dass es Likör ist, aber sie hat ihn mit neunzigprozentigem Alkohol aus der Apotheke angesetzt. Das Zeug hat bestimmt vierzig Umdrehungen. Aber die merkst du erst, wenn du vor die Tür gehst. Wie viele hattest du schon?“

„Drei.“

„Gönn dir noch einen letzten, dann mach Schluss damit, nur so ein kleiner Tipp von mir.“

„Danke.“

„Und, Merle?“

„Ja?“

„Ich bin verrückt nach dir.“

Und da fliegen sie wieder, die Schmetterlinge. „Und ich nach dir, Jannes."

Der vierte Likör steht schon vor mir, als ich das Handy wieder in meine Hosentasche schiebe.

„Auf euch, ihr beiden Turteltauben", sagt Jella lächelnd.

„Danke, das ist sehr lieb von dir." Ich kippe den Likör in einem Zug runter. „Sollen wir mal nachschauen, wie weit Conny und Oma sind?"

Jella nickt. Draußen vor der Tür treffen wir auf Pawel.

„Das riecht aber nicht nach Kuchen", sagt er. „Eher wie leckere Bratkartoffeln."

„Das sind Frittatas", erkläre ich. „Wir haben extra zwei mehr gemacht, falls jemand Hunger bekommt. Du kannst dich gerne bedienen."

„Hm, das lass ich mir nicht zweimal sagen. Hat Jannes dich schon erreicht?"

„Ja, eben."

„Gut, dann wisst ihr ja schon Bescheid. Wann werdet ihr fertig sein?"

„Keine Ahnung", sage ich, „wir schauen jetzt mal, wie weit Oma und Conny sind. Und dann müssen die ganzen Sachen ja auch noch in die Pension gebracht werden."

Pawel reibt sich das Kinn. „Braucht ihr eine Kutsche? Dann frage ich Adam. Das ist der Sohn eines Freundes aus Polen. Wir haben ihm auf der Insel den Job besorgt."

„Den kenne ich, er hat mich am ersten Tag zur Pension gebracht. Das wäre natürlich toll."

„Gut, dann sagt ihr mir gleich Bescheid, wann er hier sein soll. Es wird aber wackelig werden, ihr müsst die Kuchen gut einpacken."

„Machen wir, danke."

Es ist fast windstill. Die Sterne leuchten ungewöhnlich hell am Himmel, als ich mit Jella auf Omas Haus zugehe. Mir ist ein bisschen schwummrig im Kopf. Jannes hat recht, der Likör hat es in sich. Und meine Zunge hat er auch gelöst.

„Wenn Svantje nicht die Apfelrosentorte für Frau Arnold gebacken hätte, hätte Dana sie in der Pension nicht essen und mir dementsprechend auch nicht davon erzählen können", philosophiere ich. „Und dann hätte ich auch nicht nach der Pension gegoogelt und die Stellenanzeige nicht entdeckt. Letztendlich hat Svantje Jannes und mich zusammengebracht und dadurch das Inselgleichgewicht wiederhergestellt. Helene hat Tamme ja bekanntlich von der Insel gelockt." Ich seufze. „Und für Jannes würde ich glatt hierbleiben."

Jella fängt laut an zu lachen. „Dann sollten wir uns bei Gelegenheit dafür bei Svantje bedanken."

„Gute Idee." Ich bleibe einen Moment stehen. „Das wollte ich eigentlich gar nicht ausplaudern. Ist ja erst mal nur so 'ne Idee. Trinken während der Arbeitszeit sollte verboten sein! Oh, Mist, es ist ja wirklich nicht erlaubt."

„In Ausnahmesituationen schon", sagt Jella. „Enna macht dir bestimmt einen starken Kaffee. Dazu isst du eine Schnitte von Ennas Spezialbrot, dann bist du gleich wieder klar. Und dein Geheimnis ist bei mir sicher. Keine Angst, ich sag Jannes nichts."

„Danke!", flüstere ich noch, bevor ich Oma Ennas Haus betrete und laut rufe: „Wir sind wieder da!" Omas Haus riecht wie eine einzige große Torte, wie eine Schokoladentorte, denke ich, als wir durch den Flur in die Küche gehen.

Die Kuchen stehen überall in der Küche verteilt, auf der Arbeitsplatte, auf der Fensterbank, dem Herd. Oma überzieht gerade einen weiteren mit Schokoglasur. Conny sitzt am Tisch, vor sich hat sie einen riesigen Pott Kaffee und einen Teller mit einer Stulle stehen.

„Du wusstest, dass es bei Oma Kaffee und Brot gibt", sage ich zu Jella und lasse mich neben Conny auf den Stuhl fallen.

Meine Freundin hält mir ihre Stulle hin. „Schmalzbrot, sehr lecker."

Ich beiße hinein. „Hm."

„Kannst du haben", sagt Conny, „das ist schon mein zweites."

Ich greife dankbar zu.

„Das Schmalz steht in der Kammer", meldet Oma sich zu Wort. „Jella, du weißt ja sicher noch, wo. Und das Brot findest du auch."

„Wie hast du es gerade genannt, Spezialbrot?", frage ich, als Jella sich mit einem halben Laib Brot und einem Gläschen Schmalz zu uns an den Tisch setzt.

„Ja", sagt sie. „So haben wir es früher immer genannt. Eine Scheibe davon, und es geht dir besser, es hilft gegen alle möglichen Wehwehchen."

Jella setzt das Messer an, und während sie schneidet, sagt sie: „Undine hat immer behauptet, deine Oma würde irgendeinen magischen Zauber auf das Schmalz ausüben, damit es seine Kräfte entfalten kann."

„Das fühlt man", sagt Conny, und ich muss mir das Lachen verkneifen.

Oma zwinkert mir zu. Ich stehe auf, drücke ihr einen Kuss auf die Wange und sage: „Ich hab dich sehr lieb, Oma."

26. Kapitel

„Das ist so was von romantisch“, sagt Conny.

Unter Romantik stelle ich mir allerdings etwas anderes vor. Es ist kurz nach eins. Wir sitzen mit lang ausgestreckten Beinen auf dem harten Boden unseres Transportmittels und werden ordentlich durchgeschüttelt. Adam ist nicht etwa mit einer gemütlichen Kutsche zur Personenbeförderung bei uns vorgefahren. Seine Pferde ziehen einen offenen Transportanhänger. Die Kuchen und Frittatas stehen zwischen Conny und mir, alle gut verpackt in irgendwelchen Behältern, angefangen von der Tortenhaube bis hin zu Plastikschüsseln und Töpfen, die uns Oma und Jella ausgeliehen haben. Wir haben den Boden mit Decken ausgelegt, in den Zwischenräumen mit Kissen gepolstert und versuchen, unsere wertvolle Fracht so gut wie möglich zu schützen, indem wir sie eng zusammenhalten.

„Morgen haben wir bestimmt blaue Flecken am Hintern“, sage ich, als wir über einen besonders unebenen Backstein holpern und wir beide ein paar Zentimeter nach oben hopsen.

„Tut mir leid“, ruft Adam vorne vom Kutschbock.

„Alles gut“, meldet Conny zurück. Sie sieht zu mir rüber. „Ich komme mir vor wie im neunzehnten Jahrhundert. Fehlt nur noch Mr. Darcy, der uns auf seinem Ross entgegengeritten kommt. Wenn wir zurück in München sind, müssen wir uns unbedingt mal wieder zusammen *Stolz und Vorurteil* anschauen.“

„Das ist eine gute Idee. Den Film habe ich schon Ewigkeiten nicht mehr gesehen.“

„Ich habe mir die DVD besorgt, die Filmfassung mit Keira Knightley in der Hauptrolle."

„Die Version mag ich auch am liebsten. Ich weiß aber ehrlich gesagt gar nicht, ob ich nicht vielleicht lieber hierbleiben würde." Conny ist meine beste Freundin, es wäre unfair, ihr nicht zu erzählen, welche Gedanken ich mir um die Zukunft mache, auch wenn es ihr nicht gefallen wird.

„Mir ist egal, wo wir ihn gucken", sagt Conny, als würden wir gerade darüber reden, ob wir ihn in meiner oder ihrer Wohnung sehen. „Hier gibt es zwar keine Autos, aber ich habe in meinem Zimmer einen Fernsehapparat gesehen. Und irgendwoher bekommen wir bestimmt auch einen Blueray-Player und den Film."

„Ich dachte da eher so daran, für immer hierzubleiben."

„Schon klar", sagt Conny. „Ich habe vorhin schon mit deiner Oma ausgiebig über meine Geschäftsidee diskutiert. Der Friseursalon im Dorf hat sich nett angehört. Vielleicht stellt diese Ida mich ein. Und wenn nicht, könnte ich mich mit einem mobilen Friseursalon selbstständig machen. Mein Handwerkszeug habe ich ja schon. Ich bräuchte nur ein vernünftiges Fahrrad und einen passenden Anhänger."

„Meinst du das ernst?"

„Warum nicht? Ganz ehrlich, in München hält mich nicht viel. Meinen Job habe ich gekündigt, meine Mutter ist glücklich mit ihrem neuen Lover, den ich einfach nur völlig daneben finde. Wenn du bleibst, bleibe ich auch. Deine Oma hat mir angeboten, in die Wohnung neben dir einzuziehen, dann würde alles so bleiben wie früher – wir wären Nachbarinnen –, nur dass es hier viel schöner ist."

„Letzens hat Oma noch gesagt, sie würde langfristig nicht vermieten."

„Das war, bevor du ihr verraten hast, dass du vielleicht auf der Insel bleiben wirst. Wie gesagt, wenn du in die eine Wohnung einziehst, bekomme ich die andere", erklärt Conny gut gelaunt.

„Das hört sich für mich so an, als würde Oma im Hintergrund mit allen Mitteln dafür kämpfen, dass ich auf Juist bleibe. Und mir sagt sie, ich soll mir noch mal Gedanken darüber machen."

„Na und? Sie ist schließlich deine Oma, und sie ist ganz alleine hier auf der Insel. Da wäre es doch schön, wenn jemand mit ihr im Haus lebt. Du hast mir doch gestern erst erzählt, dass deine Eltern zu deiner anderen Oma nach Aschau ziehen, weil sie alleine nicht mehr klarkommt. Deine Inseloma wird auch älter."

„Habt ihr euch verbündet?", frage ich.

„Nein, aber ich mag sie. Und die Idee gefällt mir irgendwie."

„Du bist heute erst angekommen! Damit bist du definitiv noch verrückter als ich", sage ich lachend.

„Wer will schon normal sein?" Conny grinst mich an. „Ich sag ja auch nicht, dass ich das unbedingt machen will, nur dass ich es mir vorstellen könnte. Ansonsten lass ich jetzt alles erst mal ganz in Ruhe auf mich zukommen. Es war auf jeden Fall ein toller Start hier auf der Insel."

„Chaos pur, aber so ist das eben manchmal. Bist du gar nicht müde?", frage ich. „Du bist immerhin seit gestern Nacht unterwegs."

„Nein, überhaupt nicht", sagt Conny. Als sie kurz darauf herzhaft gähnen muss, rudert sie zurück: „Na ja, ein bisschen schon."

Ich schiele zu ihr rüber, und ein warmes Gefühl breitet sich in mir aus. Auf Conny kann ich mich immer verlassen. Sie ist meine beste Freundin. „Das wäre natürlich der absolute Oberhammer, wenn wir auch weiterhin Nachbarinnen wären, egal wo."

„Sag ich doch."

Wir holpern wieder über einen Stein. Als sich die Tortenhaube, die ganz oben auf unserem Kuchenstapel steht, selbstständig macht, greifen wir beide gleichzeitig zu und können sie im letzten Augenblick festhalten. So ruckeln wir weiter durch die sternenklare Nacht. Irgendwo in der Ferne maunzt eine Katze.

„Und es ist doch romantisch", sagt Conny.

Wir werden schon von Lara, Agata, Ole und Jannes erwartet.

„Da seid ihr ja", sagt Lara und fällt erst mir, dann Conny um den Hals, als wir aus der Kutsche geklettert sind.

Sie zeigt auf junge Leute, die auf den Treppenstufen vor der Pension sitzen. „Das sind Don und Saskia, zwei neue Mitarbeiter für das Café. Sie sind heute Nachmittag hier angekommen und haben gleich mit angepackt. Wir haben den Kühlraum gerade wieder komplett eingeräumt. Es fehlen nur eure Kuchen."

„Die stehen alle auf dem Wagen", sage ich. „Ich hoffe, sie sind heil geblieben."

Adam springt von seiner Sitzbank und gesellt sich zu uns. „Die Billstraße ist recht holperig, da konnte ich leider nicht ruhiger fahren."

„Das macht doch nichts. Ich bin froh, dass du so spontan eingesprungen bist. Was bekommst du für die Fahrt?", fragt Lara.

„Nichts, das war ein Freundschaftsdienst", sagt Adam. Ich kann ganz genau sehen, dass er die ganze Zeit zu Agata schielt. „Geht es dir wieder gut?", fragt er sie.

„Ja, sehr gut. Warum fragst du?"

„Na, weil ich gehört habe, dass einer der Piloten dich im Keller gefangen gehalten hat." Er fährt sich durchs Haar und sagt mit grimmigem Gesichtsausdruck: „Also, wenn du irgendwie Hilfe brauchst …"

„Was? Oje!" Agata schüttelt den Kopf und lacht. „Das ist lieb von dir, Adam, aber wie um Himmels willen kommst du denn darauf?"

„Svantje hat den Dorfsheriff am Flugplatz getroffen. Sie hat es Ida erzählt und die Jella", erkläre ich. „Welche Abzweigungen die Geschichte unterwegs noch genommen hat, weiß ich allerdings nicht."

„Dann stimmt es nicht?", fragt Adam.

„Nicht so ganz", antwortet Agata kopfschüttelnd, aber sie lächelt dabei. „Kommst du noch mit rein? Wir wollen alle noch ein Glas Sekt gemeinsam trinken. Dann erzähle ich es dir."

Adam zeigt auf die Pferde. „Ich glaube, es ist besser, wenn ich draußen bleibe."

„Das ist auch gut", erklärt Lara kurzerhand. „Wir bringen eben schnell gemeinsam die Kuchen in den Kühlraum und bringen den Sekt mit nach draußen. Du wartest so lange hier, Adam, okay? Ich fände es schön, wenn du mit uns anstoßen würdest."

„Okay."

„Der steht auf dich", flüstere ich Agata zu, als wir nebeneinander die Treppenstufen in die Pension hochgehen.

„Ja, ich glaube auch. Aber ich denke, er ist mir zu nett."

Mein Gespräch mit Conny am Strand fällt mir ein. „Dafür war Til ein Arsch. Und nett muss nicht unbedingt der kleine Bruder von langweilig sein."

„Du hast recht", sagt Agata. „Ich falle immer wieder auf den gleichen Männertyp rein. Vielleicht sollte ich das mal ändern."

„Gute Idee.“

Wir tragen die Kuchen in den Kühlraum. Als ich meinen in ein höheres Regal stellen möchte, steht auf einmal Jannes hinter mir.

„Ich helfe dir“, sagt er und rückt ganz dicht an mich ran.

Sofort stellen sich meine kleinen Nackenhärchen auf. Er greift von hinten nach dem Kuchen und stellt ihn auf den Regalboden. Ich drehe mich um und sehe in seine lachenden Augen. Wir sind ganz alleine, die anderen sind alle schon wieder auf dem Weg nach draußen, um die nächste Ladung zu holen.

„Wenn du nicht bei mir schlafen möchtest, kann ich ja auch einfach hier bei dir übernachten“, sagt Jannes leise.

„Mein Bett ist aber ziemlich klein.“

„Meins ist groß, aber du hast trotzdem die ganze Nacht in meinen Armen gelegen.“

„Stimmt, aber ich bin hundemüde und muss morgen ganz früh aufstehen.“

„Ich verspreche dir, ganz brav zu sein und dich schlafen zu lassen.“

„Na gut“, sage ich, stelle mich auf die Zehenspitzen und drücke Jannes einen Kuss auf den Mund. „Du hast übrigens recht gehabt mit dem Likör deiner Mutter, der zieht ganz schön rein. Vielleicht bin ich auch deswegen so müde. Ich vertrage nicht viel Alkohol.“

„Meine Mutter trinkt sonst auch nicht mehr als einen.“ Jannes schmunzelt. „Sie mag dich.“

„Ich sie auch.“

„He!“, sagt da plötzlich Conny, die wieder mit einem Kuchen in den Raum kommt. „Ihr erwärmt den Kühlraum mit eurer Hitze. Könnt ihr bitte vor der Tür turteln?“

Jannes legt seinen Arm um mich und schiebt mich lachend raus.

Es ist halb zwei, als wir alle mit einem Glas Sekt – bis auf Lara, sie hat sich Apfelschorle eingeschenkt – wieder draußen vor der Pension zusammentreffen.

„Das war toll!", sagt sie. „Auf euch!" Wir prosten uns zu. „Danke, dass ihr mir alle geholfen habt. Diesen Abend werde ich nie vergessen. Er hat mir gezeigt, dass alles möglich ist, wenn man gute Freunde hat."

Jannes hält mich noch immer fest im Arm. Ich lasse meinen Blick durch die Gruppe schweifen. Agata hat sich neben Adam gestellt. Ole, Conny, Saskia und Don haben sich auf die Treppenstufen gesetzt. Don ist etwas kräftiger gebaut, hat sehr kurz rasiertes Haar und trägt eine dunkle Sonnenbrille, mitten in der Nacht. Saskia hingegen sieht aus wie ein Püppchen mit ihren hell blondierten Haaren und den großen Kulleraugen. Alle wirken geschafft, aber auch glücklich und zufrieden. Lara hat recht, alles ist möglich, wenn man gute Freunde hat. Auch Jella hat vorhin betont, wie froh sie darüber ist, dass sie und ihre Freundinnen in Krisenzeiten zusammenhalten.

Ich lasse mich noch etwas näher an Jannes sinken. „Wenn ich das Glas ganz austrinke, musst du mich gleich hochtragen", sage ich leise. „Ich hab ja schon die vier Likörchen mit deiner Mutter intus."

„Du bist ja zum Glück nicht sehr schwer", sagt Jannes, „das bekommen wir hin."

„Gut!" Ich trinke den Sekt aus. Als ich das leere Glas wieder auf das Tablett stellen möchte, mit dem Lara herumgeht, stoße ich es gegen ein anderes. Es kippt um und zerbricht kurz unterhalb des Kelches in zwei Teile.

„Mist!", sage ich.

„Macht nix, davon haben wir genug", antwortet Lara.

Jannes nimmt die zwei zerbrochenen Glasteile und geht

damit zum Abfalleimer. Er trägt Jeans, ein schlichtes weißes Shirt, und ich finde, er sieht unbeschreiblich gut aus.

„Du verschlingst ihn geradezu mit deinen Augen“, sagt Lara neben mir und lacht.

„Ich bin verliebt, ich darf das“, antworte ich, da ruft Jannes plötzlich: „Na, so was, was haben wir denn da?“ Sein Arm verschwindet im Abfalleimer. Kurz darauf hält er triumphierend eine etwa daumengroße cremeweiße Sicherung nach oben.

„Nein!“, ruft Lara, „das gibt es doch nicht.“

Jannes beugt sich über den Eimer. „Doch, sie sind alle hier. Kai hat sie einfach so in den Müll geworfen. Kommt mal her.“

Kurz darauf stehen wir alle um Lara herum und betrachten die Sicherungen, die Jannes zwischen die leeren Sektgläser auf das Tablett legt.

„Wenn wir das früher gewusst hätten“, sagt Lara, „dann hätten wir uns den ganzen Stress sparen können.“

„Also, mir hat es verdammt viel Spaß gemacht“, antwortet Conny.

Sie hat recht. Aber noch mal brauche ich so eine Aktion nicht.

„Du riechst gut“, murmele ich, als ich in Jannes' Armen liege. „Und du fühlst dich noch besser an.“

„Und du dich erst.“ Er küsst sanft meine Stirn. „Schade, dass ich dir versprochen habe, brav zu sein.“

„Stimmt, das hast du mir versprochen.“ Ich lasse meine Hand auf Jannes' knackigen Hintern rutschen.

Seine Boxershorts hat er sozusagen als Schutzwall zwischen uns anbehalten, als er sich ins Bett gelegt hat. Also habe auch ich mich in Slip und Top neben ihn gelegt. Aber unsere Kleidung hält mich nicht von Jannes ab, im Gegenteil, es reizt mich.

Jannes sieht unheimlich sexy aus in seinen grauen engen Boxershorts, und er fühlt sich noch besser an. Ich krabbele mit meinen Fingern etwas höher und schiebe meine Hand unter den Stoff. „Ich bin mal gespannt, ob du dein Versprechen halten kannst", raune ich verführerisch.

„Ganz sicher", sagt Jannes und schließt die Augen. „Ich bin total müde."

„Schön, lass die Augen zu." Ich drücke mich fest gegen Jannes' Körper und sauge leicht an seiner Unterlippe.

Als er dabei leise aufstöhnt, spielen die Schmetterlinge in meinem Bauch verrückt. Es kribbelt in meinem ganzen Körper.

„Ich darf böse sein, ich habe dir nicht versprochen, dich schlafen zu lassen", flüstere ich und streife ihm die Shorts über die Hüften. „Aber nur, wenn du mir versprichst, ganz leise zu sein. Nebenan schläft Conny, und die Wände sind hellhörig."

„Versprochen", flüstert Jannes und lächelt schelmisch.

Es war schon nach drei, als ich endlich die Augen geschlossen habe und dann auch sofort eingeschlafen bin. Jetzt, nur vier Stunden später, steige ich frisch geduscht die Treppe nach unten in die Küche. Eigentlich müsste ich hundemüde sein, aber das ist nicht der Fall. Ob das auch an den Hormonen liegt? Braucht man weniger Schlaf, wenn man verliebt ist?

„Guten Morgen", begrüße ich Lara fröhlich.

„Guten Morgen." Sie sitzt auf einem Stuhl, und sie sieht nicht gut aus. „Mir ist wieder hundeelend."

„Leg dich wieder ins Bett, ich mach das schon."

„Nein, ich habe sowieso schon ein total schlechtes Gewissen", sagt Lara. Sie klingt wehleidig. „Echt, hoffentlich ist diese blöde Übelkeit bald vorbei."

„Bestimmt, aber jetzt legst du dich erst einmal ins Bett."

„Na gut. Danke, Merle, für alles." Sie geht aus dem Raum, aber nur um ein paar Sekunden später wiederaufzutauchen.

„Ich schaff das nicht alleine, Merle", sagt sie. „Jetzt nicht, und wenn das Baby da ist, erst recht nicht mehr. Ich werde nachher Lukas anrufen und fragen, ob er heute schon kommen kann. Ich denke mal, nein, ich weiß, dass er sich freuen wird. Diese Saison werde ich noch hierbleiben, aber die nächste nicht mehr. Lukas hat einen guten Job in Köln. Auf Juist findet er keine Arbeit. Und ich habe mir fest vorgenommen, besonders in den ersten Jahren immer für mein Kind da zu sein, wenn ich mal Mutter werde." Sie atmet tief durch. „Ich weiß, dass das alles jetzt total plötzlich kommt, aber vorausgesetzt, es geht alles gut mit meiner Schwangerschaft – könntest du dir vielleicht vorstellen, hier bei mir mit einzusteigen und das Café eventuell im nächsten Jahr zu übernehmen?"

„Puh", sage ich und lasse mich auf den Stuhl fallen, auf dem Lara eben noch wie ein Häufchen Elend gesessen hat.

„Du musst nicht gleich antworten", sagt sie. „Lass es erst mal sacken. Ich leg mich jetzt hin."

Ich brauche eine Weile, bis ich mich wieder gefasst habe. Aber als ich aufstehe, um die Cremes und die Tortenböden aus dem Kühlraum zu holen, weiß ich, dass ich Laras Angebot annehmen werde, sofern eine vernünftige Kalkulation ergibt, dass das Café sich wirtschaftlich tragen kann.

27. Kapitel

Ich rücke etwas näher an Conny heran. Mit lang ausgestrecktem Arm schieße ich ein Selfie von uns, als wir genüsslich in unsere dicken Stutenscheiben beißen.

Liebe Dana, schau mal, wo wir heute sind. Hier kommt das versprochene Foto. Wir denken an dich, schreibe ich und drücke auf Senden.

„Hmmm“, macht Conny. „Lecker!“

„Ja, darauf habe ich mich schon gefreut, seit ich auf Juist angekommen bin. Eigentlich wollte ich schon viel früher hierherkommen, aber es kam immer irgendwas dazwischen.“

„Die einfachsten Dinge sind oft die besten. Eine Scheibe lauwarmer Stuten, etwas Butter, und ich bin glücklich und zufrieden.“

„Er ist perfekt“, sage ich und beiße noch einmal in die Scheibe, auf der die Butter zu schmelzen beginnt.

„Würdest du ihn auch so gut hinbekommen?“, fragt Conny.

„Nein, nicht in meinem Ofen. Den Teig vielleicht ja, aber der Stuten wird in der *Domäne Bill* in uralten Formen auf Schamottsteinen gebacken. Und wer weiß“, flachse ich, „vielleicht gibt der Bäcker ja auch einen Hauch Magie rein, und es ist sozusagen eine Art Spezialstuten.“

„Er macht glücklich, also ist das mit der Magie gar nicht so weit hergeholt“, antwortet Conny ernst. „In deinen Kuchen steckt immer eine Prise Liebe, das schmeckt man auch.“

„Das freut mich. So soll es sein.“ Ich lasse meinen Blick

über die Wiesen und das Watt schweifen. Die Aussicht von hier oben, am westlichsten Zipfel der Insel, ist einmalig.

„Lara hat mich heute Morgen gefragt, ob ich mir vorstellen könnte, das Café im nächsten Jahr zu übernehmen. Sie denkt, dass es ihr zu viel werden wird, wenn das Baby da ist."

„Finde ich toll, dass sie sich für ihre Mutterrolle entscheidet. Das würde ich genauso machen, zumindest in den ersten Jahren."

„Ich auch. Aber was sagst du zu der Idee, dass ich das Café übernehmen könnte?"

„Habe ich dir doch gleich gesagt, dass es einen tieferen Sinn für all das hier gibt. Da hast du ihn", antwortet Conny und beißt noch mal genüsslich in ihren Stuten.

„Du meinst also, ich soll es machen?"

Conny kaut – und nickt.

Ich trinke einen Schluck der herrlich erfrischenden Rhabarberschorle, die wir uns zum Stuten ausgesucht haben. „Natürlich müsste man erst einmal nachrechnen, ob sich das finanziell lohnt", erkläre ich.

„Klar. Stellst du mich ein, wenn ich hier keinen Job als Friseurin finde?", fragt Conny, als sie ihren Stuten aufgefuttert hat.

„Das kommt darauf an, wie viel wir mit dem Café während der Saison erwirtschaften können. Und ob wir es schaffen, das Geschäft in den übrigen Monaten aufrechtzuerhalten. Die Saison ist zwar Ende Oktober vorbei, aber es kommen auch Touristen in den kalten Monaten auf die Insel. Und die essen bestimmt auch gerne mal ein Stück Kuchen. Außerdem spukt mir da schon die ganze Zeit so eine Idee im Kopf rum: kleine Inselkuchen im Glas, natürlich alle mit einer Prise Liebe gebacken. Vielleicht könnten wir uns ja gemeinsam selbstständig machen. Ich kümmere mich um alles, was mit Torten zu tun hat, und du dich ums Café. Ich glaube, da könnte man noch eine ganze Menge mehr rausholen, wenn man ein wenig am Konzept feilen und etwas in die Ausstattung investieren würde."

Conny macht große Augen. „Ich wäre sofort dabei. Mein Auto ist komplett abbezahlt. Das könnte ich verkaufen. Und ein bisschen was gespart habe ich auch. So um die zwölftausend Euro könnte ich sofort lockermachen. Wir haben drei Monate Kündigungsfrist für unsere Wohnungen. Das heißt, im Oktober könnten wir da raus sein."

Ich muss lachen. „Lass uns erst einmal abwarten, was Laras Zahlen uns über das Café verraten. Anfang Juli setzen wir uns zusammen."

„Ja klar."

„Würde es dir gar nichts ausmachen, einfach so von München wegzuziehen?", frage ich.

„Nein, wie gesagt, ich habe sowieso momentan keinen Job. Und das Verhältnis zu meiner Mutter war schon immer etwas schwierig, das weißt du ja. Seitdem sie mit dem neuen Typen zusammen ist, ist es nicht unbedingt besser geworden. Ich verstehe nicht, dass sie sich immer an so dermaßen verkorkste Männer hängt. Aber sie scheint ja ganz glücklich mit ihm zu sein. Das macht es mir leichter, von München wegzugehen. Dann kann sie mir wenigstens nicht vorwerfen, ich würde sie alleine sitzen lassen, so wie mein Vater das damals gemacht hat, als sie mit mir schwanger war. Und du?"

„Ich habe vorhin lange mit meiner Mutter telefoniert. Als ich erzählt habe, dass ich mich in Jannes verliebt habe, hat sie mir gesagt, dass es bei ihr damals auch so war. Das hat sie mir schon mal erzählt, als sie gehört hat, dass ich mich von Frederik getrennt habe, den sie nur als einen Übergangsmann gesehen hat."

„Womit sie nicht unrecht hat.“

„Ich weiß. Aber nach ihrer Theorie folgt darauf der Richtige. Zumindest war es bei ihr so. Zuerst war sie unsterblich in Tamme verknallt, du weiß schon, der auch mit Svantje zusammen war, aber sich schließlich für Helene entschieden hat.“

„Das scheint ja ein heißer Typ gewesen zu sein, wenn alle Frauen hinter ihm her waren.“

„Stimmt. Wir müssen unbedingt mal fragen, ob irgendjemand noch Fotos von ihm hat. Ich würde zu gerne wissen, wie er aussah. Er hatte drei Freundinnen gleichzeitig. Svantje, Helene – und meine Mutter.“

„Nein!“, sagt Conny. „Ich wusste nicht, dass deine Mutter auch was mit ihm hatte. Ich dachte, sie wäre sozusagen nur von Weitem in ihn verliebt gewesen.“

„Von wegen! Das hat sie mir heute erzählt. Undine, Svantje, Jella und Ida wussten es auch nicht, zumindest nicht, dass da tatsächlich schon was lief. Meine Mutter war ja damals erst vierzehn.“

„War ich auch, als ich meinen ersten Freund hatte“, erklärt Conny. „So ungewöhnlich ist das nicht.“

„Na ja, sie hat sich heimlich mit Tamme getroffen. Er hat ihr vorgegaukelt, er würde Svantje für sie verlassen. Den Rest kennst du.“

„Helene“, sagt Conny.

„Ja. Mama hatte dann während der Ausbildung erst wieder einen Freund, der auch ganz nett war, aber eben nicht der Richtige. Und dann kam mein Vater.“

„Okay, also ist Marc der heiße Tamme, Frederik soll der Nette sein, und Jannes ist jetzt der Richtige?“

„Wenn ich nach meiner Mutter komme, dann ja. Sie denkt das zumindest. Und sie freut sich für mich. Natürlich würde ich meine Familie in München vermissen und sie mich auch. Aber unabhängig von Jannes und dem Café habe ich ja auch Wurzeln hier."

„Sag ich doch, deine Oma." Conny grinst. „Sie freut sich, wenn du bleibst."

„Ja, ich weiß." Mein Handy piept. „Dana hat geantwortet."

Wir lesen beide, was sie geschrieben hat.

Hmmmmmmmmm! Lecker!!!

Gerade als ich die Antwort tippen möchte, trifft noch eine Nachricht von ihr ein.

Ich weiß auf einmal nicht mehr, ob ich Gregor heiraten will. Aaaah!

„Was?", fragt Conny.

Ich wähle sofort Danas Nummer, aber es geht nur die Mailbox an, allerdings kommt sofort eine weitere Antwort.

Sitze im Wartezimmer beim Zahnarzt, kann jetzt nicht telen. Nächste Woche bin ich noch bis Donnerstag zu Besuch bei meinen Eltern, dann komme ich zu euch auf die Insel. Muss mal durchatmen und wieder klarsehen.

Das wird Jannes gefallen, denke ich und antworte:

Wir freuen uns auf dich. Meld dich, wenn du reden willst.

Dana schickt mir ein kleines rotes Herzchen, dann ist mein Handy still.

„Mit Männern gibt es immer irgendwann Probleme“, sagt Conny. „Ich kenne niemanden, bei dem es nicht so ist. Irgendwas ist immer.“

„Meine Eltern haben keine Probleme miteinander.“

„Bist du dir da ganz sicher?“

Ich überlege einen Moment. „Hundertprozentig weiß ich es natürlich nicht, aber abgesehen von kleineren Reibereien, die aber völlig normal sind, glaube ich eigentlich schon.“

„Das ist schön. Es freut mich für deine Eltern und für dich auch.“

Conny hat es nicht immer leicht gehabt hat. Sie hat unter den häufig wechselnden Partnern ihrer Mutter gelitten, die nicht immer nett gewesen waren. Für Conny wäre es sicher gut, wenn sie all das endlich hinter sich lassen und weit weg noch mal komplett neu anfangen könnte. Ich greife nach ihrer Hand.

„Weißt du was? Wenn das mit der *Strandrose* nichts wird, lassen wir uns was anderes einfallen. Was hältst du davon?“

Meine Freundin atmet tief ein und wieder aus. „Viel!“

Es ist ein Uhr, als wir uns auf unsere Räder setzen und von der *Domäne* zurück in die Pension fahren. Ich habe kaum geschlafen und dann von sieben bis um halb zehn wieder in der Küche gestanden. Und seit elf sind Conny und ich auf den Rädern unterwegs. Bestimmt kommt nachher der dicke Müdigkeitshammer.

„Ich glaube, ich versuche gleich mal, ein Stündchen zu schlafen“, sage ich. „Sonst werde ich nachher nicht alt, wenn wir gemütlich ums Lagerfeuer herum sitzen.“

„Mach das, ich kümmere mich in der Zeit um Agatas Haare.“

Wir stellen unsere Räder in den Ständer vor der Pension. Dabei fällt mein Blick auf die Mülltonne.

„Da hat Lara aber Glück gehabt, dass die Tonne gestern nicht zufällig geleert wurde."

„Der Müllpferdewagen kommt mittwochs", erklärt Conny. „Das hat Lara mir gestern Nacht noch erzählt, als du mit Jannes schon nach oben verschwunden warst. Das Zeug wird gepresst und mit dem Schiff aufs Festland gebracht. Ist das nicht spannend? Hier auf der Insel läuft so vieles so anders. Wusstest du, dass die Schulkinder auf Juist sogar anders Ferien haben? Anstatt sechs Wochen im Sommer gibt es nur vier, und dafür nach dem ersten Halbjahr noch mal zwei Wochen Winterferien im Februar. Das ist die Zeit, in der hier wirklich nichts mehr los ist, und dann haben die Insulaner endlich Zeit, selbst zu verreisen."

„Wusste ich nicht."

„Hat deine Oma mir erzählt." Conny strahlt mich an. „Wenn wir hier leben würden, dann würde ich gar nicht verreisen wollen, hier hat man den Strand doch direkt vor der Haustür."

„Nie wieder Ski fahren?", frage ich.

„Hm, du hast recht. Irgendwann bricht dann bestimmt doch die Sehnsucht nach den Bergen durch." Sie grinst. „Wie praktisch, dass Anfang Februar meistens Schnee liegt."

Wir gehen in die Pension und die Treppen nach oben. Als wir vor unseren Türen stehen, sagt Conny: „Ich muss meine leeren Koffer noch in den Abstellraum bringen, die nehmen zu viel Platz weg. Weißt du, wo er ist?"

„Unterm Dach, ich geh eben mit hoch. Ich weiß aber nicht, ob er abgeschlossen ist."

Als wir oben ankommen, steckt der Schlüssel von außen. Ich drehe ihn um, und sofort springt die Tür knarzend auf.

„Vielleicht solltest du den Schlüssel mit reinnehmen",

flachst Conny. „Wer weiß, ob es nicht doch ein Geist war, der Agata eingesperrt hat."

„Ein Geist namens Kai", sage ich.

„Wieso seid ihr euch da eigentlich alle so sicher? Gesehen hat ihn niemand dabei, oder?"

„Stimmt." Ich ziehe den Schlüssel ab. Conny hat recht, wir wissen nicht hundertprozentig, ob Kai der Übeltäter war. Ich gehe zwar davon aus, wir könnten ihm mit der Verdächtigung aber auch durchaus unrecht tun. Aber wer sollte es sonst gewesen sein? „Ein Geist war es definitiv nicht."

Conny lacht. „Ich glaube zwar an den Zauber, der über der Insel liegt, und auch an die magischen Schmalzkräfte deiner Oma, aber so verrückt, dass ich an Geister glaube, bin ich nun auch wieder nicht."

Wir knipsen das Licht an. Von der Decke baumelt ein Stromkabel mit einer Glühbirne, die nicht viel Licht spendet. Der Raum ist größer, als ich vermutet habe. An der Wand gegenüber der Tür steht ein großes Holzregal, das mit allerlei Krimskrams vollgestopft ist. Zu unserer Rechten stehen einige Klappbetten und Polsterauflagen, links ein alter Staubsauger von anno dazumal, ein Bügelbrett und ein zusammengeklappter Wäscheständer.

Ich zeige auf die Ecke rechts neben dem Regal. „Da könnten wir sie stapeln."

„Habe ich auch schon überlegt", sagt Conny und schiebt den ersten Koffer in die Ecke. Nummer zwei und drei sind flugs daraufgelegt. Ich greife nach der Reisetasche, als plötzlich mit leisem Knarzen langsam die Tür der Kammer zugeht – wie von Geisterhand.

„Boah", sagt Conny, „bin ich froh, dass ich hier gerade nicht alleine bin."

Ich drücke die Klinke nach unten, die Tür springt, wie

nicht anders erwartet, wieder auf. „Wahrscheinlich ist hier ein wenig Gefälle“, erkläre ich, aber ein wenig mulmig ist mir dabei doch zumute. „Bei meiner Oma in Aschau gibt es eine Kellertür, die immer irgendwann von alleine zugeht.“

Conny stellt die Reisetasche auf die Koffer. „Aber ein bisschen gruselig war das schon gerade.“

Ich stehe in der Tür, stecke den Schlüssel wieder ins Schloss und warte auf meine Freundin. Aber die steht wie angewachsen vor dem Regal, das sie eingehend betrachtet.

Sie räuspert sich. „Komm mal bitte.“

„Was ist?“ Ich gehe zu ihr und bleibe wie angewurzelt neben ihr stehen. Im Regal steht eine hellblau lackierte Holzschatulle. Sie sieht dem Kästchen ähnlich, in dem ich meine Bernsteine aufbewahre. Auch hier ist der Deckel mit vielen kleinen Muscheln beklebt. Doch auf diese Kiste hat irgendjemand mit weißen Pinselstrichen den Umriss eines Herzens gemalt und in geschwungenen Buchstaben *Undine* hineingeschrieben.

Während ich noch zögere, zieht Conny die Schatulle schon aus dem Regal und hält sie mir hin. „Da ist auf jeden Fall was drin“, sagt sie und bewegt sie ein wenig hin und her. Es hört sich an wie Murmeln, die darin herumkugeln. „Guck rein.“

„Meinst du?“

„Natürlich, der Name deiner Tante steht drauf!“

Ich klappe den Deckel auf und schaue mit klopfendem Herzen auf den Inhalt. „Bernstein!“ – wie in meiner eigenen. Ich nehme ein etwa walnussgroßes Stück heraus, das ganz obenauf liegt, und halte es gegen das Licht der Glühbirne.

„Ist der wertvoll?“, fragt Conny.

„So um die zweihundert bis dreihundert Euro.“ Ich werfe noch einen Blick in das Kästchen. „Die anderen sind wesentlich kleiner. Ich schätze aber mal, dass da so um die tausend Euro zusammenkommen."

„Ich dachte, Bernstein wäre mehr wert." Conny wirkt enttäuscht.

„Es kommt auf seine Farbe an und darauf, wie schwer er ist. Es kann auch sein, dass die Steine etwas mehr wert sind, aber viel glaube ich nicht." Noch einmal halte ich den Stein gegen das Licht.

„Hallo?", ertönt plötzlich eine laute Frauenstimme.

Ich zucke zusammen und greife reflexartig nach Connys Arm. Die Schatulle, die sie noch in der Hand hält, fällt polternd zu Boden. Die Bernsteine kullern über die Dielen. „Wer ist da?"

„Wir sind es nur, Agata", ruft Conny.

„Ach, ihr …!" Agata steckt den Kopf zur Tür rein. „Ich habe schon gedacht, hier oben geistert wieder jemand rum."

„Wir haben die Koffer in die Kammer gebracht und dabei eine kleine Kiste mit Bernstein entdeckt, von Merles Tante."

Ich gehe in die Hocke, um die Schatulle aufzuheben. Zum Glück ist sie fast unversehrt. Am Deckel sind einige Muscheln abgesprungen, aber die kann man leicht wieder ankleben und die zwei, drei zerbrochenen durch andere ersetzen.

Agata und Conny helfen mir dabei, die Steine aufzusammeln.

„Die Kiste ist mir noch nie aufgefallen", sagt Agata. „Aber ich war auch noch nicht oft hier drin, und das Regal ist ja recht voll."

Als ich die Schatulle zurück ins Regal stelle, protestiert Conny laut. „Du lässt sie doch nicht etwa hier, oder?"

„Nein, ich nehme sie gleich mit runter, um die Muscheln wieder anzukleben. Ich wollte aber nachschauen, ob hier vielleicht noch andere Dinge von meiner Tante auftauchen."

Gemeinsam mit Agata und Conny suche ich das Regal von oben bis unten ab. Aber wir finden nichts mehr, was Undine gehört haben könnte.

Als wir aus dem Raum gehen und die Tür hinter uns schließen, sage ich: „Meine Tante ist oft stundenlang am Meeressaum entlanggegangen, um nach Bernstein zu suchen, das hat meine Oma mir mal erzählt." Ich halte Undines Schatz fest in meinen Händen. „Und, dass Bernstein deshalb so wertvoll sei, weil er das Sonnenlicht eingefangen habe. Die Steine würden einen wärmen, wenn man innerlich friert. Daraufhin habe ich auch stundenlang den Strand abgesucht, um ein besonders schönes Exemplar für sie zu finden. Meine Oma war oft sehr traurig. Ich hatte gehofft, ein Sonnenstrahl würde sie wieder fröhlicher stimmen."

28. Kapitel

Ich sitze im Schneidersitz auf dem Bett und starre auf die Schatulle. Was hatte sie da oben in der Abstellkammer zu suchen? Irgendwas muss Svantje damit zu tun haben. Sie hat sich hier mit ihrer Freundin Frau Arnold getroffen. Und jetzt tauchen auf einmal Undines geliebte Bernsteine in der Pension auf. Ich öffne noch einmal den Deckel und schütte die Steine vor mir aus, um sie mir noch einmal anzusehen. Da fällt mir plötzlich auf, dass ganz unten auf dem Boden der Schatulle ein Briefumschlag liegt. Das Licht in der Dachkammer war eben sehr dämmrig, deshalb bin ich vorhin davon ausgegangen, dass Undine die Schatulle mit einem Stück festem Papier ausgekleidet hat. Ich ziehe den Umschlag heraus und drehe ihn um. Er ist an Svantje adressiert. Einen Absender finde ich nicht. Ich öffne ihn vorsichtig und ziehe ein handbeschriebenes Blatt Papier heraus.

Juli 1982

Liebe Svantje,
heute habe ich nach endlos langer Zeit mal wieder unsere Apfeltorte gebacken. Die Apfelbutter schmeckt erstaunlich gut. Ich habe ein paar Kilo McIntosh verarbeitet. Auf Juist wird den rotwangigen Apfel kaum jemand kennen. Hier in New Haven ist es eine weit verbreitete Sorte. Der Computer Macintosh wurde nach ihm benannt, ist das nicht interessant? Der Apfel hat eine ange-

nehme Säure und eignet sich deshalb prima zum Backen, aber es geht doch nichts über die Äpfel, die wir immer direkt hinter unserem Haus gepflückt haben.

Ich bin gleich mit einer guten Nachbarin verabredet. Schon vor zwei Wochen haben wir den Termin ausgemacht, dabei wohnt sie nur vier Häuser weit entfernt.

Ich weiß, dass ich jetzt klinge wie meine Oma, aber früher war vieles einfacher. Du hast an die Tür geklopft, wenn du Lust hattest, mich zu sehen. Und wie oft habe ich vor deinem Fenster gestanden, kleine Steinchen nach oben geworfen oder mir die Finger wund gepfiffen, wenn du wieder mal viel zu laute Musik anhattest. Ich musste den richtigen Zeitpunkt zwischen zwei Liedern treffen, damit du mich hörtest. Aber wenn du mitbekommen hast, dass ich unten auf dich wartete, hast du die Musik ausgemacht und sofort alles stehen und liegen gelassen und wir haben die Insel unsicher gemacht.

Übrigens habe ich Joan Baez letztes Jahr live gesehen. Sie hat unser Lied gespielt – und ich habe daran gedacht, wie wir mit unserem Kassettenrekorder nebeneinander auf der bunten Patchworkdecke in den Dünen lagen und immer wieder zurück an den Anfang spulten. Es gab für uns in diesem Moment nichts Schöneres. Wir hatten uns, und das war genug.

Du bist, warst und wirst immer meine Freundin bleiben.

Dafür danke ich dir aus ganzem Herzen.

Und natürlich deinem Frerk. Ich fand ihn irgendwie immer süß in seiner schüchternen Art. Aber du hattest nur Augen für den draufgängerischen Tamme. Ich kann mich noch ganz genau daran erinnern, wie entsetzt du warst, als du Tamme knutschend mit dieser schrecklich dürren Urlauberin in einem Strandkorb erwischt hast. Und an dein versteinertes Gesicht, als er sagte: „Es ist nicht so, wie du denkst."

Du hast einen Tag lang geheult. Und am nächsten haben wir uns darüber gefreut, dass wir rausgefunden haben, dass sie, wie Tamme auch, eine feste Zahnspange trug. Es war sehr genugtuend, sich vorzustellen, wie sie sich beim Küssen ineinander verhaken würden und in dieser peinlichen Stellung zum Inselarzt hätten gehen müssen. Die ganze Insel hätte nach nur einer halben Stunde Bescheid gewusst. Die Dürre ist eine Woche später abgereist, und du hast tapfer Tammes wiedererwachtes Interesse an dir ignoriert. Und wenn du einen schwachen Moment hattest, habe ich dich daran erinnert, dass Tammes Zunge wahrscheinlich bis zum Anschlag im Hals des roten Biests gesteckt hatte. Das war gemein von mir, aber ich fand, du hattest einen besseren Freund verdient. Ich habe mich so gefreut, als du mir in deinem letzten Brief erzählt hast, dass Frerk dich gefragt hat, ob du seine Frau werden möchtest. Er ist der Richtige für dich. Auf ihn wirst du dich immer verlassen können.

Wirklich überrascht hat mich allerdings die Nachricht, dass Tamme nun tatsächlich das rote Biest geheiratet und wegen ihr unser schönes Zauberland verlassen hat. Unglaublich, wer hätte das damals gedacht? Aber es ist letztendlich gut so, denn insgeheim habe ich immer befürchtet, dass er sich vielleicht am Ende sogar für meine kleine Schwester entscheiden wird. Mein Gott, wie hat sie ihn damals angeschmachtet!

Es ist jedes Mal so schön, von dir zu hören, zu erfahren, wer mit dir im Töwerland geblieben ist. Wer die In-

sel verlassen hat und wer gegangen ist, nur um später irgendwann zurückzukehren. Auch ich habe diesen Traum noch nicht aufgegeben. Wer weiß, vielleicht heilt die Zeit ja wirklich Wunden ...

Du hast nach dem Rezept für die Apfelbutter gefragt und ob es auch ein Geheimnis sei. Natürlich ist es das! Ebenso wie das für die Apfelrosentorte, die traditionell in unserer Familie gebacken wird. Ich habe dir beide Rezepte mit in den Umschlag gesteckt, meine liebe Freundin, denn du bist der Mensch, mit dem ich jedes Geheimnis teile. Ich weiß, dass sie bei dir gut aufgehoben sind.

Ich drücke und herze dich!
Deine liebste Freundin Marie

Von wegen Marie! Ich schaue noch einmal in den Umschlag, aber Rezepte finde ich keine. Die liegen mit Sicherheit irgendwo bei Svantje, die eine Apfelrosentorte gebacken hat, und zwar für Undine und nicht für Frau Arnold. Der Brief wurde 1982 geschrieben, das war sechs Jahre nach dem Unglück, Undine muss also zu dem Zeitpunkt dreiundzwanzig gewesen sein. Ich stehe auf und hole mein Tablet aus dem Schrank, das ich nicht mehr benutzt habe, seit ich hier bin. Es dauert nicht lange, da habe ich über meinen mobilen Hotspot eine Internetverbindung aufgebaut. Ich gebe den Namen Marie Claire Arnold in die Suchmaschine ein, finde aber nur ein paar Französinnen, die so heißen. Ich greife zum Telefon und rufe Agata an.

„Hi, sag mal, weißt du, in welchem Ort Frau Arnold lebt?"

„Ja, warte, in New Haven."

„Alles klar. Danke, das war's schon."

„Das war ja einfach. Dann bis gleich." Und schon ist unser Gespräch wieder beendet.

Ich versuche mein Glück erneut im Internet, gebe diesmal den Ort und nur den Nachnamen ein. Es wird mir der Lebenslauf eines bekannten Generals angezeigt, der allerdings im Jahr 1801 verstorben ist, und ein paar weitere Männer und Frauen, die dort leben, und tatsächlich finde ich in einer Liste des örtlichen Literaturclubs eine Marie Claire Arnold, und gleich darunter eine Joan Arnold, doch leider beide ohne Foto. Als ich allerdings Joan Arnold in die Suchmaschine eingebe, finde ich eine Facebookseite. Ich öffne sie und starre auf ein Profilfoto, das mir das Blut in den Adern gefrieren lässt. Die Frau darauf dürfte etwa in meinem Alter sein und sieht aus wie ein Model. Sie hat dunkles kurzes Haar, ein fein geschnittenes Gesicht und wahnsinnig schöne, stahlgraue Augen, so wie Mama und Oma. Die Ähnlichkeit ist nicht zu übersehen.

„Das gibt es doch nicht!" Ich atme tief durch und rufe Agata noch mal an. „Weißt du, wie Frau Arnolds Tochter heißt?"

„Nein, wieso, was ist los?"

„Ich bin mir noch nicht ganz sicher. Muss noch mal los, etwas erledigen." Ohne ein weiteres Wort lege ich auf, packe das Tablet und die Schatulle mit dem Brief in meinen Rucksack, stürme aus der Pension, setze mich aufs Rad und fahre zu Svantje. Das Haus finde ich sofort. Und ich habe Glück: Svantje sitzt im Vorgarten auf einer Bank. Auf ihrem Schoß hat sich eine Katze eingerollt.

„Merle", ruft sie, „das ist ja eine schöne Überraschung!"

Ich drücke das Gartentor auf, setze mich neben Svantje, ziehe kommentarlos das Tablet mit der geöffneten Facebookseite aus dem Rucksack und halte es ihr hin. Die Katze trollt sich maunzend von dannen. Svantje starrt auf das Foto der jungen Frau, genau wie ich vor wenigen Minuten. „Warum?“, frage ich.

„Ach herrje“, sagt Svantje, als sie sich wieder gefasst hat. „Ich weiß nicht, was ich dazu sagen soll.“

„Wie wäre es mit der Wahrheit?“, kontere ich und ziehe die Schatulle mit dem Brief aus der Tasche. „Undine und Marie Claire sind ein und dieselbe Person. Und diese junge Frau ist Undines Tochter, oder? Die Ähnlichkeit mit Oma und Mama ist nicht zu übersehen.“

„Das stimmt.“ Svantjes Stimme klingt kratzig. „Du siehst aus wie deine Tante, und dafür sieht Joan deiner Mutter ähnlich.“

„Schön, aber erklär mir doch mal bitte, wie es überhaupt möglich ist, dass ich plötzlich eine Cousine habe.“

„Ich weiß nicht, ob ich diejenige bin, die es dir erzählen sollte“, gibt Svantje zu bedenken.

„Wer könnte es denn noch?“, frage ich. Es interessiert mich, wer noch in diese Sache eingeweiht ist. „Jella? Ida? Fiete?“ Womöglich hat die ganze Insel davon gewusst! Nein, das ist unmöglich, dann hätte Oma es längst erfahren.

„Letztendlich nur Undine“, sagt Svantje. „Und Frerk, aber der wird schweigen wie ein Grab.“

„Dann rufe ich Undine jetzt an!“ Ich möchte aufstehen, aber Svantje legt ihre Hand auf mein Knie.

„Warte bitte, Merle. Ich verstehe, dass du aufgebracht bist. Aber du solltest wissen, dass Undine einen sehr guten Grund dafür hatte …“

„… ihre Mutter und ihre Schwester in dem Glauben zu lassen, sie sei gestorben?“

„Das war sie, innerlich zumindest.“

Svantje schließt für einen Moment die Augen. „Sie hat etwas sehr Schlimmes erlebt. Glaub mir, sie wollte sterben an jenem Tag. Aber das Meer hat es nicht zugelassen. Es hat Undines Vater genommen und dafür Undine gerettet."

„Ich verstehe das alles nicht. Aber ich weiß, dass meine Oma sich die Schuld an dem Unfall gibt, weil Undine ihr etwas erzählen wollte, aber Oma ihr nicht zugehört hat. Und jetzt erfahre ich, dass Undine all die Jahre über gelebt hat."

„Deine Oma hat Undine in jenem Moment weggeschickt, in dem Undine ihre Mutter am dringendsten gebraucht hätte." Svantje kann den Vorwurf, der in ihrer Stimme mitschwingt, nicht verbergen.

„Was hat Opa Heinrich gemacht?", frage ich direkt. „Ich weiß, dass Fiete ihm am Tag vorher Prügel angedroht hat. Und Fiete hat mir erzählt, dass er Undine aus einer brenzligen Situation geholfen hat."

„Das stimmt, aber am nächsten Tag war Fiete leider nicht zur Stelle. Dein Opa hatte getrunken, wie so oft. Undine war, wie alle Inselkinder, nach der Schule zur Ausbildung aufs Festland gegangen. In den Sommerferien waren wir aber immer alle wieder hier auf der Insel. Dein Opa hatte Undine schon längere Zeit nicht gesehen. Sie war noch schöner geworden – und weiblicher."

Meine Nackenhaare stellen sich auf. „Sag bloß, er hat sich an ihr vergriffen!"

Tränen schießen aus Svantjes Augen, als sie nickt. Schlagartig breitet sich Wut in mir aus, auf meinen Opa – aber auch auf Fiete.

„Wenn Fiete das einen Tag vorher schon mitbekommen hat, hätte er es Oma sagen müssen."

„Das hätte er ja, aber Undine hat ihn angefleht, es nicht zu tun. Sie wollte es selbst klären. Als dein Opa dann am nächsten Tag wieder betrunken war und zudringlich wurde, hat Undine das Gespräch mit deiner Oma gesucht, aber sie hat sie wegeschickt. Also ist sie zu deiner Uroma gelaufen." Svantjes Gesichtszüge verhärten sich. „Thulke hat Undine vorgeworfen, sie würde lügen und die Familie dadurch zerstören wollen. Hat ihr unterstellt, dass sie jetzt, wo sie nicht mehr auf der Insel wohnte, auch nicht mehr wollte, dass ihre Familie glücklich war. Und dann hat sie ihr noch gesagt, sie müsse sich nicht wundern, wenn Männer sich nach ihr umdrehen würden, so aufreizend, wie sie sich kleide."

„Oh, Mann!" Ich schüttele den Kopf. „Die Arme."

„Ja, das war schlimm für sie. Und dann bekam sie mit, dass dein Opa mit Uta zum Meer gegangen war. Sie machte sich Sorgen, lief den beiden hinterher. Auch Uta war inzwischen kein kleines Kind mehr. Mit ihren vierzehn Jahren war sie schon sehr hübsch. Undine wusste, dass ihr Vater getrunken hatte. Als sie die beiden einträchtig nebeneinander im Sand liegen sah, lief sie beinahe erleichtert auf sie zu und wollte Uta überreden, mit ihr nach Hause zu gehen. Doch deine Mutter hat ihr vorgeworfen, ihr den schönen Nachmittag mit ihrem Vater zu versauen."

„Ja, das hat Mama mir letztens auch erzählt. Sie war sauer. Sie wollte nicht immer die kleine Schwester sein und hasste es, dass immer alle sagten, Undine sei ein Papakind."

„Dein Großvater hat Uta recht gegeben und hat Undine gesagt, dass er sich in Zukunft mehr um Uta kümmern würde, jetzt, wo Undine die meiste Zeit zur Ausbildung auf dem Festland sei. Es sei denn, Undine würde ihn häufiger auch mal zwischendurch besuchen. Aber sie müsste dann auch wieder netter sein."

Mein Bauch zieht sich zusammen. „Das ist ja widerlich."

„Undine hat die Anspielung verstanden. Wütend und verzweifelt drehte sie sich um und lief ins Meer. Natürlich wollte sie ihre kleine Schwester beschützen, aber sie wollte sich nicht erpressen lassen – auch nicht von ihrem Vater. Dein Großvater ist ihr ins Wasser gefolgt. Undine schrie ihn an, während sie mit kräftigen Zügen immer weiter hinausschwamm. Warf ihm all die Dinge an den Kopf, die sie bisher nie hatte sagen können. Sie war wesentlich fitter und schneller, zumal Heinrich ja nicht nüchtern war, und irgendwann hatte sie ihn abgehängt. Undine wollte nur, dass es vorbei war, und schwamm langsam entlang der Küste davon. Sie hat mir hinterher erzählt, dass sie in jenem Moment hoffte, es käme eine Welle, die sie einfach verschluckte." Svantje lächelt und hält einen Moment inne. „Aber das Meer und Undine hatten schon immer ein gutes Verhältnis zueinander. Es hat sie bis zum Ufer getragen und stattdessen deinen Großvater genommen. Er erlitt dort draußen einen Herzinfarkt und konnte nicht mehr gerettet werden. Für deine Mutter sah es vom Strand so aus, als hätte eine große Welle die beiden verschluckt und nicht mehr wieder hergegeben. Undine hatte all das nicht mitbekommen. Erst als sie ein gutes Stück von der Badestelle entfernt an Land ging, bemerkte sie den Aufruhr, der weiter unten herrschte. Eine Urlauberin sagte ihr, dass wahrscheinlich zwei Menschen dort ertrunken seien."

„Aber warum hat sie sich dann nicht an Oma gewandt? Warum ist sie nicht nach Hause gegangen?"

„Undine hat sich geschämt für das, was ihr Vater ihr angetan hatte. Sie war davon überzeugt, sie hätte ihn irgendwie dazu ermutigt, weil sie sich zu aufreizend gekleidet hatte."

„Genau wie Uroma Thulke!"

„Ja. Undine wollte einfach nur noch weg und vergessen. Dazu kam, dass sie ihren Vater im Wasser zurückgelassen hatte und er dabei umgekommen war. Sie hat sich also auch die Schuld für den Tod ihres Vaters gegeben. Deshalb ist sie zu mir gekommen, und ich habe sie in unserem Schuppen versteckt. Sie war so verzweifelt, wollte die Insel unbedingt verlassen und nie wieder zurückkehren."

„Puh", mache ich. „Das ist echt heftig."

„Ja, das war es." Wieder umspielt ein sanftes Lächeln Svantjes Gesicht. „Aber es gab in all dem Schrecklichen auch positive Seiten. Frerk hatte uns gefunden. Er war damals schon sehr verknallt in mich und war mir in den Garten gefolgt, um mich irgendwo um ein Date zu fragen, wo uns niemand sah. Zuerst war ich stinksauer, dass er mir nachspioniert hatte. Doch er hat keine einzige Frage gestellt. Wollte nur wissen, wie er uns beistehen konnte. Er war es, der Undine damals geholfen hat, in einer Nacht-und-Nebel-Aktion mit einem kleinen Segelboot die Insel zu verlassen. Über viele Umwege hatte Undine es wiederum mit Frerks Hilfe geschafft, einen gefälschten Pass mit neuem Namen zu bekommen. Er hatte während seiner Ausbildung als Seegüterkontrolleur in Hamburg jemanden kennengelernt, der als Funker auf der *Cap San Diego* angeheuert hatte. Und der kannte die richtigen Leute."

„Wow, das klingt spannend."

Svantje nickt. „Danach sah ich Frerk mit ganz anderen Augen. Er war unser Held gewesen, auf den wir uns voll und ganz verlassen konnten. Ich war schwer beeindruckt. Na ja, den Rest kennst du ja, wir haben mittlerweile schon unsere silberne Hochzeit gefeiert", schließt Svantje ihren Bericht. „So, eigentlich habe ich jetzt schon viel zu viel erzählt. Den Rest solltest du vielleicht besser selbst mit Undine besprechen. Ich wollte nur, dass du weißt, dass es einen guten Grund dafür gibt, dass Undine ein neues Leben angefangen hat. Sie wollte niemanden verletzen, schon gar nicht Uta oder deine Oma."

Ich atme tief ein. „Das war jetzt ziemlich heftig. Ich muss das erst einmal verdauen."

„Das glaube ich dir gerne."

Wir sitzen eine Weile schweigend nebeneinander, dann frage ich: „Wie kommt eigentlich der Brief an dich in Undines Schatulle in der Pension?"

„Tja, so richtig verstehe ich das auch nicht." Sie sieht mich nachdenklich an. „Vielleicht sollte es so sein, damit du ihn findest? Ich habe eigentlich immer alle Briefe sofort weggeworfen. Aber dieser war anders. Es war der erste, in dem Undine wieder unsere Insel thematisierte. Sie fing an, sich an die schönen Dinge zu erinnern. Und dann die Rezepte … Irgendwie konnte ich diesen Brief nicht entsorgen, so wie alle anderen. Ich musste ihn aufheben, deshalb hatte ich ihn in Undines Schatulle gelegt. Die hat übrigens deine Oma mir geschenkt, als Andenken an Undine. Und als Undine dann tatsächlich im April auf die Insel kam, habe ich sie ihr gegeben. Ich wusste doch, wie sehr sie ihre Bernsteine geliebt hat. Also, wenn ich ehrlich bin: Ich hatte völlig vergessen, dass der Brief noch darin ist. Warum sie die Schatulle nicht mitgenommen hat, weiß ich auch nicht. Vielleicht wollte sie nichts aus ihrem früheren Leben bei sich haben. Sie ist zu Marie Claire geworden. Es ist mir manchmal schwergefallen, das zu akzeptieren, aber es war ihr Weg, mit dem, was sie erlebt hat, fertigzuwerden."

„Svantje, ich verstehe, dass du als ihre Freundin das Geheimnis für dich behalten hast", sage ich, als ich mich einigermaßen wieder gefasst habe. „Aber ich kann das nicht. Ich muss es zumindest Mama erzählen."

Svantje seufzt tief. „Undine hat befürchtet, dass du es herausfindest. Sie ist fast in Ohnmacht gefallen vor Schreck, als sie dich plötzlich am Telefon hatte."

„Telefonierst du denn häufig mit ihr?“

„Sehr selten, und ich rufe sie auch nicht von mir aus an. Früher haben wir uns Briefe geschrieben, jetzt schicken wir uns Mails.“

Ich kann sogar schon wieder ein kleines bisschen lachen. „Geht es ihr denn gut?“

„Ja“, sagt Svantje, „… noch. Ich werde sie darauf vorbereiten, dass du es herausgefunden hast.“

29. Kapitel

„Hallo, Papa, gut, dass du da bist. Kannst du mir bitte Mama geben und in ihrer Nähe bleiben?"

„Wieso, was ist los? Ist etwas mit Oma?"

„Nein …" Ich überlege einen Moment. Vielleicht ist es ganz gut, wenn ich es Papa zuerst sage. Dann weiß er, was los ist, falls Mama gar nicht damit klarkommt. „Es ist nur … Ich habe heute herausgefunden, dass Undine noch am Leben ist, Papa."

„Ach du meine Güte!"

„Ich muss es Mama erzählen, das kann ich einfach nicht für mich behalten. Ist sie da? Kannst du sie mir geben und in der Nähe bleiben?"

„Natürlich. – Uta? Merle möchte mit dir sprechen."

„Hallo, Schatz", sagt meine Mutter. „Was ist los, warum macht dein Vater so ein betretenes Gesicht? Hast du ihm eröffnet, dass du auf der Insel bleibst?"

„Nein, Mama, aber ich würde dir gerne etwas erzählen, was dich wahrscheinlich erst einmal umhauen wird. Vielleicht setzt du dich lieber hin." Ich atme tief durch. „So ganz genau weiß ich nicht, wie ich anfangen soll. Aber weil du es bist, wahrscheinlich am besten gleich mit den Fakten. Ich habe heute herausgefunden, dass Undine noch am Leben ist."

Es bleibt still am anderen Ende der Leitung.

„Mama?"

„Das habe ich immer gefühlt" Mamas Stimme ist sehr leise und klingt zittrig. „Wo ist sie? Auf Juist?"

„Nein, sie lebt in den USA. Und sie hat eine Tochter, die Joan heißt. Magst du auf Lautsprecher stellen? Dann erzähle ich euch beiden alles."

Ich bin ein bisschen heiser, als ich zum Ende komme – vor Aufregung und vielleicht auch, weil ich so viel am Stück geredet habe. Ab und an habe ich Mama fragen müssen, ob sie noch zuhört, weil sie so still war.

„Was machen wir denn jetzt?", frage ich. „Svantje hat gesagt, sie bereitet Undine darauf vor, dass wir jetzt im Bilde sind. Aber ich weiß nicht, ob ich es Oma sagen soll." Ich selbst bin noch immer völlig überfordert mit der Situation und dem riesen Batzen Wissen, den ich plötzlich mit mir herumtrage. Aber es fühlt sich gut an, ihn plötzlich nicht mehr alleine heben zu müssen. Jetzt, wo Mama und Papa auch eingeweiht sind.

„Das musst du nicht." Mama wirkt erstaunlich gefasst. „Das übernehme ich, aber nicht am Telefon. Ich komme nach Juist."

Ich atme erleichtert auf. „Wirklich? Kommen Papa und Oma Fine denn alleine klar?"

„Na hör mal, wir machen uns ein paar schöne Tage hier, wir beide!", wirft mein Vater gespielt entrüstet ein.

„Dann ist ja gut", antworte ich schon wieder mit ein wenig Witz in der Stimme. Papa schafft es einfach immer, eine Situation aufzulockern. „Soll ich dir Undines Telefonnummer besorgen, Mama?"

„Nein, mein Schatz, ich rufe jetzt Svantje an. Ich möchte mit ihr sprechen, bevor ich mit Undine Kontakt aufnehme. Svantje wird mir die Nummer dann sicher geben."

„Wir wollten uns heute Abend bei Oma zum Grillen treffen", sage ich. „Wie soll ich das denn über die Bühne bringen, ohne was darüber zu erzählen? Oma merkt doch immer gleich, wenn irgendwas los ist. Sie hat den gleichen durchdringenden Blick drauf wie du."

Es tut gut, Mama am Telefon lachen zu hören. „Du schaffst das schon. Es ist wichtig. Lass mich erst ein paar Dinge klären, bevor wir es ihr sagen."

„Na gut."

„Und, Merle? Auch, wenn es sich jetzt im Moment noch nicht so anhört. Ich bin sehr glücklich darüber, dass Undine lebt. Ich muss nur erst einmal mit den Umständen ihres Verschwindens fertigwerden."

„Hat Opa dich auch ...?", frage ich.

„Nein!", antwortet Mama vehement. „Aber ich war immer eifersüchtig, dass mein Vater zu Undine augenscheinlich ein viel innigeres Verhältnis hatte. Ich habe ihr an dem Tag vorgeworfen, sie wäre neidisch auf mich, weil unser Vater mal etwas alleine mit mir unternehmen wollte, und dass das der Grund war, warum sie uns gefolgt ist. Auch ich habe ihr nicht zugehört. Wir tragen alle unsere Schuld an den Vorkommnissen."

„Mama, du warst vierzehn. Jetzt fang du nicht auch noch an, dir selbst die Schuld zu geben. In der Beziehung habt ihr drei alle etwas gemeinsam, jede von euch fühlt sich schuldig, Oma, Undine und du. Ihr müsst damit aufhören und miteinander reden."

Mama lacht schon wieder, es ist ein leises, sehr sanftes Lachen. „Ich bin sehr stolz darauf, dass du meine Tochter bist", sagt sie. „Ich hab dich sehr lieb."

„Ich dich auch, Mama."

Ich liege in Löffelchenstellung mit Jannes im Bett. Seit ich das erste Mal bei ihm übernachtet habe, habe ich keine Nacht mehr ohne ihn verbracht. Allerdings sind wir meistens bei ihm. Sein Bett ist auf Dauer einfach bequemer, und jetzt, wo der Kühlschrank gefüllt ist, bekomme ich morgens auch ein vernünftiges Frühstück.

Jannes hat sich an meinen Rücken gekuschelt. Als ich aufstehen möchte, zieht er mich noch näher an sich und hält mich fest.

„Noch ein paar Minuten“, nuschelt er an meinem Ohr.

„Okay.“

„Bist du aufgeregt?“

„Und wie!“

Heute kommt meine Mutter auf die Insel. Wir werden gemeinsam mit Oma reden. Ich habe ein wenig Angst, dass sie sich vielleicht zu sehr aufregen wird, aber Mama ist zum Glück optimistisch. Sie hat jede Menge Fotos von Undine, Joan und Annie im Gepäck. Oma wird Augen machen, wenn sie erfährt, dass sie längst Uroma ist.

Es ist genau eine Woche her, dass ich herausgefunden habe, dass Undine und Marie Claire ein und dieselbe Person sind. Oma nichts zu erzählen ist mir wahnsinnig schwergefallen. Sie hat mich ein paar Mal mit ihren Blicken fixiert, sie spürt, dass etwas nicht stimmt, aber ich bin tapfer geblieben. Allerdings habe ich mich Conny anvertraut und auch Jannes. Er hat sofort gemerkt, dass mich etwas beschäftigt. Aber ich weiß, dass ich den beiden vertrauen kann. Sie würden Oma nichts erzählen.

Mama hat seit ihrem Gespräch mit Svantje jeden Tag mit Undine telefoniert und mir einige Details aus dem Leben meiner Tante erzählt, die sie seitdem erfahren hat.

Von Emden aus ist Undine mit dem Zug nach Hamburg gefahren und von dort aus recht abenteuerlich mit der *Cap*

San Diego zuerst nach Südamerika übergesetzt und später über verschiedenste Stationen nach New Haven gereist, wo sie ihren Mann kennengelernt hat und noch heute wohnt.

Die beiden Schwestern wollen sich unbedingt wiedersehen, jetzt, wo alles aufgedeckt ist. Nach Juist möchte Undine allerdings vorerst nicht kommen. Die große Familienzusammenführung soll in kleinem Kreis in München stattfinden.

Aber noch bin ich auf der Insel, und hier ist eigentlich alles wie vorher. Lara ist weiterhin jeden Morgen schlecht. Conny geht voll und ganz in ihrer Rolle als Bedienung auf. Seit ich mir die Umsatzzahlen angesehen habe und sie weiß, dass wir eine realistische Chance haben, uns beide finanziell mit dem Café über Wasser zu halten, sieht sie die *Strandrose* schon als ihr Baby an, wie sie immer so schön sagt.

Und ich?

In meinem Kopf spukt noch immer die Idee herum, neben dem Café eine kleine Versandkonditorei zu eröffnen. Zumindest der Absatzmarkt in den USA wäre schon gesichert. Meine Tante war ganz begeistert von der Idee, als ich ihr bei einem Telefonat davon erzählt habe. Sie meinte, sie könnte mir helfen, da ihr Mann einen sehr gefragten „German Delikatessen Shop“ betreibe. Seine Kunden würden überall aus dem ganzen Land bei ihm bestellen, und kleine deutsche Kuchen im Glas, die dazu noch mit einer Prise Liebe gebacken sind, würden mit Sicherheit sehr gut bei der Kundschaft ankommen. Das ist natürlich bisher nicht mehr als eine Idee, aber je länger ich darüber nachdenke, desto besser gefällt sie mir.

„Jetzt muss ich aber los“, sage ich.

„Warte, ich möchte dir noch etwas sagen. Schau mich an!“

Ich sehe Jannes tief in die Augen, als er sagt: „Ich bin überglücklich, dass du auf der Insel bleibst.“ Er zieht eine Schnute.

„Auch wenn du darauf bestehst, erst einmal in die Wohnung deiner Oma zu ziehen. Ich liebe dich, Merle."

Ein Glücksgefühl breitet sich in meinem ganzen Körper aus. „Und ich dich."

Eine Stunde später stehe ich am Flugplatz. Als meine Mutter aus dem kleinen Flieger steigt, winke ich ihr aufgeregt zu. Ich habe eine Kutsche nur für uns beide bestellt, damit wir ganz in Ruhe reden können auf dem Weg zu Oma.

„Schau mal", sage ich, als wir im Zeitlupentempo über die Insel rollen, und hebe den Deckel der Tortenhaube hoch, die auf meinem Schoß ruht.

„Das ist aber eine schöne Idee", sagt Mama, und dann laufen Tränen über ihr Gesicht.

Ich habe Undines Töwerlandtorte gebacken. Aber es fehlt nur eine einziges Apfelrose.

New Haven, 2016

Liebe Svantje,
hier bin ich wieder. Es ist so unglaublich viel passiert. In letzter Zeit habe ich so viele Telefongespräche geführt, dass ich dir all die wichtigen Dinge, die passiert sind, lieber in einem Brief schreibe.

Ich werde meine Schwester wiedersehen. Gut, das weißt du wahrscheinlich schon, schließlich ist Merle ja bei dir auf der Insel. Wie sehr habe ich sie all die Jahre vermisst, meine kleine Schwester. Was ich ihr angetan habe, werde ich mir niemals verzeihen, und dabei wollte ich sie doch nur beschützen.

Aber wie soll ich ihr erklären, dass ich all die Jahre ein anderes Leben gelebt habe, das mir so wirklich vorkommt, als wäre ich niemals Undine gewesen, sondern schon immer Marie Claire, der all die schlimmen Dinge damals nie passiert sind?

Es hat fast mein ganzes Leben gedauert, bis ich begriffen habe, dass die guten Tage so viel bedeutsamer sind als die schlechten. Jedes Mal, wenn ich hier bei uns am Strand stehe (er ist schön, aber natürlich bei Weitem nicht so wie der im Zauberland) und weit über das Meer schaue, denke ich an dich und bin dankbar dafür, dass du mir eine so gute Freundin warst und bist. Deine Fantasie habe ich immer bewundert. Du wirst es kaum glauben, aber ich kann heute noch Tränen lachen, wenn ich daran denke, wie du die Abenteuer von Lang-Arm-Jenny zum Besten gegeben hast, deren Arme bis zum Boden reichten.

Lang-Arm-Jenny, yippie ya yeah,
die hatte keinen Penny, yippie ya yeah,
deswegen zog sie hinaus in die Welt,
wo sie in großen Reichtum fällt,
yippie ya yeah!

Meine liebe Svantje, ist es nicht verrückt, dass ausgerechnet die Apfelrosentorte letztendlich dazu geführt hat, dass ich all meine Lieben nun endlich bald wiedersehe? Ich freue mich so sehr, ich kann es gar nicht in Worte fassen. Bald ist es so weit, ich zähle schon die Tage, nein, die Stunden. Joan wird mich begleiten. Es war auch für sie nicht einfach, zu erfahren, was ich ihr all die Jahre verschwiegen habe. Die Tatsache, dass ich eine Familie habe, eine Schwester. Dass sie eine Cousine hat und eine Tante. Aber sie hat mir zugehört, und sie versteht mich, meine wundervolle Tochter. Zum Glück ist meine kleine Annie noch zu jung, um all das zu verstehen. Sie freut sich einfach nur auf unsere große Reise. Sie wird das alles wahnsinnig spannend finden.

Ist das nicht wunderbar? Ich schicke dir tausend liebe Grüße, meine liebste Freundin.

In Liebe
Undine

Apfelbutter

2 Kilo Äpfel
500 ml Apfelsaft 100 %
Saft einer Zitrone
200 Gramm brauner Zucker

Äpfel entkernen und in kleine Stücke schneiden.
In einem großen Topf oder Bräter mit den restlichen Zutaten kochen, bis die Masse zerfällt.
Mit einem Pürierstab pürieren.
Mit geschlossenem Deckel in den 150 Grad warmen Ofen (Umluft) stellen und etwa 2 bis 4 Stunden einkochen lassen. Dabei gelegentlich umrühren.
Die Masse ist fertig, wenn sie eine kupferrote Farbe hat und eingedickt ist. Besonders gut schmeckt sie, wenn sie gerade eben beginnt, an manchen Stellen zu karamellisieren.
Noch heiß in Gläser mit Schraubverschluss füllen, noch einmal bei 100 Grad für 20 Minuten in den Ofen stellen, damit die Gläser steril werden. Im Ofen auskühlen lassen.
So sind sie etwa ein Jahr lang haltbar.
Nach dem Öffnen rasch verbrauchen.

Apfelrosentorte

Einen 3-2-1-Mürbeteig für eine Springform herstellen aus 3 Teilen Mehl, 2 Teilen Butter und einem Teil Zucker.

Während der Mürbeteig im Kühlschrank ruht, eine Creme rühren aus
250 Gramm Mascarpone
500 Magerquark
150 Gramm Zucker
2 Eiern und 2 Eigelben
1 Päckchen Vanillepudding.

Jetzt kommen die Apfelröschen:
500 ml Apfelsaft mit 250 Gramm Zucker aufkochen.
12 möglichst rotwangige Apel halbieren und die Hälften in jeweils 12 Scheiben schneiden.
Die Scheiben im Apfelsirup zwei bis drei Minuten weich kochen und herausnehmen. Den Apfelsirup noch etwas einkochen lassen, den brauchen wir später noch mal. Auf einem Blech mit Backpapier jeweils 12 Apfelscheibchen überlappend in eine Reihe legen und zu einer Rose aufrollen.
Nun den Mürbeteig ausrollen und in die Form geben, sodass ein kleiner Rand entsteht, mit einer Gabel einstechen. Eine Schicht Apfelbutter daraufstreichen (0,5 cm dick). Die Creme darauffüllen und zum Schluss die 24 Apfelrosen daraufsetzen. Bei 160 Grad Heißluft eine Stunde backen. 15 Minuten vor Schluss mit dem restlichen Apfelsirup bestreichen, dadurch erhalten die Rosen einen schönen Glanz.

Danke ...

Anne Tente, meiner Lektorin vom HarperCollins Verlag, die geduldig auf das Manuskript gewartet hat.

Christiane Branscheid vom HarperCollins Verlag, die mir durch ihre wundervollen Ideen geholfen hat, wenn ich mal nicht weiter wusste.

Dr. Rainer Schöttle, der den Text korrigiert und für den nötigen Feinschliff gesorgt hat.

Bastian Schlück, meinem Agenten, ohne den dieses Buch nie entstanden wäre.

Thekla Fisser, Ilka Köhler, Klaus Petzka, Nadine Kaul, meinen kritischen und fleißigen TestleserInnen vom zauberhaften Töwerland.

Deutsche Erstveröffentlichung

Ava Miles

Zwischen Himmel und Glück

Verdammtes Herz! Jill sollte Brian auf keinen Fall eine zweite Chance geben. Dass er sie damals verließ, um in New York eine Karriere als Sternekoch anzustreben, hat sie sehr verletzt. Doch nun ist er zurück im beschaulichen Dare Valley, flirtet mit ihr und erweckt ihre Sehnsucht. Ein Kuss – und plötzlich ist alles möglich! Bis Brians Exfreundin auftaucht. Jills schlimmste Befürchtungen scheinen wahr zu werden: Sie kann Brian nicht vertrauen. Oder ist ihre Liebe diesmal stark genug?

ISBN: 978-3-95649-677-6
9,99 € (D)

Abby Clements

Das Glück schmeckt nach Zitroneneis

Deutsche Erstveröffentlichung

Der gebürtige Italiener Matteo und die Engländerin Anna wagen das Abenteuer und ziehen vom nasskalten Brighton ins sonnenverwöhnte Sorrent. Hier wollen sie eine Gelateria eröffnen und ganz Italien mit ihren Eiskreationen verzaubern. Eigentlich eine brillante Idee, wäre da nicht Matteos verrückte, laute Verwandtschaft. Insbesondere Mamma Elisa hat ihre eigenen Vorstellungen, wie italienische Eiscreme zu schmecken hat. Eines steht fest, das wird ein turbulenter Sommer ... Eine zuckersüße Geschichte um Amore und Famiglia.

ISBN: 978-3-95649-678-3
9,99 € (D)

Deutsche Erstveröffentlichung

Caroline Roberts

Rosen, Tee und Kandiszucker

Für Ellie geht ein Traum in Erfüllung: In diesem Sommer darf sie die Teestube im wunderschönen Clavenham Castle mit Leben und dem Duft nach Tee und frischem Kuchen füllen. Doch der alte Lord Henry streubt sich gegen jede Veränderung. Hat Ellie sich doch zu viel vorgenommen? Reicht es einfach nur gut backen zu können, um eine Teestube zu führen? Sie muss es einfach schaffen und sich in das Herz des alten Griesgrams backen – und vielleicht sogar in das des gutaussehenden Verwalters Joe ...

ISBN: 978-3-95649-662-2
9,99 € (D)